CARAMBAIA

ilimitada

Charlotte Delbo

Auschwitz e depois

Tradução
MONICA STAHEL

Posfácio
MÁRCIO SELIGMANN-SILVA

6   Sobre esta edição

■ ■ ■

Auschwitz e depois
11   I. Nenhum de nós voltará
147 II. Um conhecimento inútil
285 III. Medida de nossos dias

■ ■ ■

436 Posfácio, por Márcio Seligmann-Silva

Sobre esta edição

Charlotte Delbo guardou durante vinte anos o manuscrito de *Nenhum de nós voltará*, a primeira parte deste volume, levando-o para onde quer que fosse, sem conseguir se decidir a publicá-lo. O engajamento numa causa diferente, a denúncia da Guerra da Argélia, é que a levaria a lançar seu primeiro livro. Revoltada com a guerra colonial, mas não se sentindo legitimada para depor sobre ela diretamente, ela reúne e apresenta um conjunto de cartas numa coletânea, fazendo-se câmara de eco da indignação dos que as escreveram. *Les Belles lettres* é publicado em 1961 pela Les Éditions de Minuit, editora que já havia lançado uma série de testemunhos comprometidos — e muitas vezes censurados — contra a tortura na Argélia.

Alguns anos depois, em 1964, Charlotte Delbo fica sabendo por um conhecido do CNRS (Centre National de la Recherche Scientifique) que Colette Audry está buscando textos escritos por mulheres para uma coleção que organiza na editora Gonthier. Ela aceita confiar-lhe seu testemunho de deportação. Sua amiga Claudine Riera-Collet se oferece para datilografar os textos. Assim, *Nenhum de nós voltará* é publicado pela primeira vez em 1965 pela Gonthier. Desse primeiro depoimento logo surge outro livro, a partir das perguntas que sua amiga lhe fazia durante a preparação do manuscrito: quem eram todas aquelas mulheres, como tinham se encontrado em Auschwitz, qual fora seu destino? Charlotte resolve reunir tudo o que sabe ou consegue recompor sobre as 230 mulheres. Redige uma nota sobre cada uma, e os textos são organizados em ordem alfabética. Trabalha cerca de um ano nesse livro, até julho de 1965, e leva a Jérôme Lindon, das Éditions de Minuit. *Le Convoi du 24 janvier* [O comboio de 24 de janeiro] é publicado em novembro do mesmo ano.

Assim, em 1965 são publicados seus dois primeiros livros sobre os campos de concentração, um muito diferente do outro. Ambos têm alcance universal: o primeiro pela sensibilidade, pela humanidade e pela exatidão do relato pessoal, o segundo narrando o destino de cada mulher de um ponto de vista factual e histórico. Embora as vendas sejam reduzidas, essas obras angariam elogios suficientes para estimular Charlotte Delbo a prosseguir o relato de *Nenhum de nós voltará*. A transferência para Ravensbrück em 1944, a libertação dos campos, a volta, tudo isso estava ausente do primeiro livro. Além disso, ela escreveu, ao longo dos anos, alguns poemas com os quais pontuará seu relato: assim se constitui o segundo livro da trilogia, *Um conhecimento inútil*. As Éditions de Minuit publicam o livro em 1970 e, ao mesmo tempo, reeditam o primeiro.

Depois vem rapidamente a terceira parte: as pesquisas feitas para *Le Convoi du 24 janvier*, as companheiras sobreviventes reencontradas, as conversas com elas e as amizades reatadas lhe deram a ideia de escrever sobre isso também: o que nos tornamos depois de Auschwitz? Em *Medida de nossos dias*, que encerra em 1971 a trilogia *Auschwitz e depois*, ela retrata suas companheiras sobreviventes. Cada uma constrói à sua maneira a própria estratégia, mais ou menos consciente, para tentar viver, uma vez que nada jamais será como antes, porque elas nunca realmente *voltaram* de lá.

Charlotte Delbo

Auschwitz e depois

1. Nenhum de nós voltará

Hoje não tenho certeza de que o que escrevi é verdade. Tenho certeza de que é verídico.

Rua da chegada, rua da partida

Há gente que chega. Com os olhos, os que chegam buscam na multidão dos que esperam aqueles que os esperam. Beijam-nos e dizem que estão cansados da viagem.

Há gente que parte. Os que partem despedem-se dos que não vão partir e beijam as crianças.

Há uma rua para os que chegam e uma rua para os que partem.

Há um café que se chama "Na chegada" e um café que se chama "Na partida".

Há gente que chega e há gente que parte.

Mas existe uma estação em que os que chegam são justamente os que partem
uma estação em que os que chegam nunca chegaram, em que os que partiram nunca voltaram.

É a maior estação do mundo.

É a essa estação que eles chegam, que eles vêm de qualquer lugar.

Chegam depois de dias e depois de noites
atravessando países inteiros
chegam com os filhos mesmo os pequenos que não deveriam estar na viagem.

Trouxeram os filhos porque ninguém se separa dos filhos para aquela viagem.

Os que tinham trouxeram ouro porque acreditavam que o ouro pudesse ser útil.

Todos trouxeram o que tinham de mais precioso pois não se deve deixar o que é precioso quando se parte para longe.

Todos trouxeram sua vida, era principalmente a vida que precisavam trazer consigo.

E quando chegam
acreditam ter chegado
ao inferno
possível. No entanto não acreditavam.

Não sabiam que se tomava o trem para o inferno, mas já que estão lá armam-se e sentem-se dispostos a enfrentá-lo
com os filhos as mulheres os velhos pais com as lembranças de família e os documentos.

Eles não sabem que àquela estação não se chega.

Esperam o pior – não esperam o inconcebível.

E quando lhes ordenam que façam fila de cinco, homens de um lado, mulheres e crianças do outro, numa língua que não compreendem, eles compreendem à força de bastonadas e fazem fila de cinco, pois esperam por qualquer coisa.

As mães aconchegam os filhos – temiam que lhes fossem tirados – porque os filhos estão com fome e sede e estão amarfanhados pela insônia através de tantos lugares. Finalmente chegaram, elas vão poder cuidar deles.

E quando lhes gritam para que deixem as trouxas, os edredons e as lembranças na plataforma, eles deixam, porque devem esperar por qualquer coisa e não querem ser surpreendidos por nada. Dizem "vamos ver", já viram tanto e estão cansados da viagem.

A estação não é uma estação. É o fim de uma linha. Eles olham e são acometidos pela desolação ao redor.

De manhã a bruma lhes esconde os pântanos.

À noite os holofotes iluminam os arames farpados brancos com uma nitidez de fotografia astral. Acreditam que é para lá que estão sendo levados e se apavoram.

À noite esperam o dia com as crianças pesando nos braços das mães. Esperam e se indagam.

De dia não esperam. As filas se põem a andar imediatamente. Primeiro as mulheres com as crianças, são os mais cansados. Os homens em seguida. Também estão cansados, mas ficam aliviados por fazerem passar primeiro suas mulheres e seus filhos.

Pois fazem passar primeiro as mulheres e as crianças.

No inverno são surpreendidos pelo frio. Sobretudo para os que vêm da Cândia, a neve é novidade.

No verão o sol os ofusca quando saem dos vagões que foram aferrolhados na partida.

Ao partir da França da Ucrânia da Albânia da Bélgica da Eslováquia da Itália da Hungria do Peloponeso da Holanda da Macedônia da Áustria da Herzegovina das margens do mar Negro e das margens do Báltico das margens do Mediterrâneo e das margens do Vístula.

Desejariam saber onde estão. Não sabem que é aqui o centro da Europa. Procuram a placa da estação. É uma estação que não tem nome.

Uma estação que para eles jamais terá nome.

Alguns estão viajando pela primeira vez na vida.

Alguns viajaram por todos os países do mundo, comerciantes. Todas as paisagens lhes eram familiares, mas essa eles não reconhecem.

Olham. Mais tarde saberão dizer como era.

Todos querem lembrar-se da impressão que tiveram e como tiveram o sentimento de que não voltariam.

É um sentimento que já se pode ter tido na vida. Eles sabem que é preciso estar alerta aos sentimentos.

Há os que vêm de Varsóvia com grandes xales e trouxas amarradas

há os que vêm de Zagreb as mulheres com lenços na cabeça

há os que vêm do Danúbio com pulôveres de tricô feitos no serão com lãs multicoloridas

há os que vêm da Grécia, trouxeram azeitonas pretas e rahat-lokum[1]

há os que vêm de Monte Carlo

estavam no cassino

estão de fraque com um peitilho que a viagem quebrou por inteiro

são barrigudos e são carecas

são banqueiros gordos que jogavam banca

há noivos que saíam da sinagoga com a noiva de branco e com véu todo amarrotado por terem dormido no chão do vagão

o noivo de preto e cartola com as luvas sujas

os pais e os convidados, as mulheres com bolsas de pérolas

todos lamentando não poderem ter passado em casa para pôr uma roupa menos frágil.

O rabino se mantém ereto e anda na frente. Sempre foi um exemplo para os outros.

Há as meninas de um pensionato de saias pregueadas todas iguais, chapéus de fita azul esvoaçante. Esticam bem as meias ao descer. Comportadas, vão de cinco em cinco como no passeio da quinta-feira, de mãos dadas e sem saber. O que se pode fazer às meninas de um

---

[1] Doce turco feito de amido de milho e açúcar, com aparência semelhante à de uma bala de goma grande. Geralmente é saborizado com água de rosas ou limão. [TODAS AS NOTAS SÃO DA TRADUTORA.]

pensionato que estão com a professora? A professora diz: "Vamos nos comportar, meninas". Elas não têm vontade de não se comportar.

Há os velhos que recebiam notícias dos filhos na América. Têm do estrangeiro a ideia que lhes davam os cartões-postais. Nada se parecia com o que estão vendo aqui. Os filhos jamais acreditarão.

Há os intelectuais. São médicos ou arquitetos, compositores ou poetas, distinguem-se pelo andar e pelos óculos. Também eles viram muito na vida. Estudaram muito. Alguns até imaginaram muito para fazer livros e nada do que imaginaram se parece com o que estão vendo aqui.

Há todos os trabalhadores peleteiros das grandes cidades e os alfaiates para homens e para mulheres, todos os confeccionistas que haviam emigrado para o Ocidente e que não reconhecem aqui a terra dos ancestrais.

Há o povo inesgotável das cidades em que os homens ocupam cada um seu alvéolo e que aqui agora faz filas intermináveis e perguntamo-nos como tudo isso podia caber nos alvéolos sobrepostos das cidades.

Há uma mãe que dá um cascudo no filho talvez de cinco anos que não quer lhe dar a mão e ela quer que ele fique quieto a seu lado. É perigoso se perder e não devemos nos separar num lugar desconhecido e com toda essa gente. Ela dá um cascudo no filho e nós, que sabemos, não lhe perdoamos. Aliás, seria a mesma coisa se ela o cobrisse de beijos.

Há os que viajaram dezoito dias ficaram loucos e mataram uns aos outros nos vagões e

os que se asfixiaram durante a viagem de tão apertados que estavam

é evidente que esses não descem.

Há uma menininha que segura a boneca sobre o coração, as bonecas também se asfixiam.

Há duas irmãs de casaco branco que foram passear e não voltaram para o jantar. Os pais ainda estão preocupados.

De cinco em cinco eles tomam a rua da chegada. É a rua da partida, eles não sabem. É a rua que só se toma uma vez.

Caminham em ordem – que não se possa repreendê-los por nada.

Chegam a uma construção e suspiram. Finalmente chegaram.

E quando ordenam às mulheres que se dispam elas despem primeiro os filhos tomando cuidado para não os acordarem completamente. Depois de dias e noites de viagem estão nervosos e rabugentos

e elas começam a se despir na frente dos filhos fazer o quê

e quando dão uma toalha para cada uma elas se preocupam será que o chuveiro vai ser quente pois os filhos podem apanhar um resfriado

e quando os homens por outra porta entram também nus na sala do chuveiro elas abraçam os filhos para escondê-los.

E talvez então todos compreendam.

E não adianta nada compreender agora pois não podem dizê-lo aos que esperam na plataforma

aos que viajam nos vagões apagados através de todos os países para chegar aqui

aos que estão em campos e apreensivos com a partida pois temem o clima ou o trabalho e têm medo de deixar seus bens

aos que se escondem nas montanhas e florestas e já não têm paciência de se esconder. Seja o que for que tiver

de acontecer voltarão para casa. Por que alguém os procuraria em sua casa eles nunca fizeram mal a ninguém
   aos que não quiseram se esconder porque não se pode abandonar tudo
   aos que acreditavam ter protegido os filhos num pensionato católico onde as freiras são tão boas.

Vão vestir uma orquestra com as saias pregueadas das meninas. O comandante quer que sejam tocadas valsas vienenses no domingo de manhã.
   Uma chefe de bloco fará cortinas para dar à sua janela um ar de quarto de dormir com o tecido sagrado com que o rabino se cobria para celebrar o ofício independentemente do que lhe acontecesse e de onde estivesse.
   Uma kapo[2] se vestirá com o terno e a cartola do noivo sua amiga com o véu e elas brincarão de casamento à noite enquanto as outras estão deitadas mortas de cansaço. As kapos podem se divertir não estão cansadas à noite.
   Serão distribuídas às alemãs doentes azeitonas pretas e lokum, mas elas não gostam de azeitonas de Kalamata nem de azeitonas em geral.
   E o dia todo e a noite toda
   todos os dias e todas as noites as chaminés fumegam com aquele combustível de todos os países da Europa
   homens perto das chaminés passam os dias revistando as cinzas para achar o ouro fundido dos dentes de ouro. Todos aqueles judeus têm ouro na boca e são tantos que se juntam toneladas.

---

2   Prisioneira considerada de confiança destacada para ajudar a manter a ordem nos grupos de trabalho. Era supervisionada por SS, homens ou mulheres.

E na primavera homens e mulheres espalham as cinzas sobre os pântanos drenados lavrados pela primeira vez e fertilizam o solo com fosfato humano.

Levam um saco amarrado à barriga e mergulham a mão na poeira de ossos humanos que lançam nos sulcos arrastando-se contra o vento que lhes devolve a poeira ao rosto e à noite estão completamente brancos, rugas marcadas pelo suor que escorreu sobre a poeira.

E não é preciso temer que haja falta, chegam trens e mais trens todos os dias chegam todos os dias e todas as noites todas as horas de todos os dias e de todas as noites.

É a maior estação do mundo de chegadas e partidas.

Só os que entram no campo sabem depois o que aconteceu com os outros e choram por tê-los deixado na estação porque naquele dia o oficial ordenava aos mais jovens que formassem uma fila separada

é preciso haver quem drene os pântanos e espalhe neles a cinza dos outros.

E dizem a si mesmos que melhor seria nunca entrar aqui e nunca saber.

Vocês que choraram dois mil anos
um que agonizou três dias e três noites

que lágrimas terão
para os que agonizaram
muito mais de trezentas noites e muito mais de
  trezentos dias
quanto
vocês chorarão
os que agonizaram tantas agonias
e eles eram inúmeros

Eles não acreditavam em ressurreição na eternidade
E sabiam que vocês não chorariam.

Ó vocês que sabem
sabiam que a fome faz brilhar os olhos que a sede ofusca?
Ó vocês que sabem
sabiam que podemos ver nossa mãe morta
e permanecer sem lágrimas?
Ó vocês que sabem
sabiam que de manhã queremos morrer
que à noite temos medo?
Ó vocês que sabem
sabiam que um dia é mais que um ano
um minuto mais que uma vida?
Ó vocês que sabem
sabiam que as pernas são mais vulneráveis que os olhos
os nervos mais duros que os ossos
o coração mais sólido que o aço?
Sabiam que as pedras do caminho não choram
que só há uma palavra para o pavor
só uma palavra para a angústia?
Sabiam que o sofrimento não tem limite
o horror não tem fronteira?
Sabiam
Vocês que sabem?

Minha mãe
era mãos um rosto
Puseram nossas mães nuas diante de nós

Aqui as mães já não são mães de seus filhos.

Todos eram marcados no braço com um número
 indelével
Todos deviam morrer nus

A tatuagem identificava os mortos e as mortas.

Era uma planície desolada
à margem de uma cidade

A planície estava gelada
e a cidade
não tinha nome.

Diálogo

— Você é francesa?
— Sim.
— Eu também.
 Ela não tem F no peito. Uma estrela.
— De onde?
— Paris.
— Faz tempo que está aqui?
— Cinco semanas.
— Eu, dezesseis dias.
— Já é muito, eu sei.
— Cinco semanas... Como é possível?
— Pois é.
— E você acha que conseguimos aguentar?
 Ela implora.
— É preciso tentar.
— Vocês, vocês podem ter esperança, mas nós...
 Ela mostra minha jaqueta listrada e mostra seu casaco, um casaco tão grande demais, tão sujo demais, tão esfarrapado demais.
— Ah, nossas possibilidades são iguais, vá...
— Para nós, não há esperança.
 E sua mão faz um gesto e seu gesto lembra a fumaça subindo.

— É preciso lutar com toda a coragem.
— Por que... Por que lutar se vamos todas...
O gesto de sua mão se conclui. A fumaça subindo.
— Não, é preciso lutar.
— Como ter esperança de sair daqui. Como alguém um dia sairá daqui. Seria melhor jogar-se nos arames farpados neste instante.
O que lhe dizer? Ela é baixinha, frágil. E não tenho o poder de persuadir a mim mesma. Todos os argumentos são insensatos. Luto contra minha razão. Lutamos contra qualquer razão.
A chaminé fumega. O céu está baixo. A fumaça se arrasta sobre o campo e pesa e nos envolve e é o cheiro da carne queimando.

Os manequins

— Vejam. Vejam.

Estávamos agachadas em nosso vão, nas tábuas que nos deviam servir de cama, de mesa, de piso. O teto era muito baixo. Só dava para ficarmos sentadas e de cabeça abaixada. Éramos oito, nosso grupo de oito companheiras que a morte ia separar, naquele cubículo estreito em que nos empoleirávamos. A sopa fora distribuída. Tínhamos esperado muito tempo lá fora para passar uma atrás da outra diante do latão que fumegava no rosto da stubhova³. Com a manga direita arregaçada, ela mergulhava a concha no latão para servir. Atrás do vapor da sopa, ela gritava. A fumaça embaçava sua voz. Gritava por causa dos empurrões ou da falação. Abatidas, esperávamos, com a mão entorpecida segurando a gamela. Agora, com a sopa no colo, comíamos. A sopa era suja, mas tinha gosto de quente.

— Vejam, vocês viram, no pátio...
— Oh! — Yvonne P. deixa a colher cair. Já não está com fome.

---

3   Prisioneira destacada pelas SS para cuidar de tarefas como acordar os prisioneiros, distribuir refeições etc.

A janela gradeada dá para o pátio do bloco 25, um pátio cercado de muros. Há uma porta que se abre para o campo, mas se essa porta se abre quando você passa, você sai correndo, foge, não tenta ver nem a porta nem o que há por trás dela. Você foge. Nós, pela janela, podemos ver. Nunca viramos a cabeça para aquele lado.

– Vejam. Vejam.

Primeiro, duvidamos do que vemos. É preciso distingui-los da neve. O pátio está cheio deles. Nus. Enfileirados, um encostado no outro. Brancos, de um branco que fica azulado contra a neve. Cabeças raspadas, pelos do púbis eretos, rígidos. Os cadáveres estão congelados. Brancos com as unhas marrons. Na verdade os dedões do pé erguidos são ridículos. De um ridículo terrível.

Boulevard de Courtais, em Montluçon. Eu esperava meu pai nas Nouvelles Galeries. Era verão, o sol quente batia no asfalto. Um caminhão estava parado, homens o descarregavam. Entregavam manequins para a vitrine. Cada homem pegava nos braços um manequim e o colocava na entrada da loja. Os manequins estavam nus, com as articulações à vista. Os homens os carregavam preciosamente e os deitavam perto da parede, na calçada quente.

Eu olhava. A nudez dos manequins me perturbava. Muitas vezes tinha visto manequins na vitrine, de vestido, sapatos e peruca, o braço dobrado num gesto amaneirado. Nunca havia pensado que existiam manequins nus, sem cabelos. Nunca havia pensado que existiam fora da vitrine, da luz elétrica, de seu gesto. Descobrir isso me dava o mesmo mal-estar que ver um morto pela primeira vez.

Agora os manequins estão deitados na neve, banhados pela claridade de inverno que me faz relembrar o sol no asfalto.

As que estão ali deitadas na neve são nossas companheiras de ontem. Ontem estavam em pé na hora da chamada. Mantinham-se em fila de cinco em cinco, dos dois lados da Lagerstrasse. Iam para o trabalho, arrastavam-se rumo ao pântano. Ontem tinham fome. Tinham piolho, se coçavam. Ontem engoliam a sopa suja. Tinham diarreia e apanhavam. Ontem estavam sofrendo. Ontem desejavam morrer.

Agora estão ali, cadáveres nus na neve. Morreram no bloco 25. A morte no bloco 25 não tem a serenidade que se espera dela, mesmo aqui.

Numa certa manhã, porque estavam desfalecendo na hora da chamada, mais lívidas do que as outras, um SS lhes fez sinal. Formou com elas uma coluna que ampliava todas as degradações somadas, todas as doenças que até então se perdiam no conjunto. E a coluna, sob comando do SS, era conduzida para o bloco 25.

Havia as que iam sozinhas. Voluntariamente. Como para o suicídio. Esperavam um SS vir fazer inspeção para a porta se abrir – e elas entrarem.

Também havia as que não corriam com velocidade suficiente num dia em que era preciso correr.

Havia ainda aquelas cujas companheiras tinham sido obrigadas a abandonar na porta, e que tinham gritado: "Não me deixem. Não me deixem".

Durante dias, tiveram fome e sede, sede principalmente. Tiveram frio, deitadas quase sem roupa sobre tábuas, sem colchão nem cobertor. Trancadas com agonizantes e loucas, esperavam seu turno de agonia e de loucura. De manhã, saíam. Eram obrigadas a sair à força de bastonadas. Bastonadas em agonizantes e loucas. As vivas tinham de arrastar as mortas da noite para o pátio, porque era preciso contar as mortas também. O SS passava. Divertia-se lançando seu cão para cima delas. Ouviam-se berros em todo o campo. Eram os berros da noite. Depois o silêncio. A chamada terminara. Era o silêncio diurno. As vivas voltavam. As mortas ficavam na neve. Tinham sido despidas. As roupas serviriam para outras.

A cada dois ou três dias, os caminhões vinham pegar as vivas para levá-las para a câmara de gás, as mortas para lançá-las no forno crematório. A loucura devia ser a última esperança das que entravam lá. Algumas, cuja obstinação em viver tornava-as astutas, escapavam na saída. Às vezes ficavam várias semanas, nunca mais de três, no bloco 25. Nós as víamos nas grades das janelas. Suplicavam: "Água. Água". Há espectros que falam.

– Vejam. Oh, tenho certeza de que ela se mexeu. Aquela, a penúltima. A mão dela... Seus dedos estão se abrindo, tenho certeza.

Os dedos se abrem lentamente, é a neve florescendo numa anêmona-do-mar descorada.

– Não olhem. Por que estão olhando? – implora Yvonne P., olhos arregalados, fixados no cadáver que ainda vive.

– Coma sua sopa – diz Cécile. – Quanto a elas, não precisam de mais nada.

Eu também olho. Olho aquele cadáver que está se mexendo e que me é indiferente. Agora sou adulta. Posso olhar manequins nus sem ter medo.

Os homens

De manhã e ao anoitecer, no caminho dos pântanos, cruzávamos com colunas de homens. Os judeus estavam de trajes civis. Roupas esfarrapadas, nas costas uma cruz rabiscada com zarcão. Como as judias. Roupas disformes em que eles se enrolavam. Os outros estavam de roupas listradas. Os uniformes flutuavam nas costas magras.

Nós os lamentávamos porque tinham de marchar. Quanto a nós, andávamos como podíamos. O kapo, na frente, era gordo e usava botas, vestia roupas quentes. Ele escandia: Links, Zwei, Drei, Vier. Links.[4] Os homens seguiam com dificuldade. Calçavam tamancos de pano com solas de madeira que saíam dos pés. Nós nos perguntávamos como conseguiam marchar com aqueles tamancos. Quando havia neve ou gelo, levavam os tamancos na mão.

O andar era típico de lá. Cabeça para a frente, pescoço para a frente. A cabeça e o pescoço arrastavam o resto do corpo. A cabeça e o pescoço puxavam os pés. No rosto descarnado, os olhos queimavam, com olheiras, a pupila escura. Seus lábios estavam inchados, escuros ou vermelhos demais e quando os abriam viam-se as gengivas sanguinolentas.

---

4 Esquerda, dois, três, quatro. Esquerda. (Em alemão no original.)

Passavam perto de nós. Murmurávamos: "Francesas, francesas", para saber se com eles havia compatriotas nossos. Não tínhamos encontrado nenhum até então.

Inteiramente aplicados a marchar, não olhavam para nós. Nós, sim, olhávamos para eles. Olhávamos para eles. Nossas mãos se apertavam de pena. O pensamento deles nos perseguia, e seu andar, e seus olhos.

Havia entre nós tantas doentes que não comiam que tínhamos muito pão. Tentávamos todos os argumentos para convencê-las a comer, a superar a aversão que a comida lhes dava, a comer para sobreviver. Nossas palavras não despertavam nelas nenhuma vontade. Desde a chegada tinham renunciado.

Certa manhã, levamos pão por baixo de nossas blusas. Para os homens. Não encontramos colunas de homens. Esperamos o anoitecer com impaciência. Na volta, ouvimos seus passos atrás de nós. Drei. Vier. Links. Eles avançam mais depressa do que nós. Temos de nos enfileirar para deixá-los passar. Poloneses? Russos? Homens, deploráveis, sangrando de miséria como todos os homens aqui.

Quando chegam à nossa altura, pegamos depressa nosso pão e jogamos para eles. Na mesma hora é uma confusão. Agarram, disputam o pão, arrancam-no uns dos outros. Têm olhos de lobo. Dois rolam para dentro da vala com o pão que escapa.

Nós os vemos brigar e choramos.

O SS berra, lança seu cachorro para cima deles. A coluna se refaz, retoma sua marcha. Links. Zwei. Drei.

Eles não voltaram a cabeça para nós.

A chamada

As SS de pelerine preta passaram. Elas contaram. Continuamos esperando.
Esperamos.
Há dias, no dia seguinte.
Desde a véspera, o dia seguinte.
Desde o meio da noite, hoje.
Esperamos.
O dia se anuncia no céu.
Esperamos o dia porque é preciso esperar alguma coisa.
Não esperamos a morte. Estamos à espera.
Não esperamos nada.
Esperamos o que vem. A noite porque ela sucede ao dia. O dia porque ele sucede à noite.
Esperamos o fim da chamada.
O fim da chamada é um apito que faz cada uma virar-se para a porta. As filas imóveis tornam-se filas prontas para começar a andar. Andar para os pântanos, para os tijolos, para as valas.
Hoje esperamos mais tempo do que o habitual. O sol empalidece mais do que o habitual. Esperamos.
O quê?
Um SS aparece no fim da Lagerstrasse, vem na nossa direção, para diante de nossas filas. Pelo caduceu no quepe, deve ser o médico. Ele nos perscruta. Lentamente. Fala. Não grita. Ele fala. Uma pergunta. Ninguém responde.

Ele chama: "Dolmetscherine"[5]. Marie-Claude se adianta. O SS repete a pergunta e Marie-Claude traduz: "Ele está perguntando se alguém de nós não aguenta a chamada". O SS olha para nós. Magda, nossa blockhova[6] que está perto dele, olha para nós e, pondo-se um pouco de lado, pisca ligeiramente as pálpebras.

Na verdade, quem consegue aguentar a chamada? Quem consegue ficar horas imóvel, em pé? Em plena noite. Na neve. Sem ter comido, sem ter dormido. Quem consegue aguentar esse frio durante horas?

Algumas levantam a mão.

O SS as faz sair da fila. Conta-as. Muito poucas. Baixinho, ele diz mais uma frase e Marie-Claude traduz de novo: "Ele está perguntando se não há outras, idosas ou doentes, que acham a chamada muito difícil pela manhã". Outras mãos se levantam. Então Magda, depressa, empurra Marie-Claude com o cotovelo, e Marie-Claude, sem mudar de tom: "Mas é melhor não dizer". As mãos se abaixam. Menos uma. Uma velhinha bem baixinha que se ergue na ponta dos pés, estendendo e agitando o braço, o mais alto que consegue temendo não ser vista. O SS se afasta. A velhinha se exalta: "Eu, senhor. Tenho 67 anos". As vizinhas fazem: "Psst!". Ela se zanga. Por que impedi-la, se há um regime menos rígido para as doentes e as velhas, por que a impedem de usufruí-lo? Desesperada por ter sido esquecida, ela grita. Com voz aguda e tão velha quanto ela, grita: "Eu, senhor. Tenho 67 anos". O SS ouve e se volta: "Komm" e ela se junta ao grupo formado há pouco, que o médico SS conduz ao bloco 25.

---

5 Intérprete. (Em alemão no original.)
6 Prisioneira destacada pelas SS para ficar responsável pela ordem no barracão de alojamento, cumprindo tarefas como manter silêncio à noite e organizar as mulheres para a chamada.

Um dia

Ela estava pendurada do outro lado do talude, pendurada pelas mãos e pelos pés do outro lado do talude coberto de neve. Seu corpo todo estava tenso, tensos os maxilares, tenso o pescoço com as cartilagens desarticuladas, tenso o que restava de músculo em seus ossos.

E seus esforços eram vãos — esforços de alguém que puxava uma corda ideal.

Estava encurvada do indicador ao dedão do pé, mas, cada vez que erguia a mão para se agarrar mais para cima e tentar escalar o talude, caía de novo. Seu corpo tornava-se flácido, miserável. Depois erguia a cabeça e acompanhávamos em seu rosto o trabalho mental que se fazia dentro dela para ajustar os membros ao esforço. Os dentes se cerravam, o queixo se aguçava, as costelas se destacavam em círculos sob a roupa colada ao corpo, um casaco civil — uma judia —, seus tornozelos se retesavam. Ela tentava de novo se alçar à outra margem de neve.

Cada gesto seu era tão lento e tão desajeitado, de uma debilidade tão gritante, que era de se perguntar como ela ainda conseguia se mexer. Ao mesmo tempo, era difícil compreender que lhe custasse um esforço tão desproporcional à empreitada, tão desproporcional àquele corpo que não devia pesar nada.

Agora suas mãos estavam agarradas a uma crosta de neve endurecida, os pés sem ponto de apoio buscavam uma saliência, um degrau. Batiam no vazio. Suas pernas estavam enroladas em panos. Eram tão magras que apesar dos panos lembravam as estacas de plantar feijão que se amarram nos espantalhos para fazer as vezes das pernas, que ficam suspensas. Sobretudo quando batiam no vazio. Ela voltava a cair no fundo da vala.

Ela vira a cabeça, como que para medir o caminho, olha para cima. Vemos aumentar o desvario em seus olhos, em suas mãos, em seu rosto convulso.

"O que deu em todas essas mulheres me olhando assim? Por que estão ali e por que estão em filas cerradas, e por que ficam ali imóveis? Olham para mim e parecem não me ver. Não estão me vendo, não ficariam assim paradas. Elas me ajudariam a subir. Por que não me ajudam, vocês que estão aí tão perto? Me ajudem. Me puxem. Abaixem-se. Estendam a mão. Oh, elas não se mexem."

E a mão se retorcia na nossa direção num apelo desesperado. A mão volta a cair – uma estrela roxa murcha sobre a neve. Caída, ela perdera seu descarnado, amolecia, voltava a ser coisa viva e deplorável. O cotovelo se apoia, escorrega. Todo o corpo se abate.

Atrás, para além dos arames farpados, a planície, a neve, a planície.

Estávamos todas ali, vários milhares, em pé na neve desde a manhã – é assim que se deve chamar a noite, já que três horas da noite era manhã. A aurora iluminara a neve que até então iluminava a noite – e o frio se acentuara.

Imóveis desde o meio da noite, nós nos tornávamos tão pesadas para nossas pernas que afundávamos no chão, no gelo, sem poder fazer nada contra o entorpecimento. O frio machucava as têmporas, os maxilares, parecia que os ossos se deslocavam, que o crânio explodia. Tínhamos desistido de pular de um pé para outro, de bater os calcanhares, de esfregar as palmas das mãos. Era uma ginástica exaustiva.

Ficávamos imóveis. A vontade de lutar e de resistir, a vida, tinha-se refugiado numa porção reduzida do corpo, a periferia imediata do coração.

Estávamos ali imóveis, alguns milhares de mulheres de todas as línguas, apertadas umas contra as outras, baixando a cabeça sob as rajadas fustigantes de neve.

Estávamos ali imóveis, reduzidas apenas ao batimento de nosso coração.

Aonde vai aquela que saiu da fila? Anda como doente ou cega, um cego que enxerga. Dirige-se para a vala com um andar de perna de pau. Está na borda, agacha-se para descer. Cai. Seu pé escorregou na neve que se desprende. Por que ela quer descer à vala? Saiu da fila sem hesitar, sem se esconder da SS ereta sob a pelerine preta, ereta sobre as botas pretas, que nos vigia. Ela se foi como se estivesse em outro lugar, numa rua em que trocasse de calçada, ou num jardim. Evocar um jardim aqui pode ser engraçado. Talvez uma dessas velhas loucas que amedrontam as crianças nas praças. É uma mulher jovem, quase uma mocinha. Ombros tão frágeis.

Lá está ela no fundo da vala com as mãos arranhando, os pés procurando, o peso da cabeça que ela ergue com esforço. Seu rosto agora está voltado para nós. As maçãs do rosto estão roxas, pronunciadas, a boca inchada, roxo-escura, as órbitas sombreadas no fundo. Seu rosto é o do desespero nu.

Por muito tempo ela luta contra a indocilidade de seus membros para voltar ao prumo. Debate-se como uma afogada. Depois estica as mãos para se alçar à outra borda. As mãos procuram onde segurar, as unhas arranham a neve, todo o corpo se retesa subitamente. E ela cai, exausta.

Deixo de olhar para ela. Não quero olhar para ela. Minha vontade é mudar de lugar, não ver mais. Não ver mais aqueles buracos no fundo das órbitas, aqueles buracos que encaram. O que ela quer fazer? Quer chegar aos arames farpados eletrificados? Por que nos encara? Não é a mim que ela se dirige? A mim, que implora? Viro a cabeça. Olhar para outro lugar. Outro lugar.

Outro lugar – à nossa frente – é a porta do bloco 25.

Em pé, enrolada num cobertor, uma criança, um menino. Cabeça raspada muito pequenina, rosto em que se destacam os maxilares e o arco das sobrancelhas. Pés descalços, ele saltita sem parar, animado por um movimento frenético que lembra o dos selvagens quando dançam. Quer agitar também os braços para se aquecer. O cobertor escorrega. É uma mulher. Um esqueleto de mulher. Está nua. Veem-se as costelas e os ossos ilíacos. Ela volta a pôr o cobertor nos ombros, continua a dançar. Uma dança de autômato. Um esqueleto de mulher que dança. Seus pés são pequenos, magros e descalços na neve. Há esqueletos vivos e que dançam.

E agora estou num café escrevendo esta história – pois isso se torna uma história.

Uma claridade. É de tarde? Perdemos o sentido do tempo. O céu aparece. Muito azul. De um azul esquecido. Horas se escoaram desde que consegui deixar de olhar a mulher na vala. Estará lá ainda? Chegou ao alto do talude – como conseguiu? – e ficou parada ali. Suas mãos são atraídas pela neve que cintila. Ela pega um punhado e leva aos lábios com um gesto de lentidão exasperante que deve lhe custar um esforço infinito. Ela chupa a neve. Compreendemos por que saiu da fila, a resolução está em suas feições. Queria neve limpa para seus lábios intumescidos. Desde o amanhecer estava fascinada por aquela neve limpa que queria alcançar. Deste lado, a neve que pisoteamos é escura. Ela chupa a neve, mas parece não ter mais vontade. A neve não mata a sede quando se tem febre. Todo aquele esforço por um punhado de neve que é para sua boca um punhado de sal. A mão volta a baixar, a nuca se dobra. Uma haste frágil que deveria se quebrar. As costas se arredondam, com as omoplatas salientes sob o tecido fino do casaco. É um casaco amarelo, do mesmo amarelo do nosso cão Flac que tinha emagrecido tanto depois de sua doença e cujo corpo inteiro se arredondava como o esqueleto de uma ave do museu, quando ele estava para morrer. A mulher vai morrer.

Ela já não olha para nós. Jaz na neve, o corpo encarquilhado. A coluna vertebral arqueada, Flac vai morrer – o primeiro ser que eu via morrer. Mamãe, Flac está em frente da porta do jardim. Está todo encarquilhado. Está tremendo. André disse que ele vai morrer.

"Preciso me levantar, me levantar. Preciso andar. Preciso continuar lutando. Elas não vão me ajudar? Ajudem-me então vocês todas que estão aí de braços vazios."

Mamãe, venha depressa, Flac vai morrer.

"Sei por que elas não me ajudam. Estão mortas. Estão mortas. Ah! elas parecem vivas porque estão em pé umas apoiadas nas outras. Estão mortas. Mas eu não quero morrer."

Sua mão se agita mais uma vez como um grito – ela não grita. Em que língua ela gritaria se gritasse?

Lá vai uma morta andando ao encontro dela. Manequim de roupa listrada. Em dois passos a morta a alcançou, puxa-a por um braço, arrasta-a para o nosso lado para que ela volte a seu lugar nas filas. A pelerine preta da SS se aproximou. Mais parece um saco amarelo que a morta arrasta até nós, que fica ali. Horas. O que podemos fazer? Ela vai morrer. Flac, vocês sabem, nosso cão amarelo que era tão magro, vai morrer. Horas ainda.

De repente um frêmito percorre aquele amontoado que o casaco amarelo forma na lama de neve. A mulher tenta se levantar. Seus movimentos se decompõem numa lentidão insuportável. Ela se ajoelha, olha para nós. Nenhuma de nós se move. Ela apoia as mãos no chão — seu corpo é arqueado e magro como o de Flac que ia morrer. Ela consegue se pôr em pé. Titubeia, procura onde se firmar. É o vazio. Ela anda. Anda no vazio. Está tão encurvada que é surpreendente que não caia. Não. Ela anda. Cambaleia, mas vai em frente. E os ossos de sua face trazem uma vontade assustadora. Nós a vemos atravessar o vazio à frente de nossas fileiras. Onde vai agora?

"Por que estão admiradas por eu andar? Não viram que ele me chamou, o SS que está diante da porta com seu cão? Vocês não ouvem porque estão mortas."

A SS de pelerine preta foi embora. Agora é um SS de verde que está diante da porta.

A mulher se adianta. Parece que está obedecendo. Diante do SS ela para. Tremores sacodem suas costas, suas costas arredondadas com as omoplatas salientes sob o casaco amarelo. O SS segura o cão pela correia. Será que lhe deu uma ordem, fez um sinal? O cão pula sobre a mulher — sem rosnar, sem latir. Silencioso como num sonho. O cão pula sobre a mulher, enfia-lhe as presas no pescoço. E nós não nos movemos, envolvidas numa espécie de visgo que nos impede de esboçar um gesto que seja — como num sonho. A mulher grita. Um grito arrancado. Um só grito que dilacera a imobilidade da planície. Não sabemos se o grito vem dela ou de nós, de sua garganta arrebentada ou da nossa. Sinto as presas do cão na minha garganta. Grito. Berro. Nenhum som sai de mim. O silêncio do sonho.

A planície. A neve. A planície.

A mulher desaba. Um sobressalto e acabou-se. Alguma

coisa se quebrou na hora. A cabeça na lama de neve já não é mais do que um coto. Os olhos são feridas sujas.

"Todas essas mortas que já não olham para mim." Mamãe, Flac morreu. Ele agonizou por muito tempo. Depois rastejou até a escada. Um grunhido ficou preso na garganta dele e ele morreu. Parecia que tinha sido estrangulado.

O SS puxa a correia. O cão larga. Tem um pouco de sangue na boca. O SS assobia, vai embora. Diante da porta do bloco 25, o cobertor de pés descalços, de cabeça raspada, não parou de saltitar. A noite chega.

E ficamos em pé na neve. Imóveis na planície imóvel.

E agora estou num café escrevendo isto.

Marie

Seu pai, sua mãe, seus irmãos e suas irmãs foram mortos na câmara de gás ao chegar.
Os pais eram velhos demais, os filhos, novos demais.
Ela diz: "Ela era bonita, minha irmã caçula. Vocês não podem imaginar como era bonita.
Eles não devem ter olhado para ela.
Se tivessem olhado, não a teriam matado.
Não teriam conseguido".

O dia seguinte

Desde a noite começou a chamada e agora é dia. A noite estava clara e fria, gelada de rachar – aquela torrente de gelo que escorria das estrelas. O dia está claro e frio, claro e frio a um ponto intolerável. Apito. As colunas se movem. O movimento ondula até nós. Sem saber, demos uma volta. Sem saber, também nos movemos. Avançamos. Tão entorpecidas que parecemos um só pedaço de frio que avança inteiro. Nossas pernas avançam como se não fossem nós. As primeiras colunas transpõem a porta. De cada lado, os SS com seus cães. Estão agasalhados com capotes, passa-montanhas, cachecóis. Os cães também, com casacos de cães, com as duas letras SS em círculos brancos. Casacos feitos com bandeiras. As colunas se estendem. É preciso se retesar para passar pela porta, espaçar-se. Transposta a porta, voltamos a nos aproximar como fazem os animais, mas o frio é tão intenso que já não o sentimos. Diante de nós a planície cintila: o mar. Seguimos. As filas atravessam a estrada, caminham direto rumo ao mar. Em silêncio. Lentamente. Aonde vamos? Avançamos pela planície cintilante. Avançamos pela luz solidificada pelo frio. Os SS gritam. Não compreendemos o que eles gritam. As colunas se afundam no mar, cada vez mais longe pela luz de gelo. Os SS repetem as ordens por cima de nós. Avançamos, ofuscadas pela neve. E de repente somos tomadas pelo medo, pela vertigem, à beira daquela planície que nos enceguecia. O que eles querem? O que vão fazer de nós? Eles gritam. Correm com as armas retinindo. O que vão fazer de nós?

Então as colunas se compõem em esquadrões. Dez em dez, em dez filas. Um esquadrão depois do outro. Um tabuleiro cinzento sobre a neve cintilante. A última coluna. O último esquadrão se imobiliza. Gritos para que a borda do tabuleiro seja bem definida sobre a neve. Os SS guardam os cantos. O que querem fazer? Passa um oficial a cavalo. Olha os quadrados perfeitos desenhados sobre a neve por quinze mil mulheres. Ele dá meia-volta, satisfeito. Vira a rédea, satisfeito. Os gritos cessam. As sentinelas começam a andar em torno dos esquadrões. Voltamos a ter consciência de nós mesmas, ainda estamos respirando. Respiramos o frio. Para além de nós, a planície.

A neve cintila numa luz refratada. Não há raios, só luz, uma luz dura e glacial em que tudo está inscrito com arestas cortantes. O céu está azul, duro e glacial. Lembra plantas presas no gelo. Deve acontecer no Ártico de o gelo tomar até a vegetação submarina. Estamos presas num bloco de gelo duro, cortante, transparente como um bloco de cristal. E esse cristal é atravessado por luz, como se a luz estivesse presa no gelo, como se o gelo fosse luz. Levamos muito tempo para reconhecer que podemos nos mover dentro do bloco de gelo em que estamos. Mexemos os pés dentro dos sapatos, tentamos bater a sola. Quinze mil mulheres batem o pé e não há nenhum ruído. O silêncio se solidifica como frio. A luz está imóvel. Estamos num meio em que o tempo foi abolido. Não sabemos se somos, só o gelo, a luz, a neve ofuscante, e nós, no gelo, na luz, no silêncio.

Ficamos imóveis. A manhã passa – tempo fora do tempo. E a borda do tabuleiro já não está tão definida. As filas se desagregam. Algumas dão uns passos, voltam para seu lugar. A neve cintila, imensa, sobre a extensão em que nada faz sombra. Recortados em arestas nítidas, os postes elétricos, os tetos dos barracões quase enterrados na neve, com os arames farpados traçados a bico de pena. O que eles querem fazer de nós?

O tempo passa sem que a luz se altere. Continua dura, gélida, sólida, o céu também azul, também duro. O gelo se comprime nos ombros. Pesa mais, nos esmaga. Não que tenhamos mais frio, tornamo-nos cada vez mais inertes, cada vez mais insensíveis. Presas num bloco de cristal além do qual, na memória distante, vemos os vivos. Viva diz: "Vou deixar de gostar dos esportes de inverno". Estranho que a neve possa lembrar-lhe outra coisa que não um elemento mortal, hostil, fora do natural, desconhecido até então.

A nossos pés, uma mulher senta-se na neve, desajeitada. Abstemo-nos de dizer: "Na neve não, você vai se resfriar". É ainda um reflexo da memória e das noções antigas. Senta-se e cava um lugar para si. Lembrança de leitura infantil, os animais que fazem seu leito para morrer. A mulher age com gestos miúdos e precisos, deita-se. O rosto na neve, ela geme baixinho. Suas mãos se afrouxam. Ela se cala.

Nós olhamos sem compreender.

A luz continua imóvel, ferina, fria. É a luz de um astro morto. E a imensidão gelada, de infinito deslumbrante, é de um planeta morto.

Imóveis no gelo em que estamos presas, inertes, insensíveis, perdemos todos os sentidos da vida. Ninguém diz: "Estou com fome. Estou com sede. Estou com frio". Transportadas de outro mundo, somos subitamente submetidas à respiração de outra vida, à morte viva, no gelo, na luz, no silêncio.

De repente, na estrada ao longo dos arames farpados, desponta um caminhão. Ele avança na neve. Sem barulho. É um caminhão aberto que deve ser usado para transportar pedregulho. Está carregado de mulheres. Estão em pé, cabeças descobertas. Cabecinhas raspadas de rapazinhos, cabeças magras, encostadas umas nas outras. O caminhão roda em silêncio com todas aquelas cabeças inscritas com traços incisivos no azul do dia. Um caminhão silencioso que desliza ao longo dos arames farpados como um fantasma específico. Um friso de rostos no céu.

As mulheres passam perto de nós. Gritam. Elas gritam e não ouvimos nada. O ar frio e seco deveria ser condutor se estivéssemos num ambiente terrestre comum. Elas gritam para nós sem que nos chegue nenhum som. Suas bocas gritam, seus braços estendidos para nós gritam, e tudo nelas. Cada corpo é um grito. Tochas que queimam com gritos de terror, gritos que assumiram corpos de mulheres. Cada uma é um grito materializado, um berro — que não se ouve. O caminhão roda em silêncio na neve, passa sob um pórtico, desaparece. Leva os gritos.

Outro caminhão igual ao primeiro, também carregado de mulheres que gritam e que não ouvimos, desliza e por sua vez desaparece sob o pórtico. Depois um terceiro. Dessa vez, somos nós, um grito que não é transmitido pelo gelo em que estamos presas — ou estamos ali fulminadas?

Na carga do caminhão, mortas estão misturadas às vivas. As mortas estão nuas, amontoadas. E as vivas se esforçam para evitar o contato das mortas. Mas com os trancos, com os solavancos, seguram-se a um braço ou a uma perna rígidos que passam por cima das grades. As vivas estão contraídas de medo. De medo e de

repugnância. Elas berram. Não ouvimos nada. O caminhão desliza em silêncio sobre a neve.
	Olhamos com olhos que gritam, que não acreditam.
	Cada rosto é escrito com tal precisão na luz de gelo, no azul do céu, que lá fica marcado eternamente.
	Eternamente, cabeças raspadas, apertadas umas contra as outras, que explodem em gritos, bocas retorcidas de gritos que não se ouvem, mãos agitadas num grito mudo.
	Os berros ficam escritos no azul do céu.

	Era o dia em que se esvaziava o bloco 25. As condenadas eram carregadas nos caminhões que subiam à câmara de gás. As últimas deviam antes carregar os cadáveres para incinerar, depois subir.
	Como as mortas eram jogadas imediatamente no crematório, nós nos perguntamos:
	"As do último caminhão, as vivas misturadas às mortas, elas passam pela câmara de gás ou a caçamba é toda despejada direto no braseiro?".

	Elas berravam porque sabiam, mas as cordas vocais tinham se rompido dentro de sua garganta.

	E nós, nós estávamos muradas no gelo, na luz, no silêncio.

No mesmo dia

Estávamos estatuificadas pelo frio, sobre o pedestal de gelo que eram nossas pernas fundidas ao gelo do chão. Todos os gestos foram abolidos. Coçar o nariz ou soprar as mãos fazia parte do mundo fantástico tal como um fantasma que coçasse o nariz ou soprasse as mãos. Alguém diz: "Creio que vão nos fazer voltar". Mas em nós nada responde. Tínhamos perdido consciência e sensibilidade. Estávamos mortas para nós mesmas. "Vão nos fazer voltar. Os primeiros esquadrões estão formando filas", e a ordem atingia todos os esquadrões. As filas se recompunham de cinco em cinco. As muralhas de gelo se ampliavam. Uma primeira coluna chegava à estrada.

Nós nos apoiávamos umas nas outras para não cair. No entanto, não sentíamos o esforço. Nossos corpos andavam fora de nós. Possuídas, despossuídas. Abstratas. Estávamos insensíveis. Andávamos com movimentos restritos, apenas o que as articulações congeladas permitiam. Sem falar. Voltamos ao campo. Não tínhamos previsto sair daquela imobilidade que se prolongava desde a última noite.

Estávamos voltando. A luz tornava-se menos implacável. Isso decerto é o crepúsculo. Talvez também tudo estivesse se embaralhando a nossos olhos, tanto os arames farpados, tão nítidos havia pouco, como a neve cintilante, agora manchada de diarreia. Poças sujas. Fim do dia. Mortas juncavam a neve, dentro das poças. Às vezes era preciso saltar sobre elas. Eram para nós obstáculos comuns. Impossível ainda sentirmos o que quer que fosse. Andávamos. Autômatos andavam. Estátuas de frio andavam. Mulheres exauridas andavam.

Estávamos andando quando Josée, na fila que nos precedia, virando-se para nós, disse: "Ao chegarem à porta, corram. Passem adiante". Ela acha que não ouço e repete: "Corram". A ordem se transmitia sem despertar em nós nenhuma vontade de executá-la, nenhuma imagem de nós correndo. Como se tivessem dito: "Se chover, abram os guarda-chuvas". Outro disparate.

Quando se produz uma debandada à nossa frente, sabemos que estamos à porta. Todas saem correndo. Elas correm. Os tamancos, os sapatos mal amarrados voam de todos os lados e elas não se preocupam nem um pouco. Correm. Numa confusão que seria grotesca para uma estátua de gelo, elas correm. Quando chega nossa vez, quando chegamos à porta, também nos pomos a correr, a correr em frente, decididas, sem interferência da nossa decisão ou da nossa vontade, a correr até perder o fôlego. E para nós isso não é grotesco. Corremos. Rumo a quê? Por quê? Corremos.

Não sei se eu tinha entendido que era preciso correr porque, de cada lado da porta e ao longo da Lagerstrasse, em fila dupla, tudo o que havia no campo em matéria de SS de saias, de prisioneiras com braçadeiras ou batas de todas as cores e de todas as categorias, todas estavam armadas de bengalas, bastões, correias, cintas, chibatas usadas como mangual para bater em tudo o que passasse entre as duas filas. Evitar uma bengalada significava cair a tempo de tomar uma chibatada. Os golpes choviam nas cabeças, nas nucas. E as fúrias vociferavam: Schneller!

Schneller![7] Mais depressa, mais depressa, batendo com o mangual mais depressa, cada vez mais depressa aquele grão que escoava, corria, corria. Não sei se eu tinha entendido que era preciso correr porque se tratava da vida. Eu corria. E ninguém pensava em não se conformar com o absurdo. Nós corríamos. Corríamos.

Não sei se recompus toda a cena depois, ou se na hora tive, por mim mesma, uma ideia de conjunto. No entanto eu tinha a impressão de estar dotada de faculdades muito argutas e atentas para ver tudo, entender tudo, prever tudo. Eu corria.

Era uma corrida insensata que teria sido preciso considerar de um ponto de vista habitual para avaliar toda a sua insensatez. Nenhuma de nós tinha condições de imaginar considerá-la de fora. Nós corríamos. Schneller. Schneller. Nós corríamos.

Chegando ao fundo do campo e sem fôlego, ouço alguém dizer: "Para o bloco agora. Depressa. Voltem para o bloco". A primeira voz humana que se ouve ao despertar. Recomponho-me e olho ao redor. Tinha perdido minhas companheiras. Outras chegavam depois de mim, se reconheciam: "Ah, você está aqui? E Marie? E Gilberte?".

Saio da alucinação de onde surgiam as caras retorcidas, as cabeças de fúrias congestionadas, descabeladas. Schneller. Schneller. E Drexler, que com o cabo da bengala enganchava uma de minhas vizinhas. Quem? Quem era? Impossível lembrar, e no entanto eu via seu rosto, sua expressão repentinamente imobilizada pelo pescoço estrangulado por trás, Drexler puxando a bengala, fazendo a mulher cair, jogando-a de lado. Quem era, então? E a fuga enlouquecida cuja loucura só um espectador de fora enxergaria, pois tínhamos cedido

---

7   Mais depressa! (Em alemão no original.)

imediatamente ao fantástico e esquecido os reflexos do ser normal diante do extravagante.

"Voltem ao bloco. Aqui. Por aqui." As primeiras que voltam a si orientam as outras. Entro na escuridão em que as vozes me dirigem. "Por aqui. Aqui. Isso. Suba." E me agarro às tábuas para subir ao nosso quadrado.

"O que você estava fazendo? De nós todas, só faltava você. Estávamos começando a nos preocupar." Mãos me içam.

— Com quem você estava?

— Comigo, estávamos juntas – diz Yvonne B. Esteve o tempo todo a meu lado, eu não a tinha visto.

— Vocês viram Hélène?

— Hélène?

— Sim, ela estava no chão, caída com Alice Viterbo, a quem dava o braço.

— Alice foi pega.

— Hélène queria arrastá-la, mas Alice já não conseguia se levantar.

— Então Hélène a deixou.

 Hélène ia chegando.

— Você conseguiu escapar?

— Alguém me desvencilhou e puxou gritando: "Deixe-a. Deixe". Voltei a correr. Tive de abandonar Alice. Não podemos ir procurar?

— Não. Não devemos sair do bloco.

As mulheres voltam uma a uma. Atordoadas. Exauridas. À medida que chegam, vamos contando.

— Viva, estão todas aí, do seu grupo?

— Sim. Todas, as oito.

— Ao lado, todas vocês estão aí?

— Não, falta a sra. Brabander.

— Quem mais falta?

— A sra. Van der Lee.

— Aqui Marie.
— E vovó Yvonne?
Chamamos as idosas, as doentes, as fracas.
— Estou aqui — responde a voz imperceptível de vovó Yvonne.
Contamos de novo. Faltam catorze.
Vi a sra. Brabander quando Drexler a segurou com a bengala. Ela disse à filha: "Fuja. Corra. Me deixe".
Eu tinha corrido, corrido sem ver nada. Tinha corrido, corrido sem pensar em nada, sem saber que havia um perigo, tendo apenas uma noção vaga e próxima ao mesmo tempo. Schneller. Schneller. Olhei uma vez para meu sapato, o cordão desamarrado, sem parar de correr. Tinha corrido sem sentir as bastonadas, as cintadas que me atingiam. E depois me deu vontade de rir. Ou melhor, não, tinha visto um duplo de mim que estava com vontade de rir. Meu primo dizia que um pato continuava correndo com o pescoço cortado. E aquele pato saiu correndo, correndo, com a cabeça caída para trás, que ele não via, aquele pato corria como nenhum pato jamais correu, olhando para o sapato e sem se importar com o resto, agora, com a cabeça caída, não corria mais nenhum risco.
Aguardamos, ainda com a esperança de ver chegarem as que faltavam. Elas não voltam. Em nossa espera, mal conseguimos falar, de tanta preocupação. Estamos ali numa naturalidade secundária. E conseguimos reconstituir.
— Elas só deixavam passar as jovens, entende. As que corriam bem. Todas as outras foram pegas.
— Eu queria tanto ter arrastado Alice. Segurei o quanto pude.
— A sra. Brabander corria muito bem.
E uma irmã dizia à outra: "Se uma coisa assim acontecer de novo, não se preocupe comigo. Fuja. Pense só em você. Promete? Jura?".

— Ouça, Hélène, de todo modo, com aquela perna, Alice não teria resistido.
— Pegaram muitas polonesas também.
— Com aquele rosto enrugado, a sra. Brabander aparentava ser velha.

Já se fala delas no passado.

A pequena Brabander, no seu vão, tem o olhar daquelas pessoas que nada mais poderá atingir.

Pergunto a mim mesma como um pato consegue correr com a cabeça cortada. Eu estava com as pernas paralisadas de frio.

O que vão fazer com elas?

A chefe do bloco, Magda, uma eslovaca, pede silêncio e diz alguma coisa que Marie-Claude traduz: "Precisam de voluntárias. Não vai demorar. As mais jovens". Parecia impossível ainda obter o menor esforço de nossos braços, de nossas pernas. Do nosso grupo, é Cécile que levanta: "Eu vou", e se calça. "É preciso ir, saber o que está acontecendo."

Ao voltar, ela batia os dentes. Literalmente, faziam barulho de castanholas. Estava congelada. E chorava. Nós a friccionávamos para aquecê-la, para fazer cessar aqueles tremores que nos tomavam, e a interrogávamos como se interroga uma criança, com palavras bobas. "Era para recolher as mortas que tinham ficado no campo. Precisamos levá-las para a frente do bloco 25. Havia uma que ainda estava viva, pendurava-se em nós. Queríamos levá-la embora, quando alguém gritou: 'Vão embora, vão embora! Não fiquem em frente do 25. Taube vai chegar e jogar vocês lá. Vão embora!'. Nossas companheiras já estão lá, as que foram pegas agora há pouco. Então, nós as deixamos e corremos. A moribunda me segurava pelos tornozelos."

Todas as catorze morreram. Disseram que Antoinette tinha sido mandada para a câmara de gás. Algumas duraram muito tempo. Parece que a sra. Van der Lee enlouqueceu. A que mais demorou para morrer foi Alice.

A perna de Alice

Uma manhã antes da chamada, a pequena Simone, que tinha ido ao banheiro atrás do bloco 25, volta toda trêmula: "A perna da Alice está lá. Venham ver".

Atrás do bloco 25, havia a morgue, um barracão de tábuas onde amontoavam os cadáveres saídos dos révirs[8]. Empilhados, esperavam o caminhão que os levaria ao forno crematório. Os ratos os devoravam. Pela abertura sem porta, podia-se ver o amontoado de cadáveres nus e os olhos brilhantes dos ratos que apareciam e desapareciam. Quando eram demasiados, os cadáveres passavam a ser empilhados fora.

É uma meda de cadáveres bem arrumados, como numa verdadeira meda de feno ao luar e na neve, à noite. Mas nós os vemos sem medo. Sabemos que aqui se chega aos limites do suportável e nos empenhamos em não ceder.

Deitada na neve, a perna de Alice está viva e sensível. Deve ter-se desprendido de Alice morta.

---

[8] Do alemão *Revier*, abreviação de *Krankenrevier*, enfermaria. Local para onde eram levadas as prisioneiras mais fracas ou doentes, que lá morriam ou eram selecionadas para serem submetidas a experiências.

Íamos de propósito ver se ainda estava lá e todas as vezes era insuportável. Alice abandonada morrendo na neve. Alice da qual não podíamos nos aproximar porque uma fraqueza nos paralisava. Alice que morria solitária e não chamava ninguém.

Alice estava morta havia semanas e a perna artificial ainda jazia na neve. Depois nevou de novo. A perna se cobriu. Reapareceu na lama. Aquela perna na lama. A perna de Alice – cortada viva – na lama.

Nós a vimos por muito tempo. Um dia ela não estava mais lá. Alguém decerto a pegou para fazer fogo. Certamente uma cigana, ninguém mais teria coragem.

Sténia

Ninguém consegue adormecer esta noite.

O vento sopra e assobia e geme. É o gemido que sobe dos pântanos, um soluço que infla, infla e explode e se tranquiliza num silêncio arrepiante, outro soluço que infla, infla e explode e se extingue.

Ninguém consegue adormecer.

E no silêncio, entre os soluços do vento, estertores. No início abafados, depois distintos, depois fortes, tão fortes que o ouvido que pretende localizá-los ainda os ouve quando o vento amaina.

Ninguém consegue adormecer.

Sténia, a blockhova, não consegue adormecer. Sai de seu quarto, o reduto que fica na entrada do bloco. Sua vela esquadrinha o corredor escuro entre os compartimentos em que estamos deitadas, sobrepostas. Sténia espera a rajada de vento se abater e, no silêncio em que os estertores se elevam, grita: "Quem está fazendo barulho? Silêncio!". Os estertores continuam, Sténia grita: "Silêncio!" e a agonizante não ouve. "Silêncio!" Os estertores preenchem todo o silêncio entre as ondas de vento, preenchem toda a escuridão da noite.

Sténia levanta a vela, dirige-se para os estertores, identifica a que está morrendo e ordena que a tragam para baixo. As companheiras da moribunda, sob os golpes de Sténia, a levam para fora. Deitam-na rente ao muro, com a maior delicadeza possível, e voltam para se deitar de novo.

A luz de Sténia se afasta, desaparece. As rajadas de vento e de chuva se lançam sobre o telhado a ponto de arrebentá-lo.

No barracão, ninguém consegue adormecer.

Uma planície
coberta de pântanos
de vagonetes
de pedregulho para os vagonetes
de pás e enxadas para os pântanos
uma planície
coberta de homens e de mulheres
para as enxadas os vagonetes e os pântanos
uma planície
de frio e de febre
para homens e mulheres
que lutam
e agonizam

De dia

Os pântanos. A planície coberta de pântanos. Os pântanos até o infinito. A planície gelada até o infinito.
Estamos atentas só aos nossos pés. Andar em fila cria uma espécie de obsessão. Olhamos sempre os pés que vão à nossa frente. Você tem aqueles pés que avançam, pesadamente, avançam à sua frente, aqueles pés que você evita e nunca alcança, aqueles pés que sempre precedem os seus, sempre, mesmo à noite num pesadelo de pisoteio, aqueles pés que fascinam a tal ponto que você os veria mesmo que estivesse na primeira fila, aqueles pés que se arrastam ou tropeçam, que avançam. Que avançam com seu ruído desigual, o passo desregulado. E, se você está atrás de alguém que está descalça porque lhe roubaram os sapatos, pés que andam descalços no gelo ou na lama, pés descalços, descalços na neve, pés torturados que você já não quer ver, pés lastimáveis em que você teme esbarrar, que atormentam a ponto de lhe causar mal-estar. Às vezes um tamanco sai de um pé, encalha na sua frente, atrapalha como uma mosca no verão. Você não para por causa daquele tamanco que a outra se abaixa para pegar. É preciso andar. Você anda. E ultrapassa a retardatária, que é rechaçada da fila para a beira do caminho, que corre para alcançar seu lugar e já

não distingue as companheiras agora tragadas pela onda das outras, e com os olhos procura seus pés, pois sabe identificá-los pelo sapato. Você anda. Você anda pelo caminho liso como uma pista de patinação ou viscoso de lama. De lama vermelha viscosa em que as solas grudam. Você anda. Anda rumo aos pântanos mergulhados em neblina. Anda sem ver nada, os olhos fixos nos pés que andam à sua frente. Você anda. Anda na planície coberta de pântanos. Pântanos até o horizonte. Na planície sem limites, na planície gelada. Você anda.

Andamos desde o amanhecer.

Há um momento em que o frio se agarra mais úmido aos ossos, mais brutal. O céu clareia. É dia. Dizem que é dia.

Tínhamos esperado amanhecer para partir. Todo dia esperávamos amanhecer para partir. Não se podia sair antes de clarear, antes que as sentinelas das guaritas pudessem atirar nos fugitivos. A ideia de fugir não ocorria a ninguém. É preciso ser forte para querer se evadir. É preciso saber contar com todos os músculos e com todos os sentidos. Ninguém pensava em fugir.

Era dia. Formavam-se as colunas. Nós nos deixávamos encaminhar para qualquer uma. Nossa única preocupação era não sermos separadas, assim nos mantínhamos bem coladas umas às outras.

Formadas as colunas, ainda havia uma longa espera. Milhares de mulheres levam muito tempo para sair, cinco de cada vez, contadas ao passarem. Transpor a porta exigia um retesamento. Passar sob os olhos de Drexler, de Taube, sob os olhos de tantos escrutinadores, todos atraídos por um colarinho mal fechado, um botão aberto, mãos não devidamente pendentes, número não tão legível. Diante do barracão de controle, uma SS tocava com sua bengala a primeira de cada fila e contava: Fünfzehn[9], Zwanzig[10], até cem, até duzentos, conforme a dimensão do commando[11]. Quando chegava ao fim, dois SS, cada um levando um cão pela correia, fechavam a marcha. Anel por anel, o campo lançava à luz do dia suas entranhas da noite.

Virava-se à direita ou à esquerda. À direita para os pântanos. À esquerda para as casas a serem demolidas, os vagonetes a serem carregados e empurrados. Durante semanas, tive o desejo de que virássemos à direita, porque então atravessaríamos um riacho de onde eu tirava água para beber. Durante semanas tive sede. Era para o pântano que íamos com maior frequência.

Enveredávamos pelo caminho. A opressão se atenuava. Podíamos ir de braço dado para nos ajudarmos a andar, levantar a gola, enfiar as mãos nas mangas. A coluna se alongava no caminho.

Hoje o caminho está coberto de gelo, brilhante como um espelho. Patinamos sobre o gelo. Caímos. A coluna anda. Há algumas que é preciso quase carregar, porque já não podem andar de tão inchadas que estão suas pernas. A coluna continua andando. Chegamos a outra curva, temida porque então o vento muda. Sopra em cheio no rosto, cortante, gelado. Sente-se a proximidade do pântano pelo nevoeiro. Andamos em meio a um nevoeiro em que não se vê nada. Não há nada para ver. Os pântanos até o infinito, a planície submersa em nevoeiro. A planície envolta num algodão gelado.

Estamos a caminho. Atentas apenas aos pés, andamos. Desde o instante em que clareou, estamos andando.

---

9 Quinze. (Em alemão no original.)
10 Vinte. (Em alemão no original.)
11 Do alemão *Kommando*, como eram chamados os grupos de trabalho em Auschwitz.

Andamos.
Quando andamos mais devagar, os SS que fecham a fila atiçam seus cães.
Andamos.
Na planície gelada, andamos.
À beira do pântano, a coluna para. Cada uma das graduadas que comandam o trabalho conta seu grupo: Fünfzehn. Zwanzig. Vierzig[12]. Não podemos sair do lugar. Elas continuam contando. Dreissig[13]. Fünfzig[14]. Não sair do lugar. Recontam. Depois nos levam até um monte de ferramentas que brilham debilmente no nevoeiro. Pegamos as enxadas. Ao lado há tragues[15] empilhadas. Pior para as que não forem suficientemente rápidas para se munir de uma enxada.

De enxada na mão, descemos ao pântano. Mergulhamos no nevoeiro mais denso do pântano. Não enxergamos nada diante de nós. Escorregamos para dentro de buracos, de valas. Os SS berram. Garantidos por suas botas, eles vão, vêm e mandam correr. Delimitam o esquadrão a ser trabalhado. É preciso retomar de onde as enxadas chegaram na véspera. Numa linha cujas extremidades se perdem no nevoeiro, como silhuetas de insetos, insetos miseráveis e desarmados, as mulheres se preparam, se curvam. Tudo berra. Os SS, as anweiserines[16], as kapos. É preciso enfiar a enxada no gelo, atingir a terra, tirar torrões, colocar esses torrões na trague que duas colocam à beira do sulco. Quando a trague está cheia, elas se vão. Andam dolorosamente, os ombros dilacerados pela carga.

12 Quinze. Vinte. Quarenta. (Em alemão no original.)
13 Trinta. (Em alemão no original.)
14 Cinquenta. (Em alemão no original.)
15 Grafia empregada pela autora a partir do alemão *Trage*: maca, padiola. Neste caso, para transportar carga.
16 Do alemão *Anweiserin*: instrutora, orientadora.

Vão esvaziar a trague numa montanha de torrões que elas escalam tropeçando, caindo. As carregadoras cumprem uma ronda ininterrupta que emborca, se recompõe, verga sob o peso, despeja a trague no topo do monte e volta a se colocar ao lado de uma escavadora. Ao longo de todo o percurso, bastonadas na nuca, vergastadas nas têmporas, chibatadas nos rins. Berros. Berros. Berros que berram até os confins invisíveis dos pântanos. Não são os insetos que berram. Os insetos estão mudos.

Para as escavadoras, as pancadas vêm de trás. São três fúrias que vão e voltam batendo em tudo à sua passagem, sem parar um instante, gritando, gritando sempre as mesmas palavras, as mesmas injúrias repetidas naquela língua incompreensível, revezando para golpear, para surrar, de preferência as mesmas, as que elas notaram, esta porque é baixinha e padece demais com a enxada, aquela porque é alta e seu tamanho as desafia, esta outra porque suas mãos estão sangrando, queimadas pelo frio. Os SS, mais afastados, acenderam uma fogueira de galhos. Estão se aquecendo. Seus cães estão se aquecendo com eles. Quando os berros chegam ao paroxismo, eles interferem, berram e batem também. Sem saber. Sem razão. Aos pontapés. Aos socos. Então se faz silêncio no pântano, como se a bruma se tornasse mais espessa e abafasse o barulho. Depois os berros voltam a romper o silêncio.

Foi por isso que esperamos se fazer dia. Esperamos se fazer dia para começarmos o dia.

O que está mais próximo da eternidade do que um dia? O que é mais longo do que um dia? Como podemos saber que ele está passando? Torrões se sucedem a torrões, o sulco recua, as carregadoras continuam sua ronda. E os berros, os berros, os berros.

O que é mais longo do que um dia? O tempo passa porque lentamente o nevoeiro se rasga. As mãos sentem-se menos entorpecidas. O sol, talvez, longe, vago. Pouco a pouco ele arranca farrapos de nevoeiro. O gelo amolece, amolece e derrete. Então os pés se atolam na lama, os tamancos se cobrem de lodo gelado que sobe até os tornozelos. Ficamos imóveis na água lamacenta, imóveis na água gelada. Para as carregadoras de tragues, torna-se mais difícil escalar o monte de torrões, molhado, escorregadio.

É dia.

O pântano empalidece com uma claridade nebulosa e fria com os raios amarelos do sol que perfuram a bruma.

O pântano volta a se liquefazer sob o sol que agora dissipou todo o nevoeiro.

É pleno dia.

É dia sobre o pântano em que brilham grandes juncos dourados.

É dia sobre o pântano em que se exaurem insetos de olhos assustados.

A enxada está cada vez mais pesada.

As carregadoras levam a trague cada vez mais baixa.

É dia sobre o pântano em que morrem insetos de forma humana.

A trague se torna impossível de erguer.

É dia até o fim do dia.

Fome. Febre. Sede.

É dia até anoitecer.

Os rins são um bloco de dor.

É dia até a noite.

Mãos geladas, pés gelados.

É dia sobre o pântano em que o sol faz cintilar ao longe formas de árvores em seu sudário de geada.

É dia por toda a eternidade.

A despedida

Ao meio-dia mandaram que elas saíssem. Ao passarem, a blockhova lhes arrancava o lenço da cabeça, o casaco. Farrapos de lenços, farrapos de casacos.
Era um dia de inverno seco e frio. Um desses dias de inverno em que se diz: "Seria bom andar". Pessoas. Em outro lugar.
O chão estava coberto de neve endurecida.
Despojadas de seu casaco, muitas tinham os braços nus. Cruzavam os braços e os esfregavam com as mãos magras. As outras protegiam a cabeça. Nenhuma tinha mais de um centímetro de cabelo, nenhuma estava ali havia muito tempo. Todas eram sacudidas por tremores.
O pátio era muito pequeno para contê-las, mas elas se comprimiam na parte ensolarada e empurravam para a sombra as que agonizavam. Sentadas na neve, esperavam. E por seu olhar via-se que não enxergavam nada, nada do que as rodeava, nada do pátio, nada das moribundas e das mortas, nada de si mesmas. Estavam ali, na neve, agitadas por tremores que não podiam reprimir.
De repente, como a um sinal, punham-se todas a berrar. Um berreiro que aumentava, subia, subia e se expandia por cima dos muros. Já não eram mais do que bocas que berravam, berravam para o céu. Um canteiro de bocas retorcidas.

O berreiro se quebrava e no silêncio ouviam-se soluços isolados. Elas se rendiam. Abatidas, talvez resignadas. Já não eram mais do que olhos fundos. Um canteiro de olhos fundos.

Logo, já não aguentavam aceitar, se resignar. Um berreiro se levantava, mais selvagem, subia e se quebrava e o silêncio voltava a cair com os soluços e os olhos fundos do desespero.

Na miscelânea dos farrapos e na multidão dos rostos, as que não choravam nem berravam já não tremiam.

E os berros recomeçavam.

Nada ouvia aqueles chamados da beira do pavor. O mundo se detinha longe daqui. O mundo que diz: "Seria bom andar". Só nossos ouvidos ouviam e nós já não éramos seres vivos. Esperávamos nossa vez.

Um último silêncio dura muito tempo. Teriam todas morrido? Não. Estão ali. Vencidas, e sua consciência continua recusando, recusa, se retesa, quer protestar, se debater. Os berros se levantam de novo, sobem e inflam e se expandem. Novamente já não são mais do que bocas berrando para o céu.

Os silêncios e os berros estriavam as horas.

O sol se retirava. A sombra tomava todo o pátio. Restava apenas uma fileira iluminada de cabeças que os últimos raios do dia mostravam como contornos ossudos, deformados pelos gritos.

Ouve-se então barulho de caminhões imediatamente encoberto pelos berros. E, quando a porta se abre, o pátio se torna grande demais. Todas se levantam e se espremem contra o muro oposto e, no espaço deixado vazio, sobre a neve suja, há mais cadáveres do que era possível contar.

Dois prisioneiros entram. Ao serem vistos, os berros se multiplicam. É o commando do céu.

Armados de bastões, querem fazer as mulheres refluírem para a porta. Elas não saem do lugar. Inertes. Depois cedem. Quase sem que as empurrem, elas se aproximam. O primeiro caminhão está parado rente à porta.

Um prisioneiro está em pé em cima do caminhão, um gigante com um casaco de gola alta de pele, um gorro de astracã cobrindo as orelhas.

(Os do commando do céu são privilegiados. Vestem-se bem, comem bem. Por três meses. Passado esse tempo, são substituídos por outros, que por sua vez os expedem. Para o céu. Assim é de três em três meses. São eles que fazem a manutenção das câmaras de gás e das chaminés.)

De costas, vê-se em seu casaco a cruz de zarcão. As mulheres também têm a cruz vermelha; agora há cada vez mais vestidos listrados trazendo a cruz.

Os dois outros empurram as mulheres na direção dele. Ele abre seu cinto e o segura firme pelas extremidades, passa-o debaixo dos braços das mulheres, uma a uma, e as ergue. Joga-as na carroceria do caminhão. Quando se recompõem, elas se levantam. Há reflexos inalteráveis.

Hã. Hã. Mais uma, mais uma. Hã. Hã. Mais uma.

Ele trabalha depressa, como quem conhece seu trabalho e quer fazê-lo cada vez melhor. O caminhão está cheio. Não o suficiente. Empurrando com as costas, ele comprime, comprime e depois continua a carregar. As mulheres se esmagam umas contra as outras. Já não gritam, já não tremem.

Quando não consegue mesmo fazer caber mais nada, ele pula para o chão, ergue a grade traseira do caminhão, prende as correntinhas. Dá uma última olhada em seu trabalho como se fosse um trabalho. No corpo a corpo, ainda agarra mais algumas e as joga por cima das outras. As outras as recebem na cabeça, nos ombros. Elas não gritam, não tremem. Concluído o carregamento, ele sobe ao lado do motorista. Vamos! O SS arranca.

Drexler assiste à partida. Com os punhos no quadril, ela supervisiona, como um chefe que supervisiona um trabalho e está satisfeito.

As mulheres no caminhão não gritam. Apertadas demais, tentam desvencilhar os braços ou o torso. Incompreensível que ainda se desvencilhe um braço, que ainda se queira um apoio.

Uma mantém o busto muito para trás, por cima das grades laterais. Ereta. Rígida. Seus olhos faíscam. Olha para Drexler com ódio, desprezo, um desprezo de matar. Não berrou com as outras, seu rosto é marcado só pela doença.

O caminhão arranca, Drexler o segue com o olhar.

Quando o caminhão se distancia, ela agita a mão dando adeus e ri. Ela ri. E por muito tempo fica dando adeus com a mão.

É a primeira vez que a vemos rir.

Outro caminhão chega à porta do bloco 25.

Não olho mais.

A chamada

Quando ela se prolonga, é porque tem alguma coisa acontecendo. Erro de conta ou perigo. Que tipo de perigo? Nunca se sabe. Um perigo.

Aproxima-se um SS, que reconhecemos imediatamente. O médico. Na mesma hora as mais fortes tomam a frente, as mais azuis beliscam as bochechas. Ele vem na nossa direção, olha para nós. Será que sabe o que nos oprime sob seu olhar?

Ele passa.

Voltamos a respirar.

Mais adiante, ele para nas fileiras das gregas. Pergunta: "Quais são as mulheres de vinte a trinta anos que tiveram um filho vivo?".

É preciso renovar as cobaias do bloco de experiências.

As gregas acabaram de chegar.

Quanto a nós, estamos aqui há muito tempo. Algumas semanas. Magras demais ou fracas demais para nos abrirem a barriga.

A noite

Os polvos nos apertavam com seus músculos viscosos e quando desvencilhávamos um braço era para sermos estranguladas por um tentáculo que se enrolava no pescoço, apertava as vértebras, apertava-as até estalarem, as vértebras, a traqueia. O esôfago, a laringe, a faringe e todos aqueles tubos do pescoço, apertava-os a ponto de quebrá-los. Era preciso liberar a garganta e, para se livrar do estrangulamento, ceder os braços, as pernas, a cintura aos tentáculos preensores, invasores que se multiplicavam infinitamente, surgiam por todo lado, tantos que éramos tentadas a abandonar a luta e aquela vigilância extenuante. Os tentáculos se desenrolavam, desenrolavam sua ameaça. A ameaça era suspensa por um longo momento e nós ficávamos ali, hipnotizadas, incapazes de arriscar uma esquiva diante do animal que se abatia, se contorcia, grudava, triturava. Estávamos prestes a sucumbir quando de repente tínhamos a impressão de acordar. Não são polvos, é lama. Nadamos na lama, uma lama viscosa com os tentáculos incansáveis de suas ondas. É um mar de lama no qual temos de nadar, nadar com força, nadar até a exaustão e nos esfalfar para manter a cabeça acima dos turbilhões de sujeira. Estamos contraídas de nojo, a lama entra nos olhos, no nariz, na boca, sufoca, e batemos os braços para tentar voltar ao prumo naquela lama que nos envolve com seus braços de polvo. E seria pouco nadar na lama se não fôssemos obrigadas a carregar tragues cheias de torrões de terra, tão pesadas que a carga arrasta irremediavelmente para o fundo, e é por isso que a lama entra na garganta e nas orelhas, grudenta, gelada. Manter essa trague acima da cabeça custa um esforço sobre-humano e a companheira da frente se afunda, desaparece, é engolida pela lama. É preciso puxá-la, fazê-la voltar à superfície da lama, soltar a trague, impossível desvencilhar-se dela, está acorrentada a nossos pulsos, tão firme, tão apertada que caímos as duas num corpo a corpo mortal, ligadas uma à outra pela trague da qual os torrões transbordam confundindo-se com a lama que remexemos numa última tentativa de nos soltar e a trague está agora cheia de olhos e dentes, de olhos que brilham, de dentes que riem e iluminam a lama como madréporas fosforescentes numa água espessa, e todos aqueles olhos e dentes ardem em chamas e vociferam, dardejam e mordem de todos os lados e berrando: Schneller, schneller, weiter, weiter[17], e, quando damos socos naquelas caras todas de dentes e olhos, os punhos só encontram leucomas moles, esponjas podres. Queremos nos salvar, nadar para fora daquela vasa. O lamaçal está cheio como piscina cheia num meio-dia de verão e esbarramos por todo lado em massas fugazes e oleosas que impedem qualquer retirada, e os ombros rolam, se reviram, empurram outros ombros. É um encavalamento de corpos, uma mistura de braços e pernas e, quando finalmente acreditamos alcançar algo sólido, é porque batemos contra as tábuas em que dormimos e tudo se esvanece na sombra em que se mexem uma perna que é a de Lulu, um

---

17 Mais rápido, mais rápido, adiante, adiante. (Em alemão no original.)

braço que é de Yvonne, uma cabeça no meu peito que me oprime é a cabeça de Viva e, despertada pela sensação de que estou à beira do vazio, à beira do quadrado, à beira de cair no corredor, volto a cair num outro pesadelo, pois toda aquela caverna de escuridão respirava, respirava e resfolegava, agitada em todos os seus recantos por mil sonos dolorosos e mais pesadelos. Da sombra destaca-se uma sombra que desliza, desliza para o chão dentro da lama e corre para a porta da caverna e aquela sombra acorda outras que deslizam e correm e têm dificuldade para encontrar seu caminho pela noite, tateiam e hesitam, se roçam, falam palavras sem nenhum sentido: "Onde estão meus sapatos? É você? É disenteria, a terceira vez que saio". Outras sombras voltam, procuram seu lugar com as mãos, o lugar de sua cabeça pelo toque de uma cabeça, e de todos os patamares erguem-se os pesadelos, tomam forma na sombra, de todos os patamares erguem-se os lamentos e os gemidos dos corpos mortificados que lutam contra a lama, contra os rostos de hienas que berram: Weiter, weiter, pois as hienas berram aquelas palavras e o único recurso é se encolher e tentar suscitar um pesadelo suportável, talvez aquele em que chegamos em casa, em que voltamos e dizemos: Sou eu, estou aqui, voltei, vejam. Mas todos os membros da família que acreditávamos torturados de preocupação viram-se para a parede, ficam mudos, estranhamente indiferentes. Dizemos de novo: sou eu, estou aqui, agora sei que é verdade, que não estou sonhando, sonhei tantas vezes que voltava e ao acordar era horrível, desta vez é verdade, é verdade porque estou na cozinha, tocando na pia. Está vendo mamãe, sou eu, e o frio da pedra da pia me tira do sono. É um tijolo solto da mureta que separa o cubículo do cubículo vizinho em que outras larvas dormem, gemem e sonham debaixo dos cobertores que as cobrem – são mortalhas que as cobrem pois estão mortas, hoje ou amanhã tanto faz, estão mortas para a volta à cozinha em que sua mãe as espera e nos sentimos precipitar num buraco de sombra, um buraco sem fim – é o buraco da noite ou outro pesadelo, ou nossa verdadeira morte, e nos debatemos furiosamente, nós nos debatemos. É preciso voltar, voltar para casa, voltar para tocar com nossas mãos a pedra da pia e lutamos contra a vertigem que nos atrai para o fundo do buraco da noite ou da morte, empregamos uma última vez nossa energia num esforço desesperado, e nos seguramos no tijolo, o tijolo frio que carregamos encostado em nosso coração, o tijolo que arrancamos de uma pilha de tijolos cimentados pelo gelo, quebrando o gelo com as unhas, depressa depressa os bastões e as correias voam – depressa mais depressa as unhas sangram – e aquele tijolo frio contra nosso coração nós o levamos para outra pilha, num cortejo melancólico em que cada uma tem um tijolo no coração, pois é assim que se transportam os tijolos aqui, um tijolo após o outro, da manhã à noite, de uma pilha de tijolos a outra pilha de tijolos, da manhã à noite, e não basta levar os tijolos o dia todo ao canteiro de obras, nós os levamos também à noite, pois à noite tudo nos persegue ao mesmo tempo, a lama do pântano em que nos atolamos, os tijolos frios que é preciso levar encostados no coração, as kapos que berram e os cães que, eles sim, andam na lama como em terra firme e nos mordem a um sinal dos olhos chamejantes da sombra e recebemos o bafo quente e úmido do cão no rosto e nas nossas têmporas goteja o medo. E a noite é mais exaustiva do que o dia, povoada de tosses e de estertores das que agonizam solitárias, espremidas contra as outras que lutam com a lama, os cães, os tijolos e os berros, as que encontraremos mortas ao acordar, que transportaremos pela lama até diante da porta, que deixaremos lá, enroladas no cobertor em que deixaram a vida. E cada morta é tão leve e tão pesada quanto as sombras da noite, leve por tão descarnada, e pesada por uma soma de sofrimentos que ninguém nunca partilhará.

E, quando o apito apita o despertar, não é só a noite que termina

pois a noite só termina com as estrelas que se descolorem e o sol que se colore,

não é só a noite que termina

pois a noite só termina com o dia,

quando o apito apita o despertar há todo um estreito de eternidade a ser atravessado entre a noite e o dia.

Quando o apito apita o despertar é um pesadelo que se imobiliza, um outro pesadelo que começa

só há um momento de lucidez entre os dois, aquele em que escutamos as batidas de nosso coração escutando se ele tem força para bater por muito tempo ainda

muito tempo significa dias porque não se pode contar nosso coração em semanas nem meses, contamos em dias e cada dia conta mil agonias e mil eternidades.

O apito apita no campo, uma voz grita: "Zell Appell" e nós ouvimos: "C'est l'appel"[18], e uma outra voz: "Aufstehen"[19], e não é o fim da noite

não é o fim da noite para as que deliram nos révirs

não é o fim da noite para os ratos que atacam seus lábios ainda vivos

não é o fim da noite para as estrelas geladas no céu gelado

não é o fim da noite

---

18 *Zell Appell* é a reprodução aproximada, em alemão, do som do francês *C'est l'appel*: "é a chamada".
19 Levantar. (Em alemão no original.)

é a hora em que as sombras voltam para as paredes,
em que outras sombras saem para a noite
é o fim de mil noites e de mil pesadelos.

Até cinquenta

O homem se ajoelha. Cruza os braços. Abaixa a cabeça. O kapo se adianta. Traz seu bastão. Aproxima-se do homem ajoelhado e se firma bem sobre as pernas.

O SS aproxima-se com o cão.

O kapo ergue o bastão que está segurando com as duas mãos, desfere um golpe nos rins. Eins[20].

Outro. Zwei.

Outro. Drei.

É o homem que conta. No intervalo entre os golpes, nós o ouvimos.

Vier.

Fünf. Sua voz se enfraquece.

Sechs.

Sieben.

Acht. Não ouvimos mais. Mas ele continua contando. Precisa contar até cinquenta.

A cada golpe, seu corpo se dobra um pouco mais. O kapo é alto, bate da sua altura, com sua força.

A cada golpe, o cão late, quer saltar. Sua cara segue a trajetória do bastão.

---

20 Um. E segue a contagem: dois, três, quatro... até oito. (Em alemão no original.)

"Weiter", nos grita a anweiserine porque estamos imóveis com nossas enxadas.

"Weiter." Nossos braços voltam a cair.

Batem no homem fazendo o barulho de quando se bate num tapete.

Continua contando. O SS escuta se ele está contando.

É interminável, cinquenta bastonadas nas costas do homem.

Nós contamos. Ele que conte, ele também! Continue contando!

Sua cabeça toca o chão. A cada golpe seu corpo tem um sobressalto que o desloca. Cada golpe nos dá um sobressalto.

É interminável, o barulho de cinquenta bastonadas nas costas de um homem.

Se ele parasse de contar, os golpes se interromperiam e recomeçariam do zero.

É interminável e ecoa, cinquenta golpes de bastão nas costas de um homem.

A tulipa

Ao longe se desenha uma casa. Sob as rajadas, lembra um barco no inverno. Um barco ancorado num porto nórdico. Um barco no horizonte cinza.

Íamos de cabeça baixa sob as rajadas de neve derretida que açoitavam o rosto, espetavam como granizo. A cada rajada, temíamos a seguinte e curvávamos mais a cabeça. A rajada desabava, estapeava, lacerava. Um punhado de sal grosso lançado com toda a violência em pleno rosto. Avançávamos, empurrando à nossa frente uma falésia de vento e neve.

Aonde íamos?

Era uma direção que nunca tínhamos tomado. Tínhamos virado antes do riacho. O caminho de aterro margeava um lago. Um grande lago gelado.

Para onde íamos? O que faríamos por ali? A pergunta que nos fazia o amanhecer a cada amanhecer. Que trabalho nos espera? Pântano, vagonetes, tijolos, areia. Pensar naquelas palavras nos fazia perder a coragem.

Andávamos. Interrogávamos a paisagem. Um lago gelado cor de aço. Uma paisagem que não responde.

O caminho se afasta do lago. A parede de vento e de neve se desloca para o lado. É então que aparece a casa. Andamos mais devagar. Vamos na direção de uma casa.

Ela fica à beira do caminho. De tijolos vermelhos. A chaminé fumega. Quem será que mora naquela casa perdida? Ela se aproxima. Veem-se cortinas brancas. Cortinas de musseline. Dizemos "musseline" com doçura na boca. E, diante das cortinas, no entremeio das janelas duplas, há uma tulipa.

Os olhos brilham como diante de uma aparição. "Vocês viram? Vocês viram? Uma tulipa." Todos os olhares se voltam para a flor. Aqui, no deserto de gelo e neve, uma tulipa. Cor-de-rosa entre duas folhas pálidas. Olhamos para ela. Esquecemos o granizo que açoita. A coluna anda mais devagar. "Weiter", grita o SS. Nossas cabeças ainda estão voltadas para a casa muito depois de termos passado por ela.

O dia todo pensamos na tulipa. A neve derretida caía, colava nas costas de nosso casaco encharcado e enrijecido. O dia era longo, tão longo quanto todos os dias. No fundo da vala que escavávamos, a tulipa desabrochava em sua corola delicada.

Na volta, bem antes de chegar à casa do lago, nossos olhos a espreitavam. Estava lá, sobre o fundo das cortinas brancas. Taça cor-de-rosa entre as folhas pálidas. E durante a chamada, às companheiras que não estavam conosco, dizíamos: "Nós vimos uma tulipa".

Não voltamos mais àquela vala. Outras devem tê-la terminado. De manhã, na encruzilhada de onde saía o caminho do lago, tínhamos um momento de esperança.

Quando soubemos que era a casa do SS que comandava a pesca, odiamos nossa lembrança e aquela ternura que eles ainda não tinham secado em nós.

De manhã

Da beira da escuridão uma voz gritava "Aufstehen". Da escuridão uma voz em eco gritava "Stavache"[21], e havia uma agitação escura de onde cada uma puxava seus membros. Só tínhamos de achar nossos sapatos para pular para baixo. Sobre aquelas que não surgiam depressa das cobertas, a correia assobiava e açoitava. A correia, na mão da stubhova que estava em pé no corredor, voava até o terceiro patamar, voava até o meio dos catres, açoitava os rostos, as pernas doloridas de sono. Quando tudo se agitava e se mexia, quando os cobertores por todo lado se sacudiam e se dobravam, ouvia-se um barulho de metal batendo, o vapor embaçava a cintilação da vela no centro da escuridão, viam-se os latões para servir o chá. E as que acabavam de entrar apoiavam-se na parede, a respiração acelerada, segurando o coração com a mão no peito. Estavam voltando das cozinhas que eram longe, longe quando se carrega um latão enorme cujas alças cortam as palmas das mãos. Longe na neve, no gelo ou na lama onde se avançam três passos e se recuam dois, avançando e recuando, caindo e levantando e caindo de novo sob o peso da carga excessiva para braços sem força. Depois

---

21 Reprodução aproximada do som do polonês *wstawác*: levantar.

que recuperam o fôlego, elas dizem: "Está fazendo frio esta manhã, mais frio do que à noite". Elas dizem "esta manhã". Ainda é noite, pouco mais de três horas.

O chá exala um cheiro enjoativo. As stubhovas o servem escassamente para nossas sedes febris. Reservam a maior parte para sua higiene. É a melhor maneira de utilizá-lo, decerto, e vem-nos o desejo de também nos lavarmos com uma boa água quente. Não nos lavamos desde que chegamos, nem mesmo as mãos com água fria. Tomamos o chá nas nossas gamelas, que cheiram à sopa da véspera. Também não há água para as gamelas. Tomar o chá é vencer uma grande luta, numa confusão de bastonadas, cotoveladas, socos, berros. Devoradas pela sede e pela febre, rodopiamos na confusão. Bebemos em pé, empurradas pelas que temem não serem servidas e pelas que querem sair, porque precisam sair imediatamente, uma vez que estão em pé devem sair imediatamente. O apito dá o último apito. Alles raus[22].

A porta está aberta para as estrelas. A cada manhã nunca fez tanto frio. A cada manhã tem-se a impressão de que, se suportamos até aqui, agora é demais, não aguentamos mais. No limiar das estrelas hesitamos, vontade de recuar. Então os bastões, as correias e os berros se desatam. As primeiras perto da porta são lançadas no frio. Do fundo do bloco, sob os bastões, um empurrão lança todo mundo no frio.

Fora, é o chão descoberto, montes de pedras, montes de terra, obstáculos a serem contornados, valas a serem evitadas, com gelo, lama ou neve e os excrementos da noite. Fora, o frio toma tudo, toma até os ossos. Estamos trespassadas de frio. Lâminas congeladas. Fora, a noite é

---

22 Todas para fora. (Em alemão no original.)

clara de frio. As sombras de lua são azuis sobre o gelo ou sobre a neve.

É a chamada. Todos os blocos entregam suas sombras. Com movimentos entorpecidos de frio e de cansaço uma multidão cambaleia na direção da Lagerstrasse. A multidão se ordena em filas de cinco numa confusão de gritos e socos. Leva muito tempo para que se enfileirem todas aquelas sombras que escorregam no gelo, na lama ou na neve, todas aquelas sombras que se procuram e se aproximam para se expor o mínimo possível ao vento gelado.

Depois o silêncio se instala.

O pescoço enfiado nos ombros, o tórax encolhido, cada uma põe as mãos debaixo dos braços da que está à sua frente. Na primeira fila, não podem fazer isso, nós nos revezamos com elas. Costas encostadas no peito, nós nos mantemos muito juntas, estabelecendo assim para todas uma mesma circulação, uma mesma rede sanguínea, estamos todas congeladas. Aniquiladas pelo frio. Os pés, extremidades longínquas e separadas, deixam de existir. Os sapatos ainda estavam molhados da neve e da lama de ontem, de todos os ontens. Não secam nunca.

Teremos de permanecer imóveis por horas, no frio e no vento. Não falamos. As palavras congelam em nossos lábios. O frio acomete de estupor toda uma multidão de mulheres que estão em pé, imóveis. Na noite. No frio. No vento.

Ficamos em pé imóveis e o admirável é ficarmos em pé. Por quê? Ninguém pensa "para que" ou então não diz. No limite de nossas forças, ficamos em pé.

Estou em pé no meio de minhas companheiras e penso que, se um dia voltar e quiser explicar esse inexplicável, direi: "Eu dizia a mim mesma: você tem de aguentar, você precisa aguentar em pé durante toda a chamada. Precisa aguentar ainda hoje. É porque você vai aguentar hoje que você voltará, se algum dia voltar". E será mentira. Eu não dizia nada a mim mesma. Não pensava nada. A vontade de resistir sem dúvida estava numa esfera muito mais oculta e secreta que se rompeu desde então, nunca saberei. E, se as mortas exigissem que as que voltassem explicassem, elas não conseguiriam. Eu não pensava nada. Não olhava nada. Não sentia nada. Era um esqueleto de frio com o frio soprando em todos os abismos que as costelas fazem num esqueleto.

Estou em pé no meio de minhas companheiras. Não olho as estrelas. São cortantes de frio. Não olho os arames farpados iluminados de branco no escuro. São garras de frio. Não olho nada. Vejo minha mãe com aquela máscara de vontade enrijecida que seu rosto se tornou. Minha mãe. Longe. Não olho nada. Não penso nada.

Cada lufada aspirada é tão fria que deixa em carne viva todo o circuito respiratório. O frio nos despe. A pele deixa de ser aquele invólucro bem fechado que ela é para o corpo, mesmo para a calor do ventre. Os pulmões se agitam no vento de gelo. Roupa no varal. O coração está encolhido de frio, contraído, tão contraído que dói, e de repente sinto alguma coisa quebrando, ali, no meu coração. Meu coração se desprende do peito e de tudo o que o cerca e o segura no lugar. Sinto uma pedra cair dentro de mim, cair de uma vez. É meu coração. E um maravilhoso bem-estar me invade. Como estou bem, desvencilhada daquele coração frágil e exigente. Distendo-me numa leveza que deve ser a da felicidade. Tudo se derrete em mim, tudo adquire a fluidez da felicidade. Abandono-me e é doce abandonar-se à morte, mais doce do que ao amor e saber que chegou ao fim, fim de sofrer e lutar, fim de pedir o impossível a este coração que não aguenta mais. A vertigem dura menos do que um lampejo, o suficiente para tocar uma felicidade que eu não sabia existir.

E, quando volto a mim, é com o choque dos tapas que Viva me desfere nas faces, com toda a força, apertando a boca, revirando os olhos. Viva é forte. Ela não desmaia na chamada. Eu, todas as manhãs. É um momento de felicidade indescritível. Viva jamais deverá saber.

Ela diz e diz de novo meu nome, que me chega distante do fundo do vazio – ouço a voz de minha mãe. A voz se torna dura: "Coragem. De pé". E sinto que dependo de Viva, como o filho de sua mãe. Estou pendurada nela, que me impediu de cair na lama, na neve de onde ninguém se levanta. E preciso lutar para escolher entre a consciência que é sofrimento e o abandono que era felicidade, e escolho porque Viva me diz: "Coragem. De pé". Não discuto sua ordem, no entanto tenho vontade de ceder uma vez, uma vez pois será a única. É tão fácil morrer aqui. Apenas soltar o coração.

Volto a me apossar de mim mesma, volto a me apossar de meu corpo como de uma roupa que se veste fria e molhada, de meu pulso que retorna e bate, de meus lábios queimados de frio com as comissuras que se rasgam. Volto a me apossar da angústia que me habita e da minha esperança que eu violento.

Viva abandonou sua voz dura e pergunta: "Está melhor?" e sua voz é tão reconfortante e terna que respondo: "Sim, Viva. Estou melhor". São meus lábios que respondem rasgando um pouco mais as rachaduras de febre e de frio.

Estou no meio de minhas companheiras. Retomo lugar no precário calor comum criado por nosso contato e, já que é preciso voltar completamente a si, volto à chamada e penso: É a chamada da manhã – que título poético seria –, é a chamada da manhã. Eu já não sabia se era manhã ou noite.

É a chamada da manhã. O céu se colore lentamente a leste. Um feixe de chamas se espalha, chamas geladas, e a sombra que afoga nossas sombras se dissolve aos poucos e com essas sombras modelam-se os rostos. Todos os rostos são arroxeados e lívidos, acentuam-se neles o arroxeado e a lividez à medida que a claridade toma o céu e distinguem-se agora aqueles que a morte tocou na noite anterior e que levará na próxima. Pois a morte se desenha no rosto, imprime-se nele implacavelmente e não é preciso que nossos olhares se encontrem para todas nós entendermos, ao olhar para Suzanne Rose, que ela vai morrer, ao olhar para Mounette, que ela vai morrer. A morte está marcada na pele colada às maçãs do rosto, à pele colada às órbitas, à pele colada aos maxilares. E sabemos que de nada serviria agora evocar a casa, o filho, a mãe delas. É tarde demais. Nada mais podemos fazer por elas.

A sombra se dissolve um pouco mais. Os latidos dos cães se aproximam. São as SS chegando. As blockhovas gritam "Silêncio!" em suas línguas impossíveis. O frio morde as mãos que saem de baixo dos braços. Quinze mil mulheres se põem em alerta.

As SS passam – enormes com a pelerine preta, as botas, o capuz preto alto. Elas passam e contam. E isso leva muito tempo.

Depois que elas passam, cada uma de nós volta a pôr as mãos debaixo das axilas da outra, as tosses até então contidas se exalam e as blockhovas gritam "Silêncio!" para as tosses, em suas línguas impossíveis. É preciso esperar mais, esperar o dia.

A sombra se dissolve. O céu se incendeia. Veem-se passar agora cortejos alucinantes. A pequena Rollande pede: "Deixem-me ficar na primeira fila, quero ver". Mais tarde ela dirá: "Eu tinha certeza de reconhecê-la, ela tinha os pés deformados, tinha certeza de reconhecê-la pelos pés". Sua mãe tinha ido para o révir alguns dias antes. Todas as manhãs ela espreitava para lembrar que dia a mãe seria morta.

Passam cortejos alucinantes. São as mortas que à noite são tiradas dos révirs para serem levadas à morgue. Estão nuas sobre uma maca feita de paus unidos grosseiramente, uma maca muito curta. As pernas – as tíbias – vão penduradas com os pés na ponta, magros e descalços. A cabeça pende do outro lado, ossuda e raspada. Um cobertor esfarrapado está jogado no meio. Quatro prisioneiras levam a maca, cada uma segurando por um cabo, e na verdade os pés vão para a frente, era sempre naquele sentido que as carregavam. Andam com dificuldade na neve ou na lama, vão jogar o cadáver na pilha perto do 25, voltam com a maca um pouco menos pesada e passam de novo com outro cadáver. Todos os dias esse é seu trabalho do dia todo.

Vejo-as passar e me reteso. Agora há pouco eu me rendia à morte. A cada amanhecer, a tentação. Quando passa a maca me reteso. Quero morrer, mas não passar na maca pequenina. Não passar na maca pequenina com as pernas penduradas e a cabeça pendurada, nua sob um cobertor esfarrapado. Não quero passar na maca pequenina.

A morte me tranquiliza: não vou sentir. "Você não tem medo do crematório, então por quê?" Como é fraternal a morte. Os que a pintaram com um rosto hediondo nunca a viram. A repugnância vence. Não quero passar na maca pequenina.

Então sei que todas as que passam passam por mim, todas as que morrem morrem por mim. Vejo-as passar e digo não. Deixar-se deslizar para a morte, aqui na neve. Deixe-se deslizar. Não, porque há a maca pequenina. Há a maca pequenina. Não quero passar na maca pequenina.

A sombra se dissolve completamente. Faz mais frio. Ouço meu coração e falo com ele como Arnolphe[23] fala com seu coração. Falo com ele.

---

23 Personagem de *Escola de mulheres* (1662), de Molière (1622-1673).

Quando chegará o dia em que deixará de haver esse controle do coração, dos pulmões, dos músculos? O dia em que terminará essa solidariedade obrigatória do cérebro, dos nervos, dos ossos e de todos esses órgãos que temos na barriga? Quando chegará o dia em que já não nos conheceremos, meu coração e eu?

O vermelho do céu se apaga e todo o céu empalidece e à distância do céu pálido aparecem os corvos, que se lançam escuros sobre o campo, em voos densos. Esperamos o fim da chamada.

Esperamos o fim da chamada para partir para o trabalho.

Weiter

Os SS nos quatro cantos marcavam os limites que não deviam ser ultrapassados. Era um grande canteiro de trabalho. Nele encontrava-se reunido tudo o que nos atormentava à noite: pedregulho a ser quebrado, caminho a revestir com pedras, areia a ser extraída, tragues para transportar pedregulho e areia, valas a serem escavadas, tijolos a transportar de uma pilha para outra. Distribuídas em diferentes equipes com as polonesas, quando nos cruzávamos trocávamos um sorriso triste.

Assim que o sol brilhava, fazia menos frio. Na pausa do meio-dia, sentávamos sobre alguns materiais, para comer. A sopa engolida – levava apenas alguns minutos, o mais demorado era a distribuição, a espera em filas na frente do latão –, restava-nos um pouco de tempo até voltarmos ao pedregulho, à areia, ao caminho, à vala e aos tijolos. Matávamos piolhos nas chanfraduras de nossos vestidos. É onde eles mais se enfiam. A quantidade era tal que matá-los não fazia diferença. Era nossa recreação. Melancólica. A distração do meio-dia quando podíamos nos sentar porque fazia bom tempo.

Reunidas por pequenos grupos de amigas, falávamos. Cada uma contava de sua província, sua casa, convidava as outras para visitá-la. Vocês vão, não é? Vocês vão. Nós prometíamos. Quantas viagens fizemos.

"Weiter." O grito rompe o embalo de nossos sonhos.
"Weiter." A quem se dirige?
"Weiter."
Uma mulher caminha rumo ao riacho, com a gamela na mão, decerto para lavá-la. Ela para, indecisa.
"Weiter." É para ela?
"Weiter." Na voz do SS há um tom de zombaria.
A mulher hesita. Deve mesmo continuar? Não é permitido debruçar sobre o riacho naquele lugar?
"Weiter", ordena o SS, mais imperioso.
A mulher se afasta mais, para de novo. Em pé no fundo do pântano, tudo nela interroga: "Aqui é permitido?"
"Weiter", berra o SS.
Então a mulher anda. Sobe o curso do riacho.
"Weiter."
Um tiro. A mulher desaba.
O SS volta a pôr a arma a tiracolo, assobia para seu cão, vai na direção da mulher. Debruçado por cima dela, ele a vira como se faz com uma caça.
Os outros SS, do lugar em que estão, dão risada.
Ela mal havia ultrapassado o limite de vinte passos.
Nós nos contamos. Estamos todas ali?
Quando o SS apontou e mirou, a mulher andava ao sol.
Foi morta com um tiro certeiro.
Era uma polonesa.

Algumas não viram nada e indagam. As outras se perguntam se viram e não dizem nada.

A sede

A sede é a história dos exploradores, como se sabe, nos livros da nossa infância. É no deserto. Os que veem miragens e caminham na direção do oásis inatingível. Estão com sede há três dias. O capítulo patético do livro. No fim do capítulo, a caravana do reabastecimento chega, tinha se perdido nas pistas baralhadas pela tempestade. Os exploradores furam os odres, eles bebem. Bebem e saciam a sede. É a sede do sol, do vento quente. O deserto. Uma palmeira em filigrana na areia avermelhada.

Mas a sede do pântano é mais ardente que a do deserto. A sede do pântano dura semanas. Os odres nunca vêm. A razão se abala. A razão é derrubada pela sede. A razão resiste a tudo, ela se rende à sede. No pântano, não há miragem, não há esperança de oásis. Lama, lama. Lama e nada de água.

Há a sede da manhã e a sede do anoitecer.

A sede do dia e a sede da noite.

De manhã ao despertar, os lábios falam e nenhum som sai dos lábios. A angústia se apodera de todo o nosso ser, uma angústia tão fulgurante quanto a do sonho. Estar morto é isso? Os lábios tentam falar, a boca está paralisada. A boca não forma palavras quando está seca, quando já não tem saliva. E o olhar sai à deriva, é o olhar da loucura. As outras dizem: "Ela está louca, ela enlouqueceu durante a noite", e apelam para palavras que devem despertar a razão. Seria preciso lhes explicar. Os lábios se recusam. Os músculos da boca querem tentar os movimentos da articulação e não articulam. E vem o desespero da impotência para lhes dizer a angústia que me oprimiu, a impressão de estar morta e sabê-lo.

Assim que ouço seu barulho, corro até os latões de tisana. Não são os odres da caravana. Litros e litros de tisana, mas divididos em pequenas porções, uma para cada uma, e todas bebem ao passo que já bebi. Minha boca nem sequer está úmida e as palavras continuam se recusando. As bochechas se colam aos dentes, a língua está dura, rígida, os maxilares bloqueados, e sempre a impressão de estar morta, de estar morta e sabê-lo. E o terror cresce nos olhos. Sinto o terror crescer nos meus olhos até a demência. Tudo submerge, tudo escapa. A razão já não exerce controle. E a sede. Estarei respirando? Estou com sede. É preciso sair para a chamada? Eu me perco na multidão, não sei aonde vou. Estou com sede. Está mais frio ou menos frio, não estou sentindo. Estou com sede, sede de gritar. E o dedo que passo nas gengivas sente a secura da minha boca. Minha vontade se abate. Resta uma ideia fixa: beber.

E, se a blockhova me manda trazer seu livro, ao encontrar no seu reduto a bacia de tisana com sabão na qual ela se lavou, meu primeiro movimento é afastar a espuma suja, ajoelhar-me perto da bacia e beber dela como um cão que lambe com a língua flexível. Recuo. Tisana de sabão em que elas lavaram os pés. À beira da insanidade, avalio a que ponto a sede me faz perder o senso.

Volto à chamada. E à ideia fixa. Há um riacho na pontezinha. Beber. Tomara que tomemos o caminho à direita. Meus olhos não veem nada, nada além do riacho, o riacho distante do qual a chamada toda me separa e leva mais tempo atravessar a chamada do que um saara. Forma-se a coluna para partir. Beber. Coloco-me no exterior da fila, no lado em que é mais fácil alcançar a margem.

O riacho. Muito antes de chegar, estou preparada para pular como um animal. Muito antes que o riacho esteja à vista, estou com minha gamela na mão. E quando o riacho chega é preciso sair da fila, correr adiante, descer a ribanceira escorregadia. Às vezes ele está congelado, depressa quebrar o gelo com a beirada da gamela, pegar água e escalar a ribanceira escorregadia, correr para voltar ao meu lugar, os olhos ávidos fixados na água que vai derramar se eu correr demais. O SS acorre. Ele grita. O cão corre à sua frente, quase me alcança. As companheiras me apanham e a fila me engole. Com os olhos ávidos fixados na água que se mexe com meus passos não vejo a preocupação no rosto delas, a preocupação que lhes causei. Para elas minha ausência foi interminável. Beber. Quanto a mim, não tive medo. Beber. Como todas as manhãs, elas dizem que é loucura descer até aquele riacho com o SS e seu cão atrás de mim. Outro dia ele fez uma polonesa ser devorada. E depois é água de pântano, é água que dá febre tifoide. Não, não é água de pântano. Eu bebo. Nada é mais desajeitado do que beber água de uma gamela de boca larga enquanto se caminha. A água balança de uma beirada à outra, escapa dos lábios. Eu bebo. Não, não é água de pântano, é um riacho. Não respondo porque ainda não posso falar. Não é água de pântano, mas tem gosto de folhas podres, e hoje sinto esse gosto na boca quando penso naquela água, mesmo quando não penso nela. Eu bebo. Bebo e fico melhor. A saliva me volta à boca. As palavras me voltam aos lábios, mas eu não falo. O olhar me volta aos olhos. A vida volta. Recupero minha respiração, meu coração. Sei que estou viva. Chupo lentamente minha saliva. A lucidez volta, e o olhar – e vejo a pequena Aurore. Ela está doente, exaurida pela febre, lábios descorados, olhos esgazeados. Está com sede. Não tem força para descer até o riacho. E ninguém quer ir por ela. Ela não deve beber aquela água malsã, está doente. Eu a vejo e penso: ela bem poderia beber essa água, já que vai morrer. Todas as manhãs, ela fica perto de mim. Espera que eu lhe deixe algumas gotas no fundo da gamela. Por que eu lhe daria da minha água? Ela vai morrer do mesmo jeito. Ela espera. Seus olhos imploram e não olho para ela. Sinto em mim seus olhos de sede, a dor em seus olhos quando ponho a gamela novamente no cinto. A vida volta em mim e tenho vergonha. E todas as manhãs fico insensível à súplica de seu olhar e de seus lábios descorados pela sede, e todas as manhãs tenho vergonha depois de beber.

Minha boca umedece. Agora eu poderia falar. Não falo. Quero que dure muito essa saliva na minha boca. E a ideia fixa: quando vou beber outra vez? Haverá água onde vamos trabalhar? Nunca há água. É pântano. Pântano de lama.

Minhas companheiras me achavam louca. Lulu me dizia: "Cuide-se. Você bem sabe que aqui é preciso estar sempre de sobreaviso. Vai acabar sendo morta". Eu não escutava. Elas não me largavam mais e diziam uma à outra: "É preciso ficar de olho na C., ela é louca. Não vê as kapos, nem os SS, nem os cães. Fica parada, o olhar vago, em vez de trabalhar. Não entende quando eles gritam, vai para qualquer lugar. Eles vão matá-la". Elas temiam por mim, tinham medo de me olhar com aqueles olhos loucos que eu tinha. Elas me achavam louca e decerto eu era. Não guardei nenhuma lembrança daquelas semanas. E, durante aquelas semanas que foram as mais duras, morreram tantas e tantas de quem eu gostava e não me lembro de ter ficado sabendo da morte delas.

Nos dias em que tomamos a outra direção, oposta à do riacho, não sei como suporto a decepção.

Há a sede da manhã e a sede do dia.

Desde a manhã, só penso em beber. Quando é servida a sopa do meio-dia, ela é salgada, salgada, dilacera a boca toda ardida de aftas. "Coma. Você precisa comer." Tantas já tinham morrido por recusar alimento. "Tente. Está bem líquida hoje." – "Não, está salgada." Lanço fora a colherada que tentei engolir. Nada consegue passar quando não há saliva na boca.

Às vezes, vamos aos vagonetes. Um canteiro de demolição com arbustos mirrados entre as casas em ruínas. Eles estão cobertos pela geada. A cada trague de pedras que levo até o vagonete, roço num arbusto do qual arranco um galhinho. Lambo a geada, mas não se forma água na boca. Quando o SS se afasta, corro até a neve limpa, resta um pedaço como um lençol estendido para secar. Pego um punhado de neve, e a neve não forma água na boca.

Quando passo perto de uma cisterna aberta na superfície da terra, sinto vertigem, tudo gira na minha cabeça. É porque estou com Carmen e Viva que não me jogo na cisterna. E a cada passagem elas se esforçam para fazer um desvio. Mas eu as arrasto, elas me seguem para não me soltar e na borda da cisterna me puxam violentamente.

Durante a pausa, as polonesas se agrupam em torno da cisterna e tiram água com uma gamela amarrada num arame. O arame é curto demais. Aquela que se debruça fica quase inteira dentro da cisterna, suas companheiras a seguram pelas pernas. Ela volta com um pouco de água turva no fundo da gamela e bebe. É a vez de outra pegar água. Vou até elas e as faço entender que também quero. A gamela volta a descer na ponta do arame, a polonesa se debruça até quase cair, volta mais uma vez com um pouco de água, que ela me entrega, dizendo: "Kleba?". Não tenho pão. Dou todo o meu pão à noite para ter um pouco de chá. Respondo que não tenho pão, com uma súplica nos lábios. Ela despeja a gamela e a água se espalha. Eu cairia se Carmen ou Viva não acudissem.

Quando estamos no pântano, penso o dia todo no caminho de volta, no riacho. Mas o SS se lembra da manhã. Já na curva de onde se avista a pontezinha, ele vem para a frente. Desce até o riacho e faz seu cão chapinhar dentro dele. Quando chegamos, a água está lamacenta e fétida. Eu bem que tomaria assim mesmo; impossível: todas as anweiserines estão alertas.

Há a sede do dia e a sede da noite.

À noite, durante toda a chamada, penso na tisana que vão distribuir. Sou das primeiras servidas. A sede me torna ousada. Empurro tudo para passar na frente das outras. Bebo, e depois de beber sinto mais sede ainda. Aquela tisana não sacia a sede.

Agora tenho na mão o meu pão, meu pedaço de pão e os poucos gramas de margarina que são a refeição da noite. Seguro-os na mão e os ofereço de cubículo em cubículo para quem quiser trocar por sua porção de tisana. Temo que ninguém queira. Sempre se acha uma que aceita. Todas as noites troco meu pão por alguns goles. Bebo na mesma hora e sinto mais sede ainda. Quando volto ao nosso cubículo, Viva me diz: "Guardei meu chá para você (chá ou tisana, não é nem uma coisa nem outra), é para antes de dormir". Ela não consegue me fazer esperar até lá. Bebo e sinto mais sede ainda. E penso na água do riacho que o cão estragou há pouco, da qual eu poderia pegar uma gamela inteira, e sinto sede, mais sede ainda.

Há a sede do dia e a sede da noite, a mais atroz. Porque, à noite, eu bebo, bebo, e a água imediatamente se torna seca e sólida na minha boca. E, quanto mais eu bebo, mais minha boca se enche de folhas podres que endurecem.

Ou é um gomo de laranja. Ele estoura entre meus dentes e é mesmo um gomo de laranja – extraordinário encontrar laranjas aqui –, é mesmo um gomo de laranja, estou com gosto de laranja na boca, o suco se espalha até debaixo da língua, toca meu palato, minhas gengivas, me escorre pela garganta. É uma laranja um pouco ácida e maravilhosamente fresca. O gosto de laranja e a sensação de frescor que escorre me despertam. O despertar é terrível. No entanto, o segundo em que a película da laranja cede entre meus dentes é tão delicioso que tenho vontade de provocar aquele sonho. Eu o persigo, eu o forço. Mas novamente é a pasta de folhas podres socada no pilão que petrifica. Minha boca está seca. Não amarga. Quando se sente a boca amarga é porque não se perdeu o paladar, é porque ainda há saliva na boca.

A casa

Chovia. Uma tela de chuva fechava a planície. Tínhamos andado muito tempo. O caminho era só lodaçal. Quando ficávamos tentadas a contorná-lo, as anweiserines gritavam: "Em fila. Mantenham-se nas filas!" e empurravam para a lama aquelas que hesitavam por causa de seus sapatos. Nenhuma descrição é capaz de dar ideia daqueles nossos sapatos.
    Tínhamos chegado a um grande campo lavrado. Era preciso tirar as raízes de escalracho revolvidas pela charrua. Encurvadas, arrancávamos os filamentos esbranquiçados e os colocávamos no nosso avental. Ficávamos com a barriga fria e molhada. Pesava também. No fim do campo, esvaziávamos o avental e íamos para outro sulco. Chovia. Encurvadas sobre os sulcos, um sulco depois do outro. A chuva tinha encharcado nossas roupas. Estávamos nuas. Um riacho gelado se formava entre as omoplatas e escorria pelo meio das costas. Já não dávamos atenção a isso. Só que a mão que tirava o escalracho estava morta. E os torrões grudavam cada vez mais nos sapatos, que se tornavam pesados, cada vez mais pesados para levantá-los do chão. Chovia desde a manhã.
    As anweiserines tinham se abrigado sob uma cobertura de galhos. Gritavam de longe. Quando estávamos na extremidade do campo, não as ouvíamos. Lá nos

demorávamos um pouco. De todo modo, tínhamos de ficar encurvadas sobre os sulcos, elas nos viam. Também era muito dolorido se endireitar.

Íamos de duas em duas. Falávamos andando. Falávamos do passado e o passado tornava-se irreal. Falávamos mais ainda do futuro e o futuro tornava-se certeza. Fazíamos muitos projetos. Não parávamos de fazer projetos.

Ao meio-dia, a chuva tinha duplicado. Já não se via o campo, transformado em lodaçal.

Mais adiante, havia uma casa abandonada. A casa não era para nós. O SS já apitava para voltarmos às filas, depois da pausa. Estávamos resignadas a voltar às raízes de escalracho, aos torrões lamacentos. Mas as colunas iam deixando o campo para trás. Geneviève disse: "Se eles nos mandassem nos abrigar na casa…". Estava manifestando o desejo de todas nós. Expressá-lo mostrava que era irrealizável. No entanto, vamos na direção da casa. Estamos bem perto dela. A coluna para. Um SS grita que vamos entrar, mas que, se fizermos barulho, sairemos imediatamente. Dá para acreditar?

Entramos na casa como se entrássemos numa igreja. É uma casa de camponeses, que começaram a demolir. Estão demolindo todas as casas de camponeses, suprimindo as sebes e as cercas, nivelando os jardins e formando um vasto domínio. É assim que aqui se elimina o pequeno cultivo. Primeiro foram liquidados os lavradores. A casa está marcada com um J em tinta preta. Era habitada por judeus.

Adentramos um cheiro de gesso molhado. Os assoalhos e os papéis de parede foram arrancados. Quase todas as portas e janelas também. Sentamos no chão sobre o entulho. Sentimos mais ainda o frio de nossos vestidos e casacos. As primeiras garantiram lugar encostadas na parede, elas se apoiam. As outras se espremem onde podem.

Olhamos a casa como se tivéssemos esquecido e reencontrássemos palavras. "É um cômodo bem bonito." – "Sim, claro." – "A mesa devia ficar ali." – "Ou a cama." – "Não, é a sala de jantar. Vejam o papel de parede. Ainda tem um retalho de papel pendurado. Eu colocaria um sofá aqui, perto da lareira." – "Cortinas rústicas iriam bem. Sabe, aquelas estampadas em *toile de Jouy*."

A casa está adornada com todos os seus móveis, patinados, confortáveis, familiares. Está terminada, então vamos acrescentar os detalhes. "É preciso ter um rádio perto do sofá." – "Aqui, eles têm janelas duplas. Dá para cultivar plantas suculentas." – "Você gosta de suculentas? Eu prefiro jacintos. Põem-se os bulbos na água e têm-se flores antes da primavera." – "Não gosto do cheiro dos jacintos."

As anweiserines instalaram-se no outro cômodo. Os SS cochilam ao lado delas. Encostamos umas nas outras. Nosso calor faz sair de nossas roupas um vapor que sobe para as aberturas das janelas. A casa se torna cálida, habitada. Estamos bem. Olhamos a chuva desejando que ela dure até o anoitecer.

Anoitecer

Ao soar o apito, precisamos parar com as ferramentas, limpá-las, arrumá-las numa pilha bem-feita. – Formar as filas. – Ficar caladas. – Não sair do lugar. – Anweiserines e kapos contam. Enganam-se? Contam de novo. – Berram. – Duas a menos. – Elas lembram. São aquelas duas da tarde. Duas que estavam desabando sobre as enxadas. Imediatamente as fúrias se precipitavam, batiam, batiam. Não nos habituamos a ver baterem nas outras. Os golpes não adiantavam nada. A enxada escapava das mãos cujo sangue havia se retirado, a vida se ia dos olhos e os olhos não suplicavam. Os olhos estavam mudos. As fúrias se encarniçavam sobre as duas mulheres que já não se mexiam. Se elas não reagem aos golpes, é porque não há mais nada a fazer. Devemos retirá-las. Nós as tínhamos carregado lentamente ao longo do talude, onde o capim é seco, e voltado a nossas enxadas.

Agora elas estão faltando. Nem todas sabem, perguntam. Os nomes passam de boca em boca, num sussurro que não é marcado por nenhuma emoção. Estamos cansadas demais. Berthe e Anne-Marie morreram. Berthe, qual? Berthe de Bordeaux. Elas foram contadas de manhã, na saída, devem ser contadas na volta. Será preciso trazê-las. Ninguém sai do lugar. Involuntariamente, cada uma baixa a cabeça, quer se fundir à massa, não ser notada, não dar sinal. Tão exaustas que poupam temerosas o que ainda podem obter de suas pernas. A maioria só anda apoiando-se nos braços das outras. As anweiserines voltam a percorrer as filas, examinam os corpos e os pés. Escolherão as mais fortes. As que se apoiam numa menos fraca receiam que esta seja escolhida. Como voltarão se forem abandonadas pelo braço que as sustenta? As anweiserines procuram as mais bem calçadas, as altas. "Du. Du. Du"[24], chamam três. Então outras se apresentam. Nós nos afastamos e vamos até as mortas. Olhamos para elas, embaraçadas. Como pegá-las? As anweiserines indicam que cada uma deve segurar por um membro. E depressa.

Debruçamo-nos sobre nossas companheiras. Ainda não estão enrijecidas. Quando seguramos os tornozelos e os pulsos, o corpo se dobra, se dobra até o chão e é impossível mantê-lo mais no alto. Seria melhor levantar pelos joelhos e pelos ombros, mas não temos por onde pegar. Finalmente conseguimos. Ficamos no fim da coluna. Contam de novo. Dessa vez o número está certo. A coluna se move.

São quantos quilômetros a percorrer? Medimos as distâncias pelo esforço que nos custam. São enormes.

A coluna se moveu.

No início, carregamos Berthe e Anne-Marie. Logo são apenas fardos pesados demais, que nos escapam a cada movimento. Já ao partir nos distanciamos. Pedimos para transmitir à primeira fila que ande mais devagar. A coluna continua na mesma velocidade. A kapo vai na frente. Ela tem sapatos bons. Está com pressa.

Os SS nos seguem. Arrastam suas botas já que nós vamos tão devagar. A anweiserine ri com eles. Mostra-lhes

---

24 Você. Você. Você. (Em alemão no original.)

passos de dança, fazendo brincadeiras infames. Eles se divertem.

É um anoitecer pálido e quase suave. Na nossa terra, as árvores devem estar brotando. Um SS tira uma gaita do bolso. Ele toca e nossa angústia se torna mal-estar.
Chamamos para que nos substituam. Ninguém vem. Ninguém se sente com força para nos substituir. Penamos cada vez mais, encurvadas, dilaceradas.
Carmen avista na vala pedaços de tábuas quebradas. Pousamos nossas companheiras no caminho para pegar as tábuas. Os SS esperam. O segundo tira seu canivete e descasca o galho que lhe serve de bastão. A anweiserine acompanha a gaita. Ela canta *J'attendrai*[25]. A canção favorita deles.
Colocamos cada um dos corpos de atravessado nas duas tábuas que pegamos pelas extremidades e partimos de novo. Carmen diz: "Você se lembra, Lulu, quando as mães diziam: 'Não pegue essa madeira suja. Vai entrar uma farpa e você vai ficar com uma inflamação feia'". Nossas mães.
No começo parece que vai melhor, depois os corpos escorregam, dobram ao meio, caem. A cada passo é preciso arranjar os corpos inertes e as tábuas. Os SS se revezam para soprar a gaita, riem e cantarolam. Riem ruidosamente, a moça mais ainda.
A coluna toma a dianteira. No entanto fazemos um esforço de que não acreditávamos ser capazes. Chega um caminhão. A coluna para ao lado para dar passagem. Aproveitamos para ganhar um pouco de terreno. O caminhão é o que recolhe os latões nos quais levaram a sopa

---

25 *J'attendrai* [Vou esperar], gravada pela primeira vez em 1938, tornou-se a canção francesa icônica da Segunda Guerra Mundial.

aos canteiros de trabalho, ao meio-dia. Há canteiros em toda a volta. Longe pelos arredores há pilhas de enxadas e pás. O motorista freia, fala com os SS. Estou perto daquele da gaita. É um menino. Parece ter dezessete anos. Idade do meu irmão caçula. Falo com ele: "Será que não podemos pôr nossas companheiras nesse caminhão que está voltando para o campo?". Sua risadinha nos insulta e ele cai na gargalhada. Ri, ri e acha engraçado! Ele se chacoalha de rir e o outro o imita e também a moça, que me dá um tapa forçando seu riso. Sinto vergonha. Como é possível lhes pedir alguma coisa? O caminhão se afasta.

Mas agora chega. Eles acham que já durou bastante aquela indolência, com os cães à vontade, com a correia frouxa. Guardam a gaita, puxam os cães e gritam: "Schneller jetz!"[26]. Nós nos empertigamos. Com os cães no nosso encalço, agora é preciso alcançar a coluna.

É preciso. É preciso.

É preciso... Por que é preciso, se para nós tanto faz sermos mortas já, pelos cães ou pelos bastões, ali no caminho no anoitecer pálido? Não. É preciso. Por causa das risadas deles agora há pouco, talvez. É preciso.

Conseguimos alcançar a coluna, quase tocamos nela. Suplicamos que nos substituam. Vêm duas. Substituem as duas mais frágeis que estão desmaiando. Trocamos de mãos sem deixar de andar. Estamos com a boca dos cães nas panturrilhas. Um sinal, um puxão na correia, e eles mordem. Andamos com os cadáveres escorregando, colocamos de volta, escorregam de novo. Seus pés raspam o caminho, a cabeça jogada para trás, quase tocando no chão. Não aguentamos mais ver aquela cabeça, de olhos para baixo. Berthe. Anne-Marie. Com a mão desocupada, nós a sustentamos por um momento. Temos de desistir.

---

26 Mais depressa agora! (Em alemão no original.)

Abandonar aquela cabeça cujas pálpebras não tivemos coragem de fechar.

Não olhamos, porque as lágrimas nos escorrem pelo rosto, escorrem e não estamos chorando. As lágrimas escorrem de cansaço e impotência. E sofremos naquela carne morta como se estivesse viva. A tábua sob as coxas as esfola, corta. Berthe. Anne-Marie.

Para as mãos não ficarem penduradas, tentamos cruzá-las sobre o peito. Seria preciso segurá-las assim. As mãos estão penduradas e batem nas nossas pernas com o balanço do andar.

Os SS atrás de nós caminham em passo militar. Acabou o passeio, dizem. Mantêm as correias curtas. Os cães nos seguem mais de perto. Não nos viramos. Tentamos não sentir mais seu focinho, sua respiração quente e rápida, não ouvir mais seu passo quádruplo, seu passo irritante de cão arranhando com as garras o pedregulho do caminho. Não ouvir mais o martelar do bastão em nós. Agora ele está descascado, branco e úmido.

Andamos, tensas. Nosso coração bate, bate a ponto de explodir, e pensamos: meu coração não vai aguentar, meu coração vai se render. Ele ainda não se rende, ainda aguenta. Por quantos metros? Nossa angústia decompõe os quilômetros em passos, em metros, em postes de eletricidade, em curvas. Sempre erramos por um poste ou por uma curva. É a planície, a planície coberta de pântano a perder de vista, onde não há referências, às vezes um tufo de vegetação avermelhada pelo gelo que sempre se confunde com outro. E o desespero nos esmaga.

Mas é preciso. É preciso.

Estamos nos aproximando. Sente-se pelo cheiro a aproximação do campo. Cheiro de carniça, cheiro de diarreia que envolve o cheiro mais denso e sufocante do crematório. Quando estamos lá, não o sentimos. Ao voltar à noitinha, nos perguntamos como conseguimos respirar aquele fedor.

Naquele lugar, o lugar em que se reconhece o cheiro, devem faltar dois quilômetros.

Depois da pontezinha, a velocidade aumenta. Mais um.

Como o vencemos, eu não sei. Antes da entrada, nossa coluna parou para dar passagem a outras. Depusemos nosso fardo. Quando tivemos de retomá-lo, achamos que não poderíamos mais.

À porta, nos endireitamos. Apertamos os maxilares, levantamos o olhar. Era um juramento que tínhamos feito, Viva e eu. Cabeça alta diante de Drexler, diante de Taube. Até tínhamos dito: "Cabeça alta ou pés para a frente". Ó Viva.

A SS que conta na passagem interroga com sua bengala. "Zwei Französinnen"[27], responde a anweiserine, enojada.

Levamos nossas companheiras à chamada. São duas fileiras que alteram o alinhamento: as quatro carregadoras e suas mortas deitadas na frente delas.

Por sua vez, os commandos judeus voltam. Elas têm duas esta noite. Como nós. Têm todas as noites. Colocaram as duas sobre portas tiradas das casas que estão demolindo e carregaram as portas sobre os ombros. Estão desfiguradas pelo esforço. Nós as lastimamos. Lastimamos a ponto de soluçar. As mortas estão deitadas de costas, com o rosto voltado para o céu. Pensamos: se tivéssemos conseguido portas.

A chamada levou o mesmo tempo de sempre. Para nós pareceu mais curta. Nosso coração preenchia-nos o peito e batia forte, forte, fazendo-nos companhia como

---

27 Duas francesas. (Em alemão no original.)

um relógio quando estamos sós. E ouvíamos aquele coração que dominava tudo, que pouco a pouco, lentamente, voltava a seu vão, reinstalava-se nele, e as batidas se espaçavam, se espaçavam e se atenuavam. E, quando voltamos a ouvi-las só em seu ritmo habitual, ficamos tão perturbadas quanto à beira da solidão.

Naquele momento, nossas mãos enxugaram nossas lágrimas.

A chamada durou até que os refletores iluminaram os arames farpados, até a noite.

Durante toda a chamada não olhamos para elas.

Um cadáver. O olho esquerdo devorado por um rato. O outro olho aberto com sua franja de cílios.

Tentem olhar. Tentem para ver como é.

Um homem que já não consegue continuar. O cão o agarra pelo traseiro. O homem não para. Anda com o cão que anda atrás dele sobre duas patas, a boca no traseiro do homem.

O homem anda. Não deu um grito. O sangue marca as listras da calça. Por dentro, uma mancha que cresce como no mata-borrão.

O homem anda com as presas do cão na carne.

Tentem olhar. Tentem para ver como é.

Uma mulher puxada pelo braço por outras duas. Uma judia. Ela não quer ir para o 25. As duas a arrastam. Ela resiste. Seus joelhos raspam no chão. Sua roupa puxada pelas mangas sobe até o pescoço. A calça desfeita – uma calça de homem – se arrasta atrás dela, pelo avesso, presa aos tornozelos. Uma rã pelada. Os rins nus, as nádegas perfuradas de magreza sujas de sangue e pus.

Ela berra. Os joelhos se esfolam no pedregulho.

Tentem olhar. Tentem para ver como é.

Auschwitz

A cidade em que passávamos
era uma cidade estranha.
As mulheres usavam chapéus
chapéus sobre cabelos cacheados.
Tinham também sapatos e meias
como na cidade.
Nenhum habitante daquela cidade
tinha rosto
e para não o revelar
todos se viravam à nossa passagem
até uma criança que levava na mão
uma lata de leite do tamanho de suas pernas
de esmalte roxo
e que se escondeu ao nos ver.
Olhávamos aqueles seres sem rosto
e nós é que nos espantávamos.
Estávamos também desencantadas
esperávamos ver frutas e legumes nos mercados.
Também não havia lojas
só vitrines
onde eu queria me reconhecer
nas filas que deslizavam nas vidraças.
Levantei um braço

mas todas queriam se reconhecer
todas levantavam o braço
e nenhuma soube qual delas era.
O relógio da estação mostrava a hora
ficamos felizes em vê-la
era a hora de verdade
e aliviadas de chegar aos silos de beterrabas
onde íamos trabalhar
do outro lado da cidade
que tínhamos atravessado como um mal-estar matinal.

O manequim

Do outro lado do caminho, há um terreno onde os SS vão adestrar os cães. Nós os vemos irem até lá, levando os cães pela correia, amarrados de dois em dois. O SS que vai na frente leva um manequim. É uma grande boneca de serragem vestida como nós. Roupa listrada desbotada, suja, de mangas compridas demais. O SS a segura por um braço. Deixa arrastar seus pés, que vão raspando no pedregulho. Até lhe amarraram sandálias nos pés.

Não olhe. Não olhe aquele manequim se arrastando no chão. Não olhe para você.

Domingo

No domingo a chamada era menos cedo. Menos longe do amanhecer. No domingo as colunas não saíam. Trabalhávamos no campo. Domingo era o dia mais temido de todos.

Aquele domingo, o tempo estava muito bom. O dia tinha se levantado num céu sem vermelhidão, sem lençóis de fogo. O dia tinha se levantado já azul como um dia de primavera. O sol também era de primavera. Não pensar na nossa casa, no jardim, na primeira saída da estação. Não pensar. Não pensar.

Aqui a boa estação era diferente da má porque havia poeira em vez de neve ou lama, o cheiro era mais pestilento, a paisagem mais desolada com sol do que com neve, mais desesperadora.

Apitam o fim da chamada. É preciso manter-se nas colunas que lentamente começam a andar para o bloco 25. Cada domingo era diferente. Para o bloco 25, por quê? Estamos com medo. Alguém diz: "No bloco 25 o espaço é pequeno para caber todo mundo. Iríamos diretamente para os gases", e trememos.

O que vão fazer? Esperamos. Esperamos muito tempo. Até chegarem uns homens com pás. Dirigem-se para a vala. Durante a semana, a vala de dentro que isola os arames farpados foi aprofundada. Será que há suicídios demais? São os tiros que ouvimos à noite. Quando alguma se aproxima dos arames farpados, a sentinela da guarita atira antes que ela chegue. Então, por que a vala?

Por que tudo?

Os homens se colocam ao longo da vala, com as pás nas mãos.

As colunas se estendem em fila indiana. Milhares de mulheres em uma fila só. Uma fila interminável. Seguimos. O que fazem as que estão na nossa frente? Nós as vemos passar diante dos homens, estender seus aventais, dentro dos quais eles jogam duas pás da terra tirada da vala escavada. Para que aquela terra? Nós seguimos. Elas começam a correr. Nós corremos. E vêm os golpes de bastão e de açoite. Tentamos proteger o rosto, os olhos. As pancadas acertam a nuca, as costas. Schnell. Schnell. Correr.

Dos dois lados da fila, kapos e anweiserines berram. Schneller. Schneller. Berram e batem.

Deixamos que encham nosso avental e corremos.

Corremos. É preciso manter a fila, nada de debandada. Corremos.

A porta.

É lá que as fúrias se mantêm mais juntas. SS de saias e calças se juntaram a elas. Correr.

Transposta a porta, tomar à esquerda, passar por uma tábua mal equilibrada entre as duas bordas de uma vala. Passar pela tábua correndo. Bastonadas antes e depois.

Correr. Esvaziar o avental no lugar indicado pelos berros.

Outras com rastelos nivelam a terra que é trazida.

Correr. Ao longo dos arames farpados. Não encostar neles. As luzes estão vermelhas.

Novamente passar pela porta para entrar. A passagem é estreita. É preciso correr mais depressa. Azar das que caem ali, são pisoteadas.

Correr. Schneller. Correr.
Voltar até os homens que novamente enchem os aventais com terra.
Eles têm de ser rápidos, são espancados. Pás bem cheias, batem neles, batem em nós.
O avental cheio, bastonadas. Schneller.
Correr para a porta, passar sob açoites e chicotes, correr sobre a tábua que se mexe e dobra. Cuidado com a bengala do chefe SS que está no fim da tábua. Esvaziar o avental debaixo de um rastelo, correr, transportar a porta pela passagem cada vez mais estreita — as mulheres com bastões formam um gargalo —, correr até os homens para pegar de novo duas pás de terra. Correr para a porta, num circuito ininterrupto.
Querem fazer um jardim na entrada do campo.
Não é muito peso, duas pás de terra. Vai pesando mais com o tempo. Vai pesando mais e imobilizando os braços. Corremos o risco de não segurar bem as pontas do avental e a terra escorrer um pouco. Se uma fúria vê, ela nos bate. No entanto acaba acontecendo, é pesado demais.
Entre os homens há um francês. Usamos de astúcia e calculamos nossa corrida para que ele nos sirva. Tentamos trocar algumas palavras. Ele fala sem mexer os lábios, sem levantar os olhos, como se aprende a falar na prisão. São necessárias três voltas para uma frase.
A roda já não gira tão depressa. As fúrias gritam mais alto, batem mais forte. Formam-se congestionamentos, porque mulheres desabam e suas companheiras as ajudam a levantar, ao passo que as outras, atrás, impelidas pelas pancadas querem continuar correndo. E também porque as judias acham que estão apanhando mais do que nós e vêm se enfiar entre nossos vestidos listrados. Temos pena delas, temos pena delas por causa de suas roupas. Elas não têm avental. Mandam-nas vestir o

casaco de trás para a frente, abotoado nas costas, para que peguem terra com a parte de baixo do casaco que elas seguram pela barra. Lembram espantalhos e pinguins, com as mangas ao contrário estorvando os braços. E as que têm casaco de homem com fenda... Aterradoramente engraçado.

Temos pena delas, mas não queremos nos separar. Nós nos protegemos mutuamente. Cada uma quer ficar perto de uma companheira e que na frente vá uma mais fraca para receber os golpes em seu lugar e atrás uma que já não consegue correr para segurá-la, se ela cair.

O francês chegou há pouco tempo. É de Charonne. A resistência na França está se espalhando. Enfrentaríamos qualquer coisa para falar com ele.

Correr para a porta – schnell – passar – weiter – balançar na tábua por cima da vala – schneller – esvaziar o avental – correr – cuidado com os arames farpados – a porta de novo – sempre há uma na qual pisamos é lá que o oficial está com sua bengala agora – correr até os homens estender o avental – bastonadas – correr para a porta. Uma corrida alucinada.

Pensamos em fugir para nos esconder num bloco. Impossível, todas as saídas estão vigiadas por bastões. As que tentam romper os bloqueios são espancadas.

Proibido ir ao banheiro. Proibido parar um minuto.

No começo, desacelerar é mais difícil do que manter a corrida. À menor desaceleração, os golpes se multiplicam. Depois, preferimos apanhar e não correr, nossas pernas já não obedecem. Mas, quando vamos mais devagar, os golpes são tão terríveis que voltamos a correr.

Mulheres caem. São tiradas da fila pelas fúrias e arrastadas até a porta do 25. Taube está lá. A confusão aumenta. As judias são cada vez mais numerosas entre nós. A cada volta, nosso grupo se desfaz. Conseguimos ficar juntas duas a duas. Essas duas não se largam, seguram-se e uma puxa a outra quando na passagem da entrada são retidas pelo pânico daquelas que pisoteamos e daquelas que têm medo de cair por cima das outras. Uma corrida alucinada.

Mulheres caem. A roda continua. Correr. Correr sempre. Não desacelerar. Não parar. As que caem, nós não olhamos. Nós nos mantemos duas a duas e isso exige todos os segundos de atenção. Não podemos cuidar das outras.

Mulheres caem. A roda continua. Schnell. Schnell.

O canteiro cresce. É preciso prolongar o circuito.

Correr. Passar pela tábua oscilante cada vez mais dobrada – schnell – despejar a terra – schnell – a porta – schnell – encher o avental – schnell – a porta de novo – schnell – a tábua. É uma corrida alucinada.

Para pensar em alguma coisa, contamos os golpes. Se são trinta, é uma volta que não foi difícil. Cinquenta, não contamos mais.

Estão de olho no francês. Um kapo está ao lado dele. Já não podemos fazer com que ele nos sirva. Às vezes trocamos um olhar. Entre os dentes, ele diz: "Imundos, imundos". Um novato. Tem lágrimas. Tem pena de nós. Para ele, é menos penoso. Fica no mesmo lugar e não está fazendo frio.

Nossas pernas incham. Nossas feições se crispam. A cada volta estamos mais abatidas.

Correr – schnell – a porta – schnell – a tábua – schnell – despejar a terra – schnell – arame farpado – schnell – a porta – schnell – correr – avental – correr – correr correr correr schnell schnell schnell schnell schnell. É uma corrida alucinada.

Cada uma olha as outras a cada vez mais feias, e não se vê.

Perto de nós uma judia sai da fila. Vai até Taube, fala com ele. Taube abre a porta e lhe dá um tapa que a lança no chão do pátio do 25. Ela renunciou. Quando Taube se vira, faz sinal a uma outra, que ele também joga no pátio do 25. Corremos o máximo que podemos. Ele que não pense que não podemos correr mais.

A roda continua. O sol está alto. É de tarde. A corrida continua, os golpes e os berros. A cada volta, outras caem. As que estão com diarreia cheiram mal. A diarreia escorre e seca em suas pernas. Continuamos rodando. Até quando vamos rodar? É uma corrida alucinada que rostos alucinados correm.

Ao esvaziar nosso avental, olhamos como está o canteiro. Achávamos que estivesse pronto, mas a camada de terra tinha de ser mais alta. Era preciso começar de novo.

A tarde avança. A roda continua. Os golpes. Os berros.

Quando Taube apitou, quando as fúrias gritaram: "Para o bloco!", voltamos nos apoiando umas nas outras. Sentadas nos nossos cubículos, não tínhamos força para tirar os sapatos. Não tínhamos força para falar. Nós nos perguntávamos como tínhamos conseguido, mais aquela vez.

No dia seguinte, muitas das nossas foram para o révir. Saíram de maca.

O céu estava azul, o sol voltou. Era um domingo de março.

Os homens

Eles estão esperando diante do barracão. Em silêncio. Em seus olhos lutam a resignação e a revolta. É preciso que a resignação vença.

Um SS os vigia. Empurra-os. Sem que se saiba por quê, de repente joga-se sobre eles, grita e bate. Os homens continuam em silêncio, retificam a fila, põem as mãos junto do corpo. Não prestam atenção nos SS nem uns nos outros. Cada um está só em si mesmo.

Entre eles há rapazinhos, muito jovens, que não compreendem. Observam os homens e são dominados pela gravidade deles.

Antes de entrar no barracão, eles se despem, dobram suas roupas e as põem debaixo do braço. Trabalham com os troncos nus desde que o tempo melhorou. Despidos, parecem estar de cueca branca comprida colada aos ossos.

A espera é longa. Eles esperam e sabem.

É um barracão novo que acaba de ser construído nas imediações da enfermaria. Caminhões entregaram aparelhos laqueados e niquelados, um luxo de limpeza quase inacreditável. Fizeram do barracão uma sala de radiografia, diatermia, raio X.

É a primeira vez que homens recebem tratamento no nosso campo. O campo dos homens é embaixo. Tem um révir que dizem ser melhor que o nosso. Só menos assustador, talvez. Por que os mandaram para cá? Agora estão tratando as pessoas aqui?

Os homens continuam esperando. Em silêncio. Olhar distante e sem cor.

Um a um, os primeiros começam a sair. Voltam a se vestir na porta. Seu olhar evita o dos outros que estão esperando. E, quando conseguimos ver o rosto deles, compreendemos.

Como descrever a aflição em seus gestos. A humilhação em seus olhos.

As mulheres são esterilizadas por cirurgia.

E o que importa? Pois nenhum deles deverá voltar. Pois nenhum de nós voltará.

Diálogo

— Oh! Sally, você pensou naquilo que pedi?

Sally corre na Lagerstrasse. Por seu traje vê-se que ela trabalha nos Effekts. É o commando que faz a triagem, o inventário, classifica tudo o que há nas bagagens dos judeus, as bagagens que os que chegam deixam na plataforma. As que trabalham nos Effekts têm de tudo.

— Sim, querida, pensei, mas por enquanto não tem. Há oito dias não chega nenhum comboio. Estamos esperando um hoje à noite. Da Hungria. Estava na hora, não temos mais nada. Até logo. Até amanhã. Vou conseguir seu sabão.

Acabaram de instalar água no campo.

O comandante

Dois meninos loiros, cabelos de palha de trigo maduro, pernas nuas, torso nu. Dois meninos pequenos. Onze anos, sete anos. Dois irmãos. Ambos loiros, olhos azuis, pele queimada de sol. A nuca mais escura.

O maior repreende o menor. O pequeno está contrariado. Ele resmunga e acaba rosnando:

— Não. Não, é sempre você.
— É lógico. Eu sou grande.
— Não. Não é justo. Nunca sou eu.

Contra a vontade, já que é preciso decidir, o mais velho propõe:

— Tudo bem, escute. Vamos brincar mais uma vez desse jeito e depois mudamos. Aí vai ser uma vez cada um. Pode ser?

O pequeno funga, se afasta de mau grado do muro em que está encostado, casmurro, olhos franzidos por causa do sol, e vai até o irmão arrastando os pés. O outro o instiga: "Você vem? Vamos brincar?" e começa por ser o que ele quer ser. Ao mesmo tempo fica vigiando se o pequeno o acompanha na brincadeira. O pequeno espera. Ainda não entra na brincadeira. Espera o irmão se aprontar.

O grande se prepara. Abotoa um casaco, aperta um cinto, põe a espada bem de lado, depois, com as duas mãos abertas, firma o capacete na cabeça. Lentamente, com o punho, lustra a borda do capacete, baixa a viseira até os olhos.

À medida que ele se veste de seu personagem, seus traços vão se tornando duros, e sua boca também. Os lábios se estreitam. Joga a cabeça para trás, os olhos como que incomodados por uma viseira, endireita o corpo, leva a mão esquerda às costas, palma da mão para fora, com a mão direita ajeita um monóculo imaginário e olha à sua volta.

Mas ele se inquieta. Percebe que esqueceu alguma coisa. Deixa seu personagem por um instante para procurar sua chibata. É uma chibata de verdade, que está no meio do capim – um galho flexível que ele costuma usar –, retoma a pose e bate de leve nas botas com a chibata. Está pronto. Volta-se.

Na mesma hora o caçula também entra no seu personagem. Não tem tantos cuidados. Só se endireita à primeira olhada do irmão e imediatamente dá um passo à frente, se imobiliza, bate os calcanhares – não se ouve a batida, ele está descalço –, levanta o braço direito, olha para a frente, inexpressivo. O outro responde com uma saudação breve, apenas esboçada, superior. O pequeno abaixa o braço, bate os calcanhares de novo e o maior abre a marcha. Ereto, queixo erguido e boca arrogante, a chibata rodando levemente entre o polegar e o indicador, batendo em suas panturrilhas nuas. O pequeno segue à distância. Marcha com menos rigidez. Um soldado raso.

Atravessam o jardim. É um jardim de gramados quadrados, flores alinhadas contornando os gramados. Eles atravessam o jardim. O comandante olha como que inspecionando, do alto. O ordenança segue e não olha nada, embrutecido. O soldado.

No fundo, perto de uma sebe de roseiras arbustivas, eles param. O comandante na frente, o ordenança dois passos atrás. O comandante se posiciona, a perna direita um pouco adiante com o joelho um pouco dobrado, uma mão nas costas, a outra segurando o açoite pelo meio, no quadril. Ele domina as roseiras. Sua expressão torna-se má e ele lança ordens. Grita: "Schnell! Rechts[28]! Links!". Infla o peito: "Rechts! Links!". Em seguida inverte: "Links! Rechts!" – cada vez mais depressa, cada vez mais alto. "Links! Rechts! Links! Rechts! Links!" – mais depressa, cada vez mais depressa.

Logo os prisioneiros a quem se dirigem as ordens já não conseguem acompanhar. Vacilam no chão, perdem o passo. O comandante está pálido de raiva. Bate com a chibata, bate, bate. Sem sair do lugar, os ombros sempre eretos, as sobrancelhas erguidas. Berra enfurecido: "Schneller! Schneller! Aber los[29]!", batendo a cada comando.

No fim da coluna, de repente, deve haver alguma coisa errada. Ele salta, dando uma passada ameaçadora para chegar até o irmão, que imediatamente abandonou o papel de ordenança. Agora interpreta o prisioneiro infrator, espinha arqueada, as pernas que já não sustentam o corpo, o rosto descomposto, a boca compungida, boca de quem não aguenta mais. O comandante troca o açoite de mão, cerra o punho direito, desfere-lhe em cheio um soco no peito – um soco de faz de conta, é brincadeira. O pequeno oscila, rodopia, cai deitado na grama. O comandante considera com desprezo, salivando, o prisioneiro que ele jogou no chão. E sua fúria se atenua. Agora só tem nojo. Chuta-o com a bota – um faz de conta, ele está descalço e é de brincadeira. Mas o pequeno conhece a brincadeira.

---

28 Direita. (Em alemão no original.)
29 Vamos logo, é pra já! (Em alemão no original.)

O chute o faz virar como um pacote mole. Está deitado, de boca aberta, olho morto.

Então o grande, com um sinal da varinha para os prisioneiros invisíveis que o rodeiam, ordena: "Zum Krematorium"[30], e se afasta. Rígido, satisfeito e enojado.

O comandante do campo mora bem perto, depois dos arames farpados eletrificados. Uma casa de tijolos, com um jardim de roseiras e gramado, begônias de cores brilhantes em caixotes pintados de azul. Entre a sebe de roseiras e os arames farpados, passa um caminho que leva ao forno crematório. É o caminho seguido pelas macas nas quais se transportam os mortos. Os mortos se sucedem o dia todo. A chaminé fumega o dia todo. As horas deslocam a sombra da chaminé sobre a areia dos caminhos e sobre os gramados.

Os filhos do comandante brincam no jardim. Eles brincam de cavalinho, de bola ou brincam de comandante e prisioneiro.

---

30 Para o crematório. (Em alemão no original.)

A chamada

Esta manhã, ela é interminável.

As blockhovas se agitam, contam, recontam. As SS de pelerine vão de um grupo a outro, entram no escritório, saem com papéis que elas verificam. Verificam os números daquela contabilidade humana. A chamada vai durar até que os números deem certo.

Taube chega. Assume a direção das buscas. Com seu cão, sai para vasculhar os blocos. As blockhovas se irritam, distribuem socos e chibatadas a torto e a direito. Cada uma deseja que não seja em seu bloco que esteja faltando uma.

Esperamos.

As SS de pelerine examinam os números, refazem mais uma vez as adições humanas.

Esperamos.

Taube retorna. Ele achou. Assobia baixinho para seu cão, que o segue. O cão arrasta uma mulher segurando-a pela nuca com a boca.

Taube conduz o cão até o grupo do bloco ao qual a mulher pertencia. A conta dá certo.

Taube apita. A chamada terminou.

Alguém disse: "Tomara que ela esteja morta".

Lulu

Desde a manhã estávamos no fundo daquela vala. Éramos três. O commando trabalhava mais longe. As kapos só vinham até nós de vez em quando, ver em que pé estávamos na nossa tarefa de escavar de novo aquela vala. Podíamos falar. Desde a manhã, nós falávamos.

Falar era fazer projetos para a volta, porque acreditar na volta era uma maneira de forçar a sorte. As que tinham deixado de acreditar no retorno estavam mortas. Era preciso acreditar, acreditar apesar de tudo, contra tudo, dar certeza ao retorno, realidade e cor, preparando-o, materializando-o em todos os detalhes.

Às vezes, alguma que expressava o pensamento comum interrompia com um: "Mas como vocês imaginam a saída?". Voltávamos à consciência. A pergunta caía no silêncio.

Para rechaçar esse silêncio e a ansiedade que ele encobria, uma outra arriscava: "Talvez um dia não sejamos despertadas para a chamada. Dormiremos muito. Quando acordarmos, será dia claro e o campo estará calmo. As que saírem primeiro dos barracões perceberão que o posto de vigia está vazio, que as guaritas estão vazias. Todos os SS terão fugido. Algumas horas depois, as vanguardas russas estarão aqui".

Outro silêncio respondia à previsão.

Ela acrescentava: "Antes, teremos ouvido o canhão. Primeiro longe, depois cada vez mais perto. A batalha de Cracóvia. Depois da tomada de Cracóvia, será o fim. Vocês vão ver, os SS vão fugir".

Quanto mais ela detalhava, menos acreditávamos. E, num acordo tácito, abandonávamos o assunto para voltar aos nossos projetos, projetos irrealizáveis que tinham a lógica das afirmações dos insensatos.

Desde a manhã nós falávamos. Estávamos contentes por ter sido afastadas do commando porque não ouvíamos os gritos das kapos. Não levávamos as bastonadas que pontuam os gritos. A vala se aprofundava ao longo das horas. Nossa cabeça já não ultrapassava a altura da vala. Atingida a camada de marga, estávamos com os pés na água. A lama que jogávamos por cima da nossa cabeça era branca. Não fazia frio – um dos primeiros dias em que tinha parado de fazer frio. O sol nos esquentava pelas costas. Estávamos tranquilas.

Uma kapo aparece. Ela grita. Manda minhas duas companheiras subirem e as leva. A vala está quase na profundidade correta, três são demais para terminá-la. Elas vão embora e se despedem de mim a contragosto. Sabem do receio que cada uma tem de ser separada das outras, de ficar sozinha. Para me animar, elas dizem: "Logo você vai se juntar a nós".

Fico sozinha no fundo daquela vala e sou tomada pelo desespero. A presença das outras, suas palavras tornavam possível o retorno. Elas vão embora e tenho medo. Não acredito no retorno quando estou sozinha. Com elas, já que parecem acreditar tanto, acredito também. Quando elas me deixam, tenho medo. Nenhuma de nós acredita no retorno quando está sozinha.

Cá estou no fundo da vala, sozinha, tão desanimada que me pergunto se chegarei ao fim do dia. Quantas horas ainda até o apito que marca o fim do trabalho, o momento em que refazemos a coluna para voltar ao campo, em filas de cinco, de braços dados e falando, falando até ficar atordoadas?

Cá estou sozinha. Já não posso pensar em nada porque todos os meus pensamentos esbarram na angústia que habita todas nós: Como sairemos daqui? Quando sairemos daqui? Eu desejaria não pensar em mais nada. E, se isso perdurar, nenhuma de nós sairá. As que ainda estão vivas dizem todos os dias que é um milagre ter aguentado oito semanas. Ninguém consegue enxergar nem uma semana à sua frente.

Estou sozinha e tenho medo. Tento me concentrar em escavar. O trabalho não avança. Ataco uma última saliência para nivelar o fundo, talvez a kapo ache que chega. E sinto minhas costas entorpecidas, a curvatura das minhas costas paralisada, os ombros arrancados pela pá, meus braços já não têm força para lançar as pazadas de marga lamacenta por cima da borda. Estou ali, sozinha. Tenho vontade de deitar na lama e esperar. Esperar que a kapo me encontre morta. Não é tão fácil morrer. É terrível o tempo que é preciso espancar alguém, com golpes de pá ou de bastão, até a pessoa morrer.

Escavo mais um pouco. Ainda tiro duas ou três pás. É difícil demais. Quando estamos sozinhas, pensamos: O que adianta? Por que isso? Por que não renunciar... Melhor que seja agora. No meio das outras, aguentamos.

Estou sozinha, com minha pressa de acabar para me juntar às companheiras e a tentação de abandonar. Por quê? Por que preciso escavar essa vala?

"Chega. Agora chega!" Uma voz berra por cima de mim: "Komm, schnell!". Subo com ajuda da pá. Como meus braços estão cansados, minha nuca dolorida. A kapo corre. Preciso segui-la. Ela atravessa o caminho à beira do pântano. O canteiro de aterramento. Mulheres como formigas. Umas levam areia para outras que, com maços, nivelam o terreno. Um grande espaço plano, em pleno sol. Centenas de mulheres em pé, num friso de sombras contra o sol.

Chego atrás da kapo, que me dá ao mesmo tempo um maço e uma bofetada e me manda para um grupo. Com os olhos, procuro as companheiras. Lulu me chama: "Venha para perto de mim, tem um lugar", e ela se desloca um pouco para que eu fique a seu lado, na fileira das mulheres que batem o chão, segurando com as duas mãos o maço que elas levantam e deixam cair. "Venha cá, pilar o arroz!" Como Viva ainda encontra força para dizer isso? Não consigo mover os lábios nem para esboçar um sorriso. Lulu se preocupa:

— O que você tem? Está doente?

— Não, não estou doente. Não aguento mais. Hoje não aguento mais.

— Isso não é nada. Vai passar.

— Não, Lulu, não vai passar. Estou dizendo que não aguento mais.

Ela não tem nada a responder. É a primeira vez que me ouve falar assim. Prática, ela sopesa minha ferramenta.

— Como é pesado o seu pilão. Pegue o meu. É mais leve e você está mais cansada do que eu, com aquela vala.

Trocamos nossas ferramentas. Começo a socar a areia também. Olho para todas aquelas mulheres fazendo o mesmo gesto, com os braços cada vez mais fracos para levantar o maço pesado, as kapos com seus bastões, indo de uma em uma, e o desespero me aniquila. "Como vamos sair daqui algum dia?"

Lulu me olha. Sorri para mim. Sua mão toca na minha para me confortar. E repito para que ela saiba que é inútil: "Garanto que hoje não aguento mais. Desta vez é verdade".

Lulu olha à nossa volta, vê que nenhuma kapo está por perto naquele momento, pega-me pelo pulso e diz: "Fique atrás de mim, para ninguém ver. Você vai poder chorar". Fala em voz baixa, com timidez. Decerto é exatamente o que é preciso me dizer, pois obedeço à sua pressão delicada. Deixo cair minha ferramenta, fico ali, apoiada no cabo e choro. Eu não queria chorar, mas as lágrimas afloram, me correm pelo rosto. Deixo-as correr e, quando uma lágrima me chega aos lábios, sinto o salgado e continuo chorando.

Lulu trabalha e fica à espreita. Às vezes ela se volta e, com a manga, me enxuga o rosto delicadamente. Choro. Não penso em mais nada, choro.

Já não sei por que estou chorando quando Lulu me empurra: "Agora chega. Venha trabalhar. Ela chegou". Com tanta bondade não me envergonho de ter chorado. É como se tivesse chorado no peito da minha mãe.

A orquestra

Ela ficava num estrado perto da porta.

A regente tinha sido famosa em Viena. Todas eram boas instrumentistas. Tinham passado por um exame para serem selecionadas entre muitas. A prorrogação de suas penas devia-se à música.

Porque com a boa estação era necessário haver uma orquestra. Deve ter sido o novo comandante. Ele gostava de música. Quando ordenava que tocassem para ele, mandava distribuir às instrumentistas meio pão suplementar. E, quando os que chegavam desciam dos vagões para ir em fila à câmara de gás, ele gostava que fosse ao ritmo de uma marcha alegre.

Elas tocavam de manhã, quando as colunas partiam. Ao passar, tínhamos de andar no ritmo. Depois, elas tocavam valsas. Valsas que tínhamos ouvido em outro lugar, num distante extinto. Ouvi-las ali era insuportável.

Sentadas em tamboretes, elas tocam. Não olhem os dedos da violoncelista nem seus olhos quando ela toca, vocês não suportariam.

Não olhem os gestos da regente. É uma paródia de quem ela era naquele grande café de Viena onde dirigia uma orquestra feminina, e vê-se que está pensando no que foi outrora.

Todas vestem saia azul-marinho plissada, blusa clara, um lenço cor de lavanda na cabeça. Estão vestidas assim para marcar o ritmo das outras, que vão para os pântanos com os mesmos vestidos com que dormem, caso contrário nunca secariam.

As colunas partiram. A orquestra ainda fica por um tempo.

Não olhem, não escutem, principalmente se estiver tocando *A viúva alegre* enquanto, por trás do segundo arame farpado, saem homens de um barracão, um a um, e os kapos com seus cintos espancam um a um os homens que saem e que estão nus.

Não olhem para a orquestra que está tocando *A viúva alegre*.

Não escutem. Vocês só ouviriam os golpes nas costas dos homens e o barulho metálico da fivela quando o cinto voa.

Não olhem as instrumentistas que tocam enquanto homens esqueléticos e nus saem sob os golpes que os fazem cambalear. Eles vão à desinfecção, pois decididamente há piolhos demais naquele barracão.

Não olhem a violinista. Ela toca um violino que seria o de Yehudi se Yehudi não estivesse do outro lado de milhas de oceano. É o violino de qual Yehudi?

Não olhem, não escutem.

Não pensem em todos os Yehudi que tinham levado seu violino.

Então vocês acreditam

Então vocês acreditam que aos lábios dos moribundos só afloram palavras solenes
porque o solene floresce naturalmente no leito da morte
um leito está sempre pronto para o aparato dos funerais
com a família ao lado
a dor sincera o ar de circunstância.

Nuas no catre do révir, quase todas as nossas companheiras disseram:
"Desta vez vou empacotar".
Estavam nuas sobre tábuas nuas.
Estavam sujas e as tábuas estavam sujas de diarreia e de pus.
Elas não sabiam que assim complicavam a tarefa daquelas que sobrevivessem e precisassem contar aos parentes suas últimas palavras. Os parentes esperavam o solene. Impossível decepcioná-los. O trivial é indigno do florilégio das palavras derradeiras.
Mas não era permitido a si mesma ser fraca.
Então elas disseram: "Vou empacotar" para não tirar das outras a coragem

e contavam tão pouco com a possibilidade de que uma única sobrevivesse que não confiaram nada que pudesse ser mensagem.

A primavera

Todas aquelas carnes que tinham perdido a carnação e a vida da carne espalhavam-se na lama seca tornada poeira, ao sol acabavam de murchar, de se desfazer – carnes amarronzadas, violáceas, cinzentas todas elas –, confundiam-se tanto com o chão de poeira que era preciso um esforço para ali enxergar mulheres, para enxergar que naquelas peles vincadas pendiam seios de mulheres – seios vazios.

Ó vocês que lhes dizem adeus no limiar de uma prisão ou no limiar da morte na manhã devastada por longas vigílias fúnebres, felizes de vocês que não podem ver o que fizeram de suas mulheres, do peito que vocês ousaram tocar pela última vez no limiar da morte, dos seios de mulheres sempre tão macios, de maciez tão perturbadora para vocês que partiam para morrer – suas mulheres.

Era preciso um esforço para distinguir rostos nas feições em que as pupilas já não acendiam, rostos cor de cinza ou de terra, talhados em cepos apodrecidos ou arrancados de um baixo-relevo muito antigo, mas cuja saliência das maçãs do rosto o tempo não pudera atenuar – um amontoado de cabeças – cabeças sem cabelo, incrivelmente pequenas – cabeças de corujas com o arco das sobrancelhas desproporcional – ah, todos aqueles rostos sem olhar — cabeças e rostos, corpos contra corpos meio deitados na lama seca tornada poeira.

Entre os trapos — ao lado dos quais o que vocês chamam de trapos seriam roupagens —, entre os farrapos terrosos apareciam mãos — mãos apareciam porque se moviam, porque os dedos se dobravam e se crispavam, porque remexiam os trapos, revolviam as axilas, e os piolhos entre as unhas estalavam. O sangue formava uma mancha marrom nas unhas que esmagavam os piolhos.

O que restava de vida nos olhos e nas mãos ainda vivia por esse gesto — mas as pernas na poeira — pernas nuas ressumando abscessos, perfuradas de feridas —, as pernas na poeira estavam inertes como pilões de madeira — inertes — pesadas

as cabeças inclinadas prendiam-se ao pescoço como cabeças de pau — pesadas

e as mulheres que ao calor do primeiro sol despojavam-se de seus trapos para os despiolhar, descobrindo o pescoço que era só nós e cordões, os ombros que mais eram clavículas, o peito em que os seios não impediam que se vissem as costelas — argolas

todas aquelas mulheres apoiadas umas nas outras, imóveis na lama seca tornada poeira, ensaiavam sem saber

— elas sabiam, sabem — isso é mais terrível ainda

ensaiavam a cena em que morreriam no dia seguinte — ou num dia muito próximo

pois elas morreriam no dia seguinte ou num dia muito próximo

pois cada uma morre mil vezes sua morte.

No dia seguinte ou num dia muito próximo, seriam cadáveres na poeira que se seguia à neve e à lama do inverno. Tinham aguentado o inverno todo — no pântano, na lama, na neve. Não podiam ir além do primeiro sol.

O primeiro sol do ano na terra nua.

Pela primeira vez a terra não era o elemento hostil, que ameaça cada passo — se você cair, se você se deixar cair, não voltará a levantar —

Pela primeira vez podíamos sentar no chão.

A terra, nua pela primeira vez, seca pela primeira vez, deixava de exercer sua tentação vertiginosa, deixar-se deslizar para o chão — deixar-se deslizar para a morte como na neve — para o esquecimento — abandonar-se — deixar de comandar braços, pernas e tantos músculos menores para que nenhum se solte, para continuar em pé — para continuar vivo — deslizar — deixar-se deslizar para a neve — deixar-se deslizar para a morte com seu tenro abraço de neve.

A lama pegajosa e a neve suja eram poeira pela primeira vez.

Poeira seca, amornada pelo sol
é mais duro morrer na poeira
mais duro morrer quando faz sol.

O sol brilhava — pálido como a leste. O céu era muito azul. Em algum lugar a primavera cantava.

A primavera cantava na minha memória — na minha memória.

Aquele canto me surpreendia tanto que eu não tinha certeza de ouvi-lo. Julgava ouvir em sonho. E tentava negar, deixar de ouvir, e olhava com um olhar desesperado minhas companheiras ao meu redor. Estavam aglutinadas ali, ao sol, no espaço que separava os barracões dos arames farpados. Os arames farpados tão brancos no sol.

Aquele domingo.

Um domingo tão extraordinário porque era domingo de descanso e era permitido sentar no chão.

Todas as mulheres estavam sentadas na poeira de lama seca num rebanho miserável que lembrava moscas em cima do esterco. Sem dúvida por causa do cheiro. O cheiro era tão denso e fétido que tínhamos a impressão de respirar não no ar, mas num outro líquido mais espesso e viscoso que envolvia e isolava aquela parte da terra com uma atmosfera sobreposta em que só se podiam mover seres adaptados. Nós.

Fedor de diarreia e de carniça. Acima daquele fedor o céu era azul. E na minha memória a primavera cantava.

Por que de todos aqueles seres só eu tinha conservado a memória? Na minha memória a primavera cantava. Por que essa diferença?

Os brotos dos salgueiros cintilam prateados ao sol – um plátano se dobra ao vento – o capim está tão verde que as flores da primavera brilham com cores surpreendentes. A primavera banha tudo com um ar tão leve, leve, inebriante. A primavera sobe à cabeça. A primavera é a sinfonia que explode de todos os lados, explode, explode.

Que explode. – Na minha cabeça a explodir.

Por que conservei a memória? Por que essa injustiça?

E da minha memória só despertam imagens tão pobres que me vêm lágrimas de desespero.

Na primavera, passear ao longo dos cais, e os plátanos do Louvre são de tão fina cinzelagem ao lado das castanheiras já cheias de folhas do jardim das Tuilleries.

No verão, atravessar o Luxembourg antes de ir para o escritório. Crianças correm pelas aleias, pastas debaixo dos braços. Crianças. Pensar em crianças aqui.

Na primavera, o melro da acácia sob a janela desperta antes do amanhecer. Já antes da aurora ele aprende a cantar. Ainda canta mal. Estamos apenas no início de abril.

Por que deixar a memória só para mim? E minha memória só encontra clichês. "*Mon beau navire, ô ma mémoire*"[31]...

---

31 Do poema *La Chanson du mal-aimé*, de Guillaume Apollinaire (tradução livre: "Meu belo navio, ó minha memória").

Onde está você, minha verdadeira memória? Onde está você, minha memória terrestre?

O céu estava muito azul, de um azul tão azul sobre os postes de cimento brancos e os arames farpados brancos também, de um azul tão azul que a rede de fios elétricos parecia mais branca, mais implacável,

aqui nada é verde

aqui nada é vegetal

aqui nada é vivo.

Longe, muito além dos fios, a primavera esvoaça, a primavera freme, a primavera canta. Na minha memória. Por que conservei a memória?

Por que ter guardado a lembrança das ruas de calçamento sonoro, dos pífanos dos vendedores de legumes no mercado, das flechas de sol sobre o assoalho claro ao despertar, a lembrança dos risos e dos chapéus, dos sinos no ar do anoitecer, das primeiras blusas leves e das anêmonas?

Aqui, o sol não é de primavera. É o sol da eternidade, é o sol de antes da criação. E eu tinha conservado a memória do sol que brilha sobre a terra dos vivos, do sol sobre a terra dos trigos.

Sob o sol da eternidade, a carne cessa de palpitar, as pálpebras se tornam azuladas, as mãos murcham, as línguas incham e escurecem, as bocas apodrecem.

Aqui, fora do tempo, sob o sol de antes da criação, os olhos empalidecem. Os olhos se apagam. Os lábios empalidecem. Os lábios morrem.

Todas as palavras há muito tempo murcharam

Todas as palavras há muito tempo descoraram

Gramínea – umbela – fonte – um cacho de lilás – a chuvarada – todas as imagens há muito tempo estão lívidas.

Por que conservei a memória? Não consigo reencontrar o gosto da minha saliva na boca na primavera – o gosto de chupar uma haste de capim. Não consigo reencontrar o cheiro dos cabelos balançados pelo vento, sua mão tranquilizadora e sua doçura.

Minha memória está mais exangue do que uma folha de outono

Minha memória esqueceu o orvalho

Minha memória perdeu a seiva. Minha memória perdeu todo o sangue.

É então que o coração deve parar de bater – parar de bater – de bater.

É por isso que não posso me aproximar dessa que está me chamando. Minha vizinha. Ela está chamando? Por que está me chamando? De repente ela está com a morte no rosto, a morte roxa nas abas do nariz, a morte no fundo das órbitas, a morte em seus dedos que se retorcem e se apertam como gravetos mordidos pela chama, e ela diz numa língua desconhecida palavras que não ouço.

Os arames farpados são muito brancos contra o céu azul.

Ela está me chamando? Agora está imóvel, a cabeça caída na poeira suja.

Longe, além dos arames farpados, a primavera canta.

Seus olhos se esvaziaram.

E nós perdemos a memória.

Nenhum de nós voltará.

Nenhum de nós deveria ter voltado.

II. Um conhecimento inútil

Vínhamos de muito longe para merecer sua crença.
— PAUL CLAUDEL

Os homens

Tínhamos grande ternura pelos homens. Nós os víamos dar voltas pelo pátio, na hora do passeio. Jogávamos bilhetes por cima da grade, driblávamos a vigilância para trocar algumas palavras com eles. Nós os amávamos. Dizíamos isso a eles com os olhos, nunca com os lábios. Achariam estranho. Seria dizer-lhes que sabíamos como sua vida era frágil. Dissimulávamos nossos receios. Não lhes dizíamos nada que lhes pudesse revelar, mas espreitávamos todas as suas aparições, num corredor ou numa janela, para fazê-los sentir sempre presentes nosso pensamento e nossa solicitude.

Algumas, que tinham o marido entre eles, encontravam imediatamente seu olhar no conjunto de olhares que nos buscavam. As que não tinham marido amavam todos os homens sem os conhecer.

Nenhum deles era meu irmão ou amante, mas eu não gostava dos homens. Nunca olhava para eles. Fugia do rosto deles. Os que me abordavam pela segunda vez – furtivamente, quando iam buscar a sopa na cozinha – admiravam-se de que eu não lhes reconhecesse a voz nem a silhueta. Eu tinha diante deles uma imensa piedade e um imenso pavor. Piedade e pavor de que na verdade eu não participava. Havia no meu íntimo uma terrível indiferença, a indiferença que provém de um coração em cinzas. Evitava lhes querer mal. Eu queria mal a todos os seres vivos. Ainda não tinha encontrado no fundo de mim uma prece de perdão aos que estão vivos.

Os homens nos amavam também, mas miseravelmente. Experimentavam, mais incisivo do que qualquer outro, o sentimento de estarem diminuídos quanto à sua força e seu dever de homens, pois nada podiam fazer pelas mulheres. Se sofríamos por vê-los infelizes, famintos, desnudados, mais ainda sofriam eles por já não serem capazes de nos proteger, nos defender, por já não poderem assumir seu destino por si sós. No entanto, as mulheres, desde o primeiro momento, os tinham aliviado de sua responsabilidade. Imediatamente os desvencilharam de seu cuidado de homens pelas mulheres. Queriam persuadi-los de que elas, as mulheres, não corriam nenhum risco. A feminilidade era sua salvaguarda, ainda acreditávamos. E, se eles tinham tudo a temer, elas, por seu lado, se garantiam. Só precisariam ter paciência e coragem, duas virtudes de que elas estavam muito seguras porque são do dia a dia. Então reconfortavam os homens, não deixavam transparecer cansaço, nem tristeza, nem preocupação, principalmente. Seriam dignas deles, que sabiam da ameaça que lhes pesava sobre a vida. Os homens, por sua vez, esforçavam-se por manter a naturalidade cotidiana. Empenhavam-se em nos ser úteis, buscavam favores que nos pudessem prestar. Que desgraça! Na aflição material em que se encontravam, não havia nada que as mulheres pudessem lhes pedir. Estas, numa aflição igualmente grande, ainda tinham recursos, os recursos que as mulheres sempre têm. Podiam lavar roupa, consertar a única camisa agora em farrapos que eles vestiam no dia da prisão, cortar cobertores para lhes fazer chinelos. Privavam-se de uma parte de seu pão para dar a eles. Um homem precisa comer mais. Todos os domingos, elas organizavam algum entretenimento que acontecia no pátio, ao qual os homens assistiam, em pé atrás dos arames farpados erguidos entre os dois setores. As mulheres trabalhavam a semana toda; costuravam, ensaiavam para o domingo. Quando o preparativo da festa corria o risco de se ver comprometido pela falta de ânimo ou pelo mau humor, sempre havia uma mulher para dizer: "Sim, temos de fazer, para os homens". Para os homens elas cantavam e dançavam; para os homens elas simulavam despreocupação e alegria. Era uma brincadeira dilacerante. Mas a animação que suscitava às vezes conseguia ser convincente, mesmo para aquelas que sabiam melhor como tudo aquilo era ridículo.

E aquele domingo estava mais triste do que qualquer outro. O comandante do forte tinha proibido a representação. Os homens estavam confinados em seus alojamentos, as mulheres, nas delas. E não era só por isso que de repente nos sentíamos inertes e ausentes. Cada uma tinha um pressentimento vago ao qual não se entregava porque havia as outras e tentava afastá-lo escrutando a atitude das companheiras. Todas simulavam embora nenhuma fosse tola.

Estávamos inquietas. As que escutavam os barulhos através da divisória – do lado dos homens –, atentas, orelha colada como se fosse uma auscultação, diziam, respondendo às perguntas: "Não, não dá para ouvir nada". Não se ouvia nada e o mal-estar aumentava à medida que a tarde avançava.

Era um domingo de setembro ensolarado como um domingo de verão, já com a melancolia do outono; ou seja, desde a manhã, tudo no ar, e nas folhas das árvores que se avistavam pela janela, no soprar do vento no capim dos taludes e na cor do céu acima do forte e na cor dos olhos, tudo exatamente desde a manhã tinha a opacidade dos dias dos quais mais tarde se dizia que foram dias inabituais.

— E você, Yvette, está vendo alguma coisa pela janela?
— Não, nada.

De repente ouvem-se passos no nosso corredor, um barulho de chaves na nossa porta. A chefe do campo entra. Acompanhada por uma sentinela. Era uma prisioneira, ela nunca circulava sozinha.

— Josée, o que está acontecendo?
— Nada, nada. O que houve com todas vocês, com essas caras transtornadas? Não está acontecendo nada. Vim buscar a roupa dos homens. Pronta ou não, é preciso devolver para eles imediatamente.

— Devolver? Imediatamente? Por quê?

Todas já se atarefavam, preparavam trouxas com camisas e meias, desfaziam as trouxas porque tinham esquecido um lenço, felizes por saírem da espera passiva que as angustiava desde cedo, como se finalmente pudessem fazer alguma coisa e essa coisa fosse útil.

— Os homens vão embora?
— Não sei. Não sei de nada.

Josée não queria dizer nada. Uma pergunta: "Que horas são?". E todas nós lembraríamos que naquele momento eram quatro horas.

Josée sai com a roupa, a porta se tranca, e cada uma volta para sua cama. O dormitório torna-se novamente abafado de silêncio e espera.

Qualquer tentativa de diversão ou distração esbarrava na inércia, na angústia não exprimida. E se lêssemos alguma coisa? Ninguém respondia.

— Estou ouvindo barulho. Eles estão descendo a escada.
— O que está acontecendo?

Do fundo do dormitório, as cabeças se erguem, as interrogações convergem para aquela que escuta na divisória.

— Estão fazendo os homens descerem.

— Todos?

— Não, todos não. Parou.

Muitos meses de cela tinham propiciado a todas um sentido extra para interpretar os sons e os atritos, as respirações e os passos.

Silêncio de novo. Espera de novo.

Algumas tentavam acreditar que não havia nada a esperar. Por que esperávamos? O que esperávamos e por que esperar? Mas não conseguiam se desligar do sentimento de espera e angústia. Silêncio, ainda por muito tempo.

Depois ouvem-se passos no corredor, nosso corredor, dessa vez passos de botas, e todas as mulheres estão em pé entre as camas, prontas, quando o suboficial aparece. Ele tira um papel do bolso, chama nomes e, ao ouvir seu nome, cada uma vai se pôr em fila perto da porta e nas suas feições a inquietude cede à resolução e ao enrijecimento. O alemão chama dezessete nomes, sai com as dezessete mulheres, volta a fechar a porta à chave. Para as outras que ficaram em pé no lugar, o dormitório parece então vazio e sonoro, daquela sonoridade particular que se estabelece num lugar em que alguma coisa vai acontecer.

Quanto a mim, não tinha marido do outro lado. Foi na Santé que me chamaram, quatro meses antes. Era de manhã.

Esperávamos. Esperávamos que nossas companheiras voltassem para dar nome à nossa angústia.

Nós as ouvimos voltando. O suboficial as faz entrar e, depois que ele volta a trancar a porta, a rigidez e a resolução do rosto delas desaparecem. De repente os rostos aparecem despidos de toda expressão ou de toda convenção, naquela nudez que oferece uma súbita luz ou uma atroz verdade.

Nós as esperávamos. Uma espécie de distensão opera-se em nós, algo cede em nós quando vemos que estão todas ali. Esperávamos um relato. Não, elas voltavam para a cama. Cada uma ia para seu lugar sem uma palavra, com olhos que se tornaram sem olhar. E as outras que queriam saber aproximavam-se daquela com quem, das dezessete, tinham uma ligação particular, para interrogá-la. Fiquei no meu lugar. Não fui até Regina, de quem eu gostava, nem até Margot. E nenhuma das que tinham sido chamadas na mesma manhã que eu, na Santé, saiu do lugar. Nós sabíamos.

Agora todo o dormitório sussurra. Ficamos sabendo os detalhes.

— Meu marido me deu a aliança dele.

— O comandante anunciou que eles partiriam amanhã de manhã.

— Vão levá-los para passar a noite nas casamatas.

— Eles compartilharam seus cigarros.

— Jean estava tão pálido, com os olhos tão fundos, que tive medo.

E ouço uma que, num grupo perto da minha cama, murmura: "René disse a Betty que seriam fuzilados, mas que tinham todos resolvido não dizer nada às mulheres, para elas acharem que tinham sido deportados. Naturalmente, para Betty ele podia dizer. Só não é para espalhar".

Então uma de nós foi até o meio do dormitório e, em voz alta, dirigindo-se a todas: "Amigas, como ainda temos tempo antes de dormir, deveríamos ler uns poemas".

As mais jovens dispõem os bancos. Todo mundo se instala. Era como a primeira refeição depois do enterro quando alguém tenta voltar às falas familiares e consegue conversar com os outros sobre beber e comer. Mas, quando a recitante disse: "Pois nada há que nos eleve – Como ter amado um morto ou uma morta – Somos fortalecidos para sempre – E não precisamos de mais ninguém", cada uma soube pelo efeito dessas palavras que, apesar da mentira dos homens e da hipocrisia do comandante com a devolução da roupa, cada uma soube que tivera imediatamente o sentimento da morte e sua certeza. Eram corajosos e ternos, os homens que amávamos.

Quanto a mim, estava com vergonha por reprová-las por um sursis tão breve. Estava com vergonha por não querer amá-los. Eu não quisera olhá-los, olhar seu rosto, seus olhos, ouvir sua voz, e agora já não conseguia distinguir um do outro. Eu chorava de arrependimento. E, quando hoje me falam de Pierre, que abatera três alemães, ou de Raymond, o baixinho inválido por causa de uma bala que o atingira na Espanha, é todo o grupo indistinto e fraterno dos homens que amávamos que aflora à minha memória.

Eu o chamava minha jovem árvore
Era belo como um pinheiro
A primeira vez que o vi
Sua pele era tão macia
a primeira vez que o abracei
e todas as outras vezes
tão macia
que hoje de pensar
é como quando não sentimos a própria boca
Eu o chamava minha jovem árvore
liso e ereto
quando o aconchegava a mim
eu pensava no vento
numa bétula ou num freixo
Quando ele me estreitava nos braços
eu não pensava em mais nada.

*

Como está nu
aquele que se vai
nudez nos olhos
nudez na carne

aquele que vai para a guerra
Como está nu
aquele que se vai
nudez no coração
nudez no corpo
aquele que vai para a morte.

*

Na porta da prisão
na manhã da separação
num vinte e um de março

Faz o tempo dos abandonos
dos braços desatados
os lábios secos

Faz o tempo da estação
do céu lavado
dos junquilhos frescos.

*

Eu o chamava
meu namorado do mês de maio
nos dias em que era menino
tão feliz
eu o deixava
quando ninguém via
ser
meu namorado do mês de maio
mesmo em dezembro
menino e terno
ao andarmos abraçados

a floresta era sempre
a floresta da nossa infância
já não tínhamos lembranças separadas
ele beijava meus dedos
que tinham frio
ele dizia as palavras que dizem os namorados do
    mês de maio
só eu ouvia
Não se ouvem essas palavras
Porque
ouve-se o coração batendo
acredita-se que é possível ouvi-las a vida toda
essas palavras ternas
Há tantos meses de maio
a vida toda
para dois que se amam.

Então
eles o fuzilaram num mês de maio

                    *

Invejo-os
os que deram os seus
em sacrifício consentido
Quanto a mim
revoltei-me
mal fui capaz
de não berrar diante dele
Precisou de toda a sua coragem
e já era demais
para um jovem
deixar uma mulher
que viveria depois dele.

*

Não o dei
a morte o arrancou de mim
e aquela causa
mais forte que meu amor.
Por aquela causa
era preciso morrer
por meu amor
era preciso viver.
Vocês pensam que é fácil
talvez
ser mulher e não ter ciúme
Uma outra
podemos matá-la
por uma ideia
é preciso morrer também
Não pude morrer com ele
E não morri por isso também.

*

Antes chorar um herói
do que amar um covarde
Decerto têm razão vocês
que têm palavras para tudo
Mas
havia aqueles
nem fortes nem fracos
que não chegaram
nem ao sacrifício
nem à traição
Aconteceu-me pensar
que ele poderia ser desses

e ter vergonha
Queria ter a certeza
de ter tido vergonha
É preciso
é preciso
que vocês tenham razão.

*

Perguntava a mim mesma
por quem
por quem ele morria
por qual de seus amigos
Haveria um ser vivo
que merecesse a vida dele
ele
o mais querido.
Docemente ele voltou
de lá aonde fora
voltou para me dizer
que morrera pelo passado
e por todos os devires
Senti explodir-me a garganta
meus lábios quiseram sorrir
mas era por vê-lo de novo.

*

É incapaz de compreender
você que não ouviu
bater o coração
de quem vai morrer

*

Chorei também
porque nós dois acreditamos
que o amor seria nosso talismã
Era mais que perder uma crença
era como se eu me repreendesse
por não o ter amado com um amor maior.

*

Eu o amava
porque era belo
é uma razão fútil

Eu o amava
porque ele me amava
é uma razão egoísta

Mas
é para vocês
que busco razões
para mim eu não as tinha
Amava-o como uma mulher ama um homem
sem palavras para dizê-lo

*

Ele morreu
porque uma história de amor precisa
para ser bela
de um fim trágico
A nossa era grandiosa
Por que você precisa sempre levá-la
ao fim
com seus lugares-comuns.

*

De amor e de dor
Meu coração se estancou
De dor e de amor
foi secando dia a dia

A *marselhesa* decapitada

Os dias eram intermináveis. Dias em que não havia nada. A distribuição do café pela manhã, da sopa às onze horas, do pão às cinco horas. Passávamos o tempo acompanhando na parede o desenho formado pelas sete grades da janela, cuja sombra se deslocava lentamente, de uma parede para outra. Quando no canto da esquerda, no reboco descascado, já não restavam mais do que três ou quatro grades prestes a se apagarem, o dia tinha terminado, anoitecia. Era o momento em que ia embora a sentinela que andava de um lado para outro no pátio, o momento em que a prisão se animava. De uma janela para outra, de um extremo para outro, começavam as conversas, depressa antes do revezamento da noite. Cada um falava com uma voz que conhecia, por cima das outras vozes que se cruzavam.

Nossa janela era tão alta — rente ao teto — que era preciso, para olhar por ela, subir no ferro da cama, ficar na ponta dos pés, agarrar-se com as mãos às grades e segurar forte. As mãos doíam, as grades ficavam marcadas em vermelho na palma da mão. Uma de cada vez, subíamos para falar com os "crimes comuns" da ala vizinha, submetida à administração penitenciária francesa. A maior parte da Santé estava com os alemães, povoada de presos políticos, que ainda não eram chamados de resistentes.

Os "crimes comuns" trabalhavam nas diversas oficinas e voltavam para a cela à noite. Também eles espreitavam a saída da sentinela para falar conosco. Recebiam cartas, liam os jornais e nos davam notícias. Quando ficavam sabendo de notícias importantes, assobiavam para nos chamar e gritavam. "Ei, meninas, está feito! Os ingleses retomaram Tobruk. Que batalha!" Não compreendíamos muito bem a importância dessa vitória. A campanha da Líbia tinha começado depois de nossa prisão. Perguntávamos. "E na Rússia?" – "Eles continuam avançando." – "Eles quem?" – "Os Fritz."

Aquela noite, Lucien e René estavam demorando. A janela deles estava vazia. O dia todo, contando as horas que soavam a cada segundo nos relógios do bairro – ouvíamos e tentávamos localizar todos os relógios. Quantos havia! Eu tinha morado no bairro, nunca os tinha ouvido. Não contamos o tempo quando estamos livres – o dia todo contávamos o tempo, até o anoitecer. O dia era apenas a espera do anoitecer, das notícias.

– Mas, afinal, o que eles estão fazendo hoje? O que podem estar fazendo?

– Talvez estejam no calabouço.

– Teriam mandado recado pelos vizinhos.

– Seus vizinhos ficam muito longe. Não conseguimos ouvi-los.

– Fariam sinal na janela.

– Você ainda não consegue vê-los?

– Não. Nada – a que estava agarrada às grades respondia às companheiras de cela, que, por sua vez, vigiavam a porta para prevenir alguma ronda imprevista da vigia.

– Nada ainda?

Estávamos desesperadas, aquele desespero tolo que faz as crianças chorarem quando não ganham alguma coisa prometida.

— Pronto, pronto! Chegaram!

Lucien todo esbaforido mostra o rosto entre as grades de sua cela, do outro lado do pátio.

Na mesma hora ficamos aliviadas. E a que está agarrada à janela grita:

— Por que estão voltando tão tarde? Quase não temos mais tempo.

— Estávamos trabalhando. Mandaram a gente instalar a banheira grande.

— Banheira grande? O que é isso?

— O cesto de farelo[32]. Para a cabeça. Na guilhotina. Amanhã serão quatro. Então vai ser grande. Os quatro da rua de Buci, sabem?

Não sabíamos.

— É verdade, vocês não sabem. Já estavam aqui dentro. Quatro rapazes que tomaram a palavra, em plena feira, na rua de Buci. De manhã. Na hora da feira. Quando as mulheres todas fazem fila. Parece que um subiu numa banca; convocou à luta contra os Fritz. Depois, quis fugir com os três companheiros que lhe davam proteção. Mas a polícia pegou todos. Foram condenados pelo tribunal especial. Todos à morte. É amanhã de manhã. Aqui, na parte francesa.

Barulho de botas, tilintar de fuzis. A sentinela da noite deve ter entrado no pátio. A cabeça de Lucien mergulha como Guignol no teatro de marionetes. De repente tudo para. Ouvem-se os passos da sentinela.

Os quatro da rua de Buci. Quatro dos nossos. Se soubéssemos os nomes deles... Talvez sejam conhecidos.

Naquela noite, nenhuma de nós dormiu. Ouvimos todas as horas. Vimos o teto clarear, o dia se levantar, a

---

32 Para receber as cabeças cortadas na guilhotina, usavam-se vários tipos de recipiente, como sacos de couro, cestos cheios de farelo ou simples recipientes de metal.

sombra das primeiras grades se formar, fluida, vagamente marcada, na parede. "Quatro horas. Deve estar na hora", diz Henriette quando se extingue a última batida.

Longínqua de início, porque vem de uma ala atrás da nossa, depois cada vez mais nítida, *A marselhesa* eclode, cada vez mais nítida, à medida que eles avançam para o meio daquele pátio que deve ser no centro da prisão. Cada vez mais forte, e nós distinguimos as vozes, quatro vozes desafinadas, que se inflam todas elas ao maior volume que conseguem alcançar. Terminada a primeira estrofe – eles devem estar esperando, em pé, ao lado da guilhotina – as vozes já não se deslocam –, eles retomam o fôlego para atacar o refrão, e as vozes se inflam novamente, plenas, harmoniosas. Mas, depois das duas primeiras palavras do refrão, há apenas três vozes, igualmente harmoniosas, articulando bem as palavras, depois duas, depois uma só voz que se esforça e se amplia ao limite extremo para, sozinha, fazer-se ouvir por toda a prisão, uma só voz que por sua vez é bruscamente interrompida. A cabeça caiu no meio de uma palavra. Uma palavra suspensa, cortada, num silêncio insuportável. Apenas por um instante, pois o canto se eleva novamente, retomado pelos homens do setor político que cantam do fundo de suas celas.

Era verão de 1942.

"[...] Na semana passada, um ato de igual incoerência, imediatamente seguido por vários outros, foi decidido pelo novo poder: a execução no pátio da sinistra fortaleza de Montluc, em Lyon, do patriota argelino Abderahmane Laklifi. Sábado ao amanhecer, ele teve a cabeça cortada, acompanhado até o cadafalso pelo canto de todos os seus companheiros, por trás das grades de suas celas." (*L'Express*, 4 de agosto de 1960)

De manhã a chegada

O inferno vomitara seus condenados
eram eles que nos acolhiam
e logo
compreendemos
por que não nos festejavam
Tinham saudade dos tormentos do inferno
e nos viam chegar
nós, que vínhamos da terra
como gente que sabe
e pode perceber a diferença
e logo depois
iríamos saber também
e querer esquecer a vida.

*

No inferno
não vemos morrer os companheiros
no inferno
a morte não é uma ameaça
já não temos fome nem sede
no inferno
já não esperamos

no inferno
já não há esperança
e a esperança é de angústia
no coração do qual o sangue se retira.
Por que vocês dizem que aqui é um inferno?

*

PARA YVONNE BLECH

Éramos loucas por Apollinaire
e por Claudel
lembra?

É o início de um poema
do qual queria me lembrar
para lhe dizer.

Esqueci todas as palavras
minha memória se perdeu
nas ruínas dos dias passados
minha memória se foi
e nossas loucuras antigas
Apollinaire e Claudel
morrem aqui conosco.

*

AOS OUTROS OBRIGADA

Um fantasma equilibrista
que treinava à noite
nos fios do telégrafo
Ele não sabia que eu o via

Ele dançava
Vestira-se de fantasma
entretanto
ninguém o via.

Quanto a mim não suportaria
se ninguém me tivesse visto
se vocês não estivessem ali.

*

Morrer não é nada
enfim
quando é decentemente
mas
com diarreia
com lama
com sangue
e leva tempo
leva muito tempo

*

Uma trova tola
uma noite de verão
A vida o passado
com saudade
Não
Aqui desaprendemos a saudade

*

Vi espancarem homens
e enfim pude pensar nele

ele morto
um dia em que era belo ainda
morto íntegro
de morte escolhida.

*

Ao ver o que vi
sofrer
ao ver sofrer
morrer
ao ver morrer
soube que nada
nada era demais naquela luta.

*

Aquele ponto no mapa
Aquela mancha preta no centro da Europa
aquela mancha vermelha
aquela mancha de fogo aquela mancha de fuligem
aquela mancha de sangue aquela mancha de cinzas
para milhões
lugar sem nome
De todos os países da Europa
de todos os pontos do horizonte
os trens convergiam
rumo ao inominado
carregando milhões de seres
que ali eram despejados sem saber onde
despejados com sua vida
com suas lembranças
com suas pequenas dores
e seu grande espanto

com seu olhar que indagava
e que lá só viu fogo,
que queimaram sem saber onde estavam.
Hoje sabemos
Há alguns anos sabemos
Sabemos que aquele ponto no mapa
é Auschwitz
Isso sabemos
Quanto ao resto acreditamos saber.

Esther

Eu já estava deitada quando uma vizinha me faz sinal:
— Estão chamando você lá fora.
— Quem?
— Uma baixinha. Na porta.
Saio. Uma moça está esperando e não parece me conhecer. Não a conheço. Olho à minha volta. A rua de neve suja que separa os blocos está vazia. Olho à minha volta. A moça está sozinha. Olho para ela. Uma judia. Está de trajes civis. Olha para mim, adianta-se e diz em alemão:
— Você é C.?
— Sim, sou eu.
— Meu nome é Esther. Sei que você é uma companheira.
Tenho um movimento de desconfiança.
— Como você sabe?
— Mais tarde eu digo. Ouça. Não temos muito tempo. Daqui a pouco é o toque de recolher. (E depois do toque de recolher os vigias das guaritas atiram em tudo o que se move no campo.) Sou judia, da Bielorrússia.
Olho para ela. É baixinha, gordinha, tem as bochechas brilhantes como maçãs. Vinte anos, talvez menos. Seus cabelos estão recém-tosados na linha do lenço. A cabeça das judias é raspada uma vez por mês; das outras,

só na chegada, a não ser fortuitamente. Ela está limpa, bem-vestida. Compreende meu olhar e se desculpa:

— Trabalho nos Effekts.

É o commando que faz a triagem, arruma, inventaria o que há nas bagagens dos judeus, que eles deixam na plataforma ao chegarem a Auschwitz. O commando dos Effekts é formado por judias selecionadas entre as que entram no campo. A cada comboio, as mais jovens e as mais fortes são destacadas para trabalhar. Vão para o campo. As outras vão para a câmara de gás. As moças dos Effekts são bem-vestidas porque pegam roupas entre as que elas manipulam. (São das judias, e no campo os judeus não usam uniformes listrados. Vestem trajes civis que são marcados por uma grande cruz de zarcão nas costas. Para as dos Effekts, portanto, basta marcarem assim a roupa que pegam em troca das suas.) Elas não são magras porque vendem para as outras prisioneiras uma calcinha ou um casaco de tricô pelo pedaço de pão ou pela porção de margarina que compõem a refeição da noite. São limpas porque trocam de roupa de baixo e se lavam no local de trabalho, onde há água. E os SS exigem que sejam limpas, uma vez que elas arrumam coisas que serão distribuídas pela campanha de inverno aos civis alemães sinistrados. Quanto a nós, nunca temos troca de roupa de baixo. Nunca nos lavamos. Salvo as privilegiadas dos Effekts, que são algumas dezenas, salvo a aristocracia do campo — chefes e subchefes de blocos, policiais e condenadas alemãs por crimes comuns —, ninguém jamais se lava.

Olho para Esther, seu lenço de cabeça branco. Olho os dentes que lhe iluminam o rosto. Digo:

— Você tem dentes bonitos.

— Justamente, vim para ajudar. Do que você está precisando?

Do que estou precisando? O que responder?

— Sim. Está precisando de tudo, não é? Voltarei amanhã. Até logo!

No dia seguinte, à mesma hora, ela voltou. Tirou da blusa um tubo de pasta de dente, uma escova de dentes nova embalada em papel transparente.

— Escove os dentes com um pouco do seu chá, de manhã.

Uma camisa de malha cor-de-rosa.

— Quando sujar, jogue fora, eu dou outra. Foi só isso que consegui pegar hoje. Amanhã trago outra coisa. Uma camisola, para você não precisar mais dormir toda vestida.

Olho os objetos que ela pôs em minhas mãos. A escova de dentes está marcada no cabo com sinais desconhecidos. O tubo de pasta de dente é impresso com outros sinais desconhecidos. Os últimos comboios vinham da Grécia.

Fico atrapalhada. Onde colocar aquilo? Não tenho bolso. Se deixar debaixo do cobertor, não vou encontrar mais ao anoitecer, na volta do trabalho. Olho a escova de dentes, o tubo de pasta novo, a camiseta limpa. Objetos necessários, que são excessivos. Fazem parte de uma vida abolida. A vida na qual escovamos os dentes. E como compartilhar? Nós compartilhamos tudo. Mas Esther espreita o prazer no meu rosto.

— Obrigada, Esther. Que amável.

— Se uma noite eu voltar mais cedo e você não estiver muito cansada, podemos conversar um pouco.

Ela me estende a mão e se afasta. Volta-se para me sorrir com seus dentes limpos, feliz com o prazer que me proporcionou.

Quem era Esther? Nunca mais a vi. O commando dos Effekts passa frequentemente por revista e as que não conseguem escamotear seu roubo são mandadas para a coluna disciplinar ou para o gás. Depende do humor do SS. Fiquei sabendo que ela era de Grodno.

Beber

Depois da chamada, as filas se transformavam em colunas para ir ao trabalho. Enfileiradas de cinco em cinco, bastava-nos fazer meia-volta no lugar para estar em ordem de marcha diante do portão, prontas para partir. Não era tão rápido. Ainda era preciso esperar, marcar passo. As kapos se azafamavam para formar seus commandos. Contavam-nos de cinco em cinco e, ao chegar a cem, cortavam a coluna. Cada kapo cortava sua fatia de mão de obra. Foi assim que, naquela manhã, o corte se fez no meio do nosso grupo e umas tinham trabalhado num canteiro de demolição ao passo que as outras estavam em outro lugar. Ao anoitecer, quando a chamada nos reuniu, Carmen me disse: "Amanhã vamos voltar lá. Vi bem a kapo, vou reconhecê-la. Principalmente, fique perto de nós. E preste atenção para não ser cortada. Lá tem água".

Fazia dias e dias que eu estava com sede, sede de perder a razão, sede de já não conseguir comer porque eu não tinha saliva na boca, sede de não conseguir falar porque não dá para falar sem saliva na boca. Meus lábios estavam dilacerados, minhas gengivas, inchadas, minha língua era um pedaço de pau. As gengivas inchadas e a língua inchada me impediam de fechar a boca, e eu ficava de boca aberta como uma alucinada, e, como uma alucinada, estava com as pupilas dilatadas, os olhos esgazeados. Pelo menos foi o que as outras me disseram, depois. Elas achavam que eu tinha enlouquecido. Eu não ouvia nada, não enxergava nada. Até acharam que eu tinha ficado cega. Mais tarde levei um tempão para explicar que não estava cega, mas não enxergava nada. Todos os meus sentidos tinham sido suprimidos pela sede.

Carmen, na esperança de ver uma luz de inteligência voltar ao meu olhar, teve de me repetir várias vezes: "Tem água. Amanhã você vai beber".

A noite foi interminável. Foi atroz como senti sede à noite, e ainda me pergunto como vivi até o fim daquela noite.

De manhã, agarrada a minhas companheiras, sempre muda, esgazeada, perdida, deixei-me conduzir – eram principalmente elas que cuidavam de não me perder, pois, quanto a mim, estava sem nenhum reflexo, e se não fossem elas eu teria topado tanto num SS como numa pilha de tijolos, ou então não teria entrado na fila, teria sido morta. Só a ideia da água me mantinha desperta. Eu a procurava por toda parte. A visão de uma poça, de um fio de lama meio líquida me fazia perder a cabeça, e elas me seguravam, porque eu queria me jogar naquela poça ou naquela lama. Eu teria me jogado na boca dos cães.

O caminho era longo. Eu tinha a impressão de que não chegaríamos nunca. Não perguntava nada, pois não conseguia falar. Fazia muito tempo que eu já nem tentava formar palavras com os lábios. Decerto meus olhos indagavam ansiosamente; elas não paravam de me tranquilizar. "Não tenha medo. É mesmo o commando certo. Tem água, é verdade. Pode acreditar."

Finalmente chegamos. Era um viveiro. "Aqui se plantam árvores. Pequenas. Quando plantamos uma árvore, nós a regamos. Damos um regador cheio de água", explicavam as que tinham ido na véspera. De fato, havia uma fileira de regadores, perto de um poço. Quis me precipitar na mesma hora, sair da fila. Viva me segurou firme pelo braço. "Espere a kapo terminar de contar." Terminada a contagem, a kapo distribuiu as equipes. Eu não fui para os regadores, nem minhas companheiras. Tínhamos de levar os arbustos até os homens que plantavam. Eu estava desesperada. Enquanto todas se esforçavam para me confortar, Carmen assumia o controle das coisas. "Ouça. Fique tranquila perto da Lulu. Tenha juízo, fique bem tranquila." Ela me falava, baixinho, como se eu fosse uma doente. "Trabalhe. Pegue isto." Ela me pôs na mão, como um galho, um arbusto de haste frágil. "É um polonês que tira água do poço. Eu o reconheci, é o mesmo de ontem. Ele enche os regadores. Trouxemos um pão inteiro, entendeu? Em troca do pão, vou pedir que ele ponha água ali, atrás do monte de árvores. Não saia daqui. Assim que estiver tudo pronto, faço um sinal. Não, não saia daqui. Eu volto. Volto agora mesmo." Felizmente não estávamos num lugar plano e exposto. Havia recantos e meandros, aqui um depósito de ferramentas, ali um galpão para guardar madeira, de modo que nem sempre estávamos sob os olhos das kapos e dos SS. Apoiada por Viva, cercada e escondida pelas outras, eu fingia trabalhar. Indo e vindo com elas, com um arbusto na mão, eu não tinha força para me abaixar e deixar o arbusto perto de um sulco onde um polonês o pegaria para plantá-lo. Eu mal me sustentava em pé e não sabia o que fazia. Acho até que já não tinha a sensação de estar com sede. Inconsciente, embotada, não sentia, não percebia mais nada.

    Carmen voltou. Ela e Viva, depois de se assegurarem de que o campo estava livre, me pegaram cada uma por um braço e me levaram para um ângulo formado por um trecho de muro e o monte dos arbustos que tínhamos de transportar. "Aí está!", disse Carmen, mostrando o balde de água. Era um balde de zinco, daqueles que os camponeses usam para tirar água do poço. Um balde grande. Estava cheio. Soltei-me de Carmen e Viva e me joguei no balde de água. Me joguei de verdade. Ajoelhei perto do balde e bebi como bebem os cavalos, enfiando o nariz na água, enfiando o rosto inteiro. Não posso dizer se a água estava fria — devia estar, tinha sido tirada recentemente, e era começo de março — e eu não sentia nem o frio nem o molhado no rosto. Eu bebia, bebia de perder o fôlego e de vez em quando era obrigada a tirar as narinas da água para tomar ar. Fazia isso sem parar de beber. Bebia sem pensar em nada, sem pensar no risco de ter de parar, de ser espancada se aparecesse uma kapo. Eu bebia. Carmen, que estava à espreita, disse: "Agora chega". Eu havia tomado metade do balde. Fiz uma pequena pausa, sem largar o balde, ao qual estava abraçada. "Venha", disse Carmen, "chega". Sem responder — eu poderia ter feito um gesto, um movimento —, sem sair do lugar, voltei a mergulhar a cabeça no balde. Bebi, bebi de novo. Como um cavalo, não como um cão. O cão lambe com língua ágil. Forma uma colher com a língua para transportar o líquido. O cavalo bebe. A água diminuía. Inclinei o balde para beber o fundo. Quase deitada no chão, absorvi até a última gota, sem derramar nem uma. Ainda queria lamber a beirada do balde. Minha língua estava rígida demais. Rígida demais também para lamber meus lábios. Com a mão, limpei o rosto e também passei a mão nos lábios. "Agora venha", disse Carmen, "o polonês está pedindo o balde", e fazia sinal para alguém que estava atrás dela. Eu não queria largar o balde. Não conseguia sair do lugar de tão pesada que estava minha barriga. Era como alguma coisa independente, um peso ou um pacote, pendurada no meu esqueleto. Eu estava muito magra. Fazia dias e dias que não comia meu pão, porque não conseguia engolir nada, sem saliva na boca, dias e dias que não conseguia tomar minha sopa, mesmo sendo bem líquida, porque a sopa era salgada e era como fogo nas aftas que me sangravam na boca. Eu tinha bebido. Já não estava com sede, mas ainda não tinha certeza. Tinha bebido tudo, o balde inteiro de água. Sim, como um cavalo.

   Carmen chamou Viva. Elas me ajudaram a me levantar. Minha barriga estava enorme. E de repente senti a vida me voltar. Era como se eu retomasse a consciência do meu sangue que circulava, dos meus pulmões que respiravam, do meu coração que batia. Eu estava viva. A saliva me voltava à boca. O ardor nas pálpebras se atenuava. Quando as glândulas lacrimais ressecam, os olhos ardem. Os ouvidos ouviam de novo. Eu estava viva.

   Viva me levou para junto das outras enquanto Carmen devolvia o balde. À medida que minha boca umedecia de novo, eu recuperava a visão. Minha cabeça ficava mais leve. Eu conseguia mantê-la ereta. Vi que Lulu me olhava com preocupação, olhava minha barriga enorme e a ouvi dizer para Viva: "Talvez não devessem ter deixado ela beber tanto". Eu sentia saliva se formar na minha boca. Sentia que a fala me voltava. Mover os lábios continuava sendo difícil. Finalmente consegui dizer, com uma voz estranha porque a língua ainda me atrapalhava, estava apenas começando a readquirir flexibilidade, finalmente consegui dizer: "Não estou mais com sede". – "Pelo menos a água estava boa?", alguém perguntou. Não respondi. Não tinha sentido o gosto da água. Tinha bebido.

   — Vamos dar um jeito de voltar amanhã – disse Lulu.

   — Hoje à noite vai ser preciso guardar pão – acrescentou Cécile.

No dia seguinte, desorientadas pela confusão que se seguiu à chamada, não conseguimos nos introduzir no commando do viveiro. Já não tinha importância. Eu estava curada.

Há pessoas que dizem: "Estou com sede". Entram num café e pedem uma cerveja.

Yvonne Picard morreu
ela, que tinha seios tão bonitos.
Yvonne Blech morreu
ela, que tinha olhos amendoados
e mãos que tão bem diziam.
Mounette morreu
ela, que tinha uma tez tão bonita
uma boca toda gulosa
e um riso tão prateado.
Aurore morreu
ela, que tinha olhos cor de malva.

Tanta beleza tanta juventude
tanto ardor tantas promessas...
Todas uma coragem dos tempos romanos.

E Yvette também morreu
ela, que não era bonita nem nada
e corajosa como nenhuma outra.
E você Viva
e eu Charlotte
daqui a não muito tempo morreremos
nós que já não temos nada de bom.

O riacho

Estranho, não me lembro de nada daquele dia. Só do riacho. Como os dias eram iguais, de uma monotonia apenas rompida pelas grandes punições, pelas grandes chamadas, como os dias eram iguais, é certo que tivemos a chamada, que depois da chamada as colunas de trabalho se formaram, que cuidei de ficar na mesma coluna que as do meu grupo, que em seguida, depois de uma longa espera, a coluna transpôs o portão e os SS da portaria contaram as filas ao passarem. Mas depois? A coluna virou à direita ou à esquerda? À direita rumo aos pântanos ou à esquerda rumo às demolições ou aos silos? Quanto tempo andamos? Não sei. E que trabalho fizemos? Também não sei. Lembro-me da chefe de coluna porque sua lembrança está intimamente ligada ao riacho. Era uma política alemã que berrava sem nunca tomar fôlego. Como aquela mulher berrava... Berrava sem razão visível. Berrava e se agitava, a cabeça, as mãos, o bastão, e ela batia a torto e a direito, depois parava de se agitar e continuava a berrar – ordens incompreensíveis e inexequíveis – depois ordenava que cantássemos ao andar. Dizia-se que era uma antiga socialista e que chegara a Birkenau depois de passar por todos os campos e todas as prisões desde o advento de Hitler, que estava encarcerada havia sete ou oito anos. Havia razões suficientes para enlouquecer. Talvez tivesse adquirido o hábito de gritar para simular e merecer a função de kapo. Quando agitava o bastão, na maioria das vezes batia de lado; em todo caso, dava-nos tempo para nos esquivar do golpe. De fato não consigo lembrar que trabalho fizemos naquele dia. Só me lembro do riacho. Sua lembrança suprimiu todas as outras impressões daquele dia. Para reconstituir, preciso me concentrar em refletir.

Já que era início de abril – o que sei por um cálculo: foi 67 dias depois de nossa chegada, e chegamos em 27 de janeiro –, setenta das nossas ainda estavam vivas. É também uma conta que fiz na época e minha memória tem muita certeza disso. Mas naquele dia não devíamos ser setenta no riacho, pois, das sobreviventes, a maioria estava no révir com tifo. Yvonne Picard já tinha morrido, Yvonne Blech também, Viva ainda não; ela só morreu em julho. Portanto, eu estava com meu grupinho: Viva, Carmen, Lulu, Mado. Elas também entraram no révir quando tiveram tifo, só que mais tarde. Em abril, estávamos as cinco no campo. Sempre íamos juntas para o trabalho. Estávamos sempre juntas na chamada, andávamos sempre de braço dado, as cinco. Portanto, é certo que naquele dia eu estava com elas. Embora eu as veja nitidamente em todos os lugares em que trabalhamos, não as vejo de modo nenhum ao meu lado no dia do riacho. Embora eu veja seus gestos quando trabalhávamos com a enxada nos pântanos, quando escavávamos uma vala, quando transportávamos torrões de terra gelados ou lamacentos naquelas padiolas chamadas tragues, quando carregávamos tijolos ou quando empurrávamos vagonetes carregados de areia, quando desentulhávamos casas demolidas, não vejo nada delas naquele dia. Não sei de jeito nenhum que trabalho tínhamos de fazer perto daquele riacho. Só vejo o riacho. Na minha lembrança, e por mais que eu apele para minha memória, só há o riacho e eu. O que não é verdade, de jeito nenhum. Lá ninguém nunca ficava sozinha, a não ser que estivesse no calabouço, e não conheço ninguém que tenha sido trancado no calabouço. Quer dizer, ninguém de nós.

    Simplesmente porque não podia ser diferente, a coluna conduzida pela kapo alemã meio louca chegou ao lugar de trabalho. A kapo contou a coluna – certamente, já que sempre se fazia isso –, pegamos ferramentas. Mas quais e para fazer o quê? Começamos a trabalhar. Com enxadas? Com pás, ou sem nada nas mãos, como para os trilhos e os tijolos? Só me lembro da luz daquele dia, porque a lembrança daquela luz está associada à do riacho. Houve – era sempre assim – um apito para a pausa do meio-dia, a entrada na fila e a fila diante dos latões de sopa: Tomamos a sopa em pé ou sentadas? Não sei. Sentadas, talvez, pois o tempo estava bom. Mas sentadas em quê? Se estivéssemos trabalhando num canteiro de demolição, teríamos encontrado portas ou janelas velhas para nos sentar. O tempo estava bonito, mas não muito quente para nos sentarmos no capim. Aliás, havia capim? Provavelmente, já que era perto de um riacho. Portanto, devia ser num campo. Depois da sopa – e aqui minha lembrança é muito clara –, a kapo gritou: "Agora, se quiserem, podem se lavar no riacho". Minha lembrança é certa. No entanto, não vejo com quem me dirigi para o riacho. E é impossível que tenha ido sozinha. Com quem eu estava? De fato, não sei. Ficávamos sempre pelo menos em dupla, dupla que nunca se separava. Certamente fomos as cinco juntas, e falando, falávamos sempre. Não vejo as outras, não vejo Viva, que sempre me ajudava a andar. É sozinha que me lembro de ter descido até a beira do riacho. Era abril. Eu poderia dizer a data exata, pois era o 66º dia depois de nossa chegada e nós nos esforçávamos muito para conseguir contar os dias a partir da nossa chegada, que foi na quarta-feira 27 de janeiro, para tentar pelo menos nos lembrar das datas. As datas? Que datas e qual a importância se era sexta-feira ou sábado, aniversário disso ou daquilo? As datas de que era preciso lembrar eram a morte de Yvonne ou a morte de Suzanne, a morte de Rosette ou a de Marcelle. Queríamos sempre ser capazes de dizer: "Fulana morreu em..." quando nos perguntassem, se algum dia voltássemos. Assim contávamos os dias escrupulosamente. Havia longas discussões entre nós quando discordávamos sobre a conta. Mas parece-me que nossa conta estava certa. Verificávamos constantemente: "Não, os cães foi antes de ontem, não ontem". No domingo, as colunas não saíam do campo. Isso dava uma referência e permitia acertar a conta quando perdíamos o fio dos dias.

Cheguei à beira do riacho. Não fazia muito tempo que a água voltara a correr. Acho até que era a primeira vez que víamos a água daquele riacho. Decerto porque até então estava congelado, nunca tínhamos prestado atenção nele. Caso contrário, durante todas aquelas semanas em que tive tanta sede eu o teria visto. Ele corria sobre seixos, entre duas margens cheias de vegetação. Sim, agora me lembro do capim. Capim feio e, aqui e ali, um arbusto cujos brotos já apareciam.

O que me surpreende, ao pensar agora, é que o ar estava leve, claro, mas não sentíamos absolutamente nenhum cheiro. Portanto devia ser bem longe dos crematórios. Ou então aquele dia o vento estava soprando em outra direção. De todo modo, o cheiro dos crematórios nós não sentíamos. Sim, o que me surpreende é que o ar não tivesse nenhum cheiro de primavera. No entanto, brotos, capim, água, tudo isso deve ter cheiro de alguma coisa. Não, cheiro nenhum na minha lembrança. É verdade que também já não me lembro do meu cheiro, quando arregacei o vestido. O que mostra que minhas narinas estavam incrustadas com nosso próprio mau cheiro e não sentiam mais nada.

    Desci com precaução até a beira do riacho e pensei na maneira como deveria agir, ajustar e coordenar meus gestos, para não perder um segundo. A pausa era curta e era preciso aproveitá-la ao máximo. A margem não era escorregadia, mas eu não queria correr o risco de molhar os sapatos, fazia pouco tempo que estavam secos pela primeira vez. Isso significa que aquele riacho não era no pântano, pois o pântano, em abril, estava degelado e já não era mais do que um campo de lama. Aliás, agora estou me lembrando muito bem do capim, e no pântano não havia capim.

    Calculei que poderia lavar o rosto mantendo os pés dentro da água, o que depois adiantaria a lavagem dos pés. Então sentei no capim do talude e tirei os sapatos, que, por prudência, pus sobre minha jaqueta. O que significa, mais uma vez, que Viva e nenhuma outra do meu grupo estavam perto de mim, senão teríamos colocado nossos sapatos juntos. Eu tinha tirado a jaqueta, o lenço da cabeça – para lavar o rosto e as orelhas –, mas não dava para pensar em tirar o vestido para lavar o pescoço e os braços. Estava claro, até fazia sol, mas não fazia calor. Depois de ajeitar os sapatos, a jaqueta e o lenço, tirei as meias. Não as tinha tirado desde a chegada, havia 67 dias. Revirei-as para tirá-las. Senti uma resistência na ponta do pé. As meias estavam coladas. Puxei com um pouco de força e as meias vieram, do avesso, com um desenho estranho na ponta. Olhei aquele desenho, que realmente era curioso. Olhei meus pés. Estavam pretos de sujeira e, na ponta, de um preto diferente, mais para roxo, com grossuras ressecadas nos artelhos, meus artelhos estavam estranhamente encobertos; com exceção dos dois dedões, tinham perdido as unhas, que, soltas e coladas às meias, formavam aquele desenho curioso. Naturalmente, eu não tinha tempo para meditar sobre aquele detalhe. Não devia perder um minuto para me lavar. Depois entendi que meus artelhos deviam ter congelado. Ou foram as outras que me deram essa explicação quando lhes contei do meu espanto. Ver as unhas do pé incrustadas nas meias, posso garantir que é espantoso.

Vejamos, o rosto, os pés, as pernas. Seria preciso também lavar o traseiro. Tirei a calcinha e a coloquei sobre a pilha formada pela jaqueta, pelo lenço e pelos sapatos. Minha calcinha devia estar fedida. Também era a primeira vez que a tirava completamente, depois de 67 dias. Mas, não, de fato não senti cheiro nenhum. É misterioso, o olfato. Quando eu já tinha voltado havia muito tempo e então tomava pelo menos dois banhos por dia — uma verdadeira mania — me esfregando com um bom sabonete, fazia semanas que eu tinha voltado e continuava sentindo em mim o cheiro do campo, um cheiro de esterco e carniça. E aquele dia, perto do riacho, tirei minha calcinha endurecida pela diarreia seca — se vocês pensam que havia papel ou seja o que for, antes que o capim voltasse a crescer... — e não fiquei enojada com o cheiro.

Desci até a água. Estava fria e fiquei perplexa. Ela me chegava pouco acima dos tornozelos e era um contato surpreendente, o contato da água com a pele.

Agora, por onde começo? Pelo rosto ou pelo traseiro? Depressa, pegando água às mãos-cheias, me inclinando bastante para não molhar o vestido cuja gola eu tinha desabotoado, passei água no rosto. Primeiro devagarinho, porque a sensação da água no rosto era tão nova, tão maravilhosa, mas logo me recompus. Não havia tempo a perder, e comecei a me esfregar vigorosamente, sobretudo atrás das orelhas. Por que as mães insistem tanto nas orelhas? Não são mais sujas do que outras partes.

No que eu poderia pensar enquanto tentava limpar a pele pedacinho por pedacinho? No último banho de chuveiro que tinha tomado, no dia da chegada? Depois de nos rasparem a cabeça, nos fizeram passar pelo chuveiro. Eu ainda tinha meu sabonete e meu pano de rosto. O resto foi preciso deixar nas malas, na entrada do barracão. Quando nos mandaram tirar toda a roupa, colocar todas as nossas coisas nas malas sem ficar com nada, esvaziei no peito um frasquinho de perfume que uma amiga tinha enfiado no meio de uma entrega, uma das últimas entregas que recebi antes de partir. Até partir, economizei aquele perfume, a ponto de às vezes me limitar a abrir o frasco e aspirar o aroma, à noite antes de dormir. Nua no meio das outras, olhei ternamente para o frasco – Orgueil[33], de Lelong; que belo nome para um perfume, naquele dia – e despejei todo o Orgueil entre meus seios. Em seguida, debaixo do chuveiro, tomei o cuidado de não ensaboar o lugar por onde o perfume tinha escorrido, para conservar seu rastro. Não creio que aquele rastro cheiroso tenha resistido muito tempo. É verdade que, como acabo de dizer, nosso olfato se toldou muito depressa. Eu tinha me empenhado em me lavar cuidadosamente, mas uma kapo gritou para nos apressarmos e a água parou de correr. Entrei na estufa, onde já estavam Viva, Yvonne e as outras, enxaguada pela metade. Elas acharam engraçado. Foi a última risada que soou entre nós. "Como você está cheirosa!", disse uma delas. "Deixe-me sentar perto de você por um instante. Bons cheiros, não aspiraremos mais." Ela devia

---

33 Orgulho. (Em francês no original.)

ser da Touraine, expressava-se muito bem. "Aspiraremos", a palavra me ficou na memória, assim como a voz de quem a pronunciou, mas já não sei quem era nem me lembro de seu rosto.

Portanto, aquele dia, no riacho, eu devia estar pensando naquele último banho de chuveiro e também, talvez, no prazer de mergulhar numa suave água morna. Ou então em todas as que tinham morrido desde nossa chegada sem ter passado uma água no rosto. Mas tudo isso é apenas lembrança relatada. Eu não pensava em nada, em nada além do riacho, e toda a minha reflexão se concentrava no que eu tinha de fazer para me lavar, para me limpar o máximo possível e o mais depressa possível. Esfregava depressa e com firmeza, felizmente sem ter meios de verificar o resultado. Isso teria me desanimado. Chega para o rosto, o tempo está passando. Foi a única vez, lá, em que tive vontade de esticar um pouco o tempo. Então era preciso considerar que, para o rosto, era o suficiente. Arregacei assim o vestido e o enrolei na cintura, segurando-o com os cotovelos, para me agachar por cima da água. Estava começando a sentir frio nos pés e tentava esfregá-los no fundo de cascalho. Logo desisti, eu perdia o equilíbrio. Com o vestido erguido, só senti com a ponta dos dedos como estavam salientes meus ossos dos quadris, de tanto que eu tinha emagrecido. Estava apressada demais para me deter nisso. Pegando água de novo com as palmas das mãos, comecei a esfregar. Os pelos do púbis, raspados na chegada, tinham voltado a crescer. Estavam colados pela diarreia e foi difícil desembaraçá-los. Se eu conseguisse fazê-los voltar ao comprimento e ao crespo natural, teria de fato uma sensação de limpeza, mas seria preciso deixá-los mergulhados por horas. Eu esfregava, esfregava até me arranhar, sem conseguir o que queria. Era desanimador. E aquela água fria! Congelava a minha barriga. Estava na hora de atacar outra parte. Aliás, eu não via o que estava esfregando, ao passo que via minhas coxas e minhas pernas, meus pés, pretos de sujeira. Meus pés, na transparência da água em que se banhavam por algum tempo, apesar disso não tinham mudado de cor.

    Quanto ao rosto, ao traseiro, eu bem que tinha pensado nisso, mas não cheguei a pegar um punhado de areia à guisa de sabão. As coxas e as pernas têm a pele mais dura. Com a mão cheia de terra molhada, começo a esfregar a coxa direita, logo acima do joelho. A pele clareava um pouco, avermelhava. Sim, de fato, parecia que estava clareando. Eu esfregava com toda a energia, sobretudo o joelho. Tive de esfregar outra parte quando vi aflorar gotinhas de sangue. Estava esfregando forte demais e a areia era grossa demais. Eu ia passar para o outro joelho quando a kapo apitou. Em fila! A pausa tinha terminado. Depressa, voltei a enfiar a calcinha, enxuguei os pés no capim, calcei de novo as meias e as unhas, os sapatos. Peguei a jaqueta e o lenço para me juntar às filas. Ou seja, é assim que deve ter acontecido, pois não me lembro de absolutamente nada. Só me lembro do riacho.

É a última vez que verei Viva. Tenho um conhecimento tão exato da morte que poderia dizer a que horas Viva morrerá. Antes de amanhã de manhã.

É a última vez que verei Viva no révir de Birkenau. Só por ser Viva é que eu tenho coragem de voltar lá.

É a última vez que verei Viva.

Se não fossem seus cachos, eu não a teria reconhecido. Como seus cabelos cresceram! Quanto tempo ela terá sofrido, Viva.

Ela está lá, já sem vida, nas tábuas nuas. As tábuas fétidas que puseram o osso à mostra, na ponta do ombro. Tinha belos ombros, Viva.

Se não fossem os cabelos, eu não a teria reconhecido. A pele colada aos maxilares, a pele colada às órbitas, a pele colada aos pômulos. Viva tem a morte no rosto. Ela torna a pele fina, a morte. Fina e esticada, e de uma estranha transparência.

Digo baixinho: "Viva". Viva já não me ouve, já não me vê. Tomo sua mão e nela nada responde, nem o menor estremecimento. Sua mão está fria. A morte já tomou sua mão. Seu pulso está longe, longe. A morte subirá da mão para os olhos. Daqui até amanhã de manhã.

Amanhã de manhã, diante das filas da chamada, Viva passará na maca pequenina, com os pés para fora e a cabeça pendurada entre os varais da maca pequenina. E talvez uma das que estão em pé nas filas da chamada e que sabem que sua vez de passar na maca pequenina está marcada, talvez uma delas diga ao ver os belos cachos pretos de Viva: "Essa aguentou muito tempo". Um inverno inteiro, uma primavera inteira.

Sim, ela terá lutado muito tempo, Viva. Ela terá me ajudado muito tempo.

É a última vez que verei Viva.

Não me veio nenhuma lágrima. Há muito, muito tempo já não tenho lágrimas.

Lily

— Lily não está aí? Onde está Lily? — perguntavam as que tinham passado a manhã nos campos.

As outras faziam sinal para que baixassem a voz, mostrando Eva.

— Vieram buscá-la para o laboratório.
— Eram dois.
— Então vamos tomar a sopa dela?
— A prima já cuidou disso.

Eva estava sentada. Estava comendo. Não olhava para nada. E não olhávamos para ela. A seu lado, o lugar de Lily estava vazio. O banquinho, a madeira crua da mesa, a vasilha com a sopa esfriando. Tinham servido Lily. Ninguém olhava a sopa já grossa na tigela. Ninguém olhava para Eva, que comia devagar, talvez mais calma do que de costume.

Todo mundo tinha acabado de comer. Estavam tirando a mesa. Na mesa de Lily e Eva, a que recolhia as tigelas tinha pulado o lugar de Lily e deixado a sopa fria, como se não a visse.

Ao apito, saíamos do refeitório. Formávamos as filas para voltar ao trabalho. Ninguém se aproximava de Eva, ninguém falava com ela. Falar com ela pareceria uma daquelas manifestações de simpatia que damos em situação de desgraça.

Dois SS tinham vindo buscar Lily de manhã. Ela estava em pé diante de uma balança. Pesava terra em potinhos e escrevia o peso de cada potinho num papel. Os SS chamaram seu nome em voz alta, da porta do recinto. Ela parou de pesar, escreveu mais um número e perguntou: "Eu?" em alemão, Lily falava muito bem alemão.

— Komme! — disse um dos SS.

— Agora?

— Ja. Schnell!

Sim, você, depressa. Lily tirou a bata. Uma companheira a ajudou. Era uma bata de laboratorista, abotoada nas costas. De manhã, uma precisava ajudar a outra para abotoar todos aqueles botões nas costas e ao anoitecer para desabotoar. Lily tirou a bata. Por baixo, seu vestido listrado estava limpo, bem justo, até um pouco curto. Lily tinha vinte anos. Sua vaidade resistia ao cativeiro. Ela tinha reformado o vestido listrado.

Os SS estavam com pressa, mas não manifestavam nenhuma brutalidade. Impressionava-os estarem num laboratório onde tudo lhes parecia científico e complicado, ver aquelas químicas de bata branca, gestos precisos, o silêncio, a atmosfera séria. Lily não se apressava. Como fala alemão, pergunta aos SS aonde e por que vão levá-la. Um deles tira um papel dobrado do bolsinho externo do blusão, olha para o outro buscando sua aprovação ("É para dizer?") e responde: "Politische Abteilung" (departamento político, era a polícia, a Gestapo). Lily usa o pretexto de ir ao banheiro para avisar sua prima, que estava desenhando num recinto ao lado. Eva já estava avisada. Uma das químicas de gestos e andar estudados já tinha trazido uma proveta para Eva. Portanto Eva sabia e se perguntava. Por que Lily estava sendo chamada pela polícia? Todas se perguntavam.

Lily vai embora depois de uma breve despedida. Pelas janelas, nós a vemos andando, ereta, entre os dois SS. Ela estava de vestido. Era verão. No verão não andávamos de casaco. A estrada estava ensolarada. Ficamos olhando para ela durante todo o tempo em que conseguimos vê-la, ereta entre os dois SS, e talvez sabendo por que a chamavam. Quanto a nós, não sabíamos e nos perguntávamos. Ninguém deveria ser chamado à polícia por nada. Na verdade, não sabíamos por que alguém podia ser chamado à polícia. Lily era a primeira.

Nós a víamos andar entre os dois SS. Víamos seus cabelos pretos brilhantes, raspados recentemente (Lily era judia. As judias tinham a cabeça raspada com frequência), seus cabelos que voltavam a crescer pretos e brilhantes, como a pelagem brilhante de um cão. Seus cabelos cresciam desde a nuca e tinham o mesmo comprimento na nuca e no crânio. Lily os deixava assim, não os igualava. Quando nos raspam o cabelo muitas vezes, nunca mais temos vontade de cortá-los, nem mesmo para deixar o pescoço livre.

Lily andava entre os dois SS. Talvez ela soubesse. Os dois SS não sabiam.

Revezando-nos, sempre com um cadinho ou um tubo de ensaio na mão, íamos ter com Eva em sua mesa de desenho. Eva fazia desenhos muito bonitos: pranchas coloridas a aquarela com os diferentes tipos de folhas e de flores, e diferentes tipos de raízes, com as características marcadas por pequenas setas que remetiam a uma explicação escrita com letra fina, a tinta nanquim, na borda da prancha. Quando Herr Doktor, o chefe SS do laboratório, não estava presente, Eva desenhava flores de verdade, folhagens de verdade, pássaros e casas. Também fazia retratos. Mais tarde, cada uma se lembrava de naquele dia ter pensado: ainda bem que Eva fez um retrato de Lily. Mas no dia nós não sabíamos.

Ao meio-dia, Lily não tinha voltado. Ao anoitecer também não. Dizíamos entre nós: "Está sendo interrogada". Os interrogatórios duram muito tempo. Nenhuma de nós dizia o que estava pensando no fundo de si mesma, não ousava expressar e se recriminava por pensar. Então falávamos muito para não pensar, dizíamos nossas suposições. Assim que Eva aparecia, nos calávamos. Eva estava agora mais sozinha ainda e não só porque já não tinha Lily. Mas como falar com Eva? Evitar pronunciar o nome de Lily não era natural, pronunciá-lo era mostrar nossa apreensão e talvez Eva estivesse tão calma quanto aparentava, então por que preocupá-la? Também sabíamos que era por covardia que nos dávamos esse pretexto. Eva não podia estar calma. Mais tarde ela nos disse que na primeira noite não tinha dormido. No dormitório, sua cama e a de Lily ficavam encostadas. Eva, à espreita, aguardava, na esperança de reconhecer entre os barulhos da noite o passo dos SS que trariam Lily de volta, depois do interrogatório. Eva não dormiria nem na segunda noite, quando já não tinha esperança de ouvir Lily voltar.

No dia seguinte, continuávamos evitando Eva. Ao meio-dia, o lugar de Lily ainda estava desocupado, mas sua tigela não tinha sido servida. Era melhor manter sua sopa aquecida.

... Da minha mesa, eu via Lily de costas, a nuca de cabelos densos, pretos e lisos como a pelagem de um cachorro, por cima da gola do vestido. Mesmo ela não estando ali, o banquinho desocupado, parecia-me que Lily estava em seu lugar, com suas costas bem postas, a nuca de menino a quem os pais não dão dinheiro para cortar os cabelos, e os cabelos crescendo, assentados, lisos e rígidos, como os dos pequenos camponeses.

Foi só no terceiro dia que ficamos sabendo. Fomos todas ao encontro de Eva. Nós a beijamos. Não conseguimos falar com ela. Eva não estava chorando. Tinha a fisionomia desfeita, o olhar mais atormentado ainda do que antes. Lily era a única parente que lhe restava. Toda a família tinha sido gaseada. Toda a cidadezinha da Eslováquia tinha sido gaseada. Então, as outras, à mesa, se espaçaram. Retiraram o banquinho e já não se via que estava faltando Lily.

Agora sabíamos. Como soubemos? Quase impossível dizer. Pelos homens, decerto. Em todo caso, não por Eva. Eva não tinha dito nada a ninguém. Nunca mais falou de Lily com ninguém. Todas sabiam sem que nenhuma jamais tivesse dito nada.

Trabalhávamos num laboratório a alguns quilômetros do campo principal. Um dia, os cientistas alemães decidiram estudar e aclimatar na Polônia o kok-saghyz que tinham visto na Ucrânia. É uma espécie de dente-de-leão cuja raiz contém látex, que os russos cultivavam em escala industrial, extraindo borracha comparável à da hévea. A coisa interessava aos alemães. Eles queriam tentar a cultura nos territórios que tinham conquistado e trouxeram sacos de sementes da Rússia. Precisavam, para a estação de experimentos de Auschwitz, de químicas, biólogas, botânicas, agrônomas, tradutoras, desenhistas, laboratoristas, e tinham retirado de Birkenau, o campo da morte, as que tinham essas profissões. Para essas — menos de uma centena — foi a salvação.

Lá estávamos bem porque podíamos nos lavar, ter vestidos limpos, trabalhar sob um teto. A cultura do kok-saghyz não daria resultado antes de 1948, a guerra estaria terminada. Estávamos longe do campo, já não sentíamos seu cheiro. Só víamos a fumaça que subia dos fornos crematórios. Às vezes, o fogo era tão forte que as chamas jorravam pelas chaminés, imensas, até o céu. À noite, formava-se no horizonte uma vermelhidão de altos-fornos. Sabíamos que não eram altos-fornos. Eram as chaminés dos fornos crematórios, eram pessoas que estavam sendo queimadas. Era difícil estar bem e não pensar dia e noite em todas as pessoas que eram queimadas dia e noite — aos milhares.

Ao redor do laboratório havia o jardim onde os prisioneiros — um commando de homens — cultivavam flores e legumes para os SS. Flores para os casamentos e os enterros. Conforme os jardineiros preparassem ramalhetes ou coroas, um SS se casaria, um SS tinha morrido. Houve SS que morreram de tifo.

Os homens, os jardineiros, vinham do campo dos homens, todas as manhãs, trabalhar no jardim. Éramos proibidas de falar com eles. Naturalmente, nós falávamos com eles. Atrás de uma estufa, deslocando vasos, regando nossos grãos (pois a cultura experimental do kok-saghyz era da área do laboratório, do nosso commando), conseguíamos falar com os homens. Eles nos davam notícias. Eram mais bem organizados do que nós com respeito às notícias. Algumas de nós tínhamos entre eles um amigo, até mesmo um namorado. Era o caso de Lily. O namorado dela era um polonês. Tornaram-se namorados trocando um olhar, enquanto o homem estava curvado sobre as plantas. Tornaram-se namorados trocando algumas palavras sem se olhar, sem parecer falar, o SS poderia aparecer e surpreendê-los. Era por ele, pelo namorado, a vaidade de Lily. Quando saía do laboratório, levando no braço um cesto de raízes que ela fingia estar carregando para algum lugar, quando saía para o jardim depois de espiar o namorado pela janela e vê-lo ajoelhado perto de uma estufa, justamente à beira da aleia por onde ela passaria, Lily punha por cima do vestido uma gola branca que, caso contrário, ela trazia escondida no peito. Era proibido pôr gola branca sobre o vestido listrado. Arranjar um pedaço de tecido para fazer uma gola, linha, agulha, era uma empreitada difícil e complicada, mas havia toda uma conexão entre a oficina de costura que ficava no campo dos homens — onde prisioneiras trabalhavam para os SS — e o laboratório com que o commando de jardinagem fazia a ligação.

Quando o namorado trazia alguma coisa para Lily — cigarros de sua ração, um pepino roubado — ele escondia debaixo das folhas de abóbora, perto do poço. Juntava um bilhetinho. Lily pegava o que o namorado tinha deixado, enfiava no cesto, com as raízes de kok-saghyz, e debaixo das folhas de abóbora também punha um bilhete que o namorado pegaria depois. Era proibido escrever para os homens, proibido escrever em geral. Mas como falar, como se falar, mesmo passando muitas vezes, com um cesto de raízes no braço — o cesto sempre com as mesmas raízes que cada uma que saía para falar com os homens pegava e, na volta, colocava de novo atrás da porta do laboratório para uma outra? Assim Lily escrevia. Passava as noites escrevendo. E todas as noites ela ficava feliz, escrevendo.

Aquele dia o namorado de Lily não veio. Foi mandado para outro commando. Explicou a um companheiro onde encontrar a carta de Lily. Quando transpôs o portão de entrada do campo — aquele portão encimado pelo lema: "O trabalho liberta" —, ao anoitecer, na volta do trabalho, o companheiro perdeu o bilhete, dobrado bem pequenino, que escorregou da calça — não do bolso, nunca se punha nada nos bolsos. As revistas sempre começavam pelos bolsos, é evidente. Um SS pegou o papel, chamou o companheiro e, na Politische, ele foi interrogado. Disse que o bilhete era para ele. Tudo bem. E quem era aquela que assinava: Lily? Ele não quis dizer. Apanhou, apanhou. Era fácil para os policiais procurarem uma Lily no laboratório. Mesmo assim, bateram nele. Depois, todos os homens foram reunidos na praça do campo, em frente das cozinhas. O comandante anunciou que aquele seria fuzilado, ele, que tinha recebido uma carta de uma "Lily", no qual se transmitiam palavras de ordem políticas – porque, para a Gestapo, tudo era código, e as palavras de amor traduziam necessariamente palavras de ordem políticas. Então o namorado de Lily saiu da fila para que o companheiro não fosse fuzilado em seu lugar. Os dois homens foram levados para o calabouço. No dia seguinte, dois SS vieram buscar Lily. Ela se foi entre os SS, pela estrada ensolarada, talvez sabendo, talvez nem desconfiando. E fuzilaram os três.

Na carta de Lily para o namorado, havia a seguinte frase: "Estamos aqui como plantas ricas em vida e seiva, como plantas que queriam crescer e viver, e não posso deixar de pensar que essas plantas decerto não viverão".

Foi um dos homens que trabalhavam na Politische que nos disse.

O urso de pelúcia

As polonesas decidiram que precisávamos de ervilhas. Um copo por pessoa. As russinhas estavam trabalhando justamente no ensacamento da colheita, era fácil comprar delas. Ao voltarem à noitinha, tiravam dos sapatos as ervilhas secas que tinham escondido – lá os calçados eram grandes. Um copo cheio por um pedaço de pão.

Naturalmente, ervilhas com repolho. As francesas estavam céticas... O jardineiro, um polonês, fornecia os repolhos. Depois haveria batatas ao molho. As batatas eram roubadas da cozinha. Se achássemos beterraba vermelha, começaríamos por um borscht. E davam a receita do borscht; como era suculento, sobretudo com creme. Mas, por mais que se buscassem e imaginassem todas as artimanhas, não haveria creme.

A contribuição de cada uma, além disso, tinha sido definida como duas cebolas – que também seriam compradas das russinhas (mais uma parte de pão a ser retirada da ração) –, um cubo de margarina, um pacote de macarrão e dois torrões de açúcar. As polonesas se encarregavam de fornecer as sementes de papoula que receberiam em suas encomendas. As encomendas delas chegavam com mais regularidade do que as nossas. A refeição de Natal era inconcebível sem macarrão com sementes de papoula.

Hanka recolhia tudo. Era uma responsabilidade. Uma revista poderia descobrir e confiscar as provisões, sem isenção da punição que seria infligida ao commando inteiro. Mas Hanka tinha quatro anos de campo. Era esperta.

Tratava-se de fazer uma ceia tradicional. Uma ceia polonesa, já que as polonesas eram em maior número. As russas, embora também numerosas, não estavam convidadas.

Novembro tinha sido enevoado. A esfera do sol mergulhava cada dia mais baixo, alaranjada, no cinzento da planície, na linha imprecisa do poente. Com a chegada de dezembro, o campo se cobrira de uma crosta de gelo que à noite brilhava ao luar. E, quando saíamos para ir ao banheiro, ouvíamos pés batendo na terra congelada, a sentinela andando de um lado para outro por trás dos arames farpados prateados de geada. Às vezes era um SS que cantava óperas para si mesmo. A plenos pulmões, como se estivesse com medo. O efeito era fantástico na imobilidade azul da noite. Depois tinha nevado. Também era preciso ter neve para o Natal.

Terminada a jornada, cada uma, encarapitada na sua cama, se ocupava com seus presentes, costurava, desenhava, bordava, tricotava. O menor retalho de tecido, o menor fiapo de lã custavam hábeis artimanhas. Enquanto isso, nas últimas noites, as cozinheiras, cuidadosas, instalavam suas panelas no fogão do laboratório para, chegado o dia, só terem de esquentar a comida logo antes da refeição. Fazia tanto frio que a conservação era garantida. Wanda ocupava-se do pinheirinho. Ela também prometia uma surpresa.

E chegou a véspera do Natal.

Deixávamos o trabalho às quatro horas. A ceia começaria ao surgir a primeira estrela, conforme dita a tradição polonesa. Tínhamos pouco tempo para nos enfeitar, passar o vestido, cada uma esperando sua vez, já que só havia um ferro e era preciso esperar que ele esquentasse no fogão (de onde vinha aquele ferro?...), arrumar o cabelo. Algumas peritas aplicavam-se em fazer cachos. "Cécile, depois de Gilberte sou eu." – "Não, sou eu!" Estávamos contentes com nossos cabelos crescidos, que ainda não permitiam cachos muito grandes. Algumas calçavam meias de seda de proveniência misteriosa. É extraordinário como é possível ter pernas tão finas e brilhantes. As outras olhavam com inveja. Colocávamos golas brancas, recortadas da barra das camisas, sobre os vestidos listrados. As morenas franziam papel, fazendo flores que prendiam nos cabelos. Na enfermaria conseguimos pegar vaselina para passar nas pálpebras. E, no dormitório, o alvoroço era como se fôssemos a um baile. "Acabou de usar a agulha?" – "Quem pode me emprestar a escova?" – "Ninguém viu meu cinto?" – "Passem depressa o ferro para nós, ainda não veio para o nosso lado."

Vieram dizer que estava tudo pronto, que era para nos apressarmos. A primeira estrela... Num instante, a sala ficou cheia.

Mal nos reconhecíamos de cabelos arrumados, maquiagem. As químicas do laboratório tinham fabricado ruge e batom, pó de arroz. Mas só conseguiram fazer de uma cor, o que nos causava certo constrangimento, todos aqueles rostos pintados da mesma maneira, no mesmo tom. Os vestidos listrados tornavam-se ainda mais iguais. De repente tivemos a sensação de que tinham sido inúteis nossos esforços, nossos preparativos, aquela excitação por uma ceia de verdade. Tínhamos dedicado à nossa toalete o mesmo cuidado que para receber convidados. Convidados que não vinham. Estávamos só entre nós, com rostos que não eram os nossos. Um momento de tristeza que foi enxotado por risadas, um pouco forçadas.

As mesas do refeitório, uma encostada na outra, formavam uma grande ferradura. Os lençóis das camas, lavados para a ocasião, serviam de toalhas, e, debaixo das toalhas, tínhamos posto feno – mais um rito. Guirlandas de papel pendiam do teto. No meio da sala, a árvore cintilava, coberta de algodão, enfeitada com bolas de papel de chocolate prateadas, serpentinas, velas. O depósito do laboratório tinha sido pilhado. Ao pé da árvore, pacotes embrulhados com capricho: os presentes.

Os banquinhos estavam enfileirados ao longo das mesas, mas não era para nos sentarmos antes de partilhar as hóstias: tabletes de cera de lacre azul, cor-de-rosa, lilás, branca, verde-clara, com que as polonesas se presenteavam mutuamente. Cada uma rasgava um pedaço da hóstia da outra, comia, e as duas se beijavam dizendo votos que lhes provocavam lágrimas, dos quais só entendíamos: "Do Domou" – para casa – as palavras que voltavam sempre. Próximo Natal em casa. Em casa...

As francesas não tinham hóstias. Pegavam as que lhes eram oferecidas por gentileza e se esforçavam para repetir as palavras mágicas: "Do Domou", "Do Domou" – em casa. As polonesas explicavam: "Partilhamos a hóstia simbolicamente. Significa que partilharemos igualmente o pão". As francesas recebiam a explicação com indulgência. Não era hora de lembrar o que levávamos no coração, o egoísmo de umas ou de outras.

As cozinheiras se esgueiravam entre os grupos e enchiam os pratos – os acessórios de vidro do laboratório. Nem se pensava em comer uma refeição de Natal em gamelas. Por fim tiveram de renunciar ao borscht e estavam desoladas.

Elas se beijavam. Não terminavam de se beijar e de trocar hóstias e votos. Cada uma tinha 94 abraços para dar e receber. Nós – as francesas – estávamos um pouco incomodadas com aquilo, porque as polonesas beijavam na boca, à maneira eslava.

Finalmente sentamos. As ervilhas com repolho estavam frias, mas a quantidade era grande. Serviram as batatas com o molho de cebola, depois o macarrão, que na Polônia era condimentado com mel e nozes, dizia minha vizinha. O essencial era a semente de papoula. Graças a Deus não faltou. O macarrão estava compacto. Poucas de nós conseguiram comer tudo. É verdade que tínhamos perdido o hábito de comer até acabar a fome.

A surpresa de Wanda veio com a sobremesa. Era cerveja, um barril inteiro que ela tinha "organizado" (roubado) na cozinha dos SS. Não havia ninguém igual a Wanda para organizar. Cerveja escura e doce.

Minha vizinha me ofereceu um cigarro estendendo sua cigarreira. Ela tinha cigarreira... Uma pressão da unha no fecho, gesto recuperado que me pareceu o cúmulo do refinamento. Os cigarros tinham sido mandados pelos homens, que os recebiam.

A refeição se acabou. A luz se apagou. Só se viam as pontas acesas dos cigarros. Depois, uma a uma, as velas se acenderam. O pinheiro se destacou da sombra com uma aura de fantasma. E o coro das polonesas se elevou.

Era, a muitas vozes, um cântico de melodia nostálgica cuja letra não entendíamos. A música, na escuridão em que as velas piscavam, nos era estranha e inebriante. Elas cantavam. Enveredamos no sonho. Sonhar, numa noite de Natal, ali. No nosso sonho, nossas lembranças e esperanças tornavam-se distantes e frágeis. E nossas companheiras que não tinham a sorte de estar conosco naquele commando privilegiado? Como se passava o Natal no campo da morte? Na praça do campo da morte havia plantado, desde meados de dezembro, um grande pinheiro coberto de neve de verdade. Na ponta do pinheiro, uma estrela vermelha iluminada por uma lâmpada elétrica. O pinheiro erguia-se perto da forca.

O coro emudeceu. Reacenderam-se as luzes. Cada uma se ajustou à alegria que a festa recomendava. As cantoras do coro foram parabenizadas. De fato, elas cantavam bem. E começou a distribuição. Desembrulhava-se muito papel para encontrar um sabonete, uma boneca de pano, um laço de renda feito com agulha, um cinto de barbante trançado, um caderninho de capa colorida.

Na ponta da mesa, uma moça acariciava um ursinho que ganhara. Um urso de pelúcia cor-de-rosa com uma fitinha no pescoço.

– Veja – me disse Madeleine –, veja! É um ursinho! Um ursinho de criança – e sua voz se alterou.

Olhei o urso de pelúcia. Era terrível.

Certa manhã em que passávamos perto da estação para ir ao campo de trabalho, nossa coluna tinha sido detida pela chegada de um comboio de judeus. As pessoas desciam dos vagões de animais, enfileiravam-se na plataforma sob as ordens que os SS berravam. Primeiro mulheres e crianças. Na primeira fila, de mão dada com a mãe, uma menina. Estava com sua boneca e a segurava apertada no braço.

Era assim que uma boneca, um urso de pelúcia chegavam a Auschwitz. Nos braços de uma menina que deixaria seu brinquedo com suas roupas bem dobradas, na entrada do chuveiro. Um prisioneiro do commando do céu, como eram chamados os que trabalhavam nos crematórios, o achara entre as roupas amontoadas na antecâmara do chuveiro e trocara por cebolas.

No início, queríamos cantar

Numa manhã de janeiro de 1943, nós chegamos.
Os vagões tinham sido abertos à beira de uma planície gelada. Era um lugar de antes da geografia. Onde estávamos? Ficaríamos sabendo – mais tarde, pelo menos dois meses depois; nós, as que dois meses depois ainda estavam vivas – que o lugar se chamava Auschwitz. Não lhe poderíamos dar nome.

No início, queríamos cantar. Vocês não podem imaginar como eram dilacerantes aquelas vozes que se quebravam, veladas pelos pântanos e pela fraqueza, repetindo palavras que já não despertavam nenhuma imagem. Os mortos não cantam.

... Mas assim que ressuscitam eles fazem teatro.

É o caso de um pequeno grupo que sobreviveu a seis meses do campo da morte e foi enviado a uma certa distância de lá, naquele commando privilegiado. Havia colchões de palha para dormir, água para se lavar. O trabalho era menos árduo, às vezes ao abrigo, às vezes sentadas. Nós, que mal conseguíamos ficar em pé ao sair da morte – atravessar um pequeno prado carregando um cesto vazio exigia um esforço e uma vontade extraordinários –, depois de algum tempo voltávamos a ter aparência humana. Depois de algum tempo, pensávamos em teatro. Uma de nós contava peças às outras que se agrupavam à sua volta, cavando ou capinando. Perguntávamos: "O que vamos ver hoje?". Cada relato era repetido várias vezes. Cada uma queria ouvi-lo e o auditório não podia passar de cinco ou seis. No entanto, o repertório estava se esgotando. Logo estávamos pensando em "montar uma peça". Nada menos do que isso. Sem texto, sem meios para arranjar algum, sem nada. E principalmente tão pouco tempo livre.

Na volta, quando encontrei homens que tinham sido prisioneiros de guerra, avaliei ao ouvi-los o que é e como pesa o incomunicável. Eles têm o que contar. Nós teríamos o que dizer. Eles contam o vazio de sua espera. Nós não podemos dizer o que foi a angústia da nossa. Para quem estava em Auschwitz, a espera era uma corrida à frente da morte. Não esperávamos. Nós nos agarrávamos a uma esperança que tínhamos forjado com peças tão frágeis que nenhuma teria resistido a uma análise, se tivéssemos mantido o senso. Foi o fato de ter perdido o senso e persistido na loucura que salvou alguns. São tão poucos que isso não se prova.

Quando ouço os prisioneiros de guerra, se lamento por terem sido vítimas de acontecimentos que lhes escapavam, com o sentimento de ter sido, eu, vítima de minha escolha, quando eles contam narram preencheram o nada de tantos anos, invejo-os. Recebiam livros, faziam teatro, montavam espetáculos. Tinham pregos, cola. Puderam viver no imaginário. Algumas vezes, algumas horas, mas que contavam.

Vocês dirão que se pode tirar tudo de um ser humano salvo sua faculdade de pensar e de imaginar. Vocês não sabem. É possível fazer de um ser humano um esqueleto em que a diarreia gorgoleja, tirar-lhe o tempo para pensar, a força para pensar. O imaginário é o primeiro luxo do corpo que recebe alimento suficiente, desfruta uma margem de tempo livre, dispõe de rudimentos para formar seus sonhos. Em Auschwitz, não sonhávamos, delirávamos.

No entanto, vocês objetarão, cada um não tinha sua bagagem de lembranças? Não. O passado não nos ajudava nada, não nos era de nenhuma valia. Tornara-se irreal, inacreditável. Tudo o que fora nossa existência de antes se esfiapava. Falar era a única evasão, nosso delírio. Do que falávamos? De coisas materiais e consumáveis, ou realizáveis. Era preciso descartar tudo o que despertasse dor ou pesar. Não falávamos de amor.

Então, naquele pequeno campo, voltávamos à vida e tudo nos voltava. Todos os desejos, todas as exigências. Queríamos ler, ouvir música, ir ao teatro. Íamos montar uma peça. Não tínhamos o domingo livre e uma hora à noite?

Claudette, que trabalhava no laboratório, onde ela tinha mesa, lápis e papel, resolve reescrever *O doente imaginário*, de memória. Terminado o primeiro ato, começam os ensaios.

Escrevo isso como se tivesse sido simples. Por mais que se tenha uma peça na cabeça, ver e ouvir seus personagens é tarefa difícil para quem se recupera de tifo e está constantemente tomada pela fome. As que conseguiam ajudavam. Muitas vezes uma réplica era a conquista de um dia todo. E os ensaios... Aconteciam depois do trabalho, depois do jantar – pois chamávamos de jantar duzentos gramas de pão duro e sete gramas de margarina –, no momento em que mais se sente o cansaço, num barracão gelado e escuro. Usar de persuasão e ameaça, apelar para o espírito de companheirismo, manipular a lisonja e a injúria, era o que cabia diariamente às animadoras. A emulação também entrava em jogo, e o orgulho. Tratava-se de mostrar às polonesas, com quem estávamos e que cantavam tão bem, do que éramos capazes.

Toda noite, sapateando no lugar e batendo os braços – era dezembro –, nós ensaiávamos. No escuro, uma entonação correta produzia uma ressonância estranha.

O dia marcado para o espetáculo – domingo após o Natal – se aproximava. Mas não era possível instalar nada de antemão por causa da supervisora, uma SS muito ocupada com seus amores, o que nos deixava um pouco de espaço. Eva, a desenhista, fez um cartaz que colocamos na porta interna do barracão, no sábado, depois da última ronda dos SS. Por que um cartaz, se todo mundo estava sabendo? É que finalmente tínhamos uma ilusão. Um cartaz em cores em que se lê: "*O doente imaginário*, segundo Molière, por Claudette. Figurino de Cécile. Direção de Charlotte. Montagem de cenário e acessórios de Carmen". Seguido pelo elenco, com Lulu no papel de Argan. Mas nossa peça era em quatro atos. Não tínhamos conseguido recompor a divisão de Molière. Contudo, que eu me lembre, estava tudo lá.

Já de manhã, pela primeira vez deixando de lado a preocupação com a sopa, os trabalhos e o pão, metemos mãos à obra. O que Cécile consegue fazer com malhas de tricô transformadas em gibões e casacas, com camisolas e com pijamas transformados em calções para os homens (só peças de vestuário que não fossem de uniforme. Seria longo demais contar como as conseguimos) é quase inimaginável. O listrado revelou-se imetamorfoseável. Felizmente, para selecionar as sementes de nossas plantas (será que eu já disse que estávamos naquela estação de experimentos em que se estudava um dente-de-leão de látex que os alemães descobriram na Rússia e queriam aclimatar?), usávamos uns tipos de caixas de tule. E o tule virou jabôs, punhos, barrados, laços, echarpes. Um roupão de matelassê azul – peça inestimável de nosso vestuário – torna-se um suntuoso vestido de anquinhas para

Bélise. Um pó amarelo-esverdeado, cuja composição não conheço, talvez um inseticida, serve como maquiagem para os médicos, primorosamente biliosos. Gritam no dormitório: "Aquelas que tiverem o avental preto limpo (o avental preto fazia parte do uniforme), emprestem! Já, por favor, a roupeira está esperando!". Com seis aventais, Cécile veste um médico e lhe põe na cabeça um cone de papelão pintado de preto em torno do qual colou aparas de madeira como madeixas rígidas. Claudette, a autora, está contente com o resultado, mas não se conforma com o fato de os homens não terem peruca nem chapéu e de Bélise não ter leque. "Na época de Luís XIV, ora!" Infelizmente, nossos cabelos, raspados à chegada, ainda não têm mais de alguns centímetros. Em compensação, há bengalas. São bastões revestidos de tule.

As mesas do refeitório, despojadas das pernas (caso contrário, o palco ficaria muito alto no barracão de pé-direito muito baixo), justapostas, formam um estrado. Os cobertores, habilmente arranjados por Carmen, que tem martelo, pregos e barbante, que ela cobiçou por muito tempo antes de conseguir roubá-los do SS jardineiro, os cobertores formam uma cortina que não é o menor dos nossos sucessos. Outros cobertores, pregados nas janelas, escurecem a sala. Só está iluminado o palco onde Carmen, eletricista e maquinista, instalou uma lanterna à guisa de holofote. "Onde ela roubou tudo isso? – Vou explicar..." Por enquanto, ela está pregando, amarrando. Temos também coxias: cobertores e barbante. E um ponto, com o texto, ora.

Ouvem-se as três batidas. A cortina se levanta (não, ela se afasta). As polonesas compõem o público. A maioria entende francês.

A cortina se levanta. Argan, numa poltrona feita de caixas escondidas por cobertores, também ele enrolado em cobertores, agita sua campainha: uma lata de conservas com um pedaço de vidro dentro, creio. "Não", Carmen dissera, "não quero pedra. Pedra tem um som muito feio".

A cortina se levanta. É magnífico. É magnífico porque Lulu é uma atriz nata. Não é apenas por seu sotaque marselhês que lembra Raimu, mas por sua expressão comovente de autêntica ingenuidade. Aquela ingenuidade humana, aquela generosidade.

É magnífico porque algumas réplicas de Molière, ressurgidas intactas de nossa memória, revivem inalteradas, carregadas de poder mágico e inexplicável.

É magnífico porque cada uma delas, com humildade, interpreta a peça sem pensar em se destacar em seu papel. Milagre dos atores sem vaidade. Milagre do público, que de repente reencontra a infância e a pureza, que ressuscita o imaginário.

É magnífico porque, durante duas horas, sem que as chaminés tenham deixado de exalar sua fumaça de carne humana, durante duas horas, nós acreditamos naquilo.

Acreditamos naquilo mais do que em nossa única crença de então, a liberdade, pela qual teríamos de lutar por mais quinhentos dias.

A viagem

Estávamos num trem. Um trem de verdade. Com bancos, vidraças que baixam e levantam, à vontade, um interruptor que vira para a direita ou para a esquerda – inútil, aliás, pois o trem não era aquecido –, uma paisagem que corre dos dois lados. Estávamos todas as oito.

Pela primeira vez depois de anos tínhamos a impressão de estar viajando. De estar fazendo uma viagem. Impressão tão perturbadora que esquecíamos que estávamos viajando sem passagem, que o fiscal não passava na nossa cabine, isolada no fim do vagão.

Mesmo assim, era uma viagem de verdade. Tão de verdade que esquecíamos também os SS que nos acompanhavam e que cochilavam atrás da meia divisória. Uma viagem de verdade. Afinal, não tínhamos bagagens nas redes, malas que podíamos pegar, abrir para remexê-las e reencontrar um objeto familiar, um pente ou batom velho, que fora nosso em outros tempos e que novamente fazia parte de nós como se nunca nos tivesse deixado? Sentadas em nossos bancos de madeira, estávamos bem. De fato, uma bela viagem.

E o sentimento, no entanto falso, da liberdade recuperada eliminava tudo o que fora a privação da liberdade. Reencontrávamos os gestos da liberdade, os gestos que são a própria liberdade. Olhar-se num espelho de bolsa, ir ao banheiro e fechar a porta, com a tranca que marca "Ocupado". O espantoso era que de modo algum aquilo nos parecia extraordinário. Era tudo normal. Reencontrávamos a nós mesmas, como se tivesse bastado uma roupa pendurada na entrada e vestida depois de muito tempo para devolver a cada uma sua personalidade, seu ser de antes. Ainda mais espantoso porque não tínhamos trocado de roupa. Estávamos com o vestido e a jaqueta listrados, o lenço amarrado debaixo do queixo, aqueles calçados grandes demais amarrados com barbantes. Incríveis aqueles calçados grosseiros que nos puseram ao partirmos. Tão grandes que era evidente que tinha sido de propósito. Entravavam o andar e a fuga como correntes. O uniforme completava o entrave.

Estávamos naquele trem que rodava, rodaria até o dia seguinte, achando a viagem tão maravilhosa a ponto de desejarmos que durasse muito tempo, eternamente. Sonhávamos com uma viagem que não tivesse fim. Ao término daquela viagem – e qual seria o término?, nós ignorávamos –, não esperávamos nada de bom. Mas estávamos bem e sentíamos esse bem-estar sem pensar no que viria depois. Em certos momentos nos surpreendíamos por não estarmos mais espantadas. Não nos perguntávamos por quê, porque fazia anos que tínhamos perdido o hábito de nos perguntar por que e tomávamos tudo o que acontecia sem fazer perguntas. Nem por isso aquela viagem deixava de ser espantosa.

Mal tinha clareado a manhã, já estávamos no laboratório havia algum tempo, quando um SS chegou e o boato percorreu todas as equipes: vieram buscar as francesas. Nosso primeiro movimento foi de preocupação. Flora, nossa SS, nos acompanharia até Birkenau. Só o nome Birkenau já nos fazia tremer. Ficamos mais tranquilas porque uma carroça nos esperava. Jamais teríamos subido num caminhão. Preferíamos que nos matassem. Quem ia para o gás ia de caminhão. O SS – era aquele de cara horrível, o que nos inspirava um terror infinito quando estávamos em Birkenau, alguns meses antes –, o SS tirou um papel do bolso, leu os nomes, dez nomes, e as dez chamadas se puseram em fila. Em seguida ele nos deu um tempo para arrumar nossa bagagem, e Wanda disse: "Não levem nada. Deem tudo às companheiras, porque lá vão tomar de vocês". Demos a camisola conseguida depois de tantas artimanhas e cálculos, a calcinha e as meias de troca, os elásticos. Ficamos com uma bolsinha de tecido com nossa escova de dentes, nosso sabonete e nossa faca. As polonesas, mais experientes do que nós e habituadas a transferências, afirmavam que os alimentos não eram confiscados e imediatamente o commando se reuniu no refeitório e todas remexiam seus armários, suas caixas de provisões, para tirar primeiro pão – sobretudo pão, como presas que tinham aprendido com a experiência que o essencial para o preso é o pão –, açúcar, cebolas e também cigarros, confiando em nós quanto aos cigarros. Elas podiam. Tínhamos nos tornado bastante hábeis para passar cigarros por qualquer revista.

Cada uma de nós teria vários pães para levar, pães inteiros de um quilo. Nunca tínhamos sido tão ricas.

Estávamos ocupadas em embrulhar tudo isso quando Flora apareceu na porta do refeitório e disse: "Schnell". Então, todas em pé, cantamos *A marselhesa*. Como se não houvesse outra coisa para cantar. As polonesas sabiam a letra em francês, e melhor do que nós, sem omitir uma só estrofe. Depois *Ce n'est qu'un au revoir*[34], que para mim era dolorosa, insuportável, pois era o que cantávamos

---

34 Adaptada no Brasil como *Valsa da despedida*.

para os homens, nas prisões, quando eles partiam de manhã. Estávamos tristes por deixar as companheiras, num dia em que a neve provocava uma claridade sobrenatural. "Prontas? Em frente!", Flora gritou. Pegamos nossas trouxas e saímos.

O SS de Birkenau fez de novo a chamada dos dez nomes, contou as dez mulheres, e subimos na carroça. Atrás de nós, as outras correram até o limite do pequeno campo, agitando mãos e lenços. A carroça tomou o caminho de terra traçado entre as plantações de rábano, e nós, viradas para trás, dávamos adeus às companheiras que nos viam partir. Elas nos seguiram com os olhos enquanto nos puderam ver.

Quando sumiram por trás de uma sinuosidade do terreno, nós nos viramos para a frente e começamos a cantar. Não por alegria, mas porque em certos momentos a única coisa que se pode fazer é cantar. Carmen, que conhecia mais canções, emendava uma na outra. E cantávamos nos esgoelando, segurando-nos nas grades daquela carroça que atravessava os campos cobertos de neve, com Flora enrolada no cobertor dela e o SS de cara feia dirigindo.

Na passagem de nível tivemos de esperar. Carmen atacou: "Sempre há/ uma passagem de nível/ bloqueando a estrada/ isso aborrece"[35], e cantávamos com ela como se estivéssemos alegres. Mas, assim que os arames farpados eletrificados apareceram, os telhados dos blocos quase escondidos sob a neve, não conseguimos continuar. E foi carregada de nossos silêncios que a atrelagem parou no campo da morte, diante do barracão da quarentena.

---

35 Da canção *Y a toujours un passage à niveau*, de Georges Brassens. No original: "*Y a toujours/ un passage à niveau/ qui barre la route/ Ça vous dégoûte*".

Descemos enquanto Flora e o SS levavam seu papel para ser examinado na guarita, e entramos no barracão. Cheirava a madeira. Discernimos vozes francesas vindo de um cômodo vizinho. As sobreviventes de nosso comboio estavam naquele barracão. E logo, sob pretexto de ir ao banheiro, algumas se esgueiram até nós e perguntam: "Para onde vocês vão? Por que foram chamadas?". Nós não sabíamos. Não sabíamos de nada. Depois uma delas, que acabava de surpreender uma conversa dos SS, acorre: "Vocês vão para Ravensbrück. Vão despi-las, revistá-las e vesti-las de novo. Se têm alguma coisa, passem para nós. Depois repassamos para vocês por baixo da porta, depois da revista". Entregamos os cigarros, as facas e as cartas de casa.

Uma SS volta com a chefe do bloco, uma alemã histérica que não para de gritar, e uma kapo que vem com os braços carregados de roupas listradas. Nós nos despimos. Ficamos nuas. O médico SS chega com um SS sinistro que conhecemos, Taube, e uma médica judia, prisioneira, que traz termômetros. Ela distribui e ficamos ali, nuas, sob os olhos dos SS que nos inspecionam. O médico SS nos faz pôr a língua para fora. Taube, que não é médico, também nos examina, nos faz girar — imaginem nós, nuas, com o termômetro no traseiro e rodando como piões —, nos apalpa. A médica pede os termômetros de volta e anota as temperaturas. Lucie e Geneviève estão com 38 e pouco. Não irão embora. Elas choram. Tentamos interferir junto à médica para que ela altere os dados delas. Ela grita, grita, então suplicamos que não chame atenção dos SS e ela grita mais ainda.

Nossas companheiras olham pelos buracos dos nós que elas retiraram da madeira da divisória.

Trouxeram papéis para assinarmos, declarando que não fomos maltratadas, que não tínhamos tido doenças (que não tínhamos tido tifo exantemático, evidentemente), que nossas joias e nossos pertences pessoais nos tinham sido devolvidos). Uma assinatura!, nas condições em que estamos... Assinamos e nos fizeram ir para um dormitório para nos vestirmos.

Os vestidos estão tão sujos, manchados de sangue, de diarreia, de pus que temos a mesma ânsia de vômito que sentimos ao chegar, no ano anterior, quando tínhamos recebido uniformes repugnantes e piolhentos com os quais ficamos até sermos designadas para o commando do laboratório, seis meses depois. Protestamos. A alemã histérica grita, no tom mais agudo que sua voz alcança. Quando a SS volta, nós a alertamos para a sujeira daqueles trapos. Ela chama Taube, que grita também e manda a kapo buscar outras roupas. Enquanto isso, nós, nuas... Os outros vestidos estão quase igualmente sujos. Enfim.

A SS também acha que estamos muito pouco abrigadas e manda trazer jaquetas listradas que não estavam previstas. Com vinte graus negativos. Estamos prontas, depois de calçar sapatos de sete léguas.

Levam-nos para o barracão em frente – na passagem, nossas companheiras nos devolvem os cigarros, as facas e as cartas, que escondemos nas mangas – e já na porta o frio nos invade. As roupas de lã que tínhamos conseguido a muito custo, em troca de cebolas roubadas na horta e de rações, nos foram tiradas.

O barracão da frente é onde se armazenam as roupas das que chegam. Para nossa surpresa, naquele amontoado – hoje somos 75 mil em Birkenau – reencontramos coisas semelhantes às nossas. Faltam algumas, decerto, mas vamos tendo uma surpresa atrás da outra. Para uma devolvem a aliança, para outra, o relógio de pulso. Para uma, cujos sapatos não são encontrados, perguntam que número ela calça para lhe dar outros, que são novos – que ela não terá o direito de calçar, pois não fazem parte do uniforme.

Olhamos nossas malas, nos lembramos de nossa chegada – e entramos num estado de semiconsciência em que tudo se torna natural e transfigurado. No ano anterior, na chegada – também era janeiro e o campo também sumia sob a neve –, éramos 230. Agora restamos cerca de cinquenta, e devolvem os pertences para oito que estão deixando o campo e as fazem assinar um recibo.

Lá fora, Taube está impaciente. Conversa com outro SS e temos a impressão de entender que perdemos o trem, depois que temos de nos apressar. Lá está o comandante, no seu carrinho verde-acinzentado. Também está impaciente. Carmen, agachada no patamar – como está frio! Já não conseguimos segurar nossas malas, nossas mãos estão entorpecidas –, Carmen se debate com os cordões que não consegue enfiar, e os calçados são tão grandes que, sem amarrar os cordões, certamente ela não vai conseguir dar um passo.

E foi então que assistimos à cena mais extraordinária. Taube – Taube, que vimos mandar milhares de mulheres para o gás, que vimos lançar seu cachorro sobre muitas das nossas e mandar devorá-las, que vimos empunhar o revólver e atirar nas judias do bloco 15 porque não estavam entrando depressa (como se fosse possível mil mulheres passarem depressa por uma porta de uma folha só) numa manhã igual àquela –, Taube, que nos apavorava ao avistarmos sua silhueta alta, Taube, o SS mais cruel, se é que havia um "mais" cruel entre os SS – Taube ajoelha-se diante de Carmen e, com seu canivete, corta a ponta dos cordões para que passem pelos ilhoses. Ele consegue e se levanta, dizendo baixinho: "Gut". Teria nos surpreendido menos se nos tivesse levado ao bloco 25, que é a antecâmara do crematório.

O comandante está cada vez mais impaciente. Quatro SS, que não tínhamos visto chegar, esperam ao lado. Não estão com cães. O comandante e Taube conversam, depois decidem. Taube pega nossas malas, entrega-as ao comandante, que as empilha no fundo do carro. Pega tudo o que cabe; o resto continua nos parecendo pesado; os dois sobem no carro, dão uma ordem aos SS e o carro arranca. Os SS nos põem em fila de duas em duas, fecham o cortejo. Partimos rumo à estação.

Nossas companheiras, nas janelas do bloco de quarentena, acenam para nós.

Tínhamos dificuldade para andar com aqueles calçados, com aqueles pacotes. Andávamos na estrada gelada que tínhamos tomado pela primeira vez um ano antes, que não perdera nada de seu aspecto de caminho sem esperança, e tínhamos um sentimento estranho. Assim deixamos Auschwitz. Íamos embora vestidas de prisioneiras, coisa em que nunca pensamos. Tudo era incerto, tudo era incrível e incrivelmente bizarro. A sensação de sonho e a certeza de que era verdade, com o sonho que persistia.

Pegamos um atalho pelas linhas de trens de carga, entre os vagões estacionados, para chegar a um hangar onde pudemos nos abrigar. Estávamos cada vez com mais frio. Nossas pesadas sacolas de pão dilaceravam-nos os pulsos.

O carro verde-acinzentado está ali. O comandante e Taube se localizam. Chamam nossos SS, que seguimos com aquele andar que os calçados e a bagagem tornam ridículo. Homens de roupa listrada também esperam. Miseráveis como sempre, os homens aqui. "Como conseguem manter-se em pé?", perguntamo-nos ao vê-los.

Na curva dos trilhos, o trem desemboca, desacelera, se alinha ao longo da plataforma, deslocando lentamente um vagão depois do outro, com um chacoalhão. Tentamos adivinhar que tipo de vagão vai parar diante de nós – é um trem misto, de passageiros e de carga – e tememos, sem ousar esperar coisa melhor, viajar num vagão de animais, como no ano anterior, na vinda. Como tínhamos passado frio!

Mas o milagre continua. O comandante se dirige para um compartimento de terceira classe, nos faz subir, entrega nossas malas e nossos pacotes aos nossos SS. Içadas as bagagens, ele também sobe, ajeita-as nas redes, mostra nossos lugares gentilmente, lembra aos SS que devem cuidar de não descermos nas estações. Ele salta, fecha a porta, e não teria sido maior nossa surpresa se tivesse acrescentado: "Boa viagem!".

Estávamos no trem que rodava através da Silésia. Estávamos felizes por ser de dia, felizes por ver alguma coisa de Katowice, cidade de tijolos sujos e avenidas tristes. Uma senhora empurrava um carrinho de bebê e olhava o trem. Não havia automóveis. Neve na beirada das janelas.

Numa linha ao lado, ia um comboio de tanques e canhões que cruzou conosco, indo para o leste. Nossos SS se levantam e explicam: "Panzer. Russland".

Quanto a mim, estava morrendo de vontade de ir até eles, de puxar conversa, de saber, por pouco que fosse, o que era um SS. Como, por quê, alguém é SS? As outras concordam. Eu vou. São eslovenos. Dizem que foram alistados à força na SS, que não sabiam o que era Auschwitz – todas aquelas chaminés... Caso contrário... Oferecem-nos cigarros, fogo. Nas paradas, vão à cantina da estação e nos trazem algo similar a café que enfermeiras da Cruz Vermelha distribuem aos soldados. As estações estão cheias de soldados. Nunca tínhamos visto um SS de olhar piedoso, olhar humano. Será que eles se despojam do assassino ao deixar Auschwitz?

Anoitece. A paisagem se turva nas vidraças. Paisagem de fábricas, de altos-fornos (ou mais crematórios?), de construções escuras, de campos escuros, com cercas de arme farpado. Ou a Alemanha está coberta de campos ou todos os campos são à beira dessa linha de trem. Paisagem desesperada.

E naquela cabine estamos bem. Tiramos de nossas malas pulôveres e meias, lenços. Simone olha um livro que era de sua irmã. Não se atreve a abri-lo. No entanto, está contente por lhe restar um livro da irmã, morta no verão anterior. Gilberte não diz nada, não olha nada. Não encontrará nada da irmã. E Lulu segura a mão de Carmen, perturbada com a sorte delas. São as duas únicas irmãs que restam.

A noite cai. O trem não se ilumina. No escuro, procuramos nossas facas e começamos a cortar nosso pão para comer com margarina. Depois do pão, cada uma acende um cigarro. Estamos bem. É noite. Apoiadas umas nas outras, adormecemos com o ranger do trem.

De manhã, é a periferia de Berlim.

"O tenente William L. Calley, que assassinou 109 sul-vietnamitas e deve ser submetido a julgamento, recolhera uma pequena vietnamita. Uma menina perdida, faminta, vestindo farrapos. Ver crianças nuas e famintas perambulando pelas ruas cortava o coração do tenente William L. Calley. Ele tinha adotado, alimentado, vestido e cuidado daquela menina. Um dia, ao voltar de uma operação, não a encontrou mais. Ela tinha fugido. O tenente L. Calley ficou muito pesaroso." É o que diz a irmã do tenente ao *New York Post* de 28 de novembro de 1969.

Berlim

O trem agora ia parando em todas as estações. Apesar do frio, quando ele estacionava na plataforma, baixávamos os vidros para enxergar melhor – os vidros estavam com geada –, para ouvir. Nas plataformas fervilhava uma multidão indistinta formada por gente a caminho do trabalho. Um cachecol enrolado no pescoço, uma mochila nas costas, iam apressados, não prestavam atenção em nada. A respiração deles acrescentava à bruma uma nuvenzinha branca de vapor, que esvoaçava em volta. As sombras deslizavam umas sobre as outras, confundiam-se silenciosamente. Mal tinha amanhecido. De repente ouvimos gritar em francês: "Por aqui, velho!". Na mesma hora, chamamos: "Ei! Ei, vocês aí! Ei! Franceses! É francês? Somos francesas!". Um homem se vira, lança-nos um olhar desagradável, responde: "Merda!" e volta a correr para saltar no trem, na linha em frente.

– Para o primeiro francês que encontramos... Que recepção! – diz Lulu.

Era grande nossa decepção. Como é possível? Mulheres de uniforme listrado o interpelam e aquele homem livre nem pergunta quem elas são, de onde vêm. Estamos vindo de Auschwitz. Todo mundo deveria saber. Foi preciso descobrir o fosso entre o mundo e nós, e ficamos muito tristes.

Na estação seguinte, estava um pouco mais claro. Viam-se mais nitidamente os passageiros na plataforma. Por sua postura, suas roupas, pelo menos por sua boina basca, reconhecíamos compatriotas. Mas dessa vez nos abstivemos de chamá-los.

— A Alemanha deve estar cheia de trabalhadores franceses do STO[36] — disse uma.

Nosso trem entrava em Berlim. Ao longo das linhas de trem, imóveis destruídos pelos bombardeios ainda eram habitados. Via-se aqui e ali um tubo de fogão que saía de uma janelinha de porão, de um abrigo construído sobre um pedaço de parede que se mantivera em pé. A cidade mostrava uma imagem assustadora.

— Parece que está completamente destruída.

— Bem feito para eles.

Sentíamos a mesma satisfação que quando víamos, em Auschwitz, trens sanitários intermináveis, de tetos brancos pintados com grandes cruzes vermelhas, voltando do leste carregados de feridos. Nos corredores passavam as enfermeiras. Aqueles trens iam devagar, às vezes paravam completamente por longos momentos, dando-nos tempo para ver os feridos nos leitos. "Bem feito para eles." Alguns, de cabeça enfaixada, ficavam em pé e olhavam. O que diriam eles ao nos ver?

O trem parou sob o galpão de uma estação. Nossos SS ajustaram os cintos, juntaram suas coisas, puseram os fuzis no ombro e ordenaram que nos preparássemos para descer. Dos vagões de trás, desciam homens de

---

[36] Service de Travail Obligatoire [Serviço de Trabalho Obrigatório]: sob a ocupação alemã, era o sistema de recrutamento e transferência de trabalhadores franceses para a Alemanha, criado para suprir a falta de mão de obra nas fábricas, no setor agrícola e na construção de estradas de ferro.

roupa listrada, provavelmente os que tínhamos visto na plataforma de Auschwitz. Eram muitos, talvez uns sessenta. Também estavam mudando de campo. Tinham a magreza que conhecíamos, à qual nunca conseguimos nos habituar, e punham-se em fila como autômatos. Nós nos sentíamos fortes e alertas ao lado deles. Nós os perscrutávamos. Poderia haver entre eles algum conhecido, quem sabe? Mas pareciam-se tanto uns com os outros por causa dos olhos fundos e febris, dos lábios inchados, que eram todos irreconhecíveis.

Nossos SS ignoravam seus colegas que conduziam os homens. Só se ocupavam de nós oito. Sem nos contar nem mandar fazermos fila de duas, levaram-nos para um subterrâneo. Deviam ser camponeses. Não tinham familiaridade com o metrô. Depois de tentar ler o itinerário no mapa comparando com um papel que um deles tinha na mão, resolveram que um deveria se informar. Agrupadas perto do mapa, observávamos curiosas o que nos cercava, aqueles civis levando sua vida comum e tomando o metrô. Uma inscrição sublinhada por uma seta indicava os banheiros. Pedimos licença aos nossos SS para ir até lá. Eles permitiram. Esperariam por nós no alto da escada, e acenderam um cigarro. As grandes solas de madeira, que nos faziam pisar de lado para caberem nos degraus, e nossas malas que nos estorvavam tornavam a escada perigosa. Descemos com uma lentidão de inválidas.

Os banheiros nos pareceram muito confortáveis: fileiras de lavabos, portas alinhadas. A mulher dos lavabos, uma senhora idosa, viu-nos entrar em seu palácio de mosaicos cheirando a desinfetante sem mostrar surpresa. Naquela época em Berlim devia haver gente de todo tipo, e a velha tinha uma fisionomia desgastada que não devia se surpreender com mais nada. "Pobres crianças!", ela disse, no entanto, com uma voz igualmente desgastada, e destrancou para nós a porta dos banheiros pagos.

Abrimos nossas malas para pegar alguma coisa para nos lavar um pouco. Mas não tínhamos nem toalha, nem luva de toalete, nem escova, nada que nos fosse útil naquele momento. Tudo tinha sido roubado. Uma de nós disse, vasculhando a roupa:

— Poderíamos nos trocar e fugir.

— E para onde iríamos? Não conhecemos Berlim e apenas arranhamos o alemão.

— Berlim deve estar cheia de franceses.

— Você viu os franceses, agora há pouco. Se está achando que eles nos ajudariam...

A ocasião era muito inesperada para pensarmos em aproveitá-la. Por muito tempo tínhamos contado demais, calculado demais cada gesto nosso para nos lançarmos sem preparo numa aventura arriscada.

Depois de lavar o rosto, dar uma penteada no cabelo, pusemos as coisas de volta nas malas e subimos ao encontro dos nossos SS, que estavam fumando tranquilamente. Será que nos tinham dado uma chance para fugir? "Eles são bobos demais para isso", disse Carmen.

Com as malas a nossos pés, ficamos esperando o metrô. Pessoas afluíam, afastando-se de nós, decerto com medo de pegar piolhos. Não nos olhavam. E nós murmurávamos, para quem passava: "Somos francesas, presas políticas; não somos criminosas", num alemão bem construído, pois tínhamos refletido para compor a frase. Uma menina, que estava com a mãe, uma mulher da nossa idade, quis largar a mão da mãe para correr. Ficou com medo de nós. A mãe a segurou delicadamente e disse: "Coitadas dessas mulheres. Dêem um sorriso para elas", e ela própria nos sorriu bondosamente. A menina se voltou para nós e ensaiou um sorriso. Tivemos vontade de beijar a mãe. As duas se afastaram.

O metrô chegou. Nossos SS e os SS que conduziam a coluna de homens empurraram os passageiros e barraram as portas de um vagão para reservá-lo aos prisioneiros. As pessoas se afastaram docilmente. Nossos SS nos conduziram ao fundo do vagão enquanto os homens ficavam em pé no meio. À luz do dia – era uma linha de superfície – as fisionomias dos homens nos pareceram mais lastimáveis. "Deveríamos lhes dar pão", disse Lulu. Receberam o pão com indiferença. Nenhum olhar, nenhum movimento dos lábios, nenhum sinal respondeu a nosso gesto. Pareceram-nos mais desgraçados ainda.

A cada parada, os SS barravam as portas do nosso vagão para impedir que os passageiros subissem. A viagem era longa. Desejávamos que fosse muito, muito longa. Tínhamos a impressão de estar atravessando toda a cidade. Ruínas, ruínas por todo lado. Aquele espetáculo desolador nos enchia de esperança: "Agora a vitória não está longe. Eles não podem mais aguentar muito tempo". Seria demais, de fato, pedir que nos comovêssemos pelas crianças que decerto estavam sob os escombros. Só tínhamos pena das crianças de Auschwitz. Tinham nos endurecido para com as outras.

Descemos do metrô e nos vimos em outra estação de trens. Prisioneiros de guerra, sob a guarda de dois soldados alemães – velhos –, desentulhavam ruínas. Eram esverdeados, como seus uniformes em farrapos. Nós os interpelamos. Eram italianos, magros, magros! No entanto, não tão magros quanto os deportados. Queríamos falar com eles – entre prisioneiros, sempre se acha uma língua para conversar; pelo menos isso tínhamos aprendido em Auschwitz –, mas os soldados velhos que os vigiavam gritaram. Nossos SS não diziam nada.

Na plataforma, havia uma multidão. Nossos SS distribuíram cotoveladas para nos fazer entrar numa cabine e ficaram no corredor. Interditaram a cabine para outros passageiros, que protestavam. Duas mulheres-soldados alemãs, de cinza, conseguiram convencer nossos SS de que elas tinham o direito de sentar. Empurraram-nos para lhes dar espaço. "Vocês não têm medo de pegar piolho?", perguntei-lhes quando, apesar da nossa inércia, conseguiram se enfiar entre nós.

— Ah! Francesas! Conheço a França. Estive em Amiens. Os franceses são sujos — e afastou-se o máximo que pôde para não encostar em nós.

— Não tínhamos piolho na França, mas em Auschwitz ficamos cobertas. Os piolhos de Auschwitz são piolhos de tifo.

Elas se entreolharam e se foram da cabine insultando nossos SS.

Outra paisagem desfilava, de terreno arenoso, salpicada de bosques de pinheiros. A pouca distância de Berlim apareceram as guaritas que pontuavam uma vasta cerca de arame farpado. Espreitamos a estação seguinte para ler o nome do lugar: Oranienburg. Naquele momento a palavra não dizia nada para nós. Só depois, ao lembrar que Carl von Ossietzki estivera lá quando recebera o prêmio Nobel, o nome adquiriu significado: "É muito perto de Berlim. Eles não têm mesmo nenhum pudor". Outros arames farpados seguiram-se aos primeiros e nós nos perguntávamos se ainda era o mesmo campo. Homens de roupa listrada trabalhavam por todo lado.

Depois de pouco mais de uma hora de viagem, chegamos. Era uma simples parada, marcada por uma pequena construção ao lado de uma passagem de nível. Ravensbrück. Tivemos de esperar a partida do nosso trem para atravessar as linhas. Nossos SS nos mandaram fazer fila de duas e assumir posição regulamentar. Já não era com eles carregar nossa bagagem. "É uma bobagem carregar essas malas para colocá-las no vestiário de Ravensbrück. Devíamos tê-las deixado no banheiro de Berlim." Vivendas encantadoras, espalhadas sob os pinheiros, davam ao lugar um aspecto de local de veraneio. Eram as casas dos oficiais SS do campo. Tinham sido construídas pelas primeiras prisioneiras, que carregaram as pedras nas mãos. Ficamos sabendo disso quando estávamos no campo.

— Parece até que estamos em Fontainebleau — disse Cécile.

— Oh, Fontainebleau! Íamos acampar lá quase todo sábado, com nosso grupinho.

— Eu, se voltar, camping...

A distância nos pareceu longa entre a parada e a cerca do campo: um muro alto, pintado de verde.

— É menos impressionante do que os arames farpados eletrificados — disse Poupette.

O misantropo

As ciganas eram realmente extraordinárias. Passeavam no campo à noite, depois da chamada – no verão, porque no inverno ninguém ficava fora depois da chamada –, e vendiam todo tipo de coisas que tinham subtraído aqui ou ali, no vestiário, nas cozinhas, e mesmo cigarros que surrupiavam até do bolso dos SS. Bastava um bolso meio aberto. Vinham até nós e, com um gesto ágil, entreabriam o vestido para mostrar o que tinham para oferecer.

Só havia um preço: uma ração de pão. Uma ração de pão por um cigarro, uma ração de pão por uma cebola. Chegamos até a encontrar algumas que ofereciam um pedaço de carne grelhada. Apetitosa, bem dourada. Por mais que jurassem pela vida de sua mãe que o tinham roubado da cozinha dos SS, nunca compramos. Temíamos que o assado viesse do crematório.

Naquela noite, a cigana baixinha que me abordou tirou da manga e voltou a esconder depressa uma brochura, um livrinho bem pequenino.

– Uma ração de pão – ela disse em francês.
– Você fala bem francês, de onde você é?
– Sou francesa. De Lille.
– E que livro é esse? Pelo menos me mostre.

Ela voltou a tirar o livrinho para que eu visse, mas sem o largar. Era *O misantropo*, da coleção dos pequenos clássicos Laroùsse, de 1 franco. *O misantropo*. Eu não conseguia acreditar nos meus olhos. Então alguém tinha levado um *O misantropo* para a viagem de Ravensbrück...

Dei minha ração de pão. "Afinal, você podia me fazer um desconto. Não é tão fácil de vender quanto uma calcinha." Nada a fazer. Ela tinha visto meus olhos brilharem. Quem já pagou tão caro por um livro?

Apertando preciosamente meu *O misantropo* contra o peito, fui encontrar minhas companheiras no barracão. Estavam se preparando para jantar, ou seja, para comer seu pão com margarina.

— Não vai comer?

— O que você fez com seu pão?

— Comprou cigarro de novo?

— Eu não o teria fumado sozinha. Não, comprei um livro.

Tirei *O misantropo* do peito.

— Então vai ler para nós?

E cada uma cortou uma fatia de seu pão para compor uma ração para mim.

Como Alceste falava bem. Como sua língua era precisa e firme, como seu estilo era rico.

— Essa Célimène tem a língua afiada como a sua, Cécile — dizia Poupette, que estava encontrando Célimène pela primeira vez.

Desde Auschwitz, eu andava com medo de perder a memória. Perder a memória é se perder, é deixar de ser si mesma. E eu tinha inventado todos os tipos de exercício para fazer minha memória trabalhar: lembrar todos os números de telefone que eu sabia, todas as estações de uma linha de metrô, todas as lojas da rua Caumartin, entre o Athénée e o metrô Havre-Caumartin. À custa de esforços infinitos, consegui me lembrar de 57 poemas. Tinha tanto medo de que escapassem que recitava todos eles todo dia, todos, um atrás do outro, durante a chamada. Tinha sido tão difícil recapitulá-los! Às vezes levava dias para lembrar um único verso, uma única palavra. E eis que de repente eu tinha uma brochura inteira para decorar, um texto inteiro.

    Decorei *O misantropo*, um trecho a cada noite, que repetia para mim mesma na chamada da manhã seguinte. Logo sabia a peça toda, que durava quase a chamada inteira. E até a partida guardei a brochura no peito.

O coração bate em Ravensbrück

O tempo estava muito bonito naquele dia de outono. Muito bonito para quem? Na oficina, as máquinas funcionavam, fazendo casacos e mais casacos, centenas de casacos. Cada uma em seu lugar, cada uma em sua máquina, as trabalhadoras debruçavam-se sobre a obra. As peças passavam de uma que as juntava para outra que montava as mangas, para uma terceira que colocava a gola, para uma quarta que fazia as casas de botão, para a última que punha o forro. Uma cadeia. Tantas cadeias quanto fileiras de máquinas entre as quais circulava a supervisora, uma SS de cinza, que gritava – em vão, as máquinas encobriam seus gritos – e batia. Nem levantar os olhos, nem falar, nem parar. O único meio de desacelerar a cadeia era quebrar a agulha. Então podia-se deixar o banquinho, ir até a supervisora e pedir outra agulha, que ela dava ao mesmo tempo que uma bofetada ou um soco. Cada hora era uma que quebrava a agulha. E, apesar disso, os uniformes se amontoavam, e só faltava coser atrás o emblema dos dois S.

As máquinas giravam, giravam seu barulho na cabeça das prisioneiras, giravam em seus pensamentos e suas lembranças de um dia de outono morno e avermelhado – antes –, giravam sobre seus projetos para a liberdade, se algum dia a encontrassem. As máquinas giravam com uma barulheira que enchia a oficina.

De repente surge na porta um SS, apita para dominar o barulho e o faz cessar, e berra: "Halt! Alles raus!". Todo mundo para fora. As máquinas param, primeiro as que estão perto da porta, depois as outras, depois as últimas. As mulheres se levantam, formam filas. "Por que estão nos fazendo sair? O que eles querem? Um castigo, com certeza."

Elas saem para o pátio, refazem as filas, esperam. Esperam as das equipes da noite que dormiam em seus barracões e chegam amarrotadas de sono, e indagam. Ninguém é capaz de dizer o que está acontecendo, o que vai acontecer. A oficina toda está em fila diante do barracão, na suave luz de outono.

As mulheres se perguntam o que vai ser exigido delas. Esperam. Finalmente chega o chefe do campo acompanhado pelo médico SS. Uma ordem: "Tirem os sapatos e as meias! Depressa!". As mulheres se descalçam. "Levantem os vestidos!" O SS graduado – chefe do campo – pega uma e levanta-lhe o vestido até as coxas para mostrar como devem fazer. E depressa!

Então, descalças, segurando na mão esquerda os sapatos e na direita a barra do vestido listrado, as mulheres desfilam diante dos SS. "Schneller!", grita o chefe do campo. Ele quer que andem mais depressa.

Todas compreenderam. Elas se retesam. Depressa, as jovens se esgueiram para a parte externa das filas para dissimular as mais velhas no meio. As que mal conseguem firmar o pé no chão, as claudicantes que as companheiras tinham conseguido que fossem admitidas na confecção para trabalharem sentadas, as que estavam fracas demais e a quem era preciso evitar os trabalhos pesados com areia ou carvão, todas andam.

Os SS querem que se ande depressa, mas querem ver. Fazem as prisioneiras passar diante deles várias vezes. Uma olhada nas pernas decide. Eles puxam e põem de lado as que estão com as pernas inchadas, os pés deformados pelo edema. E o desfile continua, vestidos arregaçados, pés descalços sobre o entulho, que machuca. Schnell! Schneller! As mulheres passam diante dos SS. Tensas, crispadas pelo esforço para manter um andar natural, uma postura distendida, crispadas para não demonstrar o medo em sua fisionomia. A cada volta, a triagem desfaz as filas. As que estão de lado vão para o "campo das jovens". É um barracão situado fora da cerca principal, onde não dão nada para beber, nada para comer, onde deixam morrer. O medo e a contração aumentam à medida que cresce o grupo separado.

Há uma que olha, olha seu joelho. Se os olhos tivessem o poder de eliminar a rigidez de um joelho que recusa o comando...

Há uma cujo queixo treme. Ela aperta os lábios para reprimir o tremor. Mas seus dentes rangem e seu queixo treme.

Há uma que a cada passo ergue um peso sob o qual sua nuca se dobra cada vez mais.

Há uma que é precedida por sua cabeça: Ela foge. A "fuga para a frente". A fuga impossível.

E todas andam como os condenados no portal das catedrais.

O comandante do campo, com os punhos nos quadris, se anima. "Ah! ah! O coração está batendo, hein?" Está se divertindo muito.

Ponha-se no seu lugar, instale-se

Naquele último verão, as ruas do campo não eram seguras. Era perigoso estar nelas entre a chamada da manhã e a chamada do anoitecer. A qualquer momento podia haver um sequestro.

As fábricas do Terceiro Reich precisavam cada vez mais de mão de obra. Os campos a forneciam. Acontecia muito rapidamente. A um sinal invisível, os apitos irrompiam de todos os lados ao mesmo tempo, as ruas entre os barracões eram bloqueadas pelas "faixas vermelhas" (as politzei[37], prisioneiras encarregadas da ordem no campo e que se distinguiam pelas faixas vermelhas que levavam no braço). Todas as prisioneiras que estavam nas ruas ou na porta dos barracões eram perseguidas, cercadas. Elas fugiam em todas as direções, com as politzei no seu encalço, tentavam escapar, esbarravam nas barreiras, eram agarradas pelo colarinho e empurradas à força, aos chutes, aos socos, aos golpes de bastão, para a coluna que se formava no meio do campo. Isso se chamava: ir para o transporte.

As opiniões sobre esses transportes se dividiam. Algumas achavam que era melhor estar em qualquer lugar,

---

37 Do alemão *Polizei*: polícia.

em qualquer outro lugar que não fosse Ravensbrück. Temiam o fim e previam que, uma vez derrotados — e já não havia dúvida quanto a sua derrota, no verão de 1944, depois do desembarque —, os SS, furiosos, se entregariam a toda a sua crueldade. "Vocês vão ver, eles não nos soltarão sem mais nem menos. Vão fazer o campo explodir. Minar os esgotos. Espalhar bombas incendiárias. Envenenar a água e fugir. Já têm esconderijos, com certeza." Outras se recusavam a dar a menor contribuição que fosse à indústria alemã, mesmo que, pouco antes do fim da guerra, essa contribuição fosse inútil. Alegavam: "Estamos mais seguras aqui. Os Aliados bombardeiam as fábricas. Eles nunca bombardearão Ravensbrück. Aqui estamos protegidas. Os SS desaparecerão antes da chegada dos exércitos aliados. Têm muito medo de serem feitos prisioneiros. Outro dia, a maleta de uma aufseherina[38] se abriu. Dentro havia roupas civis". Entretanto, os dois lados concordavam quanto a um aspecto: ninguém deveria se separar de seu grupo. Partir todas juntas ou ficar todas juntas. Cada uma aprendera por dura experiência que isolada a pessoa não tem defesa, é impossível sobreviver sem as outras. As outras são as do nosso grupo, as que nos apoiam ou carregam quando já não podemos andar, as que nos ajudam a aguentar quando estamos sem força ou sem coragem.

No meu grupo, a decisão estava tomada: não devíamos partir.

Para evitar os sequestros e os transportes, o meio mais seguro era fazer parte de uma coluna de trabalho, uma daquelas colunas que se mobilizavam depois da chamada para ir descarregar carvão, carregar areia ou pedras, abater árvores na floresta. Mas nós também não

---

38 Do alemão *Aufseherin*: supervisora.

queríamos trabalhar, trabalhar de jeito nenhum. Após três anos de cativeiro, precisávamos poupar nossas forças se quiséssemos aguentar até o desfecho, e o desfecho parecia próximo. Assim, todas as manhãs, quando as colunas se juntavam, recorríamos a artimanhas sempre reinventadas para nos esconder, para não sermos obrigadas a trabalhar. Depois que as colunas partiam, tínhamos de nos esconder até a chamada do anoitecer. Até então tínhamos conseguido.

Por quê, aquele dia, fiquei sozinha numa rua do campo? Nunca circulávamos a não ser em grupo, com olhos e ouvidos atentos. Por que eu estava sozinha naquele dia, no momento em que apitos soaram por todo lado, em que politzei formavam cordões nos extremos de todas as ruas? Sem saber como tinha acontecido, eis que me vejo numa coluna que mulheres SS vão formando a chute de botas, que as kapos mantêm a golpes de bastão. Como fui me deixar pegar de uma forma tão tola? Como sou estúpida! Oh! Que besteira, que besteira!

Lá estou no meio daqueles rostos desconhecidos. Russas, polonesas, ninguém que eu me lembre de já ter visto, ninguém que fale francês. Lentamente, à força de golpes e gritos, a coluna se estabiliza. Não se desfaz mais. Talvez todo mundo tenha se resignado. Minha decepção aumenta. E também minha ansiedade. Não voltarei a ver minhas companheiras. Para onde vamos? Nunca se sabe. Para que tipo de fábrica? Nunca se sabe. Estou na beirada da coluna, olho, perscruto, procuro uma saída possível. Kapos vigiam as cercanias, bem indolentes agora. Estão cansadas de correr e de usar o bastão. Duas SS nos vigiam, vão e vêm de um extremo a outro da coluna. Esperamos. Esperamos Pflaum, chamado de "mercador de escravos", porque é ele que cuida dos transportes, porque é com ele que tratam os industriais que requisitam mão de obra. Quando ele chegar, os números serão anotados. O comboio será formado. Partiremos. Partirei e minhas companheiras não saberão onde estou. Esperamos.

    Surge uma terceira SS que se junta às outras duas, e as três se detêm. Olho para elas. Não tiro os olhos delas. Bastaria que de repente se interessassem por alguma coisa, no outro extremo da coluna, por exemplo, para que... Observo principalmente a que está de costas para mim. Pela maneira como ela se firma nas pernas, tenho a impressão de que desviou a atenção e de repente, num daqueles lampejos como os que temos nos sonhos, ouço a voz de Jouvet, em sua aula no Conservatório, Jouvet dizendo a um aluno que se adianta no palco e inicia sua cena: "Não. Comece de novo. Você não entrou. Entre. E espere. Isso. Ponha-se no seu lugar. Assim. Não saia mais do lugar. Instale-se. Você está no lugar. Agora, pode falar. E nós, nós sabemos que você tem alguma coisa a dizer. Agora vamos ouvi-lo. Agora sabemos que você vai falar". Ponha-se no seu lugar. Instale-se. As três SS estavam no lugar. Por suas costas, por suas botas, por seus ombros, percebi que elas estavam conversando e que não sairiam do lugar. Estavam instaladas. Então, depressa, pulei para fora da fila. Correndo a toda, envereda por uma rua à minha frente, corro, e minha correria faz surgir uma politzei em quem dou um encontrão, eu corro, corro até o fundo do campo, até nosso barracão aonde chego sem fôlego, exaurida de tanto correr, de correr tão depressa, de tanto medo, e me jogo no grupo das minhas companheiras que abrem os braços para mim. "Onde você estava? Tinha sido pega? Quando ouvimos os apitos e vimos que você não estava aqui, levamos um susto. Ah, que susto!" Eu também levei um susto. Demorei muito para recuperar o fôlego, para ouvir se espaçarem as batidas do meu coração.

A partida

De repente o torpor do domingo à tarde foi sacudido por tremores cujo epicentro não se via, tremores que aumentavam, amplificavam-se tornando-se burburinho, agitação desvairada, depois movimentação geral. Grupos corriam em todos os sentidos, faixas vermelhas lançavam-se a toda pelas ruas do campo, chamavam os chefes de blocos, transmitiam uma ordem, que na mesma hora repercutia pelos barracões, buscavam mulheres isoladas ou grupos de amigas que passeavam conversando e levavam nas mãos a camisa que tinham acabado de lavar, agitando-a para fazê-la secar mais depressa, ou que, sentadas ao longo das paredes, sob as janelas dos barracões, sacudiam os cabelos para arejá-los e aproveitar um dos primeiros dias de sol. E eis que de repente tudo se animava, perguntava, punha-se em movimento. "Vocês são francesas? Então, depressa, para a Lagerplatz. Todas as francesas na Lagerplatz! Reunião!" – "As belgas! Na Lagerplatz. Reunião! Com todos os seus pertences!" Com todos os seus pertences? O que significava aquilo? A gamela, a colher, a escova de dentes e o pedaço de sabonete, para quem tivesse; talvez as cartas de casa, das quais a última datava de maio de 1944; um objeto precioso, como um caco de espelho ou uma faca, obtido depois de tantas negociações... Tesouros irrisórios, cada um dos quais resumia uma longa cobiça e cálculos minuciosos; receitas de cozinha coletadas em pedaços de papel recolhidos à custa de artimanhas ou transações incríveis.

Às centenas, as mulheres saíam dos blocos e dos cantos em que tinham se refugiado para passar com a maior tranquilidade possível uma tarde de descanso, felicidade que era preciso saber aproveitar, uma vez que era um domingo sem punição, uma vez que fazia tempo bom e que se podia até lavar a cabeça com a possibilidade de secar o cabelo ao sol.

Em meio a um barulho crescente de solas de madeira que raspavam no entulho socado das aleias, de gritos que as faixas vermelhas e as kapos soltavam em todas as línguas para dirigirem as prisioneiras aos lugares de reunião, de ordens que se cruzavam por sobre as cabeças, os esquadrões se formavam na praça, em frente às cozinhas. "O que está acontecendo?" Uma certa inquietude dominava. "O que deu neles?" As filas se formavam na desordem e levou muito tempo para que se pusessem nos lugares e lá ficassem. SS chegavam, contavam depois dos chefes de blocos, iam embora, voltavam. Perguntas e rumores circulavam de uma fila a outra.

— Por que estão chamando só as francesas, as belgas e as luxemburguesas?

— Também estão chamando as holandesas.

— E as norueguesas.

— Também há norueguesas? Você conhece alguma?

— Estão evacuando o campo.

— Então por que não todo mundo?

— Por que tentar entender? Você bem sabe que nunca dá para entender.

Enquanto isso, as filas voltavam a se desmanchar e as faixas vermelhas intervinham. Mas ninguém levava em conta seus gritos.

Nós esperávamos. A espera tornou-se entediante.
— Vejam! Parece que estão avançando, na ponta.
— Sim, estão sendo levadas para o chuveiro.
— Então não é evacuação. Não nos fariam tomar banho de chuveiro para nos jogar na estrada.
— Como se fosse a primeira vez que nos mandassem fazer alguma coisa idiota...
— Mesmo assim, por mais que eles sejam ilógicos...

As filas se desfaziam linha por linha, lentamente. Linha por linha, as mulheres entravam nos chuveiros. As que tinham passado primeiro já estavam saindo e as kapos mandavam que formassem outra fila, na rua principal. Quando chegou nossa vez, não havia mais água no chuveiro. Mesmo assim, mandaram-nos tirar a roupa. "Tirem os vestidos. Fiquem de sapato. Devolvam as gamelas." O médico SS estava ali, cercado por SS homens e mulheres, e todos nos examinavam. Continuávamos não entendendo nada, principalmente porque punham de lado as que tinham raspado o cabelo havia pouco tempo. Algumas, pouco numerosas, tinham sido tosadas muito recentemente, sob pretexto de que estavam com piolho. Os SS as empurravam para outra fila e as infelizes, separadas das companheiras, estavam desesperadas. As outras, nuas, levando os sapatos na mão, passavam diante do médico, que as apalpava ao acaso e logo se limitou a olhar para as mulheres que passavam por ele. Terminada a inspeção, uma prisioneira que trabalhava nos chuveiros entregava a cada uma um pacote de roupas listradas iguais às que tinha acabado de tirar, mas sem número. E, de cinco em cinco, saíamos do chuveiro para alongar a coluna que se formava na Lagerstrasse e ganhava corpo à medida que se reduziam os canteiros da Lagerplatz.

Nós esperávamos e continuávamos nos perguntando. "Você está entendendo alguma coisa?" E de repente um rumor faz as filas palpitarem: "Estamos liberadas. As francesas estão liberadas". Sorrisos cansados acolhem a notícia.

— E por que não? No mês passado eles soltaram as que partiram com as canadenses.

— Talvez tenham partido. Mas por acaso você ficou sabendo se chegaram?

— Vão nos soltar para irmos aonde? Decerto vão nos jogar para fora assim... Com os SS e os cães...

Outros rumores esclareciam:

— Há caminhões esperando na frente do campo.

— Sim, chegaram ontem à noite.

— Caminhões? Você viu?

— Não, foi Martha quem disse. Ela viu.

— Pois só acredito vendo.

— E mesmo que você veja... Quem disse que esses caminhões são para nós?

— Seja como for, alguma coisa está acontecendo...

— Também poderia ser um transporte clandestino...

— Você seria capaz de desmoralizar um regimento inteiro.

Novos grupos saíam do chuveiro e vinham engrossar a coluna.

— Não trocamos de roupa. Não passamos pelo chuveiro. Eles nos mandaram arrancar os números e jogar numa cesta.

— Não tem mais água nem vestidos.

O dia ia escurecendo. Alguém disse: "Acho que está chovendo. Senti um pingo". Estendemos a mão para verificar. Era uma chuvinha, uma chuva que não nos incomodava muito. A excitação do início tinha diminuído. Estávamos começando a sentir frio, cansaço, a achar que estava demorando muito. Nada a fazer além de sapatear no lugar. Estavam esgotadas todas as conjecturas.

De repente eis que Pflaum chega de bicicleta, salta, joga a bicicleta para o lado e diz a uma das SS que vigiavam a coluna: "Elas não vão embora agora. Para o Straffblock, passar a noite!".

Imediatamente a notícia se espalha. "Vamos para o Straffblock", e o medo aperta todo mundo. O bloco disciplinar, um pouco afastado atrás de um muro, inspirava pavor. Não se sabia o que acontecia lá, com certeza coisas temíveis.

Lentamente, com andar cansado, a coluna se dirige para o barracão, engolfa-se nele. O barracão estava vazio. O que fizeram de suas ocupantes, as castigadas? O piso acabara de ser lavado, ainda estava molhado. Fomos acolhidas por um cheiro de madeira úmida. "Para a cama! Vão se deitar", gritou a chefe de bloco, uma alemã.

"E vão economizar a ração de pão." O pão do jantar não tinha sido distribuído. No entanto, ninguém estava muito preocupada com isso. Exauridas pelas horas de espera, todas só queriam se deitar. Quando Mado e eu entramos no barracão, todos os leitos estavam ocupados. Só nos restava sentar no piso molhado do refeitório, no fundo do qual mesas e banquinhos tinham sido empilhados. Em pequenos grupos, as recém-chegadas iam se sentando no chão e logo se entrelaçaram perguntas de um grupo para outro:

— Você acha mesmo?

— Ah, só pode ser! Desta vez parece certo.

— Para evacuar o campo eles não teriam tirado nossos números.

— Nem nos fariam passar pelo chuveiro.

— Quando deixamos Auschwitz, devolveram nossos pertences.

— No ano passado eles tinham tempo. Desta vez parece que não têm.

— Sim, mas para ir aonde? Dizem que os americanos estão a cinquenta quilômetros.

— Justamente. Para nos entregar ao primeiro posto americano.

— Você está delirando. Ainda estão em combate. Vão nos fazer atravessar a linha de fogo?

— Vai ter um cessar-fogo enquanto estivermos passando.

Risos céticos responderam. Como era otimista aquela uma!

Umas se deitavam, mudas, no limite das forças. Outras, encostadas na parede, mediam sua respiração como se não tivessem certeza de chegar ao dia seguinte, punham a mão no peito como que para ajudar o coração a bater. Aqui e ali, as conversas continuavam, oscilando entre a esperança — um pouco forçada —, o receio, e tudo só em frases interrogativas.

— Qual a primeira coisa que você vai querer quando estiver livre?

— Comer. Um frango só para mim. Um frango assado, bem cozido, com os ossos se soltando.

— Prefiro alguma coisa crocante.

— Eu enfiaria uma coxa inteira na boca...

— Com o caldo escorrendo... Ah, não. Eu ficaria muito contente de usar faca e garfo, de cortar num prato.

— Eu gostaria de um bom chocolate, bem doce, bem grosso, e um pão com manteiga. A mesma quantidade de manteiga e de pão para que todos os meus dentes ficassem marcados na manteiga grossa.

— Acho que eu começaria por um banho quente. Perfumado com sais de lavanda.

— Dama de luxo!

— Pois eu, não. Primeiro eu ia me deitar. Não teria ânimo para tomar banho.

– Um bom banho quente é agradável.
– No dia seguinte. Antes de tudo: me deitar, e que me tragam comida na cama.
– Pois eu, se me deitar, tenho a impressão de que não vou acordar no dia seguinte. Vou dormir dias e dias.
– Eu ia querer um cigarro. De verdade. Um cigarro só para mim.

Raras vezes tínhamos conseguido um cigarro. Ciganas, que os roubavam dos SS, vendiam um cigarro por uma ração de pão. O cigarro rendia uma tragada para cada uma das que tinham contribuído para comprá-lo, que se submetiam à censura das outras: "Estão loucas? Trocar alimento que vocês têm na quantidade justa para não morrer...".

– E você, o que vai querer?
– Eu, nada.
– Nada?
– Não. Nada. Acreditar. Ter certeza. Me habituar.
– Deve ser rápido se habituar.
– Habituar-se a levantar tarde, a ir aqui e ali, à vontade... Não, isso não volta rápido.
– Não é com isso que devemos nos preocupar.
– Tem razão, ainda não é hora.

O cansaço vencia as mais resistentes. O tom baixava, as vozes se afrouxavam. Silêncios interrompiam os murmúrios e, nesses intervalos de silêncio, ouviam-se as respirações oprimidas das que estavam encostadas na parede, de boca aberta, de olhos fixos. A todo instante alguma mulher saía do dormitório, outra se levantava de seu canto. Pulavam por cima das que estavam sentadas no chão para ir ao banheiro, ou perguntavam:

– Alguém tem um copo? Margot precisa tomar água, está passando mal.
– Mamãe Suzon não vai aguentar. Está ofegante. Estamos assustadas.

Gritos, de início distantes, de repente dominavam os murmúrios.

— É Jeannette. Está delirando. Está ardendo em febre.

— Eu me pergunto como a deixaram passar na inspeção. É evidente que está com tifo.

— Você queria que impedissem que ela fosse embora?

Sentada ao lado de outras tifosas, todas elas imóveis, trêmulas, com os lábios descorados no rosto amarelo--escuro, quase marrom, Jeannette se abatia.

As conversas recomeçavam.

— Eu vou chegar sem dizer nada. Olá! Aqui estou!

— Vai ter de ser assim. Você acha que o telefone está funcionando, na França?

— Não vamos chegar uma por uma. Vão nos esperar na estação.

— Seja como for, é extraordinário chegar para o 1º de maio.

— Você quer desfilar no 1º de maio?

— É claro. Já perdemos a Libertação.

— Pois eu, longe de mim desfilar. Obrigada. Já desfilei bastante aqui.

— Não vai ser de cinco em cinco...

— Cinco em cinco, dez em dez, para mim chega de desfile.

— É como você dizer que nunca mais vai acordar cedo porque aqui acordava às quatro da manhã.

— Justamente. Nascer do sol já vi o suficiente por todos os dias da minha vida. Se eu vir mais algum, vai ser voltando de uma sopa de cebola em Les Halles. E olhe lá...

— Ao voltar, vamos encontrar mudanças.

— Ah, sabe, muita coisa já tinha mudado quando partimos, no ano passado.

— É verdade que não faz um ano que vocês estão aqui.

— É muita tolice se deixar pegar em Romainville quando os americanos estão na Porte d'Orléans.

— O mais engraçado é que partimos quase alegres. Estávamos convictas de que era uma viagem de ida e volta. Questão de ver o que era e trazer as notícias para vocês.

— Como foi longo o inverno. Como demorou depois que Paris foi libertada. Devem ter lutado até o fim.

— E você acha que lutaram até o fim para nos soltar assim?

— Quando saí de casa, tinha posto a roupa suja para ferver.

— Deve estar cozida.

— Não, o tira apagou o gás.

— Realmente um anjo da guarda.

— Alguém deve ter ido à sua casa e arrumado tudo.

— Não, ninguém sabia onde eu morava.

— Você podia ter mandado um cartão-postal.

— Idiota!

— Veja só, é isso que eu gostaria de fazer. Ir à tabacaria de Ravensbrück e comprar cartões-postais.

— Você não tem marcos.

— Eu não perderia mais um minuto do meu tempo neste lugar. Quando for solta, não vai ser para visitar os arredores.

— Estou com pressa de sair, mas não de voltar. Sei o que me espera e o que não me espera. Se eu voltar, serei a única sobrevivente da família.

— Você vai para a minha casa, somos mais de trinta.

— De onde você é?

— Do Poitou. Quando voltar, vou pedir um prato de mongettes.

— Do quê?

— O que é isso?

— Feijão. Feijão branco cozido com o couro de toucinho. Minha mãe faz... É gorduroso, derrete na boca!

— Vocês sempre falam em comer, nunca em beber.

Quanto a mim, eu gostaria de alguma coisa boa para beber, boa de verdade.

– Um bom café.

– Você acha que vão nos dar café antes de partir? Estou com uma sede...

Tudo se cala. A porta se abre abruptamente, Pflaum aparece, ofegante como se tivesse corrido. A chefe do bloco, que está deitada num canto perto da porta, vai até ele. "Mande-as de volta para o bloco delas. Elas não vão embora", ele diz em alemão e vira as costas.

"O que foi? O que ele disse?"

Com certa hesitação, a voz de uma mulher que estava sentada perto da porta se levanta: "Ele disse: mande-as de volta para o bloco delas. Elas não vão embora".

Um momento de estupor. Um grito. Um estertor. Um grito mais longo. Como se tudo desmoronasse.

A chefe do bloco atravessa o refeitório e grita: "De pé! À chamada". À chamada! Cada uma se sente presa num pesadelo. A chefe do bloco ainda berra: "Em fila! Em fila lá fora! Voltem a seus respectivos blocos!".

As que dormiram saíram aturdidas do dormitório. "O que está acontecendo? Vamos partir?"

Deviam ser quatro horas da manhã. Era noite escura. Pesadamente, estupidamente, formam-se as filas. Fazia frio, um frio úmido que nos penetrava depois daquela noite aquecida por nossos corpos próximos. A chefe do bloco grita a plenos pulmões: "Coloquem-se em fila para a chamada com seus respectivos blocos!"

As mulheres saíam, titubeantes, aparvalhadas. Arrastavam-se as doentes que ainda tiveram um sobressalto de vida para caminhar rumo à liberdade, e agora já não conseguiam se manter em pé. Algumas, quase sem consciência, moviam os lábios para pedir uma explicação. Ninguém conseguia dizer nada, explicar nada.

Passo a passo, umas ajudando as outras, nós nos juntamos às antigas companheiras já alinhadas para a chamada. Elas nos olham sem compreender, mas sem perguntar. Fazia muito tempo que tinham perdido o hábito de fazer perguntas, as velhas prisioneiras, as tchecas, as polonesas.

Depois da chamada, retomou-se a rotina, mas de um modo estranho. Já não nos mandavam ao trabalho. As faixas vermelhas já não policiavam as ruas do campo. Bastara aquele simulacro de partida para que todo o sistema se desarranjasse. A sopa ficava pronta a uma hora qualquer. Às vezes não havia sopa, outras vezes havia sopa demais.

Estávamos desocupadas, confusas. Íamos de cá para lá, no campo, tentando ler na expressão dos SS os sinais que revelassem seu desvario ou sua intenção. Não encontrávamos muitos SS. Procurávamos as que trabalhavam nos escritórios; talvez informassem alguma coisa. E a cada dia víamos morrer esta ou aquela, que estavam com a vida por um fio, que talvez pudessem ter sido salvas se fossem soltas naquele dia. Morreram de emoção, de decepção. Morreram por terem deixado a esperança bater em seu coração.

Não se via nenhuma fisionomia que não fosse pergunta, que não estivesse morrendo de vontade de perguntar:

— Será que vamos partir? O que você acha?

— Nada. O que pensar?

— Ouça. Eles têm de nos liberar. Não vou aguentar. Não aguento mais.

A voz quase inaudível, os lábios encolhidos, as pupilas dilatadas, ela me olhava e seu olhar suplicava: "Eu vou morrer", dizia seu olhar. "Vou morrer se não sair daqui imediatamente."

— Agora já não vai demorar muito. Faça mais um esforço.

— Não, não posso mais. Garanto. Desta vez não posso mais.

Era verdade. Impossível negar. Ela se agarrava a mim, mole como uma planta murcha. E todas as outras? As órbitas fundas, as pálpebras chumbadas, onde encontrarão força para aguentar nem que sejam alguns dias? Seu olhar suplicante era o único ponto vivo daqueles corpos já tomados pela morte.

No fim, sobrecarregada por aquelas perguntas às quais de fato eu não podia responder, tomei a decisão de dizer:

— Sim, sim, vamos partir. Vamos partir no dia 23.

— Quando é dia 23?

— Segunda-feira que vem.

— Por que dia 23? Você sabe? Como sabe?

— Eu sei. Não me pergunte como. Vamos partir no dia 23.

— Não sei se vou aguentar.

— Claro que vai aguentar. Vá se deitar.

Depois de fazer as contas mentalmente, ela ainda perguntava:

— Por que no dia 23?

— Porque tudo o que me acontece é sempre no dia 23.

O rapaz que havia alguns dias se sentava a meu lado na aula, que daquela vez deu um jeito de estar a meu lado na hora em que saí, e que perguntou, sem se atrever a olhar para mim: "Em que direção você vai? Posso acompanhá-la?", ia andando à minha direita, em silêncio. Descíamos o boulevard Saint-Michel. Era ao anoitecer, depois de um aguaceiro. Andávamos em silêncio e ele procurava um meio de puxar conversa. Olhando-o de soslaio, eu via que ele estava cada vez mais embaraçado para encontrar o que dizer. Eu achava aquilo engraçado e não fazia nada para ajudar.

Na esquina do boulevard Saint-Germain, beirando a cerca de Cluny, havia uma banca de flores: um cesto de vime revestido por um tapete de mechas verdes imitando capim, sobre o qual eram dispostos em degraus buquês de violetas. Uma ardósia enfiada entre as violetas dizia: Hoje 23 de abril. São Jorge[39].

— É meu dia — disse o rapaz, finalmente.
— Você se chama Georges?

Encorajado, ele disse:

— Tenho sorte de encontrá-la para festejar meu dia.
— São Jorge é um belo santo. É magnífico, com sua armadura escura, os belos cabelos dourados flutuando sobre os ombros, montado em seu cavalo com a lança comprida enfiada na goela do dragão.
— Eu gostaria de lhe agradar tanto quanto ele — disse o jovem, que venceu a timidez a ponto de pegar no meu braço. Eu o achava muito bonito. Mais tarde ele me contou que se viu tentado a me dar um buquê de violetas e que só não o fez por medo de que eu zombasse dele.

Foi também num dia 23, 23 de maio, que fui chamada à sua cela, na Santé, onde eu também estava presa, para me despedir. Meu belo são Jorge que ia morrer esmagando o dragão, meu belo são Jorge tímido e corajoso.

Mas naquele momento, em Ravensbrück, dando às suplicantes a esperança de que partiríamos no dia 23, eu não me entregava às minhas lembranças. Ainda não era hora de se entregar.

Por que eu disse que iríamos embora no dia 23? Não sou supersticiosa. Por impaciência. Por caridade. Porque eu já não suportava aqueles olhares que buscavam uma luz de esperança, uma migalha de certeza. E dizia: "Vamos partir no dia 23" com uma segurança tão bem encenada que elas se afastavam de mim reconfortadas.

---

39 Em francês, Saint-Georges.

Partimos no dia 23, dia 23 de abril. Se Mado não estivesse lá para confirmar, eu não ousaria lembrar minha predição.

A despedida

Com o barulho da chave na fechadura, nós acordamos. O dia mal acabava de nascer. A cela estava muito pouco iluminada. Um soldado, em pé no enquadramento da porta, chamou meu nome e ordenou que eu me vestisse, com seu sotaque que transformava as palavras, que dava às palavras um significado mortal. "Vista-se, se quiser ver seu marido – ainda." Ele marcou um tempo antes do "ainda". Um significado mortal. Retirou-se para o corredor, deixando a porta entreaberta, enquanto eu me vestia. Minhas companheiras de cela também se levantaram. Estendiam-me minhas coisas, ajudavam-me com gestos de gentileza e piedade, seu único meio de me expressar sua gentileza e sua piedade. Ladeada por dois soldados, atravessei corredores escuros, longos, com ramificações e curvas, um itinerário complicado. As botas dos soldados ressoavam nas lajes. Andávamos depressa.

Minha vontade era andar mais depressa. Deixaram-me numa cela cuja porta estava aberta. Apoiado na parede, Georges me esperava. Nunca esquecerei seu sorriso.

Mal tivemos tempo de dizer tudo o que desejaríamos nos dizer. Um dos soldados me chamou. "Senhora!", sempre com seu sotaque que dava às palavras um significado mortal. Respondi com um gesto: Espere. Mais um minuto. Dê-nos mais um minuto, mais um segundo, dizia meu gesto. Ele me chamou de novo e não larguei a mão de Georges. No terceiro chamado, foi preciso partir, como Ondine[40], que o rei dos ondinos precisou chamar três vezes quando ela se despedia do Cavalheiro que ia morrer. Na terceira vez Ondine esqueceria e voltaria ao fundo das águas, e tal como Ondine eu sabia que esqueceria, pois continuar a respirar é esquecer, pois continuar a lembrar é esquecer, e há mais distância entre a vida e a morte do que entre a terra e a água à qual Ondine voltava para esquecer.

Os soldados me conduziram de volta à minha cela. Quiseram me empurrar porque eu permanecia imóvel no umbral, impedindo-os de fechar a porta. Entrei na cela. Minhas companheiras vieram ao meu encontro. Vacilei – ah, pouco, quase como se perdesse o pé – e elas me deitaram. Não me perguntaram nada. E eu não lhes disse nada, nada do que tinha dito a ele, a ele, que ia morrer.

---

40 Referência à peça teatral *Ondine*, de Jean Giraudoux (1882-1944).

Eu lhe disse
como você é belo.
Era belo por sua morte a cada segundo mais visível.
É verdade que torna belo
a morte.
Já notaram
como são
os mortos, destes tempos
como são jovens e musculosos
os cadáveres deste ano.
Rejuvenesce todos os dias
a morte
este ano
ontem um rapazinho
não tinha dezenove anos.
Bem sei que nada há como ela
para embelezar um ser vivo
devolver o rosto da infância.
Ele era belo com sua morte
a cada segundo mais belo
que ia posar sobre ele
colar-se a seu sorriso
a seus olhos

a seu coração
a seu coração que batia
muito vivo.
Tanto mais horrível quanto mais belo ele era
tanto mais horrível quanto são
mais jovens e mais belos
todos
deitados lado a lado
belos eternamente
e fraternos
alinhados
quando se colhe o homem como o trigo
o trigo na sua estação de grão maduro
o homem na sua estação
no verão da revolta
quando se abate o homem como o trigo
o olhar diante do aço
peito exposto
peito rompido coração perfurado
os que tinham escolhido.

É o que o tornava tão belo
ter escolhido
escolhido sua vida, escolhido sua morte
e ter olhado adiante.

A última noite

Com exceção de alguns detalhes, tudo aconteceria como no domingo anterior. Burburinho, gritos, aglomeração diante das cozinhas no início da tarde. Também era um domingo.

Formamos fila. Contam-se as filas. Ordens cruzadas, mais brandas, menos gritadas que no domingo anterior. Tal como no domingo anterior, nada havia transpirado, nada levara a pressagiar que repetiríamos a cena da partida. De repente, depressa, as francesas, as belgas, as luxemburguesas teriam de ir para a Lagerplatz. Recontam-se as filas. As chefes de blocos com seus grandes registros ao colo comparam os números resultantes das mulheres reais com os números de suas anotações. São longas todas aquelas contas. São longas todas aquelas verificações.

"Então, vamos voltar ao chuveiro? Eu bem gostaria de que desta vez tivesse água."

Não houve nem chuveiro nem triagem. Só uma formalidade suplementar. Desde o domingo anterior, como já não tínhamos número nos vestidos nem nos casacos — enfim, suponho que fosse por isso –, decidiram anotar as identidades. Mesas feitas de tábuas colocadas sobre cavaletes foram instaladas numa rua lateral. Duas prisioneiras da Politische estavam sentadas, com cadernos abertos à sua frente. As da ponta final interrogavam as primeiras: "O que é para fazer? O que estão escrevendo? O que estão perguntando?".

As primeiras diziam e a informação passava de fila em fila:

— Estão perguntando nome, data de nascimento, sobrenome e nome do pai e sua data de nascimento.

— Data de nascimento de quem?

— Do pai.

Melhor saber do que se tratava e preparar-se para responder sem hesitar. Para algumas, era necessário um tempo de reflexão. Não é porque alguém inventa um nome falso para si mesma que pensa em inventar um pai, com nome e data de nascimento. E, para as que tinham respondido àquela pergunta na chegada, era preciso lembrar o que tinham dito ou o que tinham escrito em sua ficha de entrada.

— Não me lembro de jeito nenhum do nome que dei ao meu pai.

— Você não está sob seu nome verdadeiro?

— Meu nome verdadeiro eles nunca encontraram, nem os franceses.

— Facilita as pesquisas.

— E se você tivesse morrido?

— Eu teria morrido sem estar morta. A imortalidade é isso.

— Você acha que isso tem importância? Está parecendo uma bela confusão.

— Desta vez vamos embora. Sem dúvida, agora.

— Parece que vocês não os conhecem. Na fortaleza em que estávamos, um dia de manhã foram procurar uma prisioneira. Fizeram toda a encenação de uma soltura. Devolveram-lhe a bolsa e os documentos. Até lhe desejaram boa viagem, e ela foi parar numa cela de condenados à morte. Gostaria de saber o que foi feito dela. Não foi transferida conosco para cá.

– É o que você tem de mais alegre para lembrar?

– Ache para mim o nome do meu pai e a data de nascimento dele.

– Diga qualquer coisa. Garanto que esse circo deles não significa mais nada. Já nem devem saber o que fizeram com a papelada.

– Devem ter queimado tudo para que os Aliados não encontrem nada.

– Então por que precisam de outros, de mais papéis? Podiam nos libertar sem identidade. Seja como for, vamos viajar sem passaporte.

– É a primeira vez que você os vê juntar papelada inútil?

– Estão disfarçando, antes de fugir. Vamos embora, eles desaparecem. Não querem ser feitos prisioneiros.

– Vão evaporar, pfft! assim! Como no cinema.

– Outro dia, uma SS (você reparou que há algum tempo todas levam sempre uma maleta na mão?), outro dia uma SS deixou cair a maleta, que se abriu e tudo se espalhou pelo chão. Eram trajes civis: uma saia, uma blusa, uma jaqueta, sapatos. Uma muda completa de roupa completa. Jeanne viu. É mesmo para sumir, não é?

Avançávamos lentamente. O registro das identidades era lento. As que escreviam eram tchecas e polonesas. Tinham dificuldade para entender e não sabiam escrever o que dizíamos. Que não contem conosco para ajudar! Não que tenhamos alguma coisa contra elas, não. Achávamos até bom que as identidades fossem erradas.

As filas tinham se desmanchado. Mulheres SS estavam ali para supervisionar, mas pareciam aborrecidas e não interfeririam para que se respeitasse a ordem ou se mantivesse o alinhamento.

— De fato, é o fim.

Certamente, a disciplina relaxara. As mais cansadas sentavam no chão; outras iam de grupo em grupo para bater papo. De repente, sem que se soubesse de onde tinha vindo, um carrinho de plataforma, puxado por duas faixas vermelhas, aparece na aleia. As SS chamam e as filas que esperavam para passar pelas mesas se deslocam rumo ao carrinho no qual estavam empilhadas caixas de papelão. Faixas vermelhas e SS distribuem as caixas. Uma para cada uma. Eram pacotes da Cruz Vermelha canadense. Na mesma hora cada uma trata de abrir seu pacote e já não pensa em ir para a mesa das identidades. No entanto, todas nós acabamos passando por ela, em grande confusão, e foi preciso novamente formar colunas de cinco em cinco na Lagerplatz.

O dia terminava. Como no domingo anterior, chovia, uma chuva fina que retardara os registos nos cadernos de identidades. Comendo o que havia no pacote, à medida que descobríamos: biscoitos, pão em fatias ressecadas, uma lata de corned-beef, muitas outras coisas, tudo bem arrumado na caixa, nós esperávamos. Esperar, sempre esperar, eles nos fariam esperar até o fim... Remexíamos nossas caixas e anunciávamos o que encontrávamos. Eram rigorosamente iguais. Havia até um maço de cigarros americanos. Foi o que abri primeiro. Peguei um cigarro. Segurei-o entre os dedos, meio desajeitada, e pensei: podiam ter colocado fósforos. Evidentemente não pensaram nisso. Os embrulhos eram para soldados e os soldados sempre têm fogo. Senti uma vontade irresistível de acender aquele cigarro. Com andar tranquilo, aproximei-me da SS e lhe pedi fogo. Sem mostrar hesitação ou surpresa, com muita naturalidade, como na vida civil, ela tirou um isqueiro do bolso e o estendeu para mim. Acendi o cigarro e dei uma tragada, debaixo do nariz da SS, e lhe devolvi o isqueiro. Ela o pegou e disse: "Danke". Decididamente, era o fim.

O cigarro não era tão agradável quanto eu esperava. O primeiro cigarro, eu deveria ter previsto. Fumei-o mesmo assim, até o fim, me forçando um pouco. Minha cabeça girava.

Tudo estava muito bem embalado naquele pacote. Havia muitas tampas de modelo desconhecido, de desatarraxar ou de tirar após puxar uma lingueta de metal. Depois de comer tudo o que se apresentava sob forma mais fácil: os biscoitos, o chocolate, o açúcar, algumas se lançavam à lata de manteiga, mergulhavam dois dedos nela e punham um pedaço de manteiga na língua para chupá-lo como bala.

— É manteiga salgada.

— Estou comendo alguma coisa, não sei o que é, é muito bom.

— Deixe-me ver! Ah, a lata azul. É manteiga de amendoim. É fortificante.

Nós esperávamos. A espera não terminava. A chuva tinha parado. O céu se abrira. Tinha anoitecido. Os holofotes se acenderam. E, como no domingo anterior, vimos Pflaum aproximar-se de bicicleta, largar o guidão e falar para uma das SS: "Elas não vão embora hoje à noite", indicando para que blocos deveriam nos mandar para passar a noite. E, como no domingo anterior, as perguntas dispararam, ansiosas.

— O que ele disse? Você entendeu? Você, que sabe alemão, você entendeu?

— Ele disse que não vamos hoje à noite.

— Estão nos dando o mesmo golpe do domingo passado.

— Está vendo, não vamos embora — me disse uma baixinha de fisionomia desfeita.

E eu, imperturbável:
— Eu disse que íamos no dia 23. Dia 23 é amanhã.
— Você continua achando que vamos embora?
— Amanhã. Tenho certeza.

Ela me agradeceu com um olhar que só pedia para acreditar, mas que empalidecia.

— Coragem, vamos. É a última noite aqui.

A coluna desmoronou e atravessamos o campo inteiro, toda uma parte deserta no fundo do campo, para nos instalarmos em barracões vazios. Imediatamente todas se apossaram das camas. Dessa vez, eram suficientes para todo mundo. Estávamos mortas de cansaço e sabíamos muito bem quanto vale uma noite de sono para não nos deitarmos assim que possível. Agarradas a seus pacotes preciosos, todas se deitaram. Menos eu.

No pacote havia uma lata de café solúvel. As instruções diziam que podia ser preparado com água fria. Um café, um cigarro! Tudo o que eu mais desejava. Tinha guardado um copo, um recipiente esmaltado marrom-avermelhado, com asa, como uma caneca — eu nunca me separava do meu copo. Despejei nele uma dose dupla de pó, usando uma colherinha de papelão que vinha dentro da lata e correspondia à dose para uma xícara. Achei muito pouco. Pus mais. Na torneira da pia, deixei correr água com cuidado, quase gota a gota, para não desperdiçar o pó e conseguir um café bom de verdade, bem forte. O açúcar demorou para se dissolver no líquido frio. Esperei pacientemente. Por um prazer de verdade, pode-se esperar. Infelizmente, eu já não tinha fogo para acender um cigarro para acompanhar o café. Azar. Fica para amanhã. Tomei meu café aos pequenos goles. Não gostei tanto quanto eu tinha calculado. Estava amargo. O primeiro café... Seria preciso se reabituar aos prazeres, aos sabores, ao sabor do café, ao sabor do fumo. Além disso, talvez fosse por causa do produto, e aquele café solúvel podia não ser igual ao café de verdade. Tal como com o cigarro, me forcei um pouco para terminá-lo. Passei uma água no copo e fui para o dormitório, onde minhas amigas tinham guardado para mim um lugar perto delas. Assim que me deitei, tive uma sensação estranha. Perguntava a mim mesma o que estava acontecendo. Uma angústia me apertava a garganta. Era sacudida por batimentos do coração tão violentos que o barulho me enchia os ouvidos. Meus ouvidos martelavam a ponto de doer, meu coração saltava no peito a ponto de doer, e, dilatando as narinas e escancarando a boca para respirar, eu estava me sentindo sufocada.

– Aonde você vai? – perguntou Mado, ao me ouvir descer.

Fiz um gesto na direção dos banheiros. No escuro, decerto Mado não viu meu gesto. Voltou a adormecer na mesma hora. Saí do dormitório. Estava sufocada. Com falta de ar. Consegui ir até a entrada do barracão e abrir a porta. Eu ofegava, estava desfalecendo. Em pé, encostada no batente da porta, o rosto voltado para a noite, segurava meu coração com as duas mãos para comprimir seus ferimentos. Meu vestido me incomodava. Desabotoei o vestido. *O misantropo*, aquele pequeno volume rígido ao qual me tinha habituado, que até me aquecera durante o inverno, *O misantropo* me incomodava. Joguei-o aos meus pés. Tentava aspirar ar e a cada inspiração achava que ia morrer. A última noite em Ravensbrück. A minha última noite. Ia morrer agora que sabia *O misantropo* de cor e não precisaria mais dele. Eu estava delirando. Ia morrer tão estupidamente quanto aqueles que fazem apostas estúpidas. Meu coração saltava até a garganta, apertava-me a garganta a ponto de me estrangular. Eu contava cada respiração como se fosse a última.

Doía, doía, doía. No vão da porta, o rosto enregelado pela noite, as têmporas martelando – ah, como me doíam as têmporas –, a testa suando, e era o suor da angústia, eu não conseguia impedir minha boca de se retorcer, meu coração de bater para todo lado, e pensava que de fato era uma grande estupidez. Morrer no umbral daquele barracão, no umbral da liberdade, porque desta vez eu acreditava, era mesmo a libertação, muitos sinais indicavam.

A noite estava clara e fria. A lua se levantara acima dos barracões, muito grande, muito próxima. Sua luz azulava os telhados, tornava-os reluzentes. Eu olhava a noite e ofegava e crispava minha vontade para manter meu coração até de manhã. Resista, resista, imbecil. Não era a primeira vez que eu comandava meu coração. Até então, tinha sido para forçá-lo a bater.

Aos poucos, os batimentos se espaçaram, minha respiração se ritmou. Mas a noite havia terminado. Eu ficara em pé a noite toda. Estava tão contente por ter aguentado até o fim da noite que não sentia nenhum cansaço. A noite tinha terminado para dormir, mas ainda não era de manhã. As estrelas estavam frias no céu da noite, a lua subira alto no céu escuro. Duas kapos chegavam, apitavam, e num piscar de olhos todo mundo estava em pé. Minhas companheiras me procuravam: "Onde você estava? Estava passando mal?". Elas traziam meu pacote que eu tinha deixado em cima da cama. "Não, não foi nada. Já passou."

Na hora não lhes disse por que tinha passado mal à noite. Estava com muita vergonha, e vergonha de ter tido medo de morrer. Uma velha deportada como eu... Vinte e sete meses de campo durante os quais a cada minuto tinha economizado minhas forças, controlado meu coração, calculado o menor dos meus gestos, o menor passo, para aguentar mais uma hora, mais um dia, e pronto... Comportar-se como uma novata, como uma idiota.

Duas SS chegavam atrás das kapos e mandavam formar as filas em frente do barracão. Berravam sem conseguir resultado. As mulheres saíam do barracão, se alinhavam, e de repente, sem que se soubesse por quê, tudo se desmanchava, todo mundo recuava. SS e kapos berravam cada vez mais alto, agarravam mulheres aqui e ali para forçá-las a se manter em fila, não adiantava. As mulheres se recusavam e uma força invisível as puxava para trás.

No meu grupo, nunca tínhamos muita pressa de sair. Nunca éramos as primeiras nem as últimas. Tínhamos aprendido por experiência que é em cima das primeiras e das últimas que chovem as pancadas. No meio, geralmente há uma acalmia, o tempo para que os bastões, cansados da primeira onda, recuperem o ardor.

Ao sair, não entendemos por que as filas se desmanchavam à medida que se formavam, por que se refaziam adiante sob o comando das kapos e voltavam a recuar em desordem. Tomamos lugar na coluna, bem perto da porta. Todas as que estavam na nossa frente deixavam as filas e corriam para se colocar no fim. Nós não saíamos do lugar e continuávamos sem entender por que as da frente se agitavam tanto. Ninguém queria ficar na frente, de modo que, como não saímos do lugar, acabamos ficando entre as primeiras. Então entendemos a razão da debandada.

Bem de frente para nós, quatro SS de capacete estavam em posição, com um joelho no chão atrás de metralhadoras apontadas para a aleia, para um tiroteio ininterrupto. O luar captava raios pálidos nos canos das metralhadoras. Nossa decisão foi tomada rapidamente, e sem que tivéssemos de combinar. "Se eles querem atirar... Um minuto antes ou um minuto depois, melhor cair já." Eu, que à noite tivera tanto medo de morrer, não sentia medo nenhum. Nós cinco estávamos muito calmas. Depois de tantos anos, nada podia abalar nosso sangue-frio.

Nós cinco, de braços dados, ficamos firmes na primeira fileira e gritamos para as outras, atrás de nós: "Tomem seus lugares. Eles vão embora".

A coluna se formou. SS e kapos pararam de berrar. Houve um momento de silêncio depois de uma longa marcação de passo, depois as kapos gritaram: "Los!". Marcha, e a coluna se pôs em marcha, direto ao encontro das metralhadoras, que não atiraram.

Decerto era a última gracinha do comandante.

Ao me despir à noite, na Dinamarca, percebi que tinha esquecido meu *O misantropo*.

A manhã da liberdade

O homem que surgia aos nossos olhos era o mais bonito que tínhamos visto na vida.

Ele olhava para nós. Olhava aquelas mulheres que o olhavam, sem saber que, para elas, ele era tão perfeitamente belo de beleza humana.

Em pé no estrado, na entrada – coisa surpreendente na qual ainda não pensávamos, a entrada podia ser a saída –, sem dúvida ele nos esperava chegar. Sozinho, ao lado de um grupo de capas de chuva com chapéus de feltro de abas moles.

As duas folhas da porta estavam abertas. O holofote acima da entrada lançava sua luz no escuro. O homem olhava até onde a luz levava seu olhar, e eis que se desenha uma primeira fileira de cabeças, cabeças que avançam para a luz, avançam e são seguidas por outras cabeças enfileiradas, mais outras, e o homem só olha aquelas cabeças que se avolumam ao seu encontro, olha-as, duvidando da realidade daquelas cabeças e daqueles olhos, tão fascinado por aquelas cabeças que a luz torna mais lívidas que não consegue desprender o olhar para ver os corpos, para ver os pés. Ao ver os corpos e os pés, duvidará ainda mais.

Olha aquela faixa de manchas pálidas que são as cabeças sobre o fundo de escuridão, aquela faixa que se desenrola lentamente, em silêncio, e avança. Agora ele distingue os rostos, e todos os olhos estão fixos nele, mas são olhos tão habituados a permanecer apagados aos espetáculos menos críveis que não tornam visível para o homem o que sentem. O espanto. A interrogação.

A coluna avança. Nenhuma emoção. Nada. As fisionomias só são marcadas geral e profundamente por um longo e velho sofrimento, por uma longa e velha luta. Parece que a vontade e a dor se colaram nos rostos – talvez ao entrarem naquele lugar, ao transporem o umbral em que está o homem – e endureceram para sempre.

A coluna avança. A porta está aberta, a barreira, baixada. A coluna se detém na barreira. As mulheres olham para o homem, esperam, e o homem também espera. Ele espera que no extremo da aleia iluminada esquadrinhada pelo holofote as últimas tenham se imobilizado. A coluna inteira se detém. Todas as mulheres conseguem ver o homem e todas olham para ele com seus olhos que não dizem o que estão vendo, olhos obrigados há muito tempo a não expressar nada, a não deixar transparecer nada. E talvez não houvesse em cada um daqueles seres nenhuma emoção – de tanto se enrijecer e se dominar, não se sente mais nada.

O homem olha as mulheres. Quanto a ele, percebe-se que faz um esforço para não mostrar os sentimentos que o afetam.

As mulheres olham o homem e não o veem. Isto é, não o veem em seus detalhes, naquilo que o distingue como homem. Só veem um homem, uma efígie dos humanos esquecidos. E isso é mais surpreendente do que a própria presença do homem.

A coluna inteira parou. Os passos pararam. Esperamos.

E ele fala. Ele, o homem. As capas de chuva de chapéu mal se voltam, fingem não dar atenção a ele nem a nós.

O homem pergunta – uma frase cujas sílabas ele destaca, num francês aprendido, com um sotaque desconhecido para nossos ouvidos treinados em todos os sotaques da Europa central e oriental –, ele pergunta: "Vocês são todas francesas?" acentuando os *e* mudos. É a nós que ele está se dirigindo? É possível que alguém nos pergunte alguma coisa? Ninguém responde.

Finalmente, da primeira fileira, ouve-se:
– Sim.
– Vocês são todas as francesas? – ele insiste no "as".
A voz da primeira fileira responde, com a aplicação que se tem para com os estrangeiros:
– Não, há as doentes na enfermaria.
O homem diz:
– Peguei as doentes ontem, 110 doentes.
A voz da primeira fileira reponde:
– Nesse caso, estamos todas aqui.
(E não era verdade. O comandante do campo, na véspera, de fato tinha devolvido 110 mulheres, que até podiam estar doentes, é evidente – quem não estava doente de todas as que formavam a coluna? –, mas que não eram as doentes que estavam na enfermaria. As da enfermaria não eram apresentáveis. Elas ficaram, com doze mil prisioneiras – polonesas, russas, tchecas, iugoslavas – que os russos encontraram alguns dias depois.)

Só no momento em que ele fala, as mulheres se dão conta de que o homem está de uniforme cáqui, com botas e luvas fulvas, uma braçadeira branca de cruz vermelha num braço, uma braçadeira azul de cruz amarela – uma cruz diferente – no outro. Está fumando e segura o cigarro entre os dedos alongados, à maneira de um homem, não de um militar. Uma da primeira fileira dirá depois, contando: "Aquele cheiro de tabaco da Virgínia, sabem". A braçadeira de cruz vermelha nós conhecemos. Mas e a outra?

O homem fica muito tempo olhando para nós, com aqueles olhos que não ousam acreditar, e diz, sempre destacando as sílabas: "Agora, nós vamos para a Suécia".

Nós vamos para a Suécia, e nada responde na longa faixa de manchas claras em que os olhares são buracos de sombra. Nenhuma animação, nenhum sobressalto.

Então elas esperavam, todas aquelas mulheres, ir embora, ir para a Suécia? Não. Apenas uma hora antes, quando os SS as fizeram sair dos barracões em que tinham passado a noite, reunidas para a partida, quando se viram diante dos SS numerosos e armados, com a baioneta curta brilhando no cano do fuzil, quando as filas se formaram diante das metralhadoras, todas acharam que não era a partida esperada e que estavam evacuando o campo – as colunas que andam dias e dias, as que caem exaustas, de que um SS dá cabo com uma bala na têmpora ou na testa. Soubemos da evacuação de Auschwitz, em janeiro, sob a neve que caía e cobria os cadáveres, muitos a cada passo, ao longo dos caminhos para a Silésia. Também tínhamos visto homens de um campo do oeste. Tinham percorrido a pé centenas de quilômetros e, no caminho, perdido quase todos os companheiros. Aqui, no norte de Berlim, estamos no último corredor do Reich, entre as linhas russas e as linhas americanas que estão se aproximando. Poderiam nos evacuar? Para os SS não importa. Fizeram isso em outros lugares, jogaram milhares de prisioneiros nas estradas, sem objetivo, sem nenhuma razão a não ser andar. Eles sabem que se morre andando.

Tínhamos atravessado o campo adormecido. A lua cobria os tetos de geada. Uma luminária, diante das cozinhas, iluminava Pflaum, que levava papéis na mão e ainda chamava nomes. Por quê? Estava chamando aquelas que ele queria que partissem separadamente, ainda não sabíamos e tivemos medo, pois tudo o que Pflaum fazia dava medo. Depois a coluna avançara até a porta e o homem nos tinha aparecido.

Vamos para a Suécia... A cruz amarela sobre fundo azul, no braço do homem, é a Suécia. A barreira está baixada. Esperamos.

Vamos para a Suécia. Nada responde nos olhares, mas recuperamos a faculdade de ver. Ônibus em frente da porta, do lado de fora. Ônibus brancos com a cruz vermelha. As bocas permanecem mudas. As fisionomias não se movem. Nenhum "Ah!", nenhuma surpresa. Nenhuma alegria. Imóveis, esperamos.

Vamos para a Suécia. O homem disse só uma vez e a frase se repete em nós, canta em algumas notas atenuadas, sempre as mesmas, que se desfiam e começam de novo.

Vamos para a Suécia. Uma motocicleta está em frente da porta. Não a tínhamos ouvido. Está ali, com o motociclista encouraçado, de botas, capacete, luvas de couro, um cavaleiro que tem um quadrado branco com cruz vermelha no peito, um quadrado branco com cruz vermelha nas costas. Um cavaleiro de verdade, como na História, paramentado de cruzes.

Vamos para a Suécia. Temos de acreditar, já que é o homem que está dizendo, já que os caminhões brancos estão em frente da porta, já que o cavaleiro que vem libertar as cativas está debruçado na sua moto.

Esperamos em silêncio. Com uma calma que surpreende a nós mesmas. Nós, que achávamos que nesse dia, se ele chegasse, desfaleceríamos de felicidade.

A barreira se levanta, como a cancela de uma passagem de nível. Pflaum se ocupa de seus papéis. Entra no escritório, sai, fala com as capas de chuva de chapéus verdes – a Gestapo. Esperamos. Espreitamos um sinal nos lábios do homem. Vamos para a Suécia.

O homem se cala. É Pflaum que faz um gesto com a mão: Em frente! A coluna vai começar a andar, transpor a porta.

Então uma voz das nossas se levanta: "Companheiras! Vamos pensar nas que estamos deixando aqui. Façamos por elas um minuto de silêncio". E a voz que pede silêncio rompe o silêncio.

Os suecos estavam ali desde a véspera, prontos. À medida que saímos, pegam-nos pelos braços, sustentam-nos pelos cotovelos, fazem-nos subir nos ônibus. Lottas[41] equipadas com mochilas, caixas de farmácia, maletas, cantis, ocupam-se das mais fracas, e o capitão M. descobre as mulheres a quem pertenciam aqueles olhos e aqueles rostos. Vê as pernas inchadas ou cobertas de chagas, os corpos miseráveis, os pés com calçados inimagináveis.

Quando estávamos instaladas, com pacotes e cobertores no colo, ele passou por todos os ônibus. "Vocês estão bem? – Sim." Finalmente as mulheres podiam falar. No vão da porta do ônibus, mais belo ainda, ele acrescentou: "Acabou-se a Gestapo". Sorriu e todas responderam a seu sorriso.

Agora sei por que o capitão M. era bonito naquela manhã de 23 de abril de 1945, no portal de Ravensbrück. Sei por que eram bonitas as crianças que vimos na plataforma daquela pequena estação dinamarquesa. Sei por que as flores eram bonitas, bonito o céu, bonito o sol, perturbadoras e bonitas as vozes humanas.

A terra era bonita de ser reencontrada.

Bonita e desabitada.

---

41 Voluntárias da Lotta Svärd, organização paramilitar finlandesa criada em 1918 e que, na Segunda Guerra Mundial, recrutou mulheres para substituir os homens convocados para o Exército.

E eu voltei
Caso não saibam,
vocês,
que de lá se volta.

De lá se volta
e até de mais longe

*

Estou voltando de outro mundo
para este mundo
que eu não deixara
e não sei
qual é verdadeiro
digam-me eu voltei
do outro mundo?
Para mim
ainda estou lá
e morro
lá
a cada dia um pouco mais
remorro

a morte de todos os que morreram
e já não sei qual é verdadeiro
aquele mundo
o outro mundo de lá
agora
já não sei
quando estou sonhando
e quando
não estou sonhando.

*

Também eu sonhara
com desesperos
e álcoois
outrora
antes
Recuperei-me do desespero
aquele
acreditando que tinha sonhado
o sonho do desespero
Voltou-me a memória
e com ela um sofrimento
que me fez regressar
à pátria do desconhecido.

Era ainda uma pátria terrena
e nada de mim pode fugir
possuo-me inteira
e esse conhecimento
obtido no fundo do desespero
Então vocês saberão
que não se deve falar com a morte
é um conhecimento inútil.

Num mundo
em que não estão vivos
os que acreditam estar
todo conhecimento torna-se inútil
para quem possui o outro
e para viver
mais vale nada saber
nada saber do preço da vida
para um jovem que vai morrer.

*

Falei com a morte
então
eu sei
que muitas coisas aprendidas eram vãs
mas soube à custa de sofrimento
tão grande
que me pergunto
se valeu a pena.

*

Vocês que se amam
homens e mulheres
homem de uma mulher
mulher de um homem
vocês que se amam
podem como podem
dizer seu amor nos jornais
em fotos
dizer seu amor na rua que os vê passar
pela vitrine em que caminham
um perto do outro abraçado ao outro

seus olhos no espelho encontrados
e seus lábios aproximados
como podem
dizer ao garçom
ao motorista de táxi
são-lhe tão simpáticos
os dois
apaixonados
dizer a vocês sem nada dizer
com um gesto
Querida, seu casaco, não esqueça as luvas
ofuscando-se para deixá-la passar
ela sorrindo olhos baixos que se levantam
dizer aos que estão olhando
e aos que não estão olhando
pela certeza que temos quando alguém nos espera
num café
numa praça
a certeza que temos
quando alguém nos espera na vida
dizer aos animais do zoo
juntos como é feio este aquele como é belo
concordo sinceramente
ou não
não importa
pensem nisso apenas
como vocês podem e por que
dizer a mim
eu sei
sei que todos os homens têm para as mulheres os
    mesmos gestos
suas luvas querida, suas flores que está esquecendo
querida me caía bem também
sei que todas as mulheres

têm pelos homens o mesmo encanto
ele me pegava a mão
protegia-me o ombro
como ousam vocês
a mim
já não tenho do que sorrir
obrigada querido que gentileza
querido lhe cabia bem também.

E este deserto é todo povoado
por homens e mulheres que se amam
que se amam e o anunciam
de um lado a outro da terra.

*

Voltei dentre os mortos
e acreditei
que isso me dava o direito
de falar aos outros
e quando me vi diante deles
nada tive a lhes dizer
porque
eu tinha aprendido
lá
que não se pode falar aos outros.

Prece aos vivos para perdoar-lhes estarem vivos

Vocês, que passam
bem-vestidos com todos os seus músculos
uma roupa que lhes cai bem
que lhes cai mal
que lhes cai mais ou menos
vocês, que passam
animados por vida tumultuosa nas artérias
e bem colada ao esqueleto
com passo alerta esportivo pesado
risonhos taciturnos, vocês são belos
tão comuns
tão comumente todo mundo
tão belos por serem comuns
de forma diversa
com essa vida que os impede
de sentir seu tronco seguindo a perna
sua mão no chapéu
sua mão no coração
a rótula rolando devagarinho no joelho
como perdoar-lhes estarem vivos...
Vocês, que passam
bem-vestidos com todos os seus músculos
como lhes perdoar

todos eles estão mortos
Vocês passam e bebem nos terraços
estão felizes ela os ama
mau humor problema de dinheiro
como como
perdoar-lhes estarem vivos
como como
farão com que lhes perdoem
aqueles que estão mortos
para que vocês passem
bem-vestidos com todos os seus músculos
para que bebam nos terraços
para que fiquem mais jovens a cada primavera
Suplico-lhes
façam alguma coisa
aprendam um passo
uma dança
alguma coisa que justifique
que lhes dê o direito
de estarem vestidos com sua pele com seu pelo
aprendam a andar e a rir pois seria muita estupidez
no final
tantos estarem mortos
e vocês viverem
sem nada fazer de sua vida.

*

Estou voltando
de além do conhecimento
devo agora desaprender
vejo que de outro modo
já não poderei viver.

*

Afinal
mais vale não acreditar
nessas histórias
de fantasmas
nunca mais dormirá
quem nelas acreditar
nesses espectros fantasmas
nesses fantasmas
que voltam
nem mesmo capazes
de explicar como.

III. Medida de nossos dias

*Lembro-me de todo mundo,
mesmo dos que partiram.*
— PIERRE REVERDY

A volta

Na viagem de volta, eu estava com minhas companheiras, as companheiras sobreviventes. Estavam sentadas perto de mim no avião e, à medida que o tempo acelerava, elas se tornavam diáfanas, cada vez mais diáfanas, perdiam cor e forma. Todos os laços, todas as lianas que nos ligavam já se distendiam. Só suas vozes permaneciam e mesmo assim se distanciavam à medida que Paris se aproximava. Eu as via se transformarem sob meus olhos, tornarem-se transparentes, tornarem-se fluidas, tornarem-se espectros. Ainda as ouvia, começava a já não compreender o que diziam. Ao chegar, já não as reconhecia. Na multidão de pessoas que nos esperavam, elas deslizavam, desapareciam, readquiriam aparência por um instante, tão impalpáveis, tão irreais, tão fugazes, que eu duvidava da minha própria existência. Fizeram esse jogo de fogo-fátuo durante todo o tempo em que nos arrastamos de um escritório para outro, se perdiam, se reencontravam, me reencontravam, diziam palavras que eu não captava, sumiam de novo e finalmente se fundiam na multidão de pessoas que nos esperavam, tragadas para sempre por aquela multidão. Tanto tinham perdido sua realidade durante a viagem ao longo da qual eu as vira se metamorfosearem de minuto em minuto, se apagarem lentamente, imperceptivelmente, inexoravelmente, que de imediato não percebi o seu desaparecimento. Sem dúvida porque eu estava tão transparente, tão irreal, tão fluida quanto elas. Eu flutuava no meio daquela multidão que deslizava ao meu redor. E de repente me senti sozinha, sozinha no fundo de um vazio onde faltava oxigênio, onde eu buscava ar, onde me sentia asfixiada. Onde estavam elas? Constatei seu desaparecimento quando era tarde demais para chamá-las, tarde demais para correr à sua procura – e como correr naquela multidão escorregadia? Além disso, estava sem voz e minhas pernas se paralisaram. Onde estavam elas? Onde estão vocês Lulu, Cécile, Viva?

Viva, por que chamá-la agora? Viva, onde você está? Não, você não estava no avião conosco. Se estou confundindo as mortas e as vivas, com quais delas estou? Eu precisava admitir – e era uma conclusão muito longa para formular, e até conseguir estava presa em uma angústia que me deixava errante, escorregadia e flutuante –, precisava admitir que as tinha perdido e que doravante estaria sozinha. Onde buscar socorro? Nada viria em meu socorro. Gritar era inútil, gritar por ajuda era inútil. Todos, na multidão que me rodeava, estavam dispostos a me ajudar, estavam ali para me ajudar, mas ofereciam-se com os meios deles, cuja inutilidade eu conhecia. Os únicos seres que podiam me ajudar estavam fora de alcance. Ninguém podia substituí-los. Com dificuldade, com um grande esforço de memória – mas por que dizer esforço de memória uma vez que eu já não tinha memória? –, com um esforço que não sei como chamar, tentei me lembrar de gestos que devemos fazer para retomar a forma de alguém vivo na vida. Andar, falar, responder às perguntas, dizer aonde queremos ir, ir. Eu tinha esquecido. Será que algum dia soubera? Eu não via nem como me arranjar nem por onde começar. A empreitada estava além das minhas forças. Não havia nada a fazer a não ser renunciar. Renunciar ou deixar para depois. Primeiro, era preciso refletir. Eu flutuava na multidão que me carregava sem se dar conta, pois eu não pesava nada, minha cabeça se esvaziava. Refletir? Como refletir quando já não possuímos uma palavra, quando esquecemos todas as palavras? Eu estava ausente demais para estar desesperada. Estava ali... Como? Não sei. Mas estava mesmo ali? Era eu? Era... Estava ali e seria falso dizer que não sabia o que fazer, eu não pensava e não me perguntava se havia algo a fazer. Saber, perguntar-se, pensar são palavras que emprego agora.

Quanto tempo fiquei naquele banco onde se podia achar que eu estava meditando ou descansando? Quanto tempo passei a não meditar, não refletir, tentando lembrar como se faz para lembrar. Lembrar o quê? Eu já não sabia o que era preciso lembrar. Dizer que eu estava com frio como quando se tem febre, dizer que estava exausta é fácil alegar hoje à guisa de explicação. Eu não sentia nada, não me sentia existir, não existia. Quanto tempo fiquei assim com a existência suspensa? (Recuperei minhas palavras desde então, como estão vendo.) Muito tempo, muito tempo. Guardei desse tempo imagens nebulosas em que nenhuma mancha clara permite distinguir o sono da véspera. Muito tempo.

Com muito esforço, creio lembrar que estava deitada, que pessoas vinham me ver. Elas me beijavam, me falavam, me contavam coisas, me faziam perguntas. Com as perguntas pararam logo, eu não respondia a nenhuma. Ouvia suas vozes muito longe. Quando entravam no meu quarto, meu olhar se velava. A espessura das pessoas interceptava a luz. Através daquele véu, eu as via sorrir com um sorriso encorajador e não compreendia nada de seu sorriso, de sua atitude, nada de sua gentileza – enfim, mais tarde supus que fosse gentileza. É quase impossível, depois, explicar com palavras o que aconteceu na época em que não havia palavras. Por que as pessoas vêm me ver? Por que falam? O que querem saber? Por que querem que eu saiba, justo eu, certas coisas que elas estão prestes a me dizer, que vieram intencionalmente para me dizer? Era tudo incompreensível. E que tudo fosse incompreensível me era indiferente. Não tinha nenhuma curiosidade, nenhuma vontade de saber nada. Traziam-me flores e livros. Temem que eu esteja entediada? Entediada... Todas as suas ideias eram de um mundo à parte. Temem que eu esteja entediada e me trazem livros... Colocavam os livros na minha mesa de cabeceira e os livros ficavam ali, sem que eu sequer tivesse ideia de pegá-los. Por muito tempo, muito tempo, os livros ficaram ali, ao meu alcance, fora do meu alcance. Muito tempo. Enfim, disseram-me que minha ausência do mundo tinha durado muito tempo. Meu corpo não tinha peso, minha cabeça não tinha peso. Dias, dias, sem pensar em nada, sem existir porém sabendo – mas hoje já não me lembro como eu sabia –, tendo alguma sensação, quase indefinível, de que eu existia. Não conseguia me reabituar a mim. Como me reabituar a um eu que se havia distanciado tanto que eu não tinha certeza de que ele tivesse um dia existido? Minha vida de antes? Será que eu tivera uma vida antes? Minha vida de depois? Será que eu estava viva para ter um depois, para saber o que é depois? Eu flutuava num presente sem realidade.

Os amigos continuavam a me visitar, traziam-me novos livros, que se empilhavam sobre os outros. Às vezes, soerguendo-me nos travesseiros, eu olhava aqueles livros sem fazer relação entre livros e leitura. Objetos sem utilidade. O que fazer com aqueles objetos? E depois os esquecia e voltava à minha ausência.

Lentamente, à minha revelia, a realidade voltou a tomar forma ao meu redor. À minha revelia, pois não fiz nenhum esforço para voltar à tona da realidade. Eu não tinha força para esboçar o mínimo esforço. Foi por si mesma, por seu próprio peso, que a realidade readquiriu seus contornos, suas cores, seus significados, mas tão lentamente... Eu descobria, com longos intervalos, um novo aspecto, um novo sentido. Pouco a pouco, eu recuperava a visão, a audição. Pouco a pouco, reconhecia as cores, os sons, os cheiros. Os sabores, muito mais tarde. Um dia vi — sim, eu vi — os livros sobre minha mesa de cabeceira, sobre uma cadeira perto da minha cama. Todos estavam ao alcance da minha mão. Minha mão não se estendia para eles. Por muito tempo olhei-os sem ter a ideia de tocá-los, de pegá-los. Quando finalmente me arrisquei a pegar um, a abri-lo, a olhá-lo, ele era tão pobre, tão por fora que o coloquei de volta na pilha. Por fora. Sim, tudo estava por fora. Do que falava aquele livro? Não sei. Sei que estava por fora. Por fora das coisas, por fora da vida, por fora do essencial, por fora da verdade.

O que não está por fora? Perguntava a mim mesma, e ficava desesperada por não poder responder. Digo desesperada por falta de uma palavra que dê ideia do que quero dizer. Eu não estava desesperada, estava ausente.

Esperei muito tempo para tentar outro reconhecimento de um livro. Foi tão desnorteante quanto o primeiro e fiquei mais desesperada, ou melhor, mais mergulhada ainda na minha ausência.

O que não está por fora? Será que não tenho mais nada para encontrar nos livros? Serão todos repetição fútil, descrição bonita e imagética, sequência de palavras sem peso?

Meu desestímulo diante dos livros durou muito tempo. Anos. Não conseguia ler porque me parecia saber de antemão o que estava escrito no livro, e saber de modo diferente, com um conhecimento mais seguro e mais profundo, evidente, irrefutável.

Do mesmo modo como eu baixava os olhos para não ver os rostos porque os rostos se desnudavam sob meus olhos, porque eu via tudo das pessoas através de seu rosto assim que detinha o olhar nelas, e isso me constrangia a ponto de ser obrigada a baixar os olhos, também me afastava dos livros porque enxergava através das palavras. Via a banalidade, a convenção, o vazio. Eu enxergava a ardileza. E o que esse aí sabe e quer me dizer? E por que não diz?

Tudo era falso, rostos e livros, tudo me mostrava sua falsidade e eu me desesperava por ter perdido qualquer capacidade de ilusão e sonho, qualquer permeabilidade à imaginação, à explicação. Foi isso que, de mim, morreu em Auschwitz. Foi isso que fez de mim um espectro. O que pode nos interessar quando desvendamos a falsidade, quando já não há claro-escuro, quando não há mais nada para descobrir, nem nos olhares nem nos livros? Como viver num mundo sem mistério? Como viver num mundo em que a mentira se tinge de cor ofuscante e se separa imediatamente da verdade, como naquelas misturas que se decompõem, em que cada ingrediente retoma sua cor e sua densidade próprias?

Interroguei-me durante muito tempo sem encontrar a resposta. Por que viver se nada é verdadeiro? Por que lamentar não poder mais ser enganada, sendo tão confortável? Debatia-me num dilema insolúvel. Olhava os livros inúteis. Tudo para mim era inútil. Mas que adianta saber quando já não sabemos viver?

Como aconteceu? Não sei. Um dia peguei um livro e o li. Gostaria de ser capaz de dizer como aconteceu. Já não me lembro de absolutamente nada. Também não me lembro do título. Seria bom se eu falasse o nome de alguma obra-prima. Não. Era um livro entre todos os outros. Preciso tentar lembrar. É tão difícil que por enquanto desisto. Quem pensa em sinalizar um percurso subterrâneo onde se perde durante anos antes de chegar a um pedaço de luz? Sabendo que nunca voltará a esse subterrâneo, por que buscar?

Resisti à injustiça
ela me apanhou
e me entregou à morte
resisti à morte
com tanta força
que ela não conseguiu tirar-me a vida
para se vingar
tirou-me a vontade
e me deu um atestado
ele está aqui
assinado com uma cruz
para usá-lo da próxima vez.

*

Meu coração perdeu sua pena
perdeu a razão de bater
a vida me foi devolvida
e cá estou diante da vida
como diante de um vestido
que já não pode ser usado.

*

Um menino me deu uma flor
certa manhã
uma flor que ele colhera
para mim
beijou a flor
antes de me oferecer
e quis que eu a beijasse também
sorriu para mim
foi na Sicília
um menino cor de alcaçuz
não há chaga que não se cure
Disse-o a mim mesma
naquele dia
às vezes o repito
não é suficiente para que eu acredite.

Gilberte

Quanto a mim, me perdi imediatamente na volta a Paris. Ao chegar, passamos por lugares estranhos, pátios internos transformados em escritórios, com mesas improvisadas, pessoas atarefadas. Sim, parece-me que primeiro era uma escola. Como não conheço Paris, não sou capaz de dizer onde era. Aqui era preciso dar a identidade, ali enumerar suas doenças, lá pegar um papel. Depois, levaram-nos de ônibus. Dessa vez, para o centro. Mais uma fileira de mesas, mais perguntas, mais papéis. Vi depois que era um hotel. A impressão que me ficou é a de uma multidão, uma multidão em que eu estava perdida. Lembro muito bem que no início vocês estavam ou na minha frente ou atrás de mim, eu me virava para saber se ainda estavam mesmo ali, as que estavam na minha frente se voltavam e sorriam para mim. Como foi que, no final do desfile diante das mesas e das pessoas que se atarefavam em torno das mesas, me vi sozinha, sozinha numa multidão em que nenhum rosto me dizia nada? Vocês tinham desaparecido. Eu me vi sozinha sem saber em que momento nos tínhamos separado. Mais tarde entendi que suas famílias, parisienses, tinham vindo esperá-las e que, terminadas as formalidades, vocês tinham sido acolhidas pelos seus. Ninguém disse: "E Gilberte?"

ou então, quando perceberam, eu tinha desaparecido, engolida pela multidão. Como eu, vocês devem ter ficado atordoadas. Eu era a única de Bordeaux. Fiquei ali plantada, num deserto em que ninguém prestava atenção em mim, ali onde terminava a fileira de mesas. Como num cruzamento. Fiquei ali, estúpida, perdida. Vocês já não estavam ao meu lado. De repente me faltava um membro, um órgão essencial. Eu não via nem ouvia mais nada. Uma impressão de naufrágio. Tudo se escoara. Já não havia nenhum pedaço de tábua a que eu pudesse me agarrar. Alguém, entre as senhoras e os senhores que trabalhavam atrás das mesas e preenchiam os papéis dos que desfilavam diante deles, deve ter se preocupado comigo. Acordei na penumbra de um quarto. Havia uma cama, uma cama de casal, de centro, onde eu me deitara de roupa. Estava cansada, cansada. Quando acordei estava escuro. Minha garganta se apertou, como quando estamos com medo. No entanto, eu não estava com medo. Perguntei a mim mesma o que estava fazendo ali, por que estava ali, como chegara ali. Um cansaço enorme me grudava ao colchão. Não tinha força para me mexer. Tive — oh! por um instante — vontade de saber onde estava, uma vontade longínqua, longínqua demais para me impelir a me levantar, a procurar o interruptor. Adormeci de novo. Quando voltei a despertar, continuava escuro. Eu precisava sair, não conseguia me decidir. Depois de muito tatear, depois de uma longa indecisão, acendi a luz. Era um quarto de hotel, bem mobiliado, em estilo de época, como os hotéis chiques. Era grande. Deixei-me distrair pelas flores do papel de parede, pelo lustre — um anjo de bronze segurando uma taça, não, um cupido. Preciso me levantar, preciso me levantar. Eu repetia para mim mesma, sem me mexer. Finalmente me levantei. Uma porta entreaberta dava num banheiro. As pias ficavam lá também. Abri as torneiras, vi a cor da água. Eu não pensava em nada, estava ausente, perdida. Voltava àquela angústia que me tomara certo dia em que quase fui separada de vocês. Tinha sido empurrada à força por uma kapo para uma coluna em que só havia russas e polonesas. Nenhum rosto conhecido. Estava desesperada, aniquilada, diante da ideia de mudar de campo sem vocês, de deixá-las, de ser separada do meu grupo para me misturar a desconhecidas que conversavam sem prestar atenção em mim. Não entendia uma palavra do que elas diziam. Pareciam ser favoráveis a mudar de campo. Sem dúvida formavam um grupo fechado. Mas eu, perdida no meio delas... A ideia de ser separada de vocês me congelava, me paralisava, me tirava toda a energia. Estava desesperada, perdida como uma criança que se perdeu da mãe no meio da multidão. Graças a uma confusão, tinha conseguido fugir – como fui capaz? A audácia do desespero – e correr para um barracão onde as encontrei, onde vocês me esperavam, corroídas de aflição. Assim que me vi entre vocês, me senti reconfortada, segura, aquecida. Foi uma das alegrias mais intensas que tive na vida. E, agora, eis que estou sozinha nesse quarto. O desespero me submergia. Tinha sonhado com a liberdade durante toda a deportação. Era aquilo, a liberdade, aquela solidão insuportável, aquele quarto, aquele cansaço? Voltei a me deitar, como que para buscar no travesseiro um calor, uma presença, e novamente adormeci. Já não sei como acordei nem como tive coragem de sair do quarto. Tinha deixado a luz acesa e as flores do papel de parede já tinham adquirido um aspecto tranquilizador. Abri a porta, aventurei-me para fora. Os corredores eram intermináveis. Faziam cotovelos, desvios, não chegavam a lugar nenhum. Eu não me atrevia a me distanciar demais. Tinha medo de me perder. Avancei até um ângulo do corredor. Deveria avançar um pouco mais? Amedrontada, voltei para o quarto, que reconheci por ter deixado a porta aberta. O quarto se tornara meu asilo. Tinha me acostumado à sua decoração, às cores da colcha. Havia uma penteadeira, uma pia, uma banheira, mas eu não tinha nada para fazer a toalete. Não havia toalha nem água quente. Passei água no rosto com as mãos e me sentei na cama. Esperei sem esperar nada. Estava ali, inerte, sem me perguntar se deveria fazer alguma coisa. Não ouvia nenhum barulho. Não sabia que horas eram. Poderia ter ido à janela, abrir as cortinas, tentar me localizar. Estava sem força, sem iniciativa. Não me vinha a ideia de me informar sobre o que deveria fazer. Haveria alguma coisa a fazer? O quê? Não sentia fome nem sede, só cansaço ou aflição. A solidão me arrasava. Não me lembrava das circunstâncias que me tinham levado até aquele quarto. Só me perguntava: Onde estão Lulu, Cécile, Charlotte? E era apenas a repetição monótona de uma pergunta que fazia a mim mesma sem buscar resposta. Não tentava me lembrar de algum endereço. Eu estava perdida. Não sabia o que fazer e não tinha vontade de fazer nada. Quanto tempo fiquei no quarto? Não sei. Dias, noites. Muito tempo. O corredor tinha me assustado. Perdi a coragem de me arriscar a sair. Fiquei muito tempo sentada na cama sem pensar em nada. Creio que adormeci de novo.

Quando acordei, estava com fome. Recebi aquela sensação de fome com alívio. Eu estava com fome, eu existia. Estava tão desorientada que não imaginava nenhum meio de sair daquela situação. Estava com fome, onde encontrar o que comer? O que fazer? Ficar no quarto, esperar. Talvez venha alguém. Num hotel, deve haver camareiras. Que hotel estranho em que ninguém vem ver o que está acontecendo. Eu inventariava minuciosamente o conteúdo do quarto. Esse casaco, sobre uma cadeira, de quem é? Era o casaco que me deram na Suécia. Acho que igual ao seu. Cinzento. Eu não reconhecia aquele casaco. Nada oferecia o menor indício, a menor chave. Descobri a campainha. Provavelmente não estava ligada. Toquei três ou quatro vezes sem que nada acontecesse. O telefone sobre a mesa de cabeceira também não estava ligado. Eu estava perdida, mas já não sentia angústia. Perdida, sem energia. No fim da minha exploração, voltei a deitar. Não havia outra coisa a fazer. Ainda fiquei muito tempo deitada. Quanto tempo? Não sou capaz de dizer. O tempo para mim não tinha duração. Só me parecia que fazia muito tempo, muito tempo que eu estava naquele quarto. Ao me levantar de novo – e por que me levantei? –, a sensação de fome era mais intensa. De início não a identifiquei. Quando reconheci que era a fome que me apertava o estômago, fiquei mais segura. A fome era bastante forte para me fazer levantar, não o suficiente para me fazer ir até o fim do corredor. Decerto aquele corredor tinha uma saída... Enfim, consegui me decidir a sair. Abri a porta e fiquei no umbral, espiando, esperando, perguntando a mim mesma se devia ir para a direita ou para a esquerda, hesitando. Eu segurava o batente da porta sem coragem de soltá-lo. Estava ali, indecisa, assustada. Não saía do lugar. Continuava hesitando entre sair e voltar para a cama quando um homem passou. Ele me interpelou:

— De onde você é?

— De Auschwitz.

— Estou voltando de Mauthausen, mas não foi isso que perguntei. De onde você é? De que lugar?

— De Bordeaux.

— Tem família?

— Meu pai. Deve ter sobrado meu pai.

— Você está esperando notícias?
— Não. Ninguém sabe que estou aqui.
— Como chegou? Você não está sozinha...
— Estava com minhas companheiras. Estava com Lulu, Cécile, Charlotte, Mado. Fomos repatriadas da Suécia, de avião. Eu as perdi nas mesas, embaixo, na chegada.
— Faz tempo que está aqui?
— Não sei.

Aquele homem estava me cansando com suas perguntas. O som da minha voz me parecia tão estranho... Não tinha mais força para falar.

— Você devia telegrafar para seu pai. É possível mandar telegramas da recepção lá embaixo.

Diante da ideia de mandar um telegrama para meu pai, eu me senti mais perdida ainda. Não, não, isso não. O que vou dizer ao meu pai? "De volta. Gilberte." E meu pai vai pensar: "E Andrée? O que você fez com Andrée?".

— Não, não posso mandar telegrama.
— Você não pode ficar aqui eternamente. Vai ter de voltar.
— Sim. Vou ter de voltar.

Por quê, durante três anos de cativeiro, ter dirigido minha vontade para o retorno? Será que eu acreditava? Por causa de vocês, sem dúvida. Era preciso voltar. Voltar... De lá, o retorno parecia tão improvável. Não se deve acreditar em milagre... No entanto, se eu tinha aguentado até então, é porque tinha vontade de voltar. Teria sido tão fácil não voltar. Era preciso voltar. Vocês todas diziam: "É preciso voltar". E vocês faziam projetos. Quanto a mim, não fazia projetos, mas estava envolvida na determinação comum: voltar. Era preciso voltar. Por quê? Sozinha naquele quarto, abandonada, perdida, eu já não sabia por que fora preciso voltar a todo custo. "Eu preciso voltar." Estava apavorada. Voltar, e depois? Eu não enxergava o depois. Não via de modo nenhum a razão que me obrigava a voltar. Rever meu pai... Sim, claro, eu queria rever meu pai. Tinha tanto medo de estar diante dele que gostaria de adiar o momento de revê-lo, adiar para longe, para um longe inatingível. Meu pai... Como o reencontraria? Tinha sido internado em Mérignac, um campo perto de Bordeaux. Lá a Gestapo pegava reféns a cada atentado da Resistência contra o ocupante, já antes da minha prisão. Pelo menos estaria vivo? Eu temia tudo. Reencontrá-lo, não o reencontrar. E não conseguia me decidir a dar um passo para saber.

— Venha, vamos almoçar, e depois você envia seu telegrama — disse o camarada de Mauthausen.

Segui-o pelos corredores. O elevador não estava funcionando. Descemos pela escada, uma escada grande revestida com um tapete vermelho, e ele me levou à sala de refeições.

Depois de me instalar, o camarada de Mauthausen disse: "Espere. Vou trazer seu prato". Eu devia mesmo estar lastimável. Sentada no meio da sala de refeições cheia de gente, perdida, mais perdida do que nunca. Não ousava levantar os olhos para as pessoas das outras mesas. Muitas pareciam se conhecer, conversavam, se interpelavam de uma mesa para outra, num burburinho em que eu não distinguia nada. Via rostos numa névoa que os tornava distantes e indecifráveis. O camarada de Mauthausen voltou com pratos e me estendeu um. "Coma, você está com fome." Serviu-me um copo de vinho. "Beba, isso vai animá-la." O vinho era ruim, pelo menos eu achei ruim. A sopa... Parece que era sopa. Ou massa, talvez. Já não sei. Comi sem prestar atenção. Tinha vontade de chorar, encontrar refúgio nas lágrimas. Pensava em chorar. Pensava em chorar como algo muito doce. Se eu pudesse chorar... Desde que deixei Dédée naquele lugar, não choro mais. Você chora? No entanto, quantas lágrimas eu poderia ter derramado, depois da morte de Dédée. Na morte de Viva, na morte de vovó Yvonne, na morte de todas as nossas bordalesas, as que tinham sido presas com Dédée e comigo desde o início. E por Berthe, aquela que vocês carregaram, morta, na volta do pântano, no fim da tarde, por Lulu, Carmen, Viva e você. As lágrimas são uma graça a mais que nos é recusada.

O camarada de Mauthausen falava. Fazia perguntas. Interessava-se por mim, queria me ajudar. "Coma pão. Pão é bom, depois do que acabamos de passar." Pão é bom? Eu já não estava com fome. Queria chorar e sentia meus lábios se crisparem como quando vamos chorar. Esforçava-me para acentuar a crispação na esperança de que viessem as lágrimas. As lágrimas não brotavam.

De sobremesa havia compota. "Pode pegar se quiser", eu disse ao camarada de Mauthausen, que ficou contente por finalmente me ouvir falar. Felizmente, ele não esperou que eu o interrogasse. Era dos Baixos Pireneus. "Então, imagine, quando você disse que era de Bordeaux! Somos patrícios. Veja, se meu telegrama chegar em tempo... – não sei se meu irmão está em Biarritz ou em Pau; ele ia se mudar; durante a ocupação as pessoas se mudavam muito –, estou esperando um telegrama para saber se compro uma passagem para Pau ou para Biarritz... –, se meu telegrama chegar em tempo, vamos viajar juntos."

Na mesma hora, fiquei com vontade de ir embora o mais depressa possível. Era gentil, aquele camarada. Suas perguntas tinham cunho de amizade, nenhuma curiosidade. Não sou capaz de dizer se ele era jovem ou velho, alto ou baixo, não o vi. Apenas senti sua presença, seu desejo de me ajudar. Sua voz era muito distante, como uma voz que chega através de uma névoa. Tudo era velado por uma névoa. Eu mesma estava nessa névoa onde tinha perdido todas as minhas referências.

— Terminou? Venha. Você vai mandar seu telegrama.

Ele me levou a um balcão. Havia formulários numa pilha. O camarada me estendeu um, com um lápis que tirou do bolso. Ele já estava muito bem organizado. Lápis na mão, fiquei diante do formulário. Eu estava vazia, a cabeça toda enevoada. Não encontrava uma palavra. "Então, escreva o endereço. Aqui…" O endereço… Eu já não sabia o nome do meu pai, o meu nome. O camarada pegou de mim o lápis e o formulário. "Vou escrever para você. Como se chama seu pai?" Consegui articular o nome, o endereço.

— E o texto?

— O texto… Não sei.

— Tem certeza de que seu pai está em Bordeaux?

— Se estiver vivo, está em Bordeaux.

— Prefere perguntar e esperar a resposta?

— Não. Preciso ir embora.

— Então tome o trem das quatro horas, dá tempo de pegar. Tem um trem às quatro horas que chega a Bordeaux por volta de meia-noite. Eu sei. Para Biarritz ou para Pau, é esse o trem que eu deveria tomar.

Quatro horas. Meia-noite. Aquela mesma noite. Já. Uma tremedeira de pavor me tomava. Decidido mesmo, esse camarada. Eu já não estava com vontade de ir embora e não sabia que explicação lhe dar.

— Talvez não seja boa ideia partir às quatro horas para chegar no meio da noite, se você não tem certeza de que tem alguém na sua casa. E se você fosse amanhã de manhã para chegar de dia? É longe da estação até sua casa?

— Bastante.

— Decerto não há táxis em Bordeaux.

— Os bondes devem estar funcionando. Funcionaram durante a guerra. Vou tomar um bonde.

— Tudo bem. Então vou escrever: "Chegarei Bordeaux Saint-Jean amanhã sábado...".

Ele sabia que amanhã seria sábado... De fato, era organizado, aquele rapaz.

— "Chegarei amanhã sábado dezesseis e trinta. Beijos." Pronto. Como você assina?

— Gilberte.

— Quer que eu releia?

Fiz sinal de que não. Ele entregou o telegrama para uma senhora atrás do balcão. "Não vamos pagar." Por que ele acrescentou aquilo? Eu não tinha esboçado um gesto para procurar dinheiro no meu bolso. Nem pensei nisso. Um gesto esquecido. Eu não sabia que tinha dinheiro. Só percebi em Bordeaux. O bônus de repatriamento.

— E agora vou mostrar onde você deve pegar sua passagem. Também é gratuita. — E ele me levou a outro balcão. Pessoas esperavam. Ficamos na fila.

— Está com sua carteira de repatriada?

Quando ele vai acabar com suas perguntas... Esse camarada é boa pessoa, mas por que tem tanta energia?

— Carteira de repatriada? O que é isso?

— Devem ter entregado quando você chegou aqui.

— Então deve estar no meu quarto.

— Vá buscar enquanto fico na fila.

Fiquei tão assustada com a ideia de deixá-lo, de me ver sozinha nos corredores, de me perder nos corredores, que tive vontade de responder: "Não quero ir embora". O camarada esperava, paciente, amigável. Eu disse: "Não sei onde é meu quarto". Devia estar com a aparência exausta. O camarada me olhava. Eu transpirava em bicas. O suor me gotejava da testa sobre as sobrancelhas, parava um instante, me escorria pelas bochechas, me caía no vestido.

— Seu quarto é o 326. Bem ao lado do meu. Se me disser onde está seu documento, vou buscar para você.

— Eu não sei.
— Tudo bem. Fique aqui. Vou procurar.
 Ele se foi. Senti-me aliviada. Ele tinha energia demais para mim. Minha fraqueza era tão grande, tão grande o meu cansaço, que eu não conseguia suportar sua desenvoltura. Tinha a impressão de que ele me apressava, me empurrava, me forçava, ao passo que era gentil e num instante se tornou meu próprio irmão, agora me dou conta disso. Quando ele voltou, chegou minha vez. Estava tão aflita por ter de falar, de responder, de explicar, tão aflita naquela hora em que era preciso iniciar a execução do meu projeto, torná-lo irreversível, que minha vontade era fugir. Mas o camarada de Mauthausen tomou a dianteira: "Bordeaux, para amanhã de manhã", e ele mostrou meu documento. Eu não me mexia, encolhia-me atrás do camarada de tanto medo de responder a mais perguntas.
— Aqui está. É seu bônus de transporte. Não o perca. Vou pôr aqui, no seu bolso, com sua carteira de repatriada — e ele dobrou cuidadosamente os papéis. — Você não tem lenço para enxugar o rosto? Está toda suada.
— Não, não tenho lenço.
— Espere. O meu está limpo.
 Ele me enxugou o rosto com seu lenço, suavemente, delicadamente. Sentia-me completamente estúpida. Ao mesmo tempo, não me constrangia ser estúpida com aquele camarada.
— Agora você deveria ir descansar até a hora do jantar.
— Não sei o caminho até o quarto.
— É no terceiro andar, vou levá-la.
 Tive dificuldade para subir. Aquela escada vermelha era interminável. O camarada de Mauthausen ia na minha frente. Esperava por mim em cada patamar e, para chegar ao último andar, me ajudou me pegando pela mão. "Você está como eu. Já não aguenta ver escada." Dizia isso

com uma espécie de sorriso. Eu não entendia por que ele estava dizendo isso. Deve ter esculpido a escada de Mauthausen, mas até então eu não sabia que havia escada em Mauthausen. Diante da minha porta, ele disse: "É aqui. Veja: 326". Não agradeci. Tinha vergonha de me comportar como uma idiota, gostaria de lhe dizer uma palavra gentil para agradecer. Nenhuma palavra me vinha à mente e estava com tanta pressa de ficar sozinha que, mal passei pela porta, deixei-o e me joguei na cama, no limite das minhas forças.

Ainda estava claro quando ele veio me buscar para o jantar. O jantar era cedo. Era junho e dentro do refeitório estava claro como dia. No meu quarto, não. Eu ainda não tinha aberto as cortinas. O refeitório estava animado como de manhã. O burburinho me zumbia na cabeça. Teria preferido ficar no quarto, mas o camarada havia insistido e não tive força suficiente para resistir.

Durante o jantar, ele circulou pela sala e, ao voltar, disse em tom encorajador: "Há outros que vão tomar o mesmo trem. Um carro vai levar vocês até a estação. Você deverá estar no hall às sete horas". Eu refletia, ou pelo menos tentava refletir. Tudo estava tão descosturado na minha cabeça que eu não conseguia formular uma ideia, ajustar uma frase. Amanhã de manhã, sete horas, no hall. Era tão irrealizável quanto uma viagem à China. Como vou saber que são sete horas? Perguntei a mim mesma se não deveria passar a noite toda no hall, ou ficar na cama, perder a hora e não partir. O camarada de Mauthausen era organizado e perspicaz. Acrescentou: "Vou dizer para baterem na sua porta. Há dois que estão no mesmo andar que você. Se eu tivesse recebido meu telegrama, iria com você. Deveria tê-lo recebido hoje. Estranho…".

Estava apreensivo por não ter recebido o telegrama? Não me preocupei. Não me dava conta de nada. Tudo acontecia por trás de uma neblina. Por trás daquele véu de neblina, eu ouvia as perguntas do camarada: "E sua mãe? Você não tem mais mãe?". E eu me ouvia responder. Minha voz também estava atrás do véu de neblina.

– Minha mãe morreu quando minha irmã nasceu.
– Então você tem uma irmã...
– Ela morreu em Auschwitz.
– Compreendo – disse o camarada. – Voltar vai ser um choque para você.

Meu pai me esperava na estação. Ele não tinha mudado. Só estava um pouco encurvado, cansado. Ele me beijou. Não fez nenhuma pergunta. Por umas bordalesas que tinham voltado antes de mim, ele ficara sabendo que Dédée não voltaria. Meu coração estava desfalecendo e minha vontade era que o trajeto durasse muito tempo, muito tempo.

Em casa, tudo estava no mesmo lugar. As coisas de Dédée aqui ou ali, seu quarto, tudo estava como antes. À medida que a neblina se dissipava, os objetos readquiriam seus contornos, seu uso, seu passado, suas marcas. Tudo se tornava nítido, tudo se tornava ameaçador. Eu não sabia como fazer para evitar o contato de todos aqueles objetos que me cercavam, me assediavam, me abalroavam. Como fugir, me dissolver, me desprender do passado, deixar de esbarrar nas paredes, nas coisas, nas lembranças? Ao mesmo tempo, tudo era irreal, como que sem consistência. Sem consistência e, no entanto, lancinante. Tudo machucava e de fato eu tinha a impressão de estar coberta de hematomas, não havia nenhuma parte da minha pele que não doesse.

Desde então... Como fiz? Às vezes me pergunto. Não sei. Meu pai ficou doente. Cuidei dele. Morreu quatro anos depois do meu retorno. Casar? Sim, cheguei a pensar. Teria sido para ter um filho. Mas enquanto meu pai estava doente – ele precisava de cuidados constantes – na verdade não dava nem para sonhar com isso. Depois, eu estava muito velha para ter um filho. Enfim, achei que era tarde demais. Tive de me instalar em outra casa. Deixar a casa em que Dédée tinha nascido, onde eu fora criada, tudo era dilacerante. Instalar-me em outro lugar… Não estou instalada. As coisas estão colocadas aqui, não estão no lugar, não estão incorporadas ao resto, não têm ligação entre si. Estão colocadas, não ocuparam seu lugar. Eu estava tão cansada.

Desde então… Não sei. Não faço nada. Se me perguntasse o que aconteceu desde o retorno, eu responderia: nada. Admiro as que tiveram coragem para voltar a viver depois. Mado… Ela se casou. Tem um filho. É útil ao marido, ao filho. Tem uma razão de viver. Para as que reencontraram o marido, o filho, como Lulu, sem dúvida foi mais fácil. Eu me pergunto… Talvez elas sejam felizes. Ser felizes, será essa uma questão que nos colocamos? Repito para mim mesma, para confirmar, que faz 25 anos que voltamos, caso contrário não acreditaria. Sei disso como sabemos que a Terra gira, porque aprendemos. É preciso pensar nisso para sabê-lo.

Não consigo olhar para as pessoas sem interrogar-lhes o rosto. Desde que voltei, é assim. Interrogo seus lábios, seus olhos, suas mãos. A seus lábios, a seus olhos, a suas mãos, pergunto. Diante de todas as pessoas que encontro, pergunto a mim mesma: Será que ele teria me ajudado a andar? Será que ele teria me dado um pouco de sua água? Interrogo quem vejo – passantes, desconhecidos – o carteiro, os amigos de antes, a balconista – interrogo todos, em todo lugar, em qualquer lugar, todas essas pessoas com quem encontramos de passagem, com quem convivemos ou que frequentamos ao longo da vida. Não posso me impedir de olhar para os outros e interrogá-los. É assim que divido as pessoas desde que voltei. Aquelas, sei ao primeiro olhar que não teriam me ajudado a andar, que não teriam me dado um gole para beber, e não preciso que falem para saber que suas vozes são falsas, falsas suas palavras. Estas, perscruto-as mais longamente embora tenha lido sua resposta imediatamente. Interrogo-as com desespero, tal o meu desejo de que sejam daquelas que teriam me ajudado, tal o meu desejo de amá-las – meu pai, quando voltei... Tento descobrir num vinco de seus lábios, num lampejo involuntário de seus olhos o sinal de um talvez. Tento com desespero. Seus olhos, seus lábios continuam avaros. Elas também não... Quem, então? Quem me resta? E continuo a interrogar. Os que sei ao primeiro olhar que teriam me ajudado a andar são tão poucos... Digo a mim mesma que sou estúpida. Já não preciso que me ajudem a andar, já não preciso que me deem de beber, já não preciso que dividam seu pão comigo. Agora acabou. Não consigo deixar de interrogar os rostos e as mãos, as mãos e os olhos. É uma busca abjeta. Já não são essas perguntas que devo fazer às pessoas que encontro na vida. Mas àquelas que vi apertarem os lábios, embaçarem os olhos, não tenho mais nada a dizer. Digo a mim mesma: é estupidez, não devo levar em conta. Digo a mim mesma que hoje, na verdade, isso já não tem importância. O que tem importância hoje? O fato é que conheço dos seres mais do que é preciso conhecer para viver ao lado deles e que sempre haverá entre mim e eles esse conhecimento inútil.

Cada um tinha trazido suas lembranças, toda a sua carga de lembranças, toda a sua carga de passado. Ao chegar, foi preciso desfazer-se dela. Entrava-se nu. Vocês dirão que é possível tirar tudo de um ser humano, tudo exceto sua memória. Vocês não sabem. Tira-se primeiro sua qualidade de ser humano, e é então que sua memória o abandona. Sua memória se vai aos farrapos, como farrapos de pele queimada. Que assim despojado ele sobreviva, é isso que vocês não compreendem. É isso que não sei explicar. Enfim, a respeito dos poucos que sobreviveram. Chamamos o inexplicável de milagre. E quem sobreviveu precisa empenhar-se em reconquistar a memória, precisa reconquistar o que possuía antes: seu saber, sua experiência, suas lembranças de infância, sua habilidade manual e suas faculdades intelectuais, sua sensibilidade, sua aptidão para sonhar, para imaginar, para rir. Se vocês não avaliam o esforço que isso lhe custou, não vale a pena eu tentar fazer com que compreendam.

Quer retornemos de uma guerra ou de outro lugar
quando é de um outro lugar
para os outros inimaginável
é difícil retornar

Quer retornemos de uma guerra ou de outro lugar
quando é de um outro lugar
que não é lugar nenhum
é difícil retornar
tudo se tornou estranho
em casa
enquanto estávamos no outro lugar.

Quer retornemos de uma guerra ou de outro lugar
quando é de um outro lugar
onde falamos com a morte
é difícil retornar
e falar de novo com os vivos.

Quer retornemos de uma guerra ou de outro lugar
quando retornamos de lá
e é preciso reaprender
é difícil retornar

quando olhamos para a morte
a olho nu
é difícil reaprender
a olhar para os vivos
com olhos opacos.

Mado

Parece-me que não estou viva. Tantas morreram, é impossível que também eu não esteja morta. Todas estão mortas. Mounette, Viva, Sylviane, Rosie, todas as outras, todas as outras. Como as que eram mais fortes e mais resolutas que eu estariam mortas e eu estaria viva? Seria possível sair de lá viva? Não. Não era possível. Mariette com seus olhos de águas calmas, seus olhos que não viam porque viam a morte no fundo de suas águas calmas. Yvette... Não, é impossível. Não estou viva. Olho para mim, exterior àquele eu que imita a vida. Não estou viva. Sei disso por um conhecimento íntimo e solitário. Quanto a você, compreende o que quero dizer, o que sinto. As outras pessoas, não. Como compreenderiam? Não viram o que vimos. Não contaram seus mortos todos os dias ao amanhecer, não contaram seus mortos todos os dias ao anoitecer. Nós passamos os dias contando o tempo, passamos o tempo contando os mortos. Teríamos medo de contar os vivos. E, para cada morto que contávamos, não tínhamos pesar nem lágrimas. Uma dor extenuada. Só tínhamos pavor e ansiedade: quantos dias até me contarem? Como contamos o tempo! "O tempo que se mede não é medida de nossos dias."[42] Lá, sim. Era um poema que

---

42 Verso de Saint-John Perse (1887-1975). No original: "*Le temps que l'on mesure n'est point mesure de nos jours*".

você recitava. Sempre me lembro dele. Quantos dias até me contarem? Quem restará para me contar? Você bem vê que não é possível. Com aquela vontade que nos mantinha como um delírio de suportar, de aguentar, de persistir, de sair para sermos a voz que voltaria e diria, a voz que faria a contagem final. Com um vazio gélido: por que voltar se eu for a única a voltar? E aqui estou, mas morta também. Minha voz se perde. Quem a ouve? Quem sabe ouvi-la? Também elas queriam voltar para dizer. E eu, estarei viva, se nada posso dizer? Viva, se minha voz está? O fato de estarmos aqui para dizê-lo é um desmentido do que dizemos.

 Certa manhã, em plena escuridão, quando soou o chamado e acordei, Angèle Mercier, ao meu lado, não se mexia. Não a sacudi. Não a apalpei. Sem olhar para ela, soube que estava morta. No entanto, era a primeira a meu lado. Estava morta e eu precisava pular depressa para baixo, correr depressa para fora por causa da diarreia. Não gritei. Não pedi ajuda. Não senti repugnância nem espanto. Angèle estava ali, morta. Morrera durante a noite. Deitada a meu lado. Sem que eu ouvisse nada. E eu, então? Não é possível. Estou viva sem viver. Faço o que é preciso fazer. Porque é preciso, porque as pessoas o fazem. Porque tenho um filho que ainda não está criado. Não creia que já tive a tentação de acabar com tudo. Não há com o que acabar. Pergunto-me como fazem os outros, os que voltaram. Você, por exemplo. Como eu, sem dúvida. Fingindo. Vivem em aparência. Vão, vêm, escolhem, decidem. Decidem onde passar as férias, decidem de que cor será o papel de parede do quarto. Contudo, tivemos de escolher a cada minuto entre viver e morrer. Faço o que se faz na vida, mas sei que a vida não é isso, porque sei a diferença entre antes e depois. Lá, tínhamos todo o nosso passado, todas as nossas lembranças, mesmo lembranças distantes que vinham de nossos pais, nós nos armamos de nosso passado para nos proteger, nós o erigimos entre o horror e nós para nos manter inteiros, para manter nosso eu verdadeiro, nosso ser. Recorríamos ao nosso passado, à nossa infância, ao que havia formado nossa personalidade, nosso caráter, nossos gostos, nossas ideias, para nos reconhecer em nós mesmos, para nos preservar, para não nos deixar consumir, para não nos deixar aniquilar. Agarramo-nos a nós mesmos. Cada um contou sua vida milhares e milhares de vezes, ressuscitou sua infância, o tempo da liberdade e da felicidade para confirmar que o vivera, que de fato era quem contava. Nosso passado nos foi salvaguarda e reafirmação. E, desde que voltei, tudo o que eu era antes, todas as minhas lembranças de antes, tudo se dissolveu, se desfez. Era como se lá eu o tivesse consumido. De antes, nada me restava. Minha irmã de verdade é você. Minha família de verdade são vocês, quem estava lá comigo. Hoje, minhas lembranças, meu passado, estão lá. Minhas retrospectivas nunca ultrapassam essa fronteira. Esbarram nela. Todos os esforços que fizemos para impedir nossa destruição, para perseverar em nosso nós, para manter nosso ser de antes, todos esses esforços só serviram para lá. Na volta, o núcleo duro que tínhamos forjado no âmago de nosso coração e que acreditávamos ser sólido porque nos custara tanto, esse núcleo derreteu, se dissolveu. Nada mais. Minha vida começou lá. Antes, não há nada. Já não tenho o que tinha lá, o que tinha antes, o que eu era antes. Tudo me foi arrancado. O que me resta? Nada. A morte. Quando digo que sei a diferença entre antes e depois, quero dizer que antes eu vivia e que esqueci tudo daquela vida, minha vida de antes. Agora já não estou viva. Dessa diferença tenho a medida exata, o conhecimento sensível, e minha lucidez não me serve de nada. Nada pode preencher a distância entre mim e os outros, entre mim e mim. Nada pode preencher a diferença, nada pode amenizá-la.

Será então porque, antes, eu era jovem e depois tive uma experiência acima de minha idade, e um cansaço, ou um desgaste? Jovem, será que fui? Quando tinha idade para ser jovem, havia a guerra. Não, eu não era jovem. Tola, ingênua, sim. Arrebatada. Arrebatada pela ação, pela luta, por sua implicação e por seu jogo mortal, por sua dureza, por sua lei inexorável, quando o menor erro era irreparável, quando se pagava na hora, loucamente arrebatada. Você lembra? Já lhe contei isso. Num dos bilhetes que jogamos do vagão, durante a viagem, aqueles bilhetes para nossos pais que os ferroviários encontraram no balastro e puseram no correio, num daqueles bilhetes eu escrevia: "Estou sendo deportada. É o dia mais bonito da minha vida". Eu estava louca, louca. A heroína com sua auréola, o mártir que caminha para a morte cantando. Sem dúvida precisávamos desse arrebatamento para nos manter na clandestinidade fingindo ser como todo mundo e aflorando a morte. É o que faço hoje. Finjo ser como todo mundo aflorando a vida. O dia mais bonito da minha vida... Era o último dia da minha vida. Não mudei de idade, não envelheci. O tempo não passa. O tempo parou. Não estou desgastada. Pior do que estar desgastada é estar esvaziada de vida. Desiludida, se necessária uma palavra. Digo "desiludida" com meu espírito lógico, meu pensamento calcado no das pessoas normais, as que não estiveram lá. Não tenho a palavra adequada. Como não estar desiludida quando, depois de sofrer o que sofremos, de tanto sacrificar e de tanto ter esperança, vemos que não adiantou nada, que as guerras continuam, que há ameaça de guerras ainda piores, que reinam a injustiça e o fanatismo, que o mundo ainda tem de mudar? Dizendo isso, estou raciocinando. É um eu diferente e estranho ao meu que está raciocinando. A angústia que os homens não formulam diante dos cataclismos que estão prestes a cair sobre eles deveria me tocar, pelo menos por meu filho, que avança pela vida e que deverá lutar contra os mesmos monstros, contra os monstros que não aniquilamos. Eu sei, e isso não atinge meu eu profundo. Como explicar? Não consigo expressar de outro modo: não estou viva. A vontade sobre-humana que extraímos de nós para voltar nos abandonou ao voltarmos. Nossa provisão estava esgotada. Voltamos para fazer o quê? Queríamos que essa luta, que esses mortos não fossem inúteis. Não é terrível pensar que Mounette morreu por nada, que Viva morreu por nada? Para que você, eu e algumas outras voltássemos? Então é preciso, é preciso que nosso retorno seja útil. É por isso que explico o que era aquilo, ao meu redor. Falo a meus colegas, sobretudo aos jovens. Paro quando os vejo prestes a chorar. Vejo-os prestes a chorar ao passo que tenho a impressão de contar de maneira tão calma, tão fria, tão mansa. Sabe, eu conto aos outros. Não ao meu marido. Ele, eu desejaria que compreendesse. Quanto aos outros, não espero que compreendam. Quero que saibam, mesmo que não sintam o que eu sinto. É o que quero dizer quando digo que eles não compreendem, que ninguém pode compreender. Pelo menos precisam saber.

Não estou viva. Estou encerrada em lembranças e repetições. Durmo mal e a insônia não me pesa. À noite, tenho o direito de não estar viva. Tenho o direito de não fingir. Reencontro as outras. Estou no meio delas, sou uma delas. Elas estão como eu, mudas, desguarnecidas. Não acredito na vida eterna, não creio que elas estejam vivendo num além onde as encontro à noite. Não. Revejo-as em sua agonia, revejo-as como estavam antes de morrer, como ficaram em mim. E, quando vem o dia, estou triste. Não é terrível que elas tenham morrido tendo tantas ilusões, que tenham morrido acreditando que as que voltassem explodiriam de alegria, reencontrariam todos os prazeres da vida, não é terrível que tenham morrido com a certeza de que a liberdade triunfaria e de que estavam morrendo pouco antes de ver sua vitória? A liberdade foi recuperada, é verdade, em parte, uma parte muito pequena, uma parte tão miserável. Não é terrível que elas tenham morrido acreditando que estavam morrendo um pouco antes de chegar ao termo, que estavam morrendo um pouco antes de nossa verdade deslumbrante se levantar? Não é terrível? Guerra, violência, medo por toda parte.

 Quando voltei – oh! esperei alguns anos, estava cansada demais, ao voltar –, quando voltei eu quis um filho. Quando meu filho nasceu, banhei-me de alegria. Digo banhei-me porque era como uma água terna e morna que subia ao meu redor, subia em mim, me carregava e me tornava leve, feliz, banhada de alegria. O filho que eu desejara estava ali, meu. Uma alegria calma e benfazeja. Não pude deixar-me levar por aquela alegria, não pude abandonar-me a ela. Ao mesmo tempo que subia ao meu redor, em mim, aquela água doce e envolvente da alegria, meu quarto era invadido pelos espectros de nossas companheiras. Espectro de Mounette, que dizia: "Mounette morreu sem conhecer essa alegria". Espectro de Jackie, que estendia as mãos inúteis. Espectros de todas aquelas moças, de todas aquelas jovens mulheres que morreram sem conhecer aquilo, sem terem sido banhadas por aquela alegria. A água sedosa de minha alegria transformou-se em lama viscosa, em neve suja, em brejo fétido. Eu revia aquela mulher – você lembra, aquela camponesa, deitada na neve, morta, com seu recém-nascido morto, gelado, entre as coxas. Meu filho também era aquele recém-nascido. Olho para meu filho e reconheço nele os olhos de Jackie, o verde-azulado dos olhos de Jackie, um trejeito de Yvonne, uma inflexão de Mounette. Meu filho é filho de todas elas. É o filho que elas não tiveram. Seus traços se desenham por cima dos traços delas, às vezes se confundem com eles. Como estar viva no meio daquelas pessoas mortas?

Eu quis ter um filho que não conhecesse o medo ao se tornar um homem. Ele tem dezessete anos. Salvo imprevisível graça do destino, ele terá um futuro pavoroso. Também não creio nas graças do destino. O que fazer por ele, pelos outros filhos? Estou impotente, desarmada, tão desguarnecida quanto nossas companheiras que lá morreram.

Diz-se que não têm vida as pessoas que não têm entusiasmo, que não têm fome de viver. Não é isso que quero dizer. É evidente que não sou otimista nem alegre – quem de nós é? Quem de nós recuperou a alegria, aqueles momentos de despreocupação que são os pousos no caminho, quem de nós recuperou o ardor pela vida? Ah! claro, uma chama às vezes, um entusiasmo, não. Com todos os mortos que carregamos nos braços, no nosso coração, nas memórias? Não sou melancólica, não sou entediada, às vezes até dou risada. Não, não é tristeza nem tédio que sinto. Não me sinto viver. Meu sangue pulsa como se me corresse fora das veias. Tudo de mim está fora de mim e escapa aos outros. Não pense que estou constantemente preocupada em verificar meu pulso, em me observar. Observo-me sem querer, sem saber, sempre. Não é aquela impressão de sair de um sonho quando nos perguntamos se estamos acordados. É outra coisa. Como se houvesse duas partes em mim, uma de sonho, outra de outro lugar. Faço o que deve ser feito porque digo a mim mesma que é preciso fazê-lo e me olho fazendo-o e sabendo de sua inutilidade. Minha razão diz: "Seu filho. Seu marido". É preciso que minha razão o diga, senão eles não existiriam. Não estão presentes no fundo de mim, não fazem parte de mim mesma. Estão fora de mim assim como eu mesma.

Não me queixo. Não pense que me queixo. Há muitos para quem o retorno foi mais duro do que para mim. Gilberte... Eu me pergunto como ela fez, como ainda faz. Será que consegue adormecer sem sentir o corpo da irmã encostado nela, consegue aceitar seus braços vazios sem o peso da irmã que ela carregou no colo estreitando-a no coração uma última vez antes de deitá-la na neve? E você? E todas aquelas que não reencontraram nada, que não encontraram nada que as ajudasse a deixar de questionar a decisão que tomaram lá, a decisão de viver?

Não estou viva. Olho os que estão. São fúteis, ignorantes. Decerto é assim que se deve ser para viver, para chegar até o fim do tempo de vida. Se tivessem o conhecimento que tenho, seriam como eu, não estariam vivos. Estou lhe dizendo tudo isso porque só a uma semelhante posso dizer, porque você compreende. Eu nem precisaria dizer. Você sabe. Mas você é capaz de me explicar por que não estou viva, por que faço o que os vivos fazem sem ser um deles, estranha entre eles, obrigada a fingir para que me tolerem? Não posso ir ao encontro deles de cara limpa. Achariam que os desprezo com sua rotinazinha, suas preocupaçõezinhas e seus projetinhos, suas paixões efêmeras e seus desejos fugazes. No entanto, se lutamos como lutamos, se aguentamos, foi para que os homens só tivessem pequenas preocupações, preocupações à sua altura, para que deixassem de ser arrastados no furacão da história, esmagados ou carregados acima de si mesmos, para que já não tivessem de escolher entre heroísmo e covardia, entre martírio e abandono, para que reencontrassem a vida com suas pequenas e grandes alegrias, sem tragédia. A vida que desejávamos reencontrar quando dizíamos: "Se eu voltar..." devia ser grande, majestosa, saborosa. Não é nossa culpa que a vida que retomamos na volta seja insípida, medíocre, trivial, raptora, que nela as esperanças estejam mutiladas e as intenções traídas? Por mais que eu saiba que não é minha culpa, sinto-me culpada. Enganei nossos mortos e traí a mim mesma, com minhas ambições, meus arroubos. Tenho vergonha de me acomodar a isso. Mounette, se tivesse voltado – e o que era preciso para que ela voltasse? Era mais vigorosa do que eu. Por que ela e não eu? –, Mounette, se tivesse voltado, teria aceitado, teria se acomodado? Teria voltado para ir ao escritório fazer um trabalho entediante e correria de manhã temendo perder o ônibus? Mounette, que dizia: "Se voltarmos, nada será igual". Tudo é igual. É em nós que nada é igual. Sei o que em mim não é igual ao que eu era antes, o que faz com que eu não seja igual aos outros. A montanha de cadáveres entre mim e eles. Mounette não morreu para que você, eu e mais algumas guardemos dela uma imagem ideal. Ela vive em mim. As pessoas que me cercam hoje vivem a meu lado. Ela vive em mim e não fiz nada do que nos prometíamos fazer na volta, do que devíamos fazer para que nada fosse igual. Ela vive em mim inutilmente. O que fazer para que Mounette não tenha morrido por nada? Nada. Pois não são nada essas cerimônias em memória, essas comemorações, essas paródias tranquilizadoras para as pessoas a quem damos oportunidade de se apiedarem uma vez por ano, oportunidade de ficarem com a consciência limpa. Seja lá o que façamos, não serve para nada. Viver no passado não é viver. É separar-se dos vivos. Mas o que fazer para voltar para o lado deles, para não se manter paralisado na outra margem? Não temos nenhuma ligação com o presente. Às vezes tento imaginar como eu seria se fosse como todo mundo, se não tivesse estado lá. Não consigo. Sou outra. Falo e minha voz ressoa como outra voz. Minhas palavras vêm de fora de mim. Falo e o que digo não sou eu que estou dizendo. Minhas palavras vão por um caminho estreito do qual não devem se afastar sob pena de chegar a regiões em que se tornariam incompreensíveis. As palavras não têm o mesmo sentido. Você os ouve dizer: "Eu quase caí. Fiquei com medo". Acaso eles sabem o que é o medo? Ou então: "Estou com fome. Devo ter um tablete de chocolate na bolsa". Dizem: estou com medo, estou com fome, estou com frio, estou com sede, estou com sono, estou com dor, como se essas palavras não tivessem o menor peso. Dizem: vou encontrar uns amigos. Amigos… Pessoas em cujas casas vamos jantar ou jogar bridge. O que elas sabem da amizade? Todas as suas palavras são levianas. Todas as suas palavras são falsas. Como estar com elas quando só se tem palavras pesadas, pesadas, pesadas? Tenho imagens por trás dos olhos. Basta eu afrouxar a atenção, e elas jorram, passam para primeiro plano, se impõem, e o que vejo já não é o que tenho sob os olhos, são as imagens que vêm de trás dos meus olhos. Preciso a todo momento enfurná-las de volta em seu depósito, caso contrário me separarão irremediavelmente do que está ao meu redor. É um controle perpétuo, extenuante. À noite, sou mais livre. Deixo-as vir à tona. Elas acorrem. Não perderam nenhuma acuidade, seus contornos são precisos, implacáveis. Não são pesadelos, visões horríveis ou aterradoras. Não são os amontoados de cadáveres que vejo. Não, são imagens familiares, cotidianas, o cotidiano de lá. Um rosto, uma boca, olhos. Todos aqueles olhos, todos aqueles olhos que crescem nos rostos que se emaciam, todos aqueles olhos que se descoram e se apagam, todos aqueles olhos que desafiam, ou que suplicam e se resignam. Ou então um leve toque, uma paisagem, um detalhe que se ilumina de forma mais crua, que ainda reconheço e em torno do qual todos os outros se recompõem. Depois de tantos anos, de tantas mudanças... Depois de tudo o que aconteceu desde então. Desde então me casei, tive um filho. Li livros. Adquiri novos conhecimentos, novas relações. Todos os que encontrei desde o retorno não existem. Não estão perto dos meus, os verdadeiros: nossos companheiros. Estão de lado. São de outro mundo e nada os fará entrar no nosso. Às vezes, é de acreditar que venham ao nosso encontro. Pronunciam uma de suas palavras levianas, uma de suas palavras vazias, e caem na mesma hora no seu mundo de vivos.

Não sou uma morta-viva. Não sou nem inerte nem insensível. Nem inativa. Às vezes cansada, cansada, mais mental do que fisicamente. Um cansaço que tenho sempre que preciso me reajustar às pessoas, a suas palavras levianas. A quem me vê parece que estou viva. Trabalho. Cuido da minha casa. Interesso-me pelo que acontece no mundo, pelo que acontece no meu bairro. Interesso-me pelos estudos do meu filho, pelo seu futuro. Ele vai bem no liceu, muito bem até. É interessante um menino de dezessete anos. Ele me dá muita satisfação. Fico contente por ele não ter atração por dinheiro, por fazer projetos sem visar a uma carreira brilhante, por não se preocupar em se tornar rico ou importante, por não querer ter sucesso. Ele admira quem faz o que faz sem ser em troca de algo, por ser bom, por ser o que tem vontade de fazer. Ele me dá satisfação, alegria não. Alegria... Por fora, sou uma pessoa viva entre os vivos. Meu marido é bom. É um companheiro seguro. É apegado a seu filho, a sua mulher. Nunca me pergunto se ele compreende porque sei que não compreende e sei desde que o conheço que minhas explicações lhe escaparão. Serei capaz de explicar? Ele diria calmo, tranquilizador: "Sei por onde você passou. Sei que ninguém volta de lá sem trazer cicatrizes que se dilaceram ao menor toque. Por isso nunca falo no assunto com você. Quero ajudar você a esquecer. Falar machuca. Não devemos falar se queremos esquecer". Você vê, está tudo errado. Os que nos amam querem que esqueçamos. Eles não compreendem que, primeiro, é impossível, e, depois, esquecer seria atroz. Não que eu me agarre ao passado, não que eu tenha tomado a decisão de não esquecer. Esquecer ou lembrar não depende do nosso querer, mesmo que tenhamos esse direito. Ser fiel às companheiras que deixamos lá é tudo o que nos resta. De qualquer maneira, esquecer é impossível. Até aquelas de nós que acreditam ter escondido esse passado no mais secreto de si mesmas, até as que acrescentam novas lembranças — viagens, aventuras, loucuras, não importa — aos montes, para encobri-lo, o passado não passa. O tempo não passa. Quando você se lembra de um dia qualquer de lá, de um momento qualquer que volta, trazido por um cheiro... Um dia acho que estava passando diante das cozinhas, é que tinha deixado uma batata apodrecer no fundo do meu cesto de legumes, e na mesma hora tudo volta: a lama, a neve, as bastonadas porque passar por ali era proibido... Trazido por um gosto, uma cor, pelo barulho do vento, da chuva... Quando meu filho reclama na frente do prato, eu não digo: "Se lá nós tivéssemos essa costeleta...", seria odioso dizer uma coisa dessas a uma criança e sempre consegui fazer com que ele não suspeitasse até que ponto sua mãe é diferente das outras mães. Nunca lhe fiz uma observação como essa, mas a cada vez penso nisso, a cada vez me censuro por pensar assim e a cada vez sei que vai ser sempre assim. O que eu faria se meu filho fosse dessas crianças que são difíceis para comer?... Quando você se lembra de um dia qualquer, não é como se fosse ontem, como se fosse hoje? "Quero ajudar você a esquecer, faço o possível", sim, é isso que meu marido pensa. Ele é delicado porque acha que sabe. Nunca tentei fazê-lo compreender. Será que eu deveria parar de viver, não me casar porque nossas companheiras morreram sem terem tido marido, sem terem tido filhos? Tenho um marido, tenho um filho. Não é injusto, é anormal. Parece que tudo o que fiz, desde o retorno, foi para forçar o esquecimento, ao passo que, agora me dou conta, esquecer é impossível. Forçar o esquecimento fazendo o que todo mundo faz na vida, que erro de cálculo! O instinto ou a vontade que me permitiram retornar ainda tinham alguma vitalidade na volta, sem dúvida. No entanto, não eram fortes o suficiente para me devolver realmente à vida. Aqui está meu marido. Não posso fazer nada para que ele tenha ideia do que foi. É impossível, mesmo que falássemos nisso durante toda a vida. Nunca falo nisso com ele. Para ele, estou aqui, ativa, ordenada, presente. Está enganado. Minto para ele. Se também tivesse sido deportado, seria mais fácil, acho eu. Veria o véu em minhas pupilas. Caminharíamos então como dois cegos, cada um com esse conhecimento interior do outro? Talvez fosse mais fácil porque eu não precisaria impedir a mim mesma de dizer. Você me perguntará por que impeço a mim mesma de dizer, de lhe dizer? Isso o machucaria. Ele saberia que todos os seus cuidados não abrandaram nada. Não estou viva. As pessoas acham que as lembranças se tornam fluidas, que se apagam com o tempo, o tempo ao qual nada resiste. Essa é a diferença; é que para mim, para nós, o tempo não passa. Ele não atenua nada, não exaure nada. Não estou viva. Morri em Auschwitz e ninguém vê.

Talvez tenhamos embelezado nossa espera
nossa espera
o que esperávamos.
Tudo de nós se voltava
para o que esperávamos
nossas mãos prontas para pegar
duras
doces
sensíveis
impacientes
nossos corações prontos para dar
impacientes
ávidos
inesgotáveis
nossas mãos e nossos corações
para o que esperávamos
que não era o que nos esperava.

Não diga que eles não nos ouvem
eles nos ouvem
querem compreender
obstinadamente
meticulosamente
uma margem deles quer compreender
uma fronteira sensível à margem deles mesmos
é seu eu profundo
sua verdade
que permanece longe
que foge quando acreditamos alcançá-lo
que se retrai e se contrai e escapa
não será porque lhes dói
onde já não dói em nós
que eles se retiram e se recolhem...

O poeta que nos prometera rosas
Haveria rosas
em nosso caminho
quando retornássemos
ele dissera.
Rosas
o caminho era áspero e seco
quando retornamos
O poeta teria mentido?
Não
os poetas veem além das coisas
e aquele tinha visão dupla
se rosas
não houve
é porque não retornamos
e mais
por que rosas
nossa exigência não era tanta
de amor precisaríamos
se tivéssemos retornado.

Poupette

O retorno foi difícil. Deveríamos ter esperado por isso. No entanto, foi no depois que menos tínhamos pensado. De lá, o retorno era fabuloso, incrível, milagroso. Nós nos agarrávamos à ideia do retorno, nos agarrávamos a ela com tanta força que forjamos uma crença. Sim, era como a fé: inexplicada, inexplicável, muito simples. Nossa imaginação, que se lançava no maravilhoso mais fantástico para pensar em como transporíamos os arames farpados, detinha-se além deles. Além dos arames farpados, a liberdade. Só isso.

Sim, creio que, para todos os que voltaram, o retorno foi difícil. Livres, envergamos os lutos que não tínhamos assumido lá. No cotidiano reencontrado, os vazios se marcavam mais, os que tínhamos perdido nos faziam muito mais falta. Por que sua ausência era menos sensível lá e tão cruel na liberdade? Talvez porque lá nada fosse verdadeiro, ou seja, tudo estava fora da nossa vida real. Para mim, foi na volta que realmente perdi minha mãe. Ela tinha morrido enquanto estávamos na prisão, Mariette e eu. E foi na volta que realmente perdi Mariette. Eu a tinha visto morrer lá, mas foi na volta que deixei de ter irmã. Difícil para todo mundo, lamentável para mim, o retorno. Lamentável, sórdido, uma soma de detalhes mesquinhos.

Meu pai tinha se casado de novo enquanto eu estava lá. Sua nova mulher era muito mais jovem do que ele. Souberam que Mariette tinha morrido. Estavam sem notícias de mim. Acharam que eu tivesse morrido também. Ao retornar, eu atrapalhava todos os cálculos daquela mulher. O bem que ela cobiçava, no entanto, era pouca coisa: um pequeno hotel de viajantes, que meus pais, saindo do nada, tinham conseguido adquirir. Uma vida de trabalho, privações, esforços incansáveis. Voltei. Já não havia lugar para mim em casa. Literalmente. Minha madrasta tinha transformado meu quarto em mais um quarto do hotel. Eu voltava ao meu quarto, era um tanto a menos por dia, um tanto a menos por mês no caixa. Meu pai era submisso à nova mulher. Nunca teve uma palavra para me apoiar, para me defender. Precisei brigar para reaver meu quarto. Ameacei reclamar a parte da minha mãe que me cabia. Sim, a esse ponto. Até consultei o tabelião para dar mais peso à ameaça. Brigar, apesar de estar anêmica, descalcificada, ardendo em febre desde a tarde. Reconquistei meu quarto e me fizeram pagar caro. Minha madrasta tornou-me a vida insuportável. Aguentei. Por quê? Às vezes ainda me pergunto. Lá lutávamos pela vida, e agora era preciso brigar por um lugar para dormir, por uma ração de comida. Valia a pena brigar por isso? Valia a pena ter voltado para isso, ter me obstinado tanto em voltar? Quantas vezes quase entreguei os pontos, quantas vezes disse a mim mesma que teria sido melhor não ter voltado! Como eu estava enojada! Quando o ex-chefe da nossa rede da Resistência me cortejou, estava disposta a cair em seus braços. Ele me daria tudo o que eu não tinha: um lar, uma casa, ternura, apoio. Que lástima! Você sabe como terminou. Ele estava em busca de uma boa condição. A não ser a de herói, que exercera – de maneira magnífica, é preciso dizer – desde a idade de dezoito anos, ele não tinha profissão. Destituir meu pai – que sua jovem mulher abandonara ao compreender que eu me aferraria – e garanto que com minhas mãos, embora transparentes de tão magras, aferrei-me à vida com uma força que não acreditava ainda conseguir extrair de mim na volta –, destituir meu pai e encarregar-se do caixa tinha sido o único objetivo do meu namorado. Novamente as discussões sórdidas, as contas miseráveis, despesas e receitas jogadas na cara, suspeitas. "Você está tirando do caixa. – De onde veio esse casaco? – E você, esse carro?" Uma baixeza, uma vilania... Amor, nem mais pensar. Voltar de Auschwitz e deixar-se apanhar pelos disparates de um ambicioso desprezível, como uma palerma do século passado... Eu tinha dezenove anos quando me casei, mas não era essa minha idade. Meu coração tinha dezesseis anos, idade em que fui presa, meu caráter tinha a idade de toda a experiência do mundo, essa experiência fora de toda medida. Ser traída com as camareiras como num romance do século passado, convenhamos que é risível. Precisei de anos para rir disso. Quanto tempo durou minha cegueira? Pouco tempo, se contarmos em amor, em felicidade. O tempo de ter duas filhas.

Divorciei-me. Poupo você dos detalhes; tão mesquinhos, tão sórdidos quanto o resto, com as crianças sendo postas em jogo e leilão, as partilhas e os cômputos. Meu pai morreu. Encontrei-me sozinha à frente do meu negócio. Não era o meu sonho, mas era a única coisa que eu era capaz de fazer para ganhar a vida. Quando tinha sido presa estava estudando. Não tinha nem um diploma para ingressar nos Correios. Administrar o hotel eu sabia de nascença, por assim dizer. Mas como eu estava esgotada, cansada daquela vida, daquela ausência de vida! Lá eu tinha aprendido que havia tantas outras coisas, graças às companheiras! Tinha descoberto tantos horizontes insuspeitados! Tudo aquilo de que vocês falavam: livros, teatro, pintura, música, viagens... Que escola para mim! Eu bebia suas palavras e prometia a mim mesma, se voltasse... Na volta, meu desejo era ler tudo, ver tudo. E eu estava ali, presa a meu ganha-pão, à minha cidadezinha de província, às conversas dos viajantes... Eu não tinha escolha, era preciso criar as filhas. Como resisti a vinte anos daquela vida? Graças a vocês, graças aos livros, graças à música, graças a tudo o que vocês tinham me ensinado a conhecer. Minha decepção foi tão grave, na volta, que eu não a teria superado se não tivesse aquela vontade de viver, de aprender, aquela vontade de saber o que vocês sabiam, vocês, as mais velhas, que tinham vivido e que contavam sua vida durante as chamadas, durante os trajetos, quando nos arrastávamos para os pântanos. Durante vinte anos tive essa faculdade providencial que me ajudou a sair de Auschwitz: a de me dividir, a de não estar presente. Sabe, no campo eu fazia isso. Você diz que lá era impossível se dividir. Pois eu conseguia. Passando diante de um monte de cadáveres, eu via, claro, mas logo desviava os olhos: não devo olhar, não devo ver. E conseguia não ver. Também ao voltar, quando meu marido e meu pai discutiam, brigavam, quando meu marido começava uma altercação, eu conseguia me refugiar num mundo meu, conseguia escapar. Quando tudo se acertou — divórcio, herança —, minhas filhas grandes, fiz meu balanço. — Veja só, sempre a linguagem comercial. Vamos lá, você tem quarenta anos; se quer viajar, se não quer terminar a vida na frente do quadro de chaves, precisa decidir. Logo será tarde demais. Acho que aos quarenta anos ainda ousamos empreender, aos cinquenta nos resignamos. Tomei minha decisão: vender o hotel, sair da França, tentar outra coisa em outro lugar.

Fui para Porto Rico com minhas filhas. Agora elas estão grandes, quase já terminaram os estudos. Por que Porto Rico? Na verdade, não sei. Não conhecia ninguém lá, não tinha atração especial por aquela ilha. Estava decidida a me estabelecer em outro lugar, em qualquer lugar, mas com sol, calor, mar, luz, cores. Então, aqui estou. Estou tão bem, estou passando tão bem desde que deixei de sentir frio! E as paisagens são tão bonitas! Trouxe meus livros, meus discos, e tenho, sob meu terraço, este mar azul, transparente, este mar quente... Sei que deveria trabalhar firme para recompor minha situação. Estou resolvida. Na minha próxima viagem – sim, pretendo voltar à França uma vez por ano – espero dizer a você que meus negócios estão caminhando bem. Por enquanto, ainda é apenas esboço, projeto. Talvez eu tenha feito uma loucura... Pelo menos terei feito. Pergunto-me se você vai me compreender: ter tido a sorte de voltar de Auschwitz e depois viver como se nada tivesse acontecido...

Vocês desejariam saber
fazer perguntas
e não sabem quais perguntas
e não sabem como fazer as perguntas
então vocês perguntam
coisas simples
a fome
o medo
a morte
e não sabemos responder
não sabemos responder com as palavras de vocês
e as nossas palavras
vocês não entendem
então perguntam coisas mais simples
digam-nos por exemplo
como se passava um dia
é tão longo um dia
que vocês não teriam paciência
e quando respondemos
vocês não sabem como passava um dia
e acham que não sabemos responder.

Vocês não acreditam no que dizemos
porque
se fosse verdade
o que dizemos
não estaríamos aqui para dizer.
Seria preciso explicar
o inexplicável
explicar
por que Viva que era tão forte
morreu
e não eu
por que Mounette
que era ardente e altiva
morreu
e não eu
por que Yvonne
que era resoluta
e não Lulu
por que Rosie
que era inocente e ainda não sabia
nem por que viver
nem por que morrer
por que Rosie

e não Lucie
por que Mariette
e não Poupette
sua irmã
que era mais jovem e toda frágil
por que Madeleine
e não Hélène
que dormia perto dela
por que por que
porque tudo aqui é inexplicável.

Voltar do campo voltar à fila
depois da história
o dia a dia
depois do maqui
a rotina da vida.
Dizíamos
a vida será bela quando for livre
a vida será ardente quando formos livres
tudo será simples
transparente
tudo nos será devolvido com a liberdade
a beleza o amor a amizade
tudo
a liberdade
é tudo
bastará viver
o que há de mais simples
de mais fácil
para quem sabe sofrer
para quem sabe morrer?
Voltar
Quem de nós ousava pensar mais longe?
Voltar

era já pedir o impossível
era pedir tudo
ousaríamos pedir mais?
Voltar
tudo nos seria devolvido.
Retornar não é tudo
é retornar para recomeçar a viver
a viver o dia a dia
a trabalhar e fazer dívidas
a economizar para pagar as dívidas
a vender sabonete
porque não sabemos fazer outra coisa
a voltar ao escritório
porque não sabemos fazer outra coisa
na vida do dia a dia
a buscar um alojamento
porque não queremos viver de outro modo
a sermos pontuais
porque no trabalho é preciso ser pontual.
...
Do que estão se queixando
a vida é a vida
com o que sonhavam no seu lá?
Com comer à vontade
com dormir à vontade
com amar à vontade.
O que comer o que dormir o que amar
vocês têm
desde que voltaram.
A história
acabou
sejam felizes como todo mundo
a história
é um momento

agora
é a vida.
E por que afinal queriam voltar?

Sair da história
para entrar na vida
tentem então vocês e verão como é.

Marie-Louise

"Veja, não me falta nada. Estou feliz." Ela me levava de um cômodo para outro, me fazia notar detalhes de equipamentos que tornavam sua tarefa mais fácil – "porque com os serviços de casa, entende, é preciso perder o mínimo tempo possível" –, uma cor que combinava bem com as outras, um móvel que vinha do antigo celeiro e que completava tão bem aquela pequena peça de canto. "Não é mesmo agradável a nossa casa nova? Daqui a pouco vou mostrar o jardim. Não. É melhor Pierre mostrar. O jardim é o orgulho dele. Este cantinho, aqui, eu chamo de meu escritório. É onde me fecho quando tenho necessidade de meditar, de ler ou de escrever. À tarde, eu escrevo. Ah! não sou escritora, não me considero escritora. Escrevo para mim. Mas você deve sentir isso também, temos necessidade de lembrar, e Pierre gosta de ler o que escrevo. Aqui tenho todos os meus livros. Preciso mandar colocar outra estante. Eu leio bastante, veja. Essa pilha, aí no chão, não tenho como arrumar. Não vejo a hora de vê-los ao lado dos outros. Sim, são todos livros sobre a deportação. Creio que tenho tudo o que foi publicado. Li todos e releio-os com frequência. Não há muita coisa sobre Auschwitz. É um pouco por isso que escrevo. Aqui, está vendo, tenho vários cadernos. Faço-os circular.

Como não bato à máquina, Pierre os datilografou. As pessoas me pedem. Amigas da minha filha. Ah! sabe, Pierre mesmo poderia escrever. Ele leu todos os livros que estão aqui. E também contei tudo para ele. Também recorto artigos. Muitos são interessantes. Se precisar, posso passá-los para você. Eu me deleito no meu escritório. É o cômodo mais tranquilo da casa. Não ouço nada a não ser o riacho que corre no fundo do jardim. Está ouvindo? Ah! não é que aqui seja barulhento. No fim da nossa aleia de pinheiros, temos calma absoluta. Aqui, no meu escritório, me sinto bem. Ninguém me incomoda. Todos sabem que, quando estou aqui, não devo ser incomodada. Sim, estamos felizes na nossa casa nova. A outra era boa, mas era na cidade e já não suporto barulho. Aqui não estamos longe do centro, dez minutos a pé. Aliás, raramente vou ao centro. E temos o jardim. Venha, vamos sentar na sala e tomar um porto enquanto esperamos Pierre. Ele não vai demorar. Você almoça conosco, fiz um guisado. Pierre lamentaria demais não a encontrar. Ficaria aborrecido se soubesse que você veio e não o esperou. A primeira vez que você vem nos ver… É claro, estamos um pouco longe de Paris. Por assim dizer, nunca vamos a Paris. Tanto Pierre como eu não gostamos muito de sair de casa."

Ela falava com uma voz abafada que combinava com os tons suaves do papel de parede, com a cor pálida de seu vestido, com a luz filtrada por tules franzidos e pela folhagem de uma árvore que preenchia a janela.

"Que gentil você ter parado na nossa casa. É um prazer revê-la depois de tantos anos." Ela servia o porto em belos copos. "À sua saúde! À alegria de revê-la mais vezes agora que você sabe o caminho." Ela tinha sentado e me examinava, sorrindo. "Como vai você? Está trabalhando? Retomou seu trabalho ao voltar? Eu não pude retomar de imediato. Você sabe que eu fazia a contabilidade na empresa do meu marido. Quando voltei estava tão cansada! Estava cansada sobretudo mentalmente. Não conseguia pôr as coisas em ordem na cabeça. Perguntava a mim mesma como faria para começar de novo a fazer contas. Retomei quando recuperei forças, trabalhei por alguns anos e agora me aposentei. É que Pierre diminuiu muito sua atividade. A idade... e o jardim, agora que ele tem um jardim. Ele traz os livros para cá e fazemos a contabilidade juntos. Sim, eu estava tão cansada que achava que nunca conseguiria me recuperar. E depois, aos poucos, as coisas se arranjaram. Recuperei todas as minhas aptidões. Graças a Pierre. Se ele não estivesse aqui para me ajudar, eu nunca teria conseguido me readaptar. Com ele, não era difícil, mas quando me via na presença de outras pessoas, até mesmo de amigos, tudo se atrapalhava. Já não encontrava palavras, começava a tremer, a transpirar. Se não fosse Pierre, eu teria mergulhado num isolamento total. Eu já estava, estava isolada de tudo: das pessoas, das coisas, dos fatos. Até minha filha me paralisava. Ela tinha treze anos quando voltei. Eu a reencontrava e ao mesmo tempo não a reconhecia. Você pode imaginar como ela estava feliz em reencontrar a mãe. E, naquela idade, compreende-se. Não é como as que deixaram em casa filhos bem pequenos. Quando voltaram, os filhos não as conheciam. Com minha filha, era diferente, mas ela tinha se acostumado tanto a estar sozinha com o pai, a governar a casa, que já não sabia falar comigo. Parecia que eu a assustava. É verdade que com aquela minha cara... Lembra? Mais magra do que eu, acho que era impossível. Quando ela procurava alguma coisa, a chave da adega ou dinheiro para o leite, era ao pai que ela pedia. Durante muito tempo Pierre continuou a cuidar de tudo na casa. Não sei explicar como ele fez: tornou a me pôr na vida sem que eu percebesse. 'Como

quando ensinamos as crianças a falar', ele me disse certa vez. 'Falamos com elas, mostramos como mexemos os lábios, elas nos imitam e um belo dia elas falam.' Para mim, parece mais que é como as ensinamos a andar. Tenho um bom marido, sabe. Nossa filha se casou, mas a casa não está vazia. Nós dois somos felizes. Nunca nos aborrecemos. Passamos nossas noites conversando. Não paramos de falar de Auschwitz. Minhas lembranças tornaram-se as dele. A tal ponto que muitas vezes tenho a impressão de que ele estava lá comigo. Lembra-se de tudo, até melhor do que eu. Ah, aí vem ele. Estou ouvindo o carro."
Ela foi encontrar o marido na escada.

— Pierre, temos visita. Adivinhe quem é. Charlotte.

— Ah! Charlotte! Como estou feliz em encontrá-la, finalmente. Não digo em conhecê-la, pois a conheço há muito tempo.

— Vocês se conhecem muito bem. Lá também falei muito de você para Charlotte, não é, Charlotte?

— Sim, de fato, nós nos conhecemos.

— Beijem-se como velhos companheiros.

Ele era como eu o imaginava pelo que sua mulher dissera. Um pouco envelhecido, um olhar meio melancólico que sem dúvida ele não tinha na época em que a mulher me falava dele.

— Muito amável ter vindo nos ver. Vai ficar alguns dias? Ficaremos muito felizes em poder conversar à vontade.

— Vou deixar vocês dois por um momento. Vou arrumar a mesa. Está tudo pronto. Faça um brinde com Charlotte, Pierre. Seu copo está aí.

— Então, Charlotte, como você está? Sempre parisiense, sempre no teatro? Minha mulher faz ótimos retratos. Eu a teria reconhecido imediatamente. Você retomou suas ocupações? Não penou muito, no início? Marie-Louise teve dificuldade, nos primeiros tempos. Eu me perguntava se ela conseguiria readaptar-se à vida. Quando a vi recolher folhas de repolho amareladas que tinham caído de um caixote, no verdureiro, perguntei-me se ela voltaria a ser uma pessoa normal. Ela acordava no meio da noite, pulava da cama porque achava que era de manhã. Eu fazia a mesma coisa para que ela não se sentisse perdida na casa adormecida. No caso das folhas de repolho, até passou depressa. Depois, ela se limitava a olhá-las como que lamentando. Desfolhava a salada examinando cada folha lentamente, tentando aproveitar as folhas grandes de fora. Quanto a despertar, demorou mais. Aliás, nunca retomamos o hábito de nos levantar na hora de antes. Isso não me incomoda, ao contrário. No verão, sempre há o que fazer no jardim, de manhã cedinho. Pulverizo as roseiras ou rego os tomates enquanto ela faz o café. No inverno, tenho a adega. Lá também sempre há alguma coisa para fazer. E Marie-Louise, levantando cedo ela pode se desvencilhar de todas as tarefas da casa de manhã e depois ter a tarde livre. Ela lê, escreve, responde às cartas. Mantém correspondência com todas as companheiras. É como com o café. Ao voltar, ela já não gostava de café. Então comecei a fazer chicória. Aos poucos, fui misturando café, cada vez um pouco mais, e ela retomou o gosto pelo café. Seria pena, antes ela gostava tanto do seu café.

Da sala de jantar, Marie-Louise intervinha, elevando um pouco sua voz abafada:

— Não conte para Charlotte que eu comia as folhas podres.

— Não comia, mas se eu não impedisse...

— Como eu era esfomeada quando voltei!

— Ela não suportava que a filha deixasse uma migalha na mesa. A coitadinha ficava toda desapontada porque, aqui, não sofremos racionamento durante a ocupação.

Não tivemos falta de quase nada; de açúcar, mas tínhamos mel. A zona rural é rica e, como éramos muito conhecidos, todo mundo nos abastecia. Nunca faltou nada nos pacotes que eu enviava.

Marie-Louise de novo:

— Desde que passamos a ter o direito de escrever, ou seja, desde que soube meu endereço, ele me mandava um pacote toda semana. Um pacote de dez quilos. Eu quase poderia prescindir da sopa e do pedaço de pão. Você se lembra do gosto daquele pão? Um gosto de castanha-da-índia, não é? Recebi todos, pelo menos todos os que ele mandou para Auschwitz. Depois, para Ravensbrück... E se você visse como ele pensava em tudo. Punha sempre um ou dois lenços para escorar uma lata, para disfarçar um biscoito. Pensava em tudo, até em escrever no fundo das caixas de papelão.

— Sim, eu escrevia no fundo da caixa... com lápis muito fino e calcando muito pouco, para que, por transparência... e prendia cuidadosamente um pedaço redondo de papel, colando só pelo contorno.

— Ao inspecionar o pacote, eles nunca tiveram a ideia de virar as embalagens e descolar as rodelas de papel. Era feito com muita habilidade. Nem uma bolha. Eu ficava muito orgulhosa quando achava! Mas você sabe como fazíamos com as entregas... Nada podia escapar. Desmontávamos uma embalagem como um relojoeiro desmonta um relógio de pêndulo.

— O último pacote que mandei para Auschwitz me foi devolvido com um enorme carimbo preto "Devolver ao remetente", em alemão, é claro. Foi assim que fiquei sabendo que vocês tinham sido transferidas para outro campo.

— Você não teve medo de que Marie-Louise tivesse morrido?

— Não. Até pensei nisso, mas pouco. Naquele momento, ninguém sabia.

— Pierre, vá buscar uma garrafa na sua adega. Um bordeaux, fiz o guisado com o coelho que Christine trouxe ontem.

— Meu borgonha não iria mal com guisado. O chambertin. Mas se você quer bordeaux.

— Você é quem sabe, mas acho que em Paris o bom bordeaux é mais apreciado.

Pierre saiu. "O que você acha do meu marido? É mesmo como eu dizia, não é? E que paciência ele teve para me ajudar! Na volta, eu não sabia fazer mais nada. Tinha medo de tudo: de ir ao correio, ao mercado. Quando era preciso dirigir a palavra a alguém, eu gaguejava, tremia. Pierre não me largava, nunca. Estava sempre ao meu lado. E aos poucos ele foi se afastando. Como fazemos com as crianças que estão aprendendo a andar, o que eu dizia há pouco. Largamos sua mão e ficamos agachados na frente delas, de braços abertos. Aos pouquinhos nos afastamos, mantendo os braços abertos. E, quando vemos que já têm firmeza nas pernas, esperamos no outro extremo da sala e deixamos que venham sozinhas. Pierre fez a mesma coisa comigo. Quando chegava minha vez, no guichê do correio ou em alguma loja, ele se afastava. Assim que ele me largava o braço, eu tinha a impressão de me afogar, então ele se aproximava um pouco e falava em meu lugar. Depois, deixava que eu me arranjasse sozinha, mas ficando ao meu alcance. Você não imagina como ele foi bom."

Pierre voltou da adega: "Aqui está seu bordeaux. Espero que Charlotte goste". A entrada estava apetitosa, o guisado, delicioso.

— Se vocês tivessem isso em Auschwitz! À sua saúde, Charlotte. Volte logo para nos ver.

— Da próxima vez, mande um recado. Vou fazer alguma coisa mais apurada, mais original, alguma especialidade da região.

— Uma das receitas que você deve ter dado a ela em Auschwitz... Podia ter servido o seu patê.

— Pensei nisso, depois achei o *cou farci*[43] menos corriqueiro para uma parisiense.

— A propósito, Marie-Louise, queria perguntar uma coisa. Outro dia recebi a visita de uma moça. Não sei como conseguiu meu endereço nem quem a mandou à minha casa; decerto foi uma das nossas. Ela soube que eu estava no mesmo comboio que sua mãe e queria que eu lhe falasse da mãe. Infelizmente, não fui capaz de dizer nada. Não conheci a mãe dela. Pelo menos, não me lembro dela, nem consegui me lembrar do nome. Perguntei a Mado, que de todas nós é quem tem a memória melhor. Ela também não lembra.

— Como vai Mado? — perguntou Pierre. — O que foi feito dela?

— Ela se casou.

— Sim, nós sabemos, e só tem um filho? Que idade ele tem hoje?

— Dezessete anos.

— Ah, como fico feliz por ela!

— Como se chamava a mãe da tal moça? — perguntou Marie-Louise.

— Mathilde. Você a conheceu?

— Mathilde? A bretã? — disse Pierre, na mesma hora. — É aquela que tinha uma filha da mesma idade que Christine e que era sua vizinha de cama em Romainville? Você e

---

43 Literalmente, "pescoço recheado". Embutido típico da região do Périgord, feito com pele de pescoço de pato recheada com uma mistura de outras carnes.

ela tinham planejado mandar as filhas fazer um intercâmbio durante as férias. A dela viria para o campo enquanto a nossa visitaria Paris. Ela morava perto da place de Clichy, me parece.

— Sim, é essa — disse Marie-Louise. — Como se chamava a filha dela?

— Monique — disse Pierre. — Era um ano mais velha do que a nossa. Hoje é uma mulher de 38 anos. Como vai ela? Deve ter sido terrível não ver a mãe voltar. Mas por que esperou todo esse tempo para se informar? Se tivesse mandado uma mensagem para o boletim da Amicale[44], teríamos escrito para ela. Ainda tem o pai?

— Sim, ele se casou de novo — eu disse.

— Ah! — fez Pierre.

— Pierre não teria se casado de novo se eu não tivesse voltado.

— Querida... Já que ela quer que se fale da mãe, você deveria escrever para ela, Marie-Louise. Charlotte, pode nos dar o endereço? Que ela venha nos ver. Infelizmente, você não poderá lhe dizer nada sobre o desaparecimento da mãe, já que a perdeu de vista em Birkenau.

Marie-Louise sorria, satisfeita.

— Eu disse, Pierre está a par de tudo. Lembra até melhor do que eu. Pode falar de qualquer uma do comboio, ele sabe quem é.

— Sim — disse Pierre —, conheço todas vocês. E quando vi Birkenau...

— Você foi a Birkenau?

— Sim, com Marie-Louise, faz alguns anos. Foi uma das primeiras peregrinações. Marie-Louise tinha descrito tão

---

44 Nome dado às associações de deportados dos campos de concentração nazistas criadas no fim da guerra e que publicam esses boletins até hoje.

bem os blocos, os pântanos, onde seu bloco ficava para a chamada, a guarita da entrada, tudo, que na mesma hora reconheci os locais: o lugar em que vocês passaram por aquela chamada interminável diante do bloco 25 dez dias depois de chegarem, o campo onde ficaram plantadas o dia todo na neve e a corrida em que a sra. Brabander e Alice Viterbo foram pegas. O canteiro que fizeram ao longo dos arames farpados, na entrada, carregando terra nos aventais, num domingo, desapareceu debaixo do capim. Acho que deveria ter sido conservado. Marie-Louise não conseguiu lembrar-se do lugar dela no bloco 26.

— Sabe, é diferente ver aquele bloco vazio, e, como parte do teto desabou, agora está claro. Além disso era verão. Com o sol...

— Ela já não sabia se ficava à direita ou à esquerda. Em todo caso, era no segundo vão, pois do lugar de vocês dava para ver o pátio do 25.

— Era à direita, no segundo vão — eu disse. Por sorte me lembrava.

— Está vendo, eu tinha razão. Quando você me explicou que vocês enxergavam o pátio do bloco 25, mas não a porta, eu disse que certamente era à direita. Tirei fotos. Se quiser, posso mostrá-las depois do almoço. Fui até o pântano. Há um pequeno ônibus que leva os visitantes até lá, mas preferi ir a pé. Naturalmente, não podia ser a mesma coisa. O tempo estava bom, eu estava bem calçado. Mas enfim, pensando na neve, nos sapatos de vocês, nos cães, no vento, no seu cansaço, bem consegui imaginar. Marie-Louise ainda se pergunta como conseguiu se arrastar até lá depois do tifo. Ainda bem que você estava lá para lhe dar o braço.

— Todas nós nos dávamos o braço — eu disse.

— É evidente que vi mais do que vocês viram quando estavam lá: os crematórios, as câmaras de gás, o muro das execuções dos homens embaixo. Visitamos tudo. Você não voltou lá, Charlotte?

— Não. Não tive coragem.

— Compreendo. Para mim era diferente. Fui com Marie-Louise. (Charlotte, posso lhe servir um pouco mais de guisado? Espero que tenha gostado.) E Lulu e Carmen, como estão elas? As que são da região nós vemos nas cerimônias...

— Saímos pouco — disse Marie-Louise. — Estamos tão bem em casa, os dois, mas vamos a todas as cerimônias. Primeiro, porque é um dever, e depois porque sempre gostamos de rever as companheiras.

— As daqui vemos com bastante frequência, mas as parisienses, as marselhesas... Soubemos que Carmen se casou na volta e teve três filhos. Você as encontra com frequência, Lulu e ela? Gostaríamos de encontrá-las, de recebê-las aqui. Diga-lhes que venham com Cécile. Que trio elas formavam! Aquelas três eram ousadas. Ficaríamos contentes em tê-las aqui. Não é, Marie-Louise?

A refeição chegava ao fim. "Pierre vai fazer o café para nós", disse Marie-Louise. "É ele que faz o café. Vamos para a sala, lá estaremos melhor para continuar a conversa. Não pode mesmo ficar, pelo menos esta noite? Você encontraria Christine. Ela passa todos os dias na saída da escola. Ela é professora, sabia? Já ouviu falar tanto em você que gostaria de conhecê-la."

— Não, desta vez não. Não tenho tempo. Você me desculpa?

— Você vai voltar. Volte antes do inverno, vamos levá-la para passear na floresta. A floresta é muito bonita, com grandes faias.

Tomamos o café.

— Charlotte não quer ficar até amanhã — disse Marie-Louise.

— É pena — disse Pierre. — Você poderia levá-la para dar um passeio na floresta. Poderia mostrar o lugar onde foi presa. Bem no meio do bosque.

— Ela vai voltar — disse Marie-Louise. — Está prometido.

— Charlotte, você sabe que aqui está em casa. Entre companheiros — disse Pierre.

Deixei-os na entrada de sua linda casa, no fim da aleia, ao frescor e à sombra dos pinheiros.

Ida

No vagão, eu não conhecia ninguém. Eu estava em Drancy havia apenas três dias quando aconteceu a partida. Não tinha tido tempo de me ligar a ninguém. Colocaram-me num dormitório com mulheres e crianças. Ninguém me dava atenção. Ninguém me dirigia a palavra. Ninguém me perguntou de onde eu vinha, quem eu era, como tinha chegado ali. As pessoas não tinham curiosidade, decerto porque estavam tão preocupadas, tão inquietas, que não se interessavam pelos outros. Eu estava ali, sozinha. Ficava no meu canto sem fazer barulho, tomando cuidado para não incomodar meus vizinhos. Ouvia suas conversas, suas apreensões e suas apreciações. Ficava no meu canto, séria, com a preocupação de me comportar como adulta. Quando fizeram a reunião para a partida, quase todo o meu dormitório foi chamado. As mulheres choravam, enxugavam os olhos com as costas das mãos e se debruçavam sobre os filhos para acalmá-los e dizer baixinho para ficarem tranquilos. "Fique quietinho, mamãe está aqui. Fique perto da mamãe. Não se perca da mamãe." Seus conselhos tranquilizadores dirigiam-se mais a si mesmas. Estavam com os nervos em frangalhos. As crianças não se surpreendiam. Já tinham se acostumado a não estar em casa, a ter abandonado seus hábitos, a disciplina. Algumas mulheres se agitavam para avisar o marido, que estava do lado dos homens. Ele também partiria? Tinham medo de separar-se deles. Ao reconhecê-los entre os homens reunidos para partir, sentiam-se mais seguras.

Quando nos mandaram fazer fila para o trem, todo mundo ficou ao mesmo tempo nervoso e atordoado. As mulheres que tinham filhos esforçavam-se para se controlar. Nenhuma delas me dirigiu uma palavra, um olhar. Eu não era da família. Já estavam tendo bastante trabalho com os filhos delas, sobretudo as que tinham vários. Eu estava sozinha e quase orgulhosa: era considerada adulta. Minha docilidade não era determinada pelo medo. Eu só queria passar despercebida e não ter problemas. Estava sempre no lugar certo na hora certa, sempre executando depressa o que mandavam executar. Em frente! Direita! Esquerda!

Os vagões estavam parados sobre os trilhos, abertos. Em grandes levas, nos empurraram para dentro deles, os homens nos vagões da frente. Ao subir, torciam o pescoço para ver mais uma vez suas mulheres e seus filhos, que esperavam a vez. As mulheres e as crianças ficaram juntas. Quando o vagão em que eu estava encheu, as portas se fecharam correndo aos trancos nas ranhuras. Barulho de baque de ferro pesado. Vedadas as portas, ficamos no escuro. Os gritos na plataforma emudeceram. Vi-me sentada direto no chão, no meio daquelas mulheres em que eu mal tinha reparado nos três dias passados no dormitório. As mães tinham juntado a palha espalhada pelo vagão para nela deitar seus filhos. As mais expeditas tinham se colocado nos ângulos. Tinham deixado as velhas sentarem encostadas nas paredes, era mais confortável. Sendo uma das últimas a subir, só me sobrou um lugar no meio, perto do tonel de latão que serviria de latrina. Eu seria incomodada com frequência. Devagar, me instalei. Dobrei cuidadosamente meu casaco, abri minha velha capa de chuva debaixo de mim para não me sujar e pus minha trouxinha na altura da gola para me servir de travesseiro para apoiar a cabeça. Alice me tinha feito levar meu casaco bom, por causa do frio, e levar minha capa de chuva velha, para proteger o casaco. Eu não tinha a menor ideia de quanto duraria a viagem. As outras também não. Instalei-me para uma viagem decerto muito longa, nas melhores condições possíveis. Ninguém cuidava de mim. Eu precisaria me cuidar sozinha.

Os vagões esperaram muito tempo. Aos poucos os olhos se acostumavam à penumbra. Eu me perguntava quantas pessoas éramos. Durante toda a viagem não consegui contar. Estava muito escuro e algumas tinham se encolhido debaixo de montes de roupas e eu sempre as confundia com pacotes. Estávamos muito apertadas. As mães engoliam as lágrimas com um pigarro, como quando estamos com um pouco de dor de garganta; as mulheres sem filhos deixavam que escorressem, sem nenhum ruído. As velhas estavam mudas, perplexas. Todas se organizavam por grupos, compartilhavam cobertores, enrolavam agasalhos que serviriam de travesseiro. Tinham passado semanas juntas no dormitório, se conheciam. A mim, a viagem não apavorava. Ao contrário, estava contente por não ter perdido tempo em Drancy. Estava com pressa de reencontrar minha mãe. Tinha certeza de que iria encontrar minha mãe. Assim, as contrariedades da viagem, o desconforto, não tinham importância.

O trem chacoalhou. Crianças choraram. Suas mães as embalaram e logo elas adormeceram. As mulheres começaram a conversar e a se lamentar. Todas estavam com medo. E, quando expressavam seus temores sobre o que nos esperava, anunciavam coisas assustadoras, sem pensar que talvez nem todas as crianças estivessem dormindo e sem me poupar — o que aumentava meu orgulho. Não me consideravam criança. Eu tinha catorze anos e não o confessava. Queria ser considerada adulta.

Quando o trem tomou certa distância, mulheres tiraram cadernos e lápis da bolsa. Arrancaram páginas dos cadernos, deram às que não tinham e a maioria escreveu bilhetes, dobrou-os bem pequeninos para enfiá-los pelas fendas das portas. Algumas não tinham para quem escrever. Outras lhes indicavam o endereço de pessoas confiáveis. Tudo isso com explicações complicadas, encorajamentos e dúvidas. Nenhuma perguntou se eu queria um pedaço de papel. Eu não precisava. Papai estava escondido. Eu acreditava saber onde, mas seu domicílio tinha de ficar em segredo. Logo ele ficaria sabendo pela minha hospedeira que eu tinha ido embora. Estava deixando meu pai, ia encontrar minha mãe. Estava contente. Imaginava a alegria dela ao me ver, o consolo que eu seria para ela. Alice, minha hospedeira, tinha me dado um farnel para a viagem: toucinho, um patê que ela tinha feito às pressas, com uma sobra de coelho, na véspera da minha partida, um pote de manteiga salgada, compota que tínhamos feito juntas no outono anterior, torresmos. Durante os três dias em Drancy, não toquei nas minhas provisões. No trem, também não toquei. Guardei tudo para mamãe. Depois de seis meses que estava lá, ela devia estar precisando. A julgar por Drancy, a comida lá não devia ser boa nem abundante. Durante a viagem, contentei-me com o meio pão e o pedaço de linguiça enrolado em papel que tinham distribuído para nós antes da partida.

O trem avançava. Ao meu redor, sussurros, soluços, ressonos. As crianças choramingavam. Eu pensava na minha mãe. Como a encontraria? Seus belos cabelos dourados, sua pele macia. Tinha vontade de beijar minha mãe, encostar minha bochecha na bochecha dela, durante muito tempo, brincar com seus dedos, seus anéis. Não, devem ter-lhe tirado os anéis. Eu soubera por uma carta do meu pai que minha mãe tinha sido presa. Eu não tinha a menor dúvida de que nos colocariam todos no mesmo lugar. Portanto, logo voltaria a ver minha mãe. Estava ansiosa para chegar. Não era tão tola para achar que mamãe estivesse lá como se fosse de férias. Deviam fazê-la trabalhar duro, com certeza. Talvez cuidando dos doentes. Mamãe sabia fazer tudo, e era tão valente que suportaria tudo e logo estaríamos todos reunidos em casa. A guerra terminaria, até Alice dizia, ela que não comprava jornal e não tinha rádio. Da nossa aldeia do Poitou, a guerra parecia muito longe. Estávamos afastados da rodovia. Eu nunca tinha visto alemães. Trabalhar duro, sentir frio, não comer o suficiente, assim eu imaginava a vida da minha mãe. Meu farnelzinho a deixaria feliz, a manteiga lhe faria bem. Eu também estava levando duas blusas de frio grandes que eu tinha tricotado enquanto vigiava as cabras da minha hospedeira. Pobre Alice, como ela tinha chorado procurando o que pôr no meu farnel! Entre duas fungadas, fazia suas recomendações: "Tenha juízo, Ida. Cuide-se muito. Cuidado para não se resfriar. Vou pôr um bom par de meias de lã para você". As lágrimas corriam de suas velhas faces enrugadas para suas velhas mãos enrugadas. No entanto, na época eu não tinha prestado tanta atenção, Alice não era tão velha. Devia ter a idade da minha mãe ou, se tinha mais, era pouco. Minha mãe era tão bonita, tão elegante. "Compreenda, Ida, não posso ficar com você. Precisa ir embora. Eles disseram que, se você não fosse, pegariam Émile. Vá. Logo você estará de volta." E ela chorava mais ainda. Eu a ouvia sem raiva, pensando: "Como você é covarde, Alice. Como vocês são covardes, Émile e você. Por que está me deixando ir embora? Era só Émile se esconder também. Vocês conhecem muitas fazendas onde ele poderia se refugiar. Na Vendée, já seria bem longe. Vocês não sabem o que me espera no lugar aonde vão me mandar. Eu também não, mas dizem que lá é horrível". Depois todos os meus temores desapareceram. Uma alegria foi me tomando: ia reencontrar minha mãe. Não tinha pensado nisso antes. Como eu era boba. Alice soluçava, mesmo assim tentava falar: "Compreenda, Ida, não podemos fazer outra coisa", e ela desembaraçava pedaços de barbante para terminar de empacotar o farnel. Pronto, os soluços se espaçavam. "Ainda bem que sempre guardei os pedaços de barbante. Hoje não se encontram mais. Está vendo, Ida, sempre se deve guardar tudo."

Quando a polícia nos obrigou a nos declarar e a usar a estrela, meus pais me mandaram para o campo. Procuraram um lugar em que ninguém soubesse onde eu estava, em que eu fosse para a escola ou pelo menos fosse mais bem alimentada do que em Paris. Primeiro procuraram na zona livre, mas, quando se soube que pessoas tinham sido detidas por patrulhas alemãs ao atravessar a linha de demarcação, acharam prudente não correr esse risco. Encontraram Émile e Alice naquela aldeia do Poitou. Émile era trabalhador diarista. Eles tinham algumas cabras que pastavam pelos caminhos e na beira dos campos, um pedacinho de terreno onde cultivavam cada cantinho. Eram pobres; uma pensionista cujos pais enviassem pagamento regular seria um suplemento apreciável. Mamãe me levou à casa de Alice. Ao me deixar, recomendou que eu fosse à missa como as outras crianças e que fosse bem na escola. Logo ela voltaria para me buscar, com papai, e iríamos juntos passar férias à beira-mar, numa praia bonita, com areia bem fina e conchinhas. Minha mãe deu instruções a Alice a respeito da igreja e da escola. Eu estava triste ao acompanhar minha mãe até o ônibus. Corajosa, sorria para mostrar que compreendia muito bem a situação. Eu só tinha treze anos, mas acho que de fato compreendia.

A casa de Alice era uma das últimas no limite da aldeia, onde ficavam as casas dos pobres. Logo me senti à vontade. Alice e Émile, no fundo, eram boas pessoas. Gostavam de mim. Quanto a mim, descobria o campo, as flores, os animais. Vigiava as cabras ao longo dos caminhos, acompanhava-as tricotando, como as camponesas. Minha mãe me mandou lã que lhe restara de antes da guerra. Também me mandava mesada. Eu não gastava, guardava para mandar pacotes para ela: manteiga, toucinho, ovos, tudo o que eu pudesse coletar nas fazendas das redondezas. Eu ia regularmente à estação – não era muito longe, oito quilômetros, e meu pai tinha me comprado uma bicicleta – para fazer o envio para minha mãe. Os dois funcionários me conheciam. "Como vai, Ida? Tem certeza de que seu pacote está bem embalado?" Sempre tinham uma palavra gentil para mim. Eu não tinha o endereço do meu pai. Em todas as cartas, minha mãe dizia que ele estava bem e que me mandava um grande beijo.

Depois das férias entrei na escola. A professora era muito boazinha. Às vezes me dava uns tapinhas na bochecha dizendo: "Ida, querida, como você é sensata para a sua idade! Na sua situação, eu compreendo, mas criança precisa se divertir". Ela me olhava com afeto, com um pouco de tristeza também, eu achava. Eu ia muito bem na escola. Cada elogio da professora me enchia de felicidade. "Você deveria ir para o liceu", dizia a professora. "Se quiser, posso arranjar isso com uma colega minha, em T., para que você seja pensionista dela e continue os estudos. Seria pena não avançar. Aqui você vai perder um ano." Ir para o liceu, eu também pensava nisso. Tinha esperança de não perder o ano todo; logo estaria de novo com meus pais e iria para o liceu em Paris. Minha mãe e meu pai tinham combinado, depois do meu certificado de estudos[45]. Por enquanto – mamãe tinha dito numa carta –, seria imprudência eu ir para uma cidade maior. Naquela aldeia eu tinha sido adotada e as outras crianças brincavam comigo sem me perguntar por que estava lá. Eu era uma delas. No entanto, meu nome soava como estrangeiro. As outras meninas se chamavam Suzanne, Yvonne, Simone. Quando me dei conta, já era tarde demais para mudá-lo. Todos do lugar conheciam Ida e todos gostavam de mim. O prefeito, um velho fazendeiro, era como um avô. Às vezes parava na casa e eu surpreendia conversas entre Alice e ele. Uma vez o ouvi dizer: "Enquanto eu estiver aqui, ninguém vai tocar em Ida. Não precisa ter medo, Alice". Fiquei preocupada. Não escrevi nada para minha mãe, mas contei para a professora. "Fique atenta, minha querida Ida. Se sentir o menor perigo, saia pelos campos e vá até a sede do cantão. Vá direto à escola. A diretora é minha amiga, ela vai proteger você. Hoje à noite, justamente, vamos jantar juntas e vou avisá-la."

Um dia recebi um cartão sem assinatura, que vinha de uma cidade que eu não conhecia. Era a letra do meu pai. Minha mãe tinha sido levada, não se sabia para onde. Ele acrescentava: "Seja ajuizada, continue a se sair bem na escola" e, dirigindo-se a Alice, garantia que minha pensão seria paga como antes, por transferência no primeiro dia do mês. E em pós-escrito: "Não envie pacotes, já que mamãe já não está em casa". Então, os alemães tinham

---

45 Certificat d'Études Primaires (CEP), certificado concedido na França, até 1985, ao aluno que concluía o correspondente ao Ensino Fundamental.

capturado minha mãe. Chorei. Eu chorava conduzindo minhas cabras. Contava toda a minha tristeza para minhas cabras. Dizia-lhes como minha mãe era bonita, como gostava de mim, como eu estava triste por ela ter ido embora. Você já reparou nos olhos melancólicos que as cabras têm? Parece mesmo que compreendem quando falamos com elas.

Isso foi no verão. Chegou o outono, depois o frio. De vez em quando eu recebia um cartão dando notícias do meu pai. Por que ele nunca falava da minha mãe? Desde a época em que ela tinha ido embora – e eu contava as semanas, os meses –, desde que tinha ido embora, ela deveria ter me escrito. Depois eu refletia. É evidente que minha mãe não me escreve para ninguém saber onde estou. Papai escreve, mas ele põe os cartões no correio em lugares diferentes e eles não trazem nenhum endereço.

Um dia, mais para o final do inverno, o velho prefeito passou na casa de Alice. Eu voltava da escola e estava batendo meus tamancos na pedra debaixo da janela da cozinha. Tinha chovido o dia todo, fazia frio, meus tamancos estavam pesados de tanta lama. Eu os batia cuidadosamente na pedra, debaixo da janela da cozinha, quando reconheci a voz do prefeito. Fiquei agachada debaixo da janela para ouvir o que ele dizia. Ele falava alto, Alice era meio surda. Pela voz deles, os dois estavam sérios.

– Eu podia ficar sossegado com Ida enquanto Bertrand estava na polícia, mas Bertrand acabou de ser transferido. Para mim o novo capitão tem todo jeito de ser um hipócrita, desses que querem mostrar serviço. Não sei o que aconselhar, Alice. Talvez seja melhor, se ainda der tempo, mandá-la de volta para os pais e eles procurarem outro asilo para ela.

– É impossível. A mãe foi presa e o pai me manda a pensão sem dar endereço. Para onde ela iria, coitadinha?

O velho estava perplexo. Quanto a mim, tomei uma decisão. Despedir-me de Alice e correr pelos atalhos até a casa da diretora na sede do cantão. O prefeito saiu. Dei-lhe boa-tarde como se tivesse acabado de chegar. Ele me beijou. Minhas suspeitas se confirmavam. Tinha de ir embora. Na mesma hora, comecei a juntar minhas coisas. "Vou embora, Alice. Me desculpe não dizer aonde vou. Acho que preciso fugir sem perder mais um instante. Não se preocupe comigo. Vou me arranjar. Sei para onde ir." E eu arrumava minhas coisas rapidamente numa bolsa.

– Espere, Ida. Não vá embora agora. Você não vai sair andando com esse tempo. O prefeito não falou que o perigo está na porta.

Tirei as coisas da bolsa me censurando por ser precipitada. No dia seguinte à meia-noite a casa era despertada pela chegada da polícia. Ao ouvir o carro parar, entendi. Alice, desfazendo-se em lágrimas, já estava perto da minha cama anunciando que os policiais tinham vindo me pegar. Eram três. Três para prender uma menina de catorze anos! Era mais para um dar coragem ao outro. Dei um pulo, disposta a saltar para o quintal por uma janela de trás, a sair pelo pomar, no fundo da horta, e fugir cortando caminho pelo bosque.

– Você não pode ir embora, Ida: você não pode. O capitão da polícia disse que, se não a encontrasse, ele levaria Émile.

Eu não podia ir embora. Deixar pegarem Émile no meu lugar era impossível. Alice cuidou de me preparar provisões para a viagem, regozijando-se por ter feito um patê na véspera. Os três policiais, em pé na cozinha, me esperavam. Não me apressaram. Beijei Alice, que me molhou todo o rosto com suas lágrimas, beijei o bigode de Émile, que também tinha levantado, peguei minha trouxa. A caminho. Primeiro Drancy, e lá estava eu naquele vagão.

Durante a viagem, não lamentei nada. Não lamentei ter cedido à covardia de Alice. Estava feliz com a ideia de rever minha mãe. As outras, com sua choradeira e suas apreensões, me irritavam.

Ao chegar – ninguém sabia que era em Auschwitz que estávamos chegando; se soubéssemos, não seriam maiores nossos temores, esse nome não significava nada para ninguém –, ao chegar, eu estava à espreita, observando, tentando captar as ordens que vinham aos berros de todos os lados, mantendo-me bem ereta com minha pequena trouxa, meu lenço charmosamente ajustado à cabeça e sem perder nada do que acontecia. Entendia um pouco de alemão, graças ao iídiche que tinha aprendido em casa. Quando um oficial – ele tinha dragonas e um quepe chato – gritou para as mulheres que tinham filhos se colocarem em fila na frente dele, quando ele gritou: "Todas as crianças, aqui", não saí do lugar. Fiquei no fim da fila em que estava. Eu não era criança. O fato de colocarem de lado mulheres e crianças não me inspirava confiança. Não me pergunte por quê. Eu não sabia nada, realmente. Quem sabia, na época? Eu era alta, bastante forte, aparentava ter dezessete ou dezoito anos e me comportava como adulta, não como uma menina de catorze anos. Fiquei então na coluna certa e entrei no campo.

Eu não tinha travado nenhum contato durante a viagem. As outras mulheres cuidavam de si mesmas ou estavam de sobreaviso. Uma vez no campo, fiquei completamente isolada. Não pense que me senti perdida. Eu procurava minha mãe por toda parte. Para mim é difícil explicar como me arranjei. Fiz amizades, todo mundo me ajudou. Como você deve suspeitar, não encontrei mamãe. Na entrada, tive de deixar o pacote de Alice que eu tinha guardado para minha mãe. Estava intacto e reprimi as lágrimas ao deixá-lo com a alemã que o arrancou das minhas mãos. Naquele momento eu tinha esperança de encontrar mamãe. Que pena, aquela compota gostosa de peras, das peras que eu mesma tinha colhido no pomar do prefeito. Ele sempre me deixava pegar tudo o que eu quisesse. No campo, aprendíamos as coisas aos poucos. No entanto, não levei muito tempo para compreender que nunca mais veria minha mãe.

Depois de passar algumas semanas em Birkenau, fui mandada para Buna, a fábrica de borracha. Era penoso, os dias eram longos, porém mais suportável do que Birkenau. Podíamos nos lavar, a sopa era melhor e as chamadas, mais curtas. Não éramos punidas com muita frequência, estou falando das grandes punições, porque bofetadas nos eram distribuídas o dia todo. Um dia, numa coluna de homens que subia para a fábrica, reconheci meu pai. Como tinha mudado! Velho, magro, esfarrapado. Ele, que estava sempre tão bem arrumado... Imagine, ele era alfaiate. Gritei: "Papai! Papai! É Ida! Ida!". As outras me seguraram para eu não correr até ele. Ao ouvir meu nome, ele se virou e lançou na minha direção um olhar amedrontado. A coluna continuou avançando. Meu pai não me reconheceu no meio das outras.

Papai não voltou. No retorno, eu já não tinha nem as companheiras do campo. Cada uma tinha voltado para sua casa. Não me restava nenhum parente, todos tinham sido apanhados. Todos tinham morrido lá. Fui acolhida por uma amiga da minha família, que me fez trabalhar com ela na confecção. Eu bem teria desejado voltar a estudar, mas a coitada da mulher não tinha meios para me sustentar. Fiquei sabendo tarde demais que poderia ter conseguido uma bolsa da comunidade israelita. Meus pais não eram muito religiosos e não pensei em procurar um rabino. Me arrependi. E minha professora queria tanto que eu continuasse! Agora já não importa, vou voltar para a escola com Sophie.

Quando conheci Charles, eu tinha vinte anos. Ele também trabalhava em confecção. Não tinha sido deportado e achei que era melhor assim. Diante de mim, ele ficava ao mesmo tempo perturbado e assustado, porque eu estava retornando de Auschwitz. Nós nos casamos. O início foi duro. Nenhum de nós dois tinha nada. Era preciso fazer casacos para ter com que se alimentar, se alojar, se instalar! Não queríamos filhos antes de estar estabelecidos, de ter um emprego, de pagar nossas dívidas. Amigos de Charles nos tinham ajudado a conseguir um pequeno alojamento e as máquinas. Depois de alguns anos, compramos um apartamento decente. É boa a nossa casa, você não acha? Sophie nasceu. Ficamos loucos de alegria. "Como ela é linda! Como é delicada!", enfim, como você vê, bobos como todos os pais. Nossa Sophie era mesmo uma gracinha. Já tinha esses olhos grandes e escuros e a linha fina da sobrancelha. E depois não sei o que me aconteceu.

Um dia, justamente quando tudo ia bem – Sophie era um bebê lindo, Charles tinha trabalho –, um dia fui tomada por uma angústia insuperável. Fiquei com a garganta estrangulada, o peito esmagado por um aro de ferro, meu coração me sufocava. Comecei a gritar de terror. Era de noite. O médico tentou me fazer dormir e não conseguiu. Levaram-me para uma clínica. Charles cuidou de Sophie. Como temos a oficina no apartamento, ele conseguiu dar conta sem muita complicação. Pôs o berço num cômodo que dava para a oficina e deixava a porta entreaberta para ficar de olho na criança; ele preparava as mamadeiras, vestia e trocava a fralda de Sophie quando necessário. Saía-se muito bem. A zeladora subia para cuidar de Sophie quando ele precisava sair para fazer alguma entrega ou para me ver na clínica. Me davam calmantes, eu precisava dormir. Adormecia, acordava, caía de novo num sono estranho. Tinha a impressão de ser duas. Quando voltei a mim, tive um choque: "Por que estou aqui? O que estou fazendo aqui? Estou trancada. Vão me manter trancada". Tive medo. Esperar e deixar passar o tempo, não. Eu precisava fugir. Depressa. Num piscar de olhos minha decisão estava tomada. Enfiei meu roupão e pulei pela janela. Foi um milagre eu não ter me matado. Mesmo de um primeiro andar, pode-se morrer. Um teto de vidro amorteceu a queda. Saí dessa com cinco fraturas, a mais grave na bacia, e quase um ano de hospital. Os médicos acharam que eu quis me suicidar. Não consegui fazê-los entender que estavam enganados. Eu quis fugir. Aliás, é difícil explicar. Eu era duas e não conseguia juntar as duas. Havia eu e um espectro de mim que queria se colar a seu duplo e não conseguia nunca. Eu o via se aproximar como uma forma mole na qual me reconhecia quando ela estava perto de mim e que se esfiapava quando eu a tocava. Fui curada.

Quando voltei para nossa casa, Sophie corria pelo apartamento. Já era uma menininha e Charles a vestia como menina. Ele ficava tão feliz em vestir sua filha! Uma verdadeira boneca. Estava cada vez mais linda, cada vez mais graciosa. Retomei meu lugar na casa. Estava curada. Achava-me curada, mas sem dúvida não estava. Há momentos em que estou muito bem, muito, muito bem. Fico feliz. E de repente, sem saber por quê, sem saber como, por que naquele momento e não em outro, sem que eu tenha o menor pressentimento, sinto subir aquela angústia que me tomou pela primeira vez depois de Sophie nascer. Tento lutar. Em vão. Tudo me sobrecarrega, o menor trabalho, a menor coisinha que faço, seja lavar a louça, arrumar a cama, pregar um botão. Fico sem força. É como se de repente uma mola se quebrasse. Charles avisa meu médico e volto para a clínica.

Fico lá alguns dias, às vezes mais, uma semana, duas semanas. Ah, isso não me acontece com muita frequência. Só uma vez por ano, não mais. Não entendo. No entanto, sabe, penso no campo muito raramente. Ao voltar, eu temia ter pesadelos. Tive no começo, agora nunca mais. Com frequência encontro amigas do campo. Nunca falamos de lá. Temos tantas outras coisas a nos dizer... Os filhos, os projetos. Imagine que agora há algumas que vão casar os filhos. O tempo passa, é incrível. O tempo passa, felizmente. Parece que esqueci tudo. Da minha mãe só tenho lembranças muito doces: sua voz, seus cabelos, sua pele. Minha mãe, hoje, é mais nova do que eu. Se paramos para pensar, é extraordinário: ter a mãe mais jovem do que nós mesmas. Meu pai... Ele desapareceu. Então essas angústias que me invadem inesperadamente, esse espectro que se desprende de mim e quer retomar seu lugar... Não compreendo.

Quando voltei, fui ver Alice. Eu não lhe queria mal, coitada. Ficou contente em me ver. "Eu sabia que você voltaria, Ida. Rezei por você, sabe." Émile tinha morrido. "Pôde pelo menos ver o fim da guerra, coitado." Se tivesse fugido comigo, se tivesse se escondido... Voltei lá com Charles depois de me casar, várias vezes passei férias lá com Sophie. Mostrei para Sophie os lugares aos quais levava minhas cabras. Alice já não tinha cabras, ela não tinha mais força para cuidar delas – com as cabras anda-se muito, sabe, e Alice não estava bem das pernas. Passava horas nas fazendas da vizinhança. Sophie se encantava quando eu contava que cada cabra minha tinha um nome e que elas atendiam quando eu chamava. Mostrei minha escola. Minha professora boazinha já não estava na região. Ela é diretora em Saint-Loup. O marido foi morto no maqui. Seu marido estava no maqui e ninguém na aldeia suspeitava. Por isso ela teria encontrado facilmente um esconderijo para mim e até para Émile. Agora já não iremos para a casa de Alice nas férias. Ela se enforcou no inverno passado. Uma noite, na cozinha. O inverno no campo é triste.

Um ano e um dia

Como foi longo aquele primeiro ano. Não terminava nunca, aquele primeiro ano do nosso retorno. Como eu estava ansiosa para vê-lo passar... Não terminava. Eu queria pelo menos chegar ao dia em que já não dissesse: Há um ano, nesta hora. Há um ano, nesta hora, estávamos na chamada. Há um ano, nesta hora, íamos buscar os latões de sopa na cozinha. Há um ano, nesta hora, como fazia frio, como eu estava com frio. Há um ano, nesta hora, estávamos no carvão. Minhas lágrimas eram pretas, um suor preto me escorria pelo rosto e eu não tinha nem um pedacinho de pano preto para usar como lenço. E, quando me lavava, quando trocava de roupa, quando arrumava minha cama, quando comia, o menor gesto que eu fazia, tudo era ligado a um gesto feito um ano antes. Eu vivia como que em segundo plano e na verdade sem saber se eu era o desenho de baixo, aquele que se vê numa transparência, ou o desenho de cima. E dizia a mim mesma: quando tiver passado um ano, já não poderei dizer: no ano passado, nesta hora... No dia em que finalmente pude dizer: Há um ano, nesta hora, estávamos chegando ao Bourget[46], quase me senti viver na minha vida de verdade.

46 Le Bourget, aeroporto de Paris localizado na comuna de mesmo nome.

Loulou

Loulou foi reencontrado. Sim, reencontrado. Onde? Você não vai adivinhar nunca. Reencontrá-lo oito dias antes da reunião, isso é extraordinário... Não, ele não estava preso. Deixe-me contar. Vou resumir, porque eu não terminaria nunca se desse todos os detalhes: os trâmites, as buscas, as investigações e até os anúncios classificados. Começamos interrogando todos os locatários da casa dele, os comerciantes mais próximos, porque, afinal, lembrei-me do número de sua casa, na rue Rambuteau. Inutilmente, aliás. Ninguém sabia nada. Vamos contar tudo, ponto por ponto, quando estivermos os sete reunidos em torno da mesa, para o chucrute da semana que vem. Ter vontade de comer chucrute num dia 3 de julho é mesmo vontade de gente esfomeada, uma vontade de vinte anos atrás. E, antes de sair cada um para seu lado, marcar encontro para dali a vinte anos... Você não vai adivinhar nunca onde nós o encontramos. Digo nós porque Lucien se empenhou mais ainda do que eu. Como Lucien é persistente. Você não vai adivinhar. Num asilo de loucos. Num hospital psiquiátrico, se preferir. Não se assuste, ele não está louco. Está em pleno juízo. Um pouco bizarro, talvez... Inevitavelmente, depois de vinte anos entre os loucos. Ele nunca saiu, nunca deu uma volta fora de lá, durante vinte anos. Não é exatamente estranho, eu diria antes inatual, fora do atual, fora da vida. Ele sabe muito bem como chegou à sua instituição de loucos. É no subúrbio. Ele nos contou com muita clareza, sem lacunas. Lembra-se de tudo. Só não sabe há quanto tempo foi.

Quando voltamos, em 3 de julho de 1945, terminadas as formalidades, os controles e os documentos, cada um foi para seu lado. Ninguém estava esperando Loulou. Ele foi direto para a rua Rambuteau. Ninguém. Perguntou aos vizinhos. O pai, a mãe, a irmã, todo mundo tinha sido levado. Seu apartamento estava ocupado por pessoas que ele não conhecia, sinistrados de Brest que tinham sido realojados ali, por requisição, na libertação. Naturalmente, os móveis, as roupas, tudo tinha sido levado. Pobre rapaz. Dezoito anos, não, na volta dezenove. Ele percorreu o bairro procurando parentes, amigos. Ninguém. Ou tinham se mudado para não serem pegos, ou tinham sido deportados. O pobre Loulou se viu sozinho com seu pecúlio, seu suplemento de sabonete e seu traje de desmobilizado. Hospedou-se num hotel perto de sua casa, para esperar, e todos os dias ia ao centro de acolhimento. Ficava encostado na cerca desde a manhã até a noite, olhando os que retornavam, perguntando, na esperança de reconhecer um dos seus, pelo menos de ter notícias. Depois de 3 de julho, depois de nós, os que retornavam rarearam. Ele tinha pedido aos vizinhos da rue Rambuteau que avisassem se alguém voltasse a casa. Esperou, esperou. Ninguém. Depois de algum tempo, já não tinha dinheiro para pagar o quarto. Viu-se na rua. Estava exausto, não tinha mais ideia do que poderia fazer. Passou a dormir nos bancos e certa manhã – era na République, ele se lembra muito bem – foi acordado por dois policiais. Teve um sobressalto. Mostrou sua tatuagem, sua carteira de repatriado. Os policiais foram compreensivos. Levaram-no ao posto policial, mas sem brutalidade, e o comissário, vendo Loulou naquele estado – sem fazer a barba, sem tomar banho e com a aparência com que estava na volta... você lembra? Era o mais esquelético; agora está gordo; é um choque reencontrar um rapaz de dezenove anos quando ele tem quarenta –, o comissário mandou levá-lo para o hospital. Que hospital? Loulou não sabe. Ao se ver lá, teve medo. Não explica por quê. Talvez por se sentir preso. Teve medo e fugiu. Como estava de roupão, não demorou para que fosse preso, e dessa vez tomaram-no por amnésico. Estava tão cansado que não conseguia mais falar. Acharam que estivesse amnésico e o internaram. Os médicos da instituição psiquiátrica foram muito bons. Cuidaram dele, ou seja, eles o superalimentaram, tranquilizaram e o fizeram repousar... Naquele momento, ele estava com suas forças tão exauridas que já não tinha medo de ficar preso. Um farrapo, ao que parece. As enfermeiras o encheram de mimos. Tornou-se o queridinho delas. Depois de cinco ou seis meses, ele estava recuperado. Só lhe restava ir embora. Estava todo receoso, todo atrapalhado. Uma enfermeira se propôs a dar uma volta de reconhecimento pela rue Rambuteau. Nada de novo, ninguém tinha aparecido. Loulou não sabia para onde ir. Não tinha dinheiro. Pediu para ficar. Sentia-se seguro com as enfermeiras, com os doentes. E ficaram com ele. O diretor nos disse que depois de certo tempo aquele doente curado lhe tinha causado problemas – para sua contabilidade, para sua documentação –, mas, como Loulou continuava não querendo ir embora, o diretor deu um jeito. Quanto aos documentos, é possível fazer qualquer coisa, se quisermos. E pronto. Vinte anos.

Se você visse! É verdade, você tinha de estar lá! Primeiro fomos recebidos pelo diretor. Ele nos mostrou seu registro. Nome, sobrenome, idade, profissão

– você sabe que Loulou trabalhava com o pai, no ramo de peles –, nenhuma dúvida, estava tudo lá, era mesmo o nosso Loulou. Então, o joguinho de sempre. Fazem o doente descer ao jardim para o observarmos pela janela. Tivemos dificuldade em reconhecê-lo. Está quase barrigudo. E sua pele bonita de moça... E um ar tão calmo, tão... como dizer? Distante. Depois o diretor mandou chamá-lo ao escritório. Se você visse! Não! Você precisava ter visto! Ele nos reconheceu na mesma hora. Como se não tivéssemos mudado em nada, Lucien e eu. No entanto eu, meus cabelos... É fato que meu crânio raspado da volta e minha calvície de agora... Como se nos tivéssemos visto na véspera. Começamos a chorar, Lucien e eu, a chorar como dois imbecis. Loulou, por sua vez, estava radiante, sem maior emoção, como se fosse a coisa mais banal do mundo nos reencontrarmos numa casa de loucos vinte anos depois. Nós nos recompusemos. "Vamos lá, venha! Pegue sua mala. Vamos levar você." Pobre Loulou, ele ainda não tinha mala, só a roupa do hospício. "Venha do jeito que está." Mas ele não quis ir embora sem passar por todo o hospital, sem se despedir de todo mundo. É inevitável, vinte anos num lugar, a pessoa se apega. Voltou com as mãos cheias, os bolsos abarrotados. Balas, biscoitos, bugigangas, um monte de besteirinhas. E ele quis esperar as equipes da noite. Aí nós o pressionamos um pouco. "Agora venha. Você voltará para vê-los." Nós o levamos. Com seu casaco gasto, sua calça de nanquim toda amarrotada. Lucien e eu o vestimos da cabeça aos pés. Por enquanto, está alojado na minha casa, até se instalar. Vamos encontrar um teto para ele. Minha mulher já ouviu falar num pequeno apartamento de dois cômodos, pertinho da nossa casa. Não vai ser difícil de mobiliar. Pegamos na loja de Marcel. Quanto ao trabalho, vai ser mais difícil. Loulou não tem profissão. O que ele fez com o pai na peleteria não lhe ensinou a profissão. No asilo, bobinava lã, ajudava na limpeza, carregava as bandejas, cuidava um pouco do jardim. De todo modo, primeiro ele precisa se acostumar. Até que possa sair sozinho, minha mulher, meu filho ou eu vamos acompanhá-lo. Você não imagina a maneira como ele reage às coisas. Foi curioso quando lhe compramos sapatos. Ele não entende nada de dinheiro, não se lembra dos preços de antes da guerra, os preços de hoje não o espantam. O que o espanta é que eu tenha um filho de dezoito anos, que Lucien seja casado e pai de família. Convenhamos, recolher um garoto de dezenove anos... Por mais que se diga que foi por humanidade... Deixá-lo recolhido durante vinte anos... É um pouco por nossa culpa. E ele nunca ter pensado em procurar um de nós, em escrever... Foi o que lhe perguntei logo de início, claro. Ele explicou com muita simplicidade. No começo, sabia nossos endereços de cor, mas tinha esperança de encontrar os seus. Teimava em procurá-los. Depois, quando suas forças chegaram ao fim, esqueceu os endereços, e, uma vez que estava no asilo, deixou-se ficar. De vez em quando pensava na reunião marcada. Sim, sim, disse que tinha pensado. Como perdeu completamente a noção de tempo, não adiantava nada. Fora isso, lembra-se de tudo. Talvez lembre melhor do que eu e você – para ele o passado está muito mais próximo do que para nós –, só que tem a impressão de que não foi com ele que aconteceu. Tem um passado que não é dele, por assim dizer. Não será fácil reintroduzi-lo na vida. Todos nós vamos precisar cuidar disso. Seja como for, não podíamos deixá-lo com os loucos. Lucien vai colocá-lo na sua oficina de marroquinaria, para começar. Loulou não é bobo. E quando ele se reabituar um pouco... Lembre como ele era habilidoso. Era o único capaz de dividir um fósforo em quatro, quando Valdi, o polonês, nos passava um cigarro com um fósforo e nós queríamos guardar fogo de reserva para alguma outra preciosidade. Quatro fósforos em um, eram tão magros quanto nós. E ele sempre conseguia dividi-los sem quebrar. Depois, vai ser preciso cuidar dos documentos dele. Em todo caso, ele vai estar na nossa reunião, na semana que vem. Se quiser vê-lo antes, venha à minha casa. Ele está feliz como uma criança com a ideia de reencontrar todos os companheiros. Jacques virá da Charente, Simon, de Marseille. Estaremos todos lá, os sete.

"Sete. De quantos..."

Poupette

Que precisamos ter uma vontade sobre-humana para aguentar e retornar, isso todo mundo entende. Mas, da vontade que precisamos ter na volta para reviver, ninguém tem ideia. Todo o tempo que estivemos lá, estávamos voltadas para um só objetivo: voltar. Voltar, não enxergávamos além. Retornar, afinal, seria fácil. O que eram as dificuldades da vida diante do que tínhamos suportado e superado? E é nisso que estávamos enganadas. E é nisso que fomos pegas desprevenidas. Todos os problemas da vida se apresentavam: trabalhar, morar, construir seu lugar. Voltar não tinha resolvido tudo. Era preciso fazê-lo com forças reduzidas, saúde alterada, vontade corroída. Ninguém se dá conta da coragem de que precisamos naquele momento. E, mais, creio que há no fundo de cada um aquele repositório de ideias recebidas na infância, uma espécie de crença na justiça imanente. Há mais ou menos, no fundo de cada um, um livro com duas colunas, "deve" e "haver", que devem se equilibrar. O "deve" é a soma das desgraças de que ninguém escapa, a soma por toda a vida. O "haver", a parte de felicidade à qual cada um tem direito, que constitui o contrapeso. Quem voltou disse a si mesmo que tivera toda a sua parte de desgraça de uma só vez. E aí foi pego desprevenido. Eu, quando retornei e me casei, fiquei feliz. Tinha adquirido minha felicidade, eu a ganhara, era-me devida. Quando meu casamento não deu certo, tive um sentimento de revolta. Era injusto. Se você soubesse como meu marido foi odioso, chegou a querer tirar-me as crianças dizendo que eu estava doente demais para cuidar delas, que eu era anormal, que era louca. Sim, depois da volta ainda nos foi preciso aprender, aprender que nunca se paga de uma só vez. O campo nos teria endurecido... Muito ao contrário. Tudo nos atinge mais duramente com nossa sensibilidade em carne viva. As pessoas dirão: "Coitadinha, é preciso ser um monstro para agir com tanta maldade contra ela, depois do que ela sofreu". Inspirar piedade, não, não quero, mas, para Auschwitz não entrar no balanço do "deve" e "haver", é preciso se endurecer terrivelmente para aceitá-lo.

A morte de Germaine

Seu marido saía pela porta-balcão que se abria para o terraço e, com um movimento das pálpebras, dizia-nos que tinha acabado, que podíamos entrar. Ele se apoiava em um batente da porta envidraçada e punha-se de lado para nos dar passagem. Entramos as três no quarto em que Germaine repousava. Maurice fechara-lhe os olhos mas a lembrança que eu tinha de seus olhos luminosos, seus olhos de um azul de luz, de um olhar que era o da própria bondade, se fosse possível desligar a bondade de qualquer suporte e contê-la num olhar puro, minha lembrança de seus olhos era tão nítida que eu sentia seu olhar e via sua luz sob as pálpebras que o marido de Germaine, tornando suave sua mão de trabalhador, baixara um instante antes.

Germaine estava deitada, pálida no travesseiro branco, voltando a ser ela mesma na morte. Seus traços, que eu vira deformados pela dor apenas alguns dias antes, retomaram seu lugar, sua simetria, com sua nobreza de antes e sua beleza. Alguém, a enfermeira ou a filha de Germaine, arrumara seu cabelo em tranças que formavam nela uma coroa de prata. Era Germaine antes do campo, Germaine ao chegar ao forte de Romainville, com seu penteado preciso e hierático. Naquela época, seus cabelos não eram grisalhos, mas eu nem enxergava esse detalhe e, para mim, era Germaine como ela era antes, como ela era ontem.

    Maurice nos deixava sozinhas com nossa companheira. Permanecia em pé no limiar da porta-balcão, voltado para um horizonte de colinas, entre jardineiras em que gerânios resplandeciam à luz daquele dia de outono. Olhávamos Germaine tranquilizadas pela beleza de seu rosto em que o olhar não se apagara, pois para nós, que sempre tínhamos conhecido aquele rosto iluminado pelos olhos de um azul tão brilhante, o azul transparecia sob as pálpebras. Olhávamos para ela e nossos olhares diziam um ao outro: "Ela não está mais sofrendo". Uma semana antes não tínhamos conseguido suportar sua expressão de sofrimento e nossos olhares se desviavam. Seus traços alterados nos torturavam e nosso desejo era que o sofrimento terminasse, que terminasse depressa. O que fazer para que aquele sofrimento terminasse e Germaine finalmente descansasse? Agora, acabou.

— Deveríamos ter vindo ontem — disse uma de nós três. — Poderíamos ter visto Germaine mais uma vez...

— Ah! na semana passada ela já não nos reconhecia, ou muito pouco. Ela não está mais sofrendo. Como é bonita!

    Mesmo sabendo que aquela beleza era mentira e que em algumas horas se desagregaria, contemplávamos a beleza eterna.

    As mãos de Germaine repousavam na aba do lençol. Ainda tinham a leveza da vida. Peguei uma das mãos de Germaine e a segurei na minha.

    "Lembra quando você me dizia, em Auschwitz: 'Me deixe segurar sua mão na minha para adormecer. Você tem as mãos da minha mãe'. Lembra, Charlotte, que você dizia isso? Você prometia vir me ver, se voltássemos. Há quanto tempo nós voltamos... E só agora você veio me ver." Germaine dissera isso com sua voz terna, em que não havia rancor nem reprovação, só lástima. E era eu que lastimava. Por que eu não viera vê-la antes, por que esperar que ficasse doente para vir, por que esperá-la ir para uma clínica em vez de ir vê-la em casa, quando se ocupava dos trabalhos domésticos com mãos firmes que, ao toque, pareciam as mãos da minha mãe. Era verdade que eu lhe dizia isso, em Auschwitz. Eu tinha me esquecido disso e agora, apenas tocando sua mão, reencontrava o calor e a doçura que Germaine me oferecia só por me deixar segurar sua mão antes de adormecer. Segurei a mão de Germaine. É verdade que suas mãos pareciam as da minha mãe — a forma, o toque, a secura macia da pele.

— Perdão, Germaine. Ficou zangada comigo?

— Não, querida. Mas você deveria ter vindo. Teria visto minha casa e os arredores que lá eu descrevia tantas vezes. Teríamos levado você para passear. É bonito em volta da nossa casa. Penso muito em você. Pensei muito em você durante esses anos todos, depois do retorno. Fiquei feliz em saber que tinha reencontrado sua mãe. Que idade ela tem agora?

— Ela é muito mais velha do que você, Germaine, mas as mãos ainda são jovens, como as suas.

— Você terá sua mãe por muito mais tempo do que meus filhos a deles.

— Que idade têm os menores, os que nasceram depois do seu retorno?

— Dezessete anos, a menina, quinze, o menino. É cedo para não ter mais a mãe.

— Não diga isso, Germaine, você vai se recuperar.

— Não. Sabe, sempre achamos que temos tempo. Você nunca veio me ver, no entanto eram apenas algumas horas de trem entre nós, você nunca veio me ver porque tinha intenção de vir e achava que teria tempo. Não devemos. Devemos fazer as coisas na sua hora.

— Germaine, não me deixe com remorso. Fique boa para que eu possa vir de novo e você possa me perdoar.

— Já perdoei, mas você não voltará para me ver. Eu vou embora.

— Sim, sim, vou voltar. Não vou demorar mais para voltar.

Tinha voltado hoje com duas companheiras e, ao chegar à clínica, a enfermeira nos tinha levado ao terraço cheio de gerânios vermelhos dizendo para esperarmos lá. "Ela não tem muito tempo mais. O marido está ao lado dela." É assim que as enfermeiras dizem: ela não tem muito tempo mais. Eu tinha vindo na semana anterior, e hoje era tarde demais. Na semana anterior era a última vez que via Germaine, a primeira vez que a via depois do retorno. Ela me sorria carinhosamente, mas seus lábios tinham dificuldade em se desfazer da expressão imposta pelo sofrimento para formar um sorriso.

Eu segurava a mão que esfriava, e estava arrasada de remorso. Querida Germaine, você me ajudou tanto, me aqueceu quando eu estava congelada, me cedeu sua mão para que eu levasse um gosto de doçura para meu sono, e não reservei um tempo para vê-la, para vir falar com você, para ver como tinha retomado sua vida — mas, sabe, precisei de muito tempo, para mim, e depois... Sim, depois eu teria tido tempo — não vim para dizer quanto lhe devia, dizer que eu já tinha voltado e essas coisas que não dizíamos lá.

Debrucei-me sobre a mão de Germaine que repousava no lençol branco e a beijei. Teria desejado lhe devolver toda a doçura que ela tinha me dado. Foi nesse momento, no momento em que eu pousava os lábios em suas mãos, que fui tomada de terror. Via Carmen e Lulu, que estavam ali, do outro lado da cama, e me perguntava se conseguiria me dominar. Diante de mim, já não era Germaine que estava deitada numa cama branca, era Sylviane que estava deitada numas tábuas podres. Nós três estávamos ao pé daquelas tábuas, Lulu, Carmen e eu, e era Sylviane que tínhamos vindo ver. Por que ela e não os dois outros esqueletos entre os quais estava deitada, pois nada distinguia Sylviane daqueles dois esqueletos de pele escura, e como tínhamos feito para reconhecer Sylviane entre todos aqueles esqueletos ao seu redor, aqueles esqueletos que enchiam o bloco em três degraus, como soubemos que Sylviane era aquela, aquela e não a do lado ou aquela outra, todas iguais, deitadas sobre tábuas podres, sem se mexer? Era Sylviane que vínhamos ver e não outra, Sylviane porque era das nossas, porque era uma de nós e nos reconheceria e talvez lhe déssemos conforto e coragem para morrer já que não havia o que fazer, Sylviane estava morrendo.

"É ela, estou vendo. Reconheci seus olhos", Carmen dissera, detendo-se numa bancada igual às outras bancadas, depois de vasculhar com o olhar todas as bancadas em que os esqueletos jaziam uns encostados nos outros, mil Sylvianes, tão comprimidos que lembravam um fervilhar de esqueletos embora nenhum deles se mexesse, porque esqueleto já não tem força para se mexer.

"À esquerda, a quinta, no degrau do meio. Não estão reconhecendo seus olhos? Continua com seus olhos azuis."

De fato, uma vez identificados os olhos azuis no meio da confusão de esqueletos, conseguimos reconhecer Sylviane. Carmen não estava enganada. Aqueles olhos azuis ardentes, era Sylviane.

Chegamos perto das tábuas em que estava Sylviane e desde então só víamos Sylviane, seus olhos azuis ardentes, no meio das outras que se apagaram para nós no momento em que reconhecemos Sylviane. Estávamos ali perto dela como se estivéssemos sozinhas com ela, como os que visitam seu doente, no hospital, e ficam sozinhos perto da cama dele, ignorando os outros doentes. Carmen chamava baixinho: "Sylviane? Sylviane?". Um olhar se formou nos olhos azuis ardentes. "Ela nos viu", disse Lulu.

"Como você está, querida Sylviane?" Carmen perguntava, e a pergunta que era falsa soava correta. Acaso se pergunta a um moribundo como ele está? A ternura na voz de Carmen era verdadeira. Sylviane nos tinha reconhecido, mas já não tinha força para falar. Olhava-nos, seus olhos azuis ardentes nos olhavam, e nada conseguíamos ler no azul ardente de seus olhos que eram como manchas brilhantes e claras no rosto marrom, marmorizado de roxo e marrom, o rosto de Sylviane que ia morrer.

"Não se canse, não fale ainda", Carmen disse ternamente. Nós também não tínhamos nada a dizer para Sylviane. O que dizer a uma jovem de vinte anos que está morrendo quando nem podemos perguntar se ela deseja alguma coisa já que não temos nada para lhe trazer? Sylviane estava morrendo e seus olhos azuis como pedras preciosas se apagariam, se tornariam marrons como seu rosto. Estávamos ali diante dela e a olhávamos, pois ela não tinha força para nos dizer nada e nós não tínhamos nada a lhe dizer. Sylviane, imóvel, nos olhava e nós não líamos nada em seu olhar, nada a não ser solidão e angústia. Ela não se mexia. Seu olhar não se mexia. Seria de acreditar que já estivesse morta quando foi acometida por um ataque de tosse que sacudia as costelas cujos arcos víamos sob a coberta em que os piolhos corriam para todo lado. Sylviane tirou de baixo da coberta sua mão descarnada – era apenas uma transparência de mão – e levou aos lábios aquela mão descarnada que poderia pertencer também ao esqueleto do lado. Ela comprimia a tosse com aquela mão tão descarnada que o esperado era ver os ossos se desconjuntarem e caírem aos pedaços na coberta cheia de piolhos. A tosse estancou-se num estertor que ainda sacudiu uma ou duas vezes o desenho das costelas sob a coberta esfarrapada. Sylviane tirou a mão. Uma baba rosada espumava em seus lábios. Exaurida pela tosse, Sylviane largou a cabeça sobre as tábuas, e sua cabeça, agora ligada ao tronco apenas por cartilagens nodosas, parecia prestes a se desprender – assim, suavemente, sem estalo nem rompimento –, a cabeça se desprenderia e rolaria sobre a coberta cheia de piolhos ou bateria nas costelas do esqueleto ao lado onde se deteria escorada nas costelas salientes do esqueleto. Lulu inclinou-se para Sylviane por cima do esqueleto desconhecido que estava na beirada das tábuas podres e suavemente ajeitou a cabeça de Sylviane, delicadamente, no eixo do tronco, para que aquela cabeça ainda aguentasse um pouco mais. Lulu tirou da parte de cima do vestido um pedaço de pano e enxugou a espuma rosada dos lábios de Sylviane, sem conseguir limpar, pois não queria esfregar com força um fio velho de sangue seco que tinha escorrido pelos cantos dos lábios. Carmen pegou o pano da mão de Lulu, inclinou-se por sua vez por cima do esqueleto do lado e enxugou as pálpebras de Sylviane. "Nunca vi olhos de um azul como esse. Vejam como ainda são bonitos. E os cabelos… Lembra, Charlotte, os cabelos que ela tinha, de um loiro dourado que combinava tanto com os olhos?" Depois ela se debruçou um pouco mais sobre o rosto de Sylviane e o beijou. "Durma, querida. Durma, agora. Precisamos ir embora. Não podemos ficar mais. Mas vamos voltar. Durma." Carmen sabia que não voltaríamos. Dizia isso para o caso de Sylviane ainda estar ouvindo, e acariciou-lhe ternamente a testa para acompanhar o acalento das palavras. "Durma, querida", e ela beijou Sylviane, aquela cabeça raspada em que os olhos reluziam em azul no fundo dos buracos marrons. Erguendo-se e afastando-se para me dar lugar, Carmen disse: "Beije-a você também". Simplesmente. "Beije-a." Como se fosse muito natural beijar uma moribunda que está com a boca suja de baba mortal. Debrucei-me sobre o rosto de Sylviane. Seus olhos azuis ardentes me olhavam, tornavam-se cada vez maiores, cada vez mais azuis, cada vez mais profundos, à medida que eu me inclinava para eles, e minha vontade era fugir, correr para longe daquela bancada de esqueletos, daqueles degraus de esqueletos, para longe daquele cheiro de morte e de podridão. Debrucei-me sobre o olhar azul ardente de Sylviane e desejei ter a coragem de trapacear diante de Carmen e Lulu, mas não tive essa coragem e beijei Sylviane mal abrindo a boca, perguntando-me se seria o suficiente aos olhos de Carmen e Lulu, e me senti toda contraída de repugnância. Mara, foi assim que você beijou sua irmã Violaine, ou você encontrou um ímpeto de amor que a fez esquecer aquele rosto corroído pela lepra para ver apenas seus olhos? – Vocês já tiveram vergonha na vida?

Não se deve ter vergonha, não se deve ter arrependimento, o que isso adianta? Era Germaine que estava ali, não era Sylviane, Germaine, que voltara conosco, ontem ou anteontem, em todo caso por estes dias, pois Sylviane já tinha morrido, nestes últimos dias, pois ela não tinha mudado, Germaine, que continuava tendo sua boca indulgente, seu olhar azul luminoso, bondade e ternura nos olhos. Eu continuava segurando a mão de Germaine. Segurava sua mão, que era macia e cheia, pois ela não emagrecera durante a doença, só se tornara como que transparente, sem perder a forma. Eu segurava a mão de Germaine e não me decidia a me separar dela, como lá, onde eu não me separava da mão da minha mãe, à noite, para adormecer.

"Creio que deveríamos deixá-la com o marido", disse Lulu — não, aquele dia não foi Lulu, estou confundindo —, e saímos para o terraço. Maurice tinha ficado em pé, sem se mover, em pé diante da paisagem de colinas e do clarão dos gerânios, sem se mover desde que nos cedera lugar no quarto de Germaine. Apertamos sua mão. Ele voltou para junto de Germaine. Ficamos um longo tempo no terraço, no flamejar do dia que chegava ao fim. Uma de nós três disse: "Deveríamos perguntar a ele se podemos ajudar em alguma coisa". "Pelo menos dizer que voltaremos depois de amanhã para o enterro", acrescentou a outra. Sei que as duas outras estavam comigo naquele dia, no dia em que Germaine morreu, não eram nem Carmen nem Lulu. É só porque estávamos juntas, Lulu, Carmen e eu, para nos despedirmos de Sylviane, que eu as confundo com as que estavam realmente comigo quando Germaine morreu. Uma delas, que não era nem Carmen nem Lulu, mas uma outra, fez sinal para Maurice através da porta-balcão para se despedir, pois precisávamos tomar o trem. Maurice voltou ao terraço para nos agradecer, dizer que não precisava de nada, que seu filho mais velho cuidaria de tudo, que se não pudéssemos voltar depois de amanhã ele compreenderia e que estava contente por ter visto as companheiras de Germaine naquele dia.

Jacques

Eu era o único a voltar para A. naquele dia. Ninguém me esperaria na estação. A maioria dos outros tinha voltado antes, em dois ou três grupos pelos quais a cidade inteira tinha se deslocado, com as autoridades e os camaradas do partido. Tinham feito uma festa para eles. Ainda havia bandeiras na plataforma. Ninguém me esperaria, eu estava voltando tarde demais. Meu grupo – éramos sete, os sete sobreviventes de um comboio – tinha se atrasado por causa de Marcel, que estava doente. Tínhamos esperado até ele estar em condições de viajar para voltarmos. Estava combinado de longa data: não nos separaríamos antes de chegarmos a Paris. Nós sete tínhamos chegado na véspera. Eu era o único a voltar para a Charente. Estava sozinho desde Paris. No trem, as pessoas me enchiam de atenções. Ofereciam-me o que comer, o que beber e me faziam perguntas. Eu estava tão cansado que mal respondia. Alguém de A. que viajara na cabine comigo comentou depois que tinha achado aquilo esquisito e que eu não parecia estar à vontade. Fiquei sabendo muito mais tarde. Na hora, parecia-me que as pessoas estavam zangadas porque eu só respondia a suas perguntas aquiescendo. Você deve ter tido fome, deve ter tido frio. Talvez se perguntassem se eu era realmente um deportado. No entanto, só pela minha cara... Eu queria ficar sossegado, as pessoas queriam respostas às suas perguntas. Não sei se para os outros foi assim, mas eu, no começo, não tinha vontade de falar com ninguém. Era muito difícil, depois de falar dias e dias com os companheiros. Com as outras pessoas, sempre era preciso começar por uma explicação. Para responder à menor das perguntas, era preciso primeiro fazer uma introdução, descrever os lugares, a hora, as condições do tempo, dizer quem era esse, quem era aquele. Não terminava nunca. Com os companheiros, não havia necessidade de referências. Quando se dizia: "No dia em que o gordo correu atrás de Simon...", todo mundo sabia do que se tratava e por que Simon tivera de correr depois de tomar do kapo gordo o pão que ele tinha roubado de nós. Fingi que estava dormindo. Gostaria de ver a paisagem, reconhecer os campanários, ler os nomes das estações. As pessoas não entendiam que eu queria ficar sossegado no meu canto e reconhecer as coisas, as sinalizações, os transformadores que tínhamos explodido, as curvas dos trilhos em que tínhamos provocado descarrilhamentos dois anos antes. As pessoas se falavam. Sentiam-se felizes em falar. Ainda não tinham esgotado a felicidade de poder falar livremente e de fazer perguntas diretas. Uma mulher me disse: "Para você deve ser estranho voltar". Sim, era estranho. Ela esperava que eu respondesse alguma coisa. Foi naquele momento que fingi estar dormindo. Quando acharam que eu estava dormindo, um homem disse: "Ele deve estar cansado, coitado. Estar magro desse jeito...". No corredor havia prisioneiros que estavam voltando. Eles falavam, e as pessoas estavam satisfeitas em ouvi--los. Eu os ouvia sem seguir a conversa, o suficiente para perceber que a prisão deles logo faria parte de suas lembranças do Exército, e os invejei.

Na saída da estação, reconheci um ou dois funcionários, pelo menos aquele que recolhia as passagens. Continuavam ali? Era estranho, de fato. Para mim é difícil dizer o que estava sentindo. Esperava encontrar as coisas e as pessoas tal como eram antes da minha partida e no entanto estava espantado porque tudo continuava igual. Espantado e deslocado. É estranho só eu ter mudado.

Os viajantes se dispersaram diante da estação. Alguns prestavam atenção em mim. Esperei um momento, como quem está se orientando, como quem ainda não sabe aonde ir. Precisava retomar pé. Eu sabia para onde ir: para casa. Era a dez minutos. Porque tinha achado iguais a estação e a avenida, eu imaginava que retomaria um andar alerta, meu andar de antes. Muitas vezes eu descera aquela avenida da estação... Na hora de me pôr a caminho, minhas pernas se tornaram pesadas, meus sapatos tinham solas de ferro fundido. Fiquei tão desencorajado que voltei – que dificuldade! eu cambaleava –, voltei para a estação para me sentar num banco. Sabia que ninguém estaria no trem, pois não tinha anunciado meu retorno. Não esperava que ninguém viesse ao meu encontro, no entanto estava decepcionado. Como se todo mundo devesse saber que eu estava de volta. Então era assim, o retorno? Fiquei muito tempo no meu banco, dizendo a mim mesmo: "Ponha-se a caminho, não espere escurecer", e eu não saía do lugar. Sem dúvida não chegaria nenhum outro trem, a estação tinha se esvaziado. Eu estava ali, sozinho no saguão, sozinho no meu banco, dizendo a mim mesmo que devia, que precisava voltar para casa. Eu chegaria para o jantar. Um funcionário passou duas ou três vezes diante de mim, me olhou. Virei a cabeça para não ter de falar com ele. Senti que, do guichê, um outro funcionário me olhava. Então ele fechou o guichê e desapareceu. Depois um outro se aproximou e me perguntou se eu pretendia fazer baldeação.

— Não vai passar mais nenhum trem hoje — ele disse.
— Não, não vou fazer baldeação, eu cheguei.
Ele esperou, indulgente. Acrescentei:
— Estou voltando para casa.
— Sim, estou vendo que está de volta — disse o funcionário. — De onde você é? Está precisando de alguma coisa?
Ele tinha a voz calorosa e finalmente tive vontade de ouvir alguém falar, de falar. Eu lhe disse onde morava.
— Tem certeza de que sua casa ainda existe? Houve grandes bombardeios no bairro.
Fiquei perturbado. Não tinha previsto isso. Bombardeios, sim, decerto, eu sabia que tinha havido, e ainda bem, mas no meu bairro... Não, isso eu não tinha previsto. Fiz um esforço para perguntar se houve vítimas.
— Mais de vinte — respondeu o funcionário.
No campo, os mortos eram centenas, todos os dias. Não me viera à mente que as pessoas morriam fora do campo. Do que se morria em liberdade? No campo, pensávamos nos nossos como pessoas a quem nada podia acontecer, a não ser que estivessem no maqui. Também se morria fora? As evidências são sempre desconcertantes.
— Terminei meu serviço — disse o funcionário. — Se quiser, posso acompanhá-lo.
Levantei. Ele estendeu o braço para me ajudar.
— Não, não, estou muito bem.
Tentei me endireitar. Não falei com ele durante o trajeto, porque estava preocupado e, ao mesmo tempo, porque estava sem fôlego. Ele também teria gostado de fazer perguntas. Bem antes de chegar à altura de casa, eu vi. Parei. Eu disse:
— Era ali.
— É você o filho dos Dumont? Desculpe, não o reconheci. Seus pais morreram no bombardeio.
— Eu sabia — eu disse.

Num lampejo, entendi que deveria saber. Se meus pais estivessem vivos, teriam ido à estação, teriam esperado todos os trens. Fiquei no meio da rua. Minha cabeça girava, meus joelhos bambeavam. O funcionário me pegou pelo cotovelo. Ele esperava com respeito, o ar respeitoso que assumimos nos enterros quando vamos dar os pêsames. Depois ele disse: "Venha. Vamos arrumar uma cama para você lá em casa. Amanhã, quando estiver descansado, você vai à prefeitura para se informar". Primeiro pensei que seria melhor ir para a casa de um colega do que para a casa daquele desconhecido. Ele dizia me conhecer, mas eu não me lembrava dele de modo nenhum. Tinha conhecido meus pais. Aceitei quando ele disse que era bem perto.

No dia seguinte, fui à cidade. Não sabia por quem começar. Os amigos podiam ter sido presos depois de mim, fuzilados, deportados. Agora eu encarava as desgraças. Tentava concluir quem do grupo teria tido maior possibilidade de escapar. Vincent? Albert? Louis? Quem teria sobrevivido?

Vincent estava em casa. Foi ele que abriu a porta. Adiantei-me ao encontro dele, eu tremia de alegria. Meu queixo tremia, meus lábios tremiam, ao passo que eu queria tanto gritar de alegria. Vincent estava à porta, ereto como uma estaca, os braços junto do corpo. Fiquei tão perplexo que me perguntei se estava tendo uma alucinação. Não, era mesmo Vincent. Finalmente recuperei a voz: "Vincent! Sou eu, Jacques. Mudei, mas sou eu, Jacques". Ele continuava plantado na porta, mudo, e fiquei diante dele sem compreender. Hoje não sei dizer se ele estava aborrecido, constrangido ou se era maldade, eu estava abalado demais para notar qualquer coisa. Suposições me passavam pela cabeça, rápidas demais para que eu as consiga formular agora. Vincent tinha sido preso e não tinha aguentado. Ou então Vincent não era dos nossos e tinha passado para o outro lado. Ou então Vincent tinha enlouquecido. Ou então eu. Nenhuma daquelas suposições parecia verossímil e fiquei ali, olhando para Vincent, que não olhava para mim. Sempre sem me olhar, ele recuou e começou a empurrar a porta. Eu estava arrasado, com vergonha, estúpido. O tremor que um instante antes me tomava até as pernas dava lugar a um entorpecimento. Meu sangue se congelava. Fui embora. Já não sabia onde estava, o que estava fazendo. Não entendia nada. Minha cabeça doía. Meu coração doía. Andei pelas ruas sem reconhecer o caminho. Tudo me escapava. Alguma coisa que deveria me fornecer a chave me escapava. O quê? Havia alguma coisa a ser esclarecida. O quê? Estava tudo embaralhado, inextricável, obstruído. Fiquei muito tempo num café, incapaz até de formular as perguntas que deveria fazer a mim mesmo. Era preciso saber.

Quando toquei na casa de Louis, ele não estava. Foi Aline quem abriu. Ao me ver, teve um movimento de recuo. De supetão ela disse: "Louis não está". Ela não saía do lugar, não abria mais a porta. Eu também não saía do lugar. Então ela disse: "O senhor voltou?". Ela me chamava de senhor. Eu tinha ficado aliviado quando ela abriu a porta. Não tinha sido presa, Louis decerto não tinha sido preso, e aquele senhor… Minha cabeça se enredava cada vez mais. Tudo girava. Apoiei-me no batente da porta. Aline esperava, olhando para o chão. "Desculpe, eu estava de saída." Puxou a porta atrás de si e saiu andando pela avenida com passo rápido, empertigada. Eu não entendia nada. Mesmo assim, entendi que era inútil ir à casa dos outros. Parti rumo à estação margeando a linha. Se eu ouvisse um trem, teria a força de escalar o balastro para me deitar nos trilhos. Agucei os ouvidos.

Na estação, procurei o funcionário que me tinha alojado. Decerto não estava em serviço, não o vi. Deixei-me cair numa cadeira da lanchonete. Não estava com fome. Não estava com sede. Estava com frio. Queria pôr ordem na cabeça, desembaraçar os fios. Nada mais funcionava na minha cabeça. Quanto mais eu tentava compreender, mais tudo se embaralhava. É assim que ficamos loucos. Ou amnésicos. Eu fiquei louco. Pensei no hospital como um refúgio. Estou louco, no hospital vão me tratar. O garçom me perguntou se eu queria almoçar. Pedi alguma coisa e comi esforçando-me para refletir. Eu esbarrava nas perguntas. Por quê? No primeiro por quê, tudo se bloqueava. O que fazer? Não há nada a fazer. Aonde ir? Não há lugar nenhum para onde ir. A lanchonete se animava, a plataforma por trás dos vidros se animava. Não posso ficar aqui indefinidamente. Parecia-me que as pessoas me olhavam com o olhar inexpressivo de Vincent, com o olhar fugidio de Aline. Aonde ir? A não ser o hospital, eu não tinha ideia de nenhum lugar aonde ir.

Levei muito tempo para me lembrar da minha tia, uma irmã da minha mãe que morava a alguns quilômetros dali. Saí da lanchonete sem olhar à minha volta. Levei horas para percorrer o caminho. A intervalos cada vez mais curtos, eu me sentava à beira da rua. A cada vez, parecia-me que não conseguiria levantar de novo.

Minha tia caiu no choro ao me reconhecer. Fazia anos que não a via. Quando fui preso, fazia anos que eu já não tinha tempo para manter relações familiares. Minha família eram os companheiros. Minha tia tinha esperança de que eu voltasse, mas temia tanto ter de me informar a morte de meus pais que não tinha ido à chegada dos trens. Também ela queria fazer perguntas. "Você está cansado, meu querido, coitadinho." Ela tinha essas expressões que me irritavam... "Você está cansado, compreende-se, depois de tudo o que sofreu. Vamos fazer você se recuperar." E ela não parava mais: o bombardeio, o enterro dos meus pais, o lugar deles no cemitério e o que ela tinha feito para a inumação. "Esperei você para a lápide. Isso cabe a você. Seu irmão está no setor dos fuzilados. Talvez queira colocá-lo com seus pais. O que acha? Enfim, a decisão é sua." Deixei passar semanas para ir ver outros deportados, os que tinham voltado antes de mim. Havia alguns que eu conhecia, não trabalhavam comigo nem eram do meu comboio, mas eram do partido. Ao voltarem, foram alertados contra mim por Vincent. Não duvidaram que no campo eu tinha entregado minha rede e se enfureceram retrospectivamente por minha hipocrisia. Felizmente, eu fora separado deles ao ser mandado para um commando com o grupo de Lucien; eles lamentariam ter compartilhado comigo os pacotes que recebiam. Foi isso que entendi depois. Quando os revi, não me disseram nada e continuei a me perguntar por que todos me batiam a porta na cara. E durante todo esse tempo, em segundo plano, como que numa região obscura na qual eu não ousava me aventurar, havia Denise. Eu não pronunciava seu nome, nem mentalmente. Tinha medo de encontrá-la. Tinha medo de encontrar qualquer pessoa. Às vezes pensava em procurar amigos de meus pais. Pensava nisso durante vários dias e sempre adiava. Quando por acaso encontrava algum conhecido, cumprimentava-o brevemente e apertava o passo. Por muito tempo não tive coragem de escrever aos companheiros do meu grupo, aqueles com que eu tinha voltado: Lucien, Marcel, Henri. Denise, de tanto insistir, certo dia conseguiu me fazer escrever para Lucien. Mas eu não disse o que tinha acontecido comigo. Quando lhes contei toda a história, no encontro que tínhamos marcado vinte anos antes ao nos separarmos em Paris, repreenderam-me por não ter confiado neles. Naquele momento, eu já não confiava em ninguém. Se não fosse Denise, acho que teria me enfiado uma bala na cabeça. Felizmente, aquela noite, no jantar de 3 de julho, eles estavam voltados principalmente para Loulou. Eu teria preferido estar no lugar de Loulou a estar no meu. Mesmo depois de refletir bastante.

Foi Denise que veio me procurar primeiro. Também fora alertada contra mim, ao voltar de Ravensbrück, mas não queria acreditar nas acusações que me faziam. Ela me esclareceu tudo. "Você entende, depois do desmantelamento da rede, os companheiros que não foram presos – Vincent, Louis, Aline – indagaram por que quase todos nós tínhamos sido presos, e para eles não havia outra explicação: alguém tinha entregado a rede. Depois de muitas acareações e deduções, chegaram à conclusão de que tinha havido um traidor e de que esse traidor era você." Tive vontade de voar até eles, de gritar que não era eu, de provar que não era eu. Provar. A sinceridade deve ser vista, sentida. "Não", disse Denise, "eles não vão acreditar em você".

A partir daquele dia, busquei quem pudesse confirmar o que eu dizia, mostrar minha boa-fé. Nenhum dos que poderiam testemunhar estava vivo. Todos fuzilados ou mortos na deportação. Ser o único sobrevivente não depunha em meu favor. Era até a principal prova contra mim. Só Denise continuava confiando em mim. Com ela era diferente. Os companheiros a intimaram a romper comigo. Ela recusou e foi excluída. Nós nos casamos. Foi triste nosso casamento. Eu queria sair da cidade, me estabelecer em outro lugar. Denise achava que seria confissão de culpa. Precisávamos ficar, não ceder, resistir e provar que eu era inocente. Busquei durante anos. Durante anos, Denise se obstinou em buscar. Só pensávamos nisso. Mais de uma vez, quase desisti. Por que não morri lá? Ter lutado tanto para voltar, e para quê?

Um dia Denise estava na feira – sempre vou lembrar, era um domingo de manhã –, Denise viu Vincent vindo direto na sua direção. Ele vinha direto na direção dela, mas abordou-a de viés. Não ousava olhar para ela. Imagine que haviam acabado de pôr as mãos num dos inspetores que prendera todos nós, o que tínhamos apelidado de Don Carlos por parecer espanhol. Ele estava escondido fazia anos. Vincent fora chamado como testemunha diante do juiz de instrução – ele, Vincent, tinha apresentado queixa contra os policiais por ocasião da libertação. Ele queria dizer a Denise que eu também seria convocado. Denise o ouvia. Ficou desconfiada. "Então", ela disse, "o senhor não quer que Jacques deponha?". – "Quero, justamente. Mas eu queria dizer a você – ele a chamava de você, mas não se sentia à vontade –, queria justamente lhe dizer que o juiz me leu os relatórios de rastreamento. Tudo começou comigo. Foi azar. Eu tinha sido reconhecido num trem. Lembra que era eu que fazia a ligação ao longo de toda a linha, de Paris até Bayonne? Fui reconhecido por um tira que tinha me prendido em 1939, quando o partido passou para a ilegalidade. Na época, escapei deles. Fugi da delegacia. Imagine que o tira que me prendeu em 1939 me reconheceu em 1943. Apesar do bigode, do cabelo descolorido. Éramos meio novos no ofício. Mudamos tudo sem mudar o andar. É pelo andar que eles nos reconhecem. Quando me viu andar na sua frente saindo da estação, o tira me reconheceu. E pensou que um sujeito como eu não devia ter criado juízo. E começou o rastreamento. Remontando de um para outro, reconstituíram toda a teia de aranha. Quando estavam com todos os fios na mão – levaram mais de três semanas para juntá-los e, enquanto isso, todos adotávamos estratagemas de sioux e estávamos muito seguros, certos de que driblaríamos qualquer perseguição –, quando estavam com todos os fios na mão, foi só recolher a rede. Mais uma vez eu escapei deles por um triz, você lembra. E depois mudei logo de região. Então, diga a Jacques que ele será convocado. E se ele quiser ir me ver..."

Fui reabilitado. Por mais que eu saiba que no lugar deles faria a mesma coisa — porque eu também era intransigente —, não consigo olhar para os companheiros como antes.

Denise

Para mim foi tão difícil trazer Jacques de volta à praia
fiz tanto esforço para trazer Jacques de volta para que
    ele vivesse
que não tive tempo de pensar em mim.
Sua casa
seu pai sua mãe
seu irmão fuzilado
foi duro seu retorno
os companheiros de olhar frio os companheiros
    virando as costas
os companheiros que não o conheciam mais
era tudo que ele perdia
era toda a sua vida perdida.
Eu pensava hoje preciso ser tudo para ele
tudo não é muito não é nada
não é nada e jamais serei tudo para ele eu não conto
só contarei se lhe devolver a coragem de viver.
Eu pensava que não se devem fazer contas
eu lhe dizia Jacques
conte só com sua coragem é preciso enfrentar
Jacques me dizia Denise
o que se pode contra a suspeita
Eu dizia Jacques

suspeita não é traição
Ele dizia Denise
a traição teria provas a traição teria seus motivos
a suspeita não tem provas nem motivos
contra a suspeita nada se pode
Eu dizia Jacques
é preciso enfrentar
Ele dizia Denise
para enfrentar é preciso levantar a cabeça e
    não consigo
eu vi a morte
não consigo olhar a suspeita nos olhos dos
    companheiros
Eu dizia Jacques
morrer seria covardia
Ele dizia Denise
melhor morrer do que não olhar de frente
Eu dizia
Jacques
Jacques é preciso resistir
E toda manhã ele dizia
Denise
humildemente como pedindo permissão
E toda manhã
eu dizia Não Jacques
Não Jacques você não deve é preciso aguentar
é preciso aguentar o tempo necessário
Fiz tanto esforço para devolver-lhe a vontade
de viver
que pensar em mim
todos aqueles anos...

Gaby

Eu não saio porque tenho frio. Quando saio, mesmo me agasalhando muito, mesmo com um casaco grosso e botas forradas, sinto frio. Frio nos pés, e na mesma hora tenho diarreia. Não conseguiria chegar ao fim da rua. No verão, quando o tempo está bonito de verdade, dou uma volta pelo jardim. Aqui, os verões... Mesmo no verão tenho frio. Aquecemos a casa quase o ano todo. Só de ir até a porta, abrir para você, veja, meus dedos estão completamente brancos. Como invejo Poupette! Como ela teve razão de ir para um país quente! Ela me disse que ia embora porque não suportava mais o frio, os invernos intermináveis. Nas Antilhas, ela está bem, está revivendo. Há algum tempo não tenho notícias dela. O que é feito dela, você sabe? Da última vez tinha a intenção de abrir uma loja, eu acho. Quanto a mim, com a situação de Jean, com meu filho, preciso ficar aqui. Vamos para o Midi quando Jean se aposentar. Além do mais, estou feliz na minha casa. – Meus dedos estão voltando ao normal. Posso fazer um café para você? Estou sempre esfregando as mãos. Parece uma mania. O ano todo, não tiro minhas pantufas de lã de carneiro, mas de todo modo não posso ficar de luvas em casa... Quando voltei, tive de passar dois anos em Plateau-d'Assy. Eu tinha uma mancha no pulmão. À noite, era preciso deixar a janela aberta. Nem as enfermeiras nem os médicos queriam admitir que isso me deixava com falta de ar. "A senhora precisa se acostumar. A senhora vai se acostumar." E a cada ronda a enfermeira verificava, para ter certeza de que a janela estava aberta. Dizer para uma pessoa que está voltando de Auschwitz que ela precisa se acostumar ao frio... No entanto, tive sorte ao voltar. Sim, depois de meu pai ser fuzilado, depois de ver minha mãe e minha tia morrerem lá, reencontrar Jean foi uma sorte. Ele tinha voltado antes de mim. Estava vindo da Alemanha e não sabia nada de Auschwitz, de modo que não se preocupou muito. Se todos os que nos esperavam pudessem imaginar o que estávamos padecendo e como haveria poucos sobreviventes, não os teríamos reencontrado na volta. Jean, se soubesse... Nós nos casamos, começamos a nos instalar. Foi então que precisei ir a Plateau-d'Assy. Na época, as pessoas não se tratavam em casa como hoje. Jean ia me ver com muita frequência, um domingo a cada dois, e passava todas as suas férias perto de mim. Ele me pregava sermão, me animava, dizia que depois de cinco anos de separação — tinha sido preso em junho de 1940, então veja — dois anos não eram nada. Para mim, ao contrário, depois de Auschwitz, dois anos era ainda mais tempo. Se não fosse Jean, eu nunca teria ficado até me curar. As montanhas eram cobertas de neve. Voltar de lá e ver neve. Jean se empenhava em me convencer de que não era a mesma coisa. Com todas as minhas blusas de frio — foi então que comecei a tricotar —, com minhas três ou quatro blusas de frio, uma por cima da outra, eu parecia um ursinho. Ele me dizia: "Meu ursinho, logo você vai estar curada. Vai voltar para casa. Vai ver como lá a temperatura é agradável". É verdade. A casa é fácil de aquecer. Lembra quando Germaine dizia: "Se eu

voltar, vou ter uma casa bem quente"? E sua pergunta-
-xeque-mate: "Se você pudesse escolher – agora, imediatamente (e era na chamada, quando estávamos com
os pés na neve) –, se você pudesse escolher entre uma
tigela enorme de chocolate fervendo, bem espumoso,
um banho quente e com um bom sabonete, sabonete
de lavanda, e uma cama bem quente, com uma bolsa de
água quente e um edredom inflado como um balão, o
que escolheria primeiro? Eu, a cama quente. Ah! deitar
numa cama bem quente". Pensávamos sempre em calor. Também era ela, Germaine, que dizia: "Se um dia
eu voltar, no inverno não vou lavar a salada com água
fria. Vou usar água morna". Pois bem, imagine só, é isto
que eu faço: amorno a água para lavar a salada. Uma casa
bem quente... É por isso que não saio. Tanto que, se não
tenho pão, prefiro ficar sem a correr para a padaria, que
é logo na esquina. Isso nunca acontece, por assim dizer.
É preciso realmente uma circunstância imprevista, alguém, um colega do meu filho, que fica para jantar de
improviso. Domingo, Jean faz a feira para a semana toda.
Já nem lhe faço lista, a não ser quando preciso de alguma
coisa especial. Com minha geladeira grande, tenho tudo
à mão. Eu, feira... temos uma feira coberta. É atraves-
sada por correntes de ar. É de tremer de frio. Tenho pena
dos feirantes. Quando sinto frio, me vejo lá. Os caminhos
congelados, a lama congelada, o vento, a neve, as rajadas
de neve na chamada. E com o que vestíamos... Muitas
vezes me pergunto como resistimos. Só de lembrar, eu
estremeço, me encolho na poltrona, me enrolo no meu
xale. Em casa, me sinto bem. Não me entedio, apesar de
não ver ninguém durante o dia. Cuido da casa, costuro
um pouco, faço tricô, eu me ocupo. Jean chega por volta
das sete horas. A primeira coisa que ele faz é descer para
cuidar da caldeira. Jantamos, conversamos, ouvimos um

disco ou rádio. Não temos televisão. Mostra horrores demais. Nós tínhamos, mas quando o aparelho quebrou Jean não mandou consertá-lo. Foi durante a Guerra da Argélia. Fardas, soldados, metralhadoras... preferimos ler. Estamos os dois sozinhos a maior parte do tempo. Jean-Paul não fica muito em casa à noite desde que tem uma namoradinha – ele está com vinte anos, você imagina? Vinte anos... Vão se casar depois que Jean-Paul fizer o serviço militar. É uma gracinha, a menina. Vem nos ver com frequência. No domingo. Não saímos aos domingos. Sinto muito frio no carro. Sempre recebemos amigos, gente da família. No verão, os homens jogam petanca no jardim, no inverno jogam baralho, enquanto as mulheres conversam e cuidam do jantar. É repousante. Às vezes sou obrigada a ir à cidade, quando preciso de roupas, de sapatos. Raramente. Não gasto minhas coisas. E também faço tricô. Até tricotei um casaco para mim. Vou mostrar. Diga o que acha. Para a casa, é Jean que se encarrega de tudo. Antes de sair, de manhã, ele dá uma olhada na cozinha. Se falta manteiga ou café, ele traz à noite e, de passagem, pega o pão. As coisas grandes – lençóis, cobertores –, eu compro por catálogo. Lã também. Adoro olhar catálogos. Recebo aos montes. Fico aqui, bem no quentinho, e folheio meus catálogos, devaneando. Felizmente, nunca fui obrigada a ir trabalhar. Sair com o tempo que for...

Louise

Não sei por que Mado pôs na cabeça que se o marido também tivesse sido deportado seria mais fácil. Veja eu, com meu marido. Nós nos encontramos dois anos depois da volta. Ele tinha 29 anos, eu, 26. Ele voltava de Buchenwald, eu, de Auschwitz. Sem ter as mesmas lembranças, tínhamos as mesmas referências, o mesmo código, falávamos a mesma língua. Pois bem, sabe o que aconteceu? Depois de vinte anos de casamento, só há um deportado no casal. O deportado é ele. Ele foi deportado, se cansa depressa. Ele foi deportado, não pode ficar acordado, precisa deitar logo depois do jantar. Ele foi deportado, é frágil, doente, nervoso, friorento. Tem dor de cabeça, ou de estômago, ou nas costas, ou nas pernas. Precisa se cuidar, estar alerta, se poupar. Vai ao dispensário pelo menos uma vez por semana. Se você visse o monte de remédios... Pós, ampolas, comprimidos, frascos por todo lado. No verão não saímos de férias. Ele vai fazer tratamento numa casa de repouso. Tento falar em cruzeiro, em praia, em campo. Ele diz: "Nós, deportados, não vamos ter vida longa. Então, se eu quiser durar mais algum tempo...". Ele foi deportado, tem de seguir uma dieta. Dois iogurtes toda manhã porque teve tifo. Eu também tive tifo, mas só de vê-lo tomar aquele iogurtes... Pelo menos com ele ouve-se falar em deportação. Vai ao escritório, mas, assim que volta para casa, não adianta lhe pedir nada. Roupão, televisão. A casa é uma verdadeira enfermaria. Aquele cheiro de doença, sabe, aquele cheiro de linimento para reumatismo. Antes de deitar, ele quer que eu lhe friccione as costas, ou a perna. Convenhamos, de fato é verdade que ele não tem uma saúde a toda prova. Nenhum de nós voltou ileso. Mas só ele tem o direito de estar doente. De todo modo, não poderíamos ficar doentes os dois ao mesmo tempo. Então, já sabe, se casar com um deportado...

Marceline

Gaby tem sorte de conseguir se escutar. Quanto a mim, não conseguiria. Nunca consegui. Quando voltei, meu pai não tinha retornado de Buchenwald. Minha mãe estava sozinha, nunca tinha trabalhado, o que podia fazer? As economias tinham acabado. O que os operários economizam durante a vida toda nunca é uma fortuna e, como o dinheiro já não tinha absolutamente o mesmo valor, mesmo que minha mãe tivesse conseguido conservar o que tinha – impossível, como ela conseguiria comer durante os três anos que meu pai e eu estávamos deportados? –, mesmo que tivesse conseguido guardar suas economias, não seria mais do que uma quantia ridícula. Mais uma de nossas surpresas no retorno... Quando recebi o bônus de desmobilização, achei que estivesse rica, achei que poderia esperar para retomar o trabalho. Com o que correspondia a três meses do meu salário de antes da guerra, mal dava para viver quinze dias. No entanto, minha mãe tinha feito milagres, posso garantir. Ela ainda tinha provisões: sabão, açúcar, arroz e até café. Não sei do que ela viveu na nossa ausência. Não tinha gastado nada. Tinha guardado tudo para nosso retorno. Imediatamente entendi que meu pai não voltaria. Na idade dele... Quanto à minha mãe, não queria acreditar nisso. Durante muito tempo manteve a esperança de revê-lo, durante muito tempo. E muito tempo depois, quando ela dizia que já não tinha esperança, quando seus lábios diziam que já não tinham esperança, seus olhos mantinham esperança. Eu dizia: "Pense, mamãe. Se papai tivesse sobrevivido, ele já teria dado notícias quando os campos foram libertados. Teria dado recado aos que voltavam". Como a esperança pode ser persistente! Como a esperança pode ser desesperada! Contava-se que havia prisioneiros e deportados na Rússia, que estavam bloqueados em Odessa à espera de um navio, ou hospitalizados, ou ainda que estavam perambulando por lá... Na Polônia, na Hungria, na Romênia... Lembra-se de todas aquelas lendas que forjavam? Até que um companheiro do meu pai que não pudera vir antes porque estava doente, e decerto também porque não tinha coragem, até que esse companheiro viesse nos ver, minha mãe persistia em sua esperança. E quantas vezes ela não repetiu a pergunta: "Você o viu morto? Você o viu morto com seus próprios olhos?". Foi um suplício para o infeliz. Não, não pude descansar na volta. Poderia ter aproveitado uma daquelas casas de repouso, hotéis que foram requisitados para os prisioneiros em estações de águas, era gratuito, mas não teria feito entrar dinheiro em casa. E, em casa, não havia mais nem um tostão. Já era extraordinário minha mãe ter aguentado até o fim sem fazer dívidas. Eu estava cansada, cansada! O menor gesto me fazia transpirar: escovar o cabelo... Minha mão caía como se fosse de chumbo, a escova me escapava das mãos. Como eu estava cansada... Ficava ali, deitada no sofá da sala de jantar, e tinha a impressão de que nunca mais conseguiria me levantar. No entanto, foi preciso. Durante algum tempo, recebi ajuda de uma organização. Pouca coisa. Dava justo. Minha mãe ainda não recebia pensão.

Enquanto tinha esperança de rever meu pai, não apresentou sua solicitação. Descansei seis semanas e, depois, ao trabalho. Foi difícil, sabe, eu penei. Só o trajeto, de manhã... Chegava ao escritório exausta. Felizmente, eu trabalhava com boas pessoas. Meus colegas me ajudavam. Tomei fortificantes, cálcio, vitamina, isso sim – descanso, não. Se não estou muito bem hoje, certamente é por isso. Deveríamos ter tido dois anos de descanso. Mesmo que eu tivesse sido cuidada durante dois anos, o que minha mãe teria feito? É preciso convir também que, ao voltar – exceto os tuberculosos, que eram obrigados –, nenhum de nós tinha vontade de se retirar para o campo, de ficar inativo. Tínhamos todos pressa de viver, de voltar à vida. Houve os que se lançaram na ação militante, os que se casaram e se apressaram em ter filhos – como se quisessem recuperar o tempo perdido. Quanto a mim, esperei quatro anos para me casar. E não quis filhos. Meu marido também não fazia questão. Já tinha dois do primeiro casamento, para ele era o suficiente. Com certeza eu não teria força para isso. Além do mais, eu tinha medo de ter uma criança com malformação. Não, eu não tinha saúde suficiente para cuidar de um filho.

Depois de me casar, ainda trabalhei por algum tempo. Eu sempre tinha trabalhado, então ser dona de casa, depender de um marido, era uma perspectiva difícil para mim. Só parei quando se tornou realmente impossível. Além do mais, meu marido preferia ter a mulher em casa. Fico em casa, mas nem por isso eu escuto a mim mesma. Ah, não. Tenho o que fazer. A casa pesa e recebemos muita visita. Na situação do meu marido, ele é obrigado a receber. Temos gente para jantar duas ou três vezes por semana. Também saímos com muita frequência. Meu marido é obrigado a sair e quer que eu o acompanhe. Há dias, no entanto, em que eu me sentiria melhor na cama.

Meu marido é cheio de energia. Esportes de inverno, tênis... Ele não consegue entender que alguém se canse. Não devemos nos entregar: é sua regra de conduta. Da maneira como o estou descrevendo, você deve achar que é um carrasco. Não, não, ele não é um carrasco. A deportação foi uma provação terrível, ele sabe, mas sustenta que a natureza humana é dotada de uma plasticidade extraordinária graças à qual o indivíduo se adapta e readapta a tudo, até mesmo sem que a vontade entre em jogo. "A prova de que é assim", ele diz, "é que você voltou. (Eu poderia demonstrar o contrário contando os que não voltaram. Mas vamos deixar de lado. Não discuto esse ponto com ele), de modo que restam más lembranças, é claro. Mas não se deve ser prisioneiro dessas lembranças terríveis, ser obcecado por elas. Vocês não devem se deixar esmagar por elas. Aí, é uma questão de decisão. O que acabou acabou". É isso. Não devemos nos entregar. Ele construiu quase uma teoria sobre isso. Vê--se que é um cientista. Infelizmente — digo infelizmente porque, se ele tivesse razão, eu estaria melhor de saúde —, a teoria dele é derrotada todas as vezes que tenho uma crise de febre. Todos os anos, mais ou menos na mesma época, tenho uma febre alta que dura dias. Nenhum remédio adianta. As análises de laboratório, as radiografias, não revelam nada. Meu médico não entende. Minha doença não tem nome. Eu a chamo de meu aniversário de tifo. Depois de cada crise, levo semanas para me recuperar. Busquei a causa, tentei saber o que desencadeia a crise — será depois de algum choque, de um cansaço, de um aborrecimento? Não, de jeito nenhum. É inexplicável. Sempre começa da mesma maneira: dor de cabeça violenta, dores de barriga e a temperatura sobe de repente. E tão de repente, sem nenhum sinal prévio, sem que na véspera eu me sinta abatida ou simplesmente triste... Apesar disso, sabe, eu não escuto a mim mesma. Assim que volto a me aprumar, retomo todas as minhas atividades. Os nervos são fortes. Meu marido deve ter razão. Não quero ceder. Viver como doente, não.

O enterro

Devíamos nos encontrar no trem. Quando cheguei à estação, três das nossas já estavam lá, comprando as passagens. Nós nos beijamos.
– Quantas vocês acham que seremos?
– Não sei se seremos muitas. Para as que moram na província, está em cima da hora. Em todo caso, mandei uma mensagem para todas de quem tenho o endereço. Marie-Louise me telefonou: ela vai direto de carro, com o marido.

Nós quatro morávamos em Paris e nos víamos com bastante frequência. Portanto conversávamos coisas sem importância. Esperamos um momento perto do guichê e depois, dando uma olhada para trás, nos dirigimos para a plataforma onde estava marcado o encontro. Ninguém ainda. Ficamos perto do vagão cujo letreiro indicava a cidade para onde deveríamos ir. Continuávamos a conversar sobre coisas sem importância. – "Você está bem? Como vai seu marido? E seu filho?" – sempre à espreita.

– Quem é aquela ali, de cinza? Parece que está procurando.
– Quem?
– Aquela alta, de cinza. Talvez seja uma das nossas, mas não estou reconhecendo.
– Eu também não.

A mulher de cinza se aproximou, passou perto de nós e continuou. "Não, não é das nossas. Não estou reconhecendo seu andar."
A mulher tinha passado por nós. Virou-se, hesitou, depois sorriu e veio na nossa direção.
— Parece Jeanne. Acho que a estou reconhecendo.
— Jeanne? Estaria muito mudada...
Estava perto de nós. "Não me reconhecem? Jeanne." Ela não tinha mudado nada. Depois que a reconhecemos, era ela. Depois que a reconhecemos, de fato, sem hesitar, imediatamente tiramos as rugas e o desgaste da pele, um cansaço em torno dos olhos, um amargor na curva da boca e na mesma hora ela se tornou quem tinha sido. Retocada, lavada por nossa memória, ela voltara a ser a Jeanne que tínhamos conhecido. Eu pensava: Como é estranho... Será que também tenho vários rostos? Parece que cada uma de nós tem um rosto — cansado, desgastado, imobilizado — e, por cima desse rosto deteriorado, um outro — iluminado, móvel, o que está na nossa memória — e, emplacado sobre os dois outros, uma máscara adaptável, a que colocamos para sair, para ir para a vida, para abordar as pessoas, para participar do que se passa ao nosso redor, uma máscara de polidez como a que as balconistas colocam no momento em que vestem sua roupa de balconista. Sem dúvida só nós víamos a verdade de nossas companheiras, sem dúvida só nós enxergávamos seu rosto nu por baixo.
Jeanne nos reconhecia e nos beijava.
— Como você ficou sabendo? Não mandei nenhuma mensagem, nunca tive seu endereço.
— Ontem encontrei Mimi por acaso. Foi engraçado. Justo ontem e num lugar ao qual nunca vou. Estava levando minha filha a um novo dentista. O nosso...
— Você tem uma filha? Que idade ela tem?

— Vai fazer dezenove anos.
— Com dezenove anos não vai sozinha ao dentista?
— Acompanhei porque é um amigo...
— Dezenove anos... Então você se casou assim que voltou?
— Quase...
— Você só tem ela?
— Também tenho um filho.
— Como é que não a vimos mais em tantos anos?
— Não sei. Os dias passam. Os anos se vão. Falta tempo. Marido, filhos, casa, trabalho.
— Você trabalha? O que você faz?
— Sou química, como antes.
— Então Mimi tinha recebido meu recado. Ela disse que viria?
— Eu não teria reconhecido Mimi. No entanto, ela não mudou. É difícil dizer: é ela e não é ela. Parece tão abatida. Foi ela que me reconheceu. Não, ela não vem. Foi ver Germaine há dois dias, ela a viu em seus últimos momentos. Então o enterro...
— Você também não mudou.

Quanto a Jeanne também, era verdade e era mentira. Olhando-a com atenção, tudo tinha mudado: a expressão, com aquele vinco de amargor nos lábios, os cabelos, a silhueta. Era óbvio que estava menos magra do que estava lá. Agora estava mais ressequida do que magra. E no entanto não tinha mudado: o olhar, a voz, os gestos de suas mãos precisas e hábeis.

— Todo mundo tem sua casa, seu trabalho...
— Então não sei. Os dias passam, os anos passam...
— Você sente os anos passarem? Eu não. Sei que estou envelhecendo, e também não, é confuso. Envelheci de uma só vez ao voltar e desde então sou velha e não envelheço mais. Não mudo mais.

— Ainda bem que você se abala com os enterros — dizia uma outra, que se juntava a nós na cabine em que nos tínhamos instalado e beijava Jeanne. — É de desejar que haja enterros com mais frequência.

— Já você não mudou — dizia Jeanne. — Sempre terrível.

— Não, mas se é preciso morrer para você pensar que precisamos de você.

Jeanne sorria. Seu sorriso a trazia de volta exatamente como era, apesar de dois dentes restaurados.

— Não seja tão maldosa.

— Você tem razão de se abalar pelos mortos, é uma oportunidade de rever os vivos. Portanto deveria ser mais frequente.

— Chega! Fique quieta! — disse uma que ainda não tinha entrado na conversa. — Cinismo é engraçado, mas não é preciso insistir.

— Ora, e daí, os enterros? Não são só os companheiros que são mortais.

— E você vai a outros enterros?

— Às vezes. Aliás, não me incomoda. Não me custa. Desde Auschwitz, já não choro nos enterros... É uma sorte ter um enterro. Quando penso em Viva, em Mounette, em Claudine...

— Quanto a mim, penso com frequência em Mariette.

— Vamos acabar com essa ladainha?

— Quem mais vem?

— E Gaby? Foi avisada?

— Sim, claro. Mas não devemos contar com ela. Você sabe que ela não sai de casa.

— Ei, aí vem uma! Aqui, aqui! — gritava a que estava postada na janela. Fazia sinal para a recém-chegada, que corria, acenava para nós, pulava no trem e aparecia na porta da cabine onde a acolhíamos dando risada.

— Sempre a mesma. Sempre com medo de estar atrasada. Por que você tem medo de perder os trens? Tem um que você devia ter perdido e aquele você alcançou.

— Pois bem, prazer em conhecê-la. Como vai? — ela estendia o rosto.

— Ela não mudou. Sempre cabeça nas nuvens. Lembram-se do dia em que ela perdeu os sapatos?

— Eu não tinha perdido os sapatos. Foram roubados.

— Dá na mesma. Venha, sente-se. Não fique aí plantada. Aqui é permitido sentar. De todo modo, se Carmen não tivesse roubado na mesma hora um outro par das ciganas...

— Vocês roubaram sapatos? — dizia Jeanne, reprovando.

— Ora, e você nunca roubou?

— Dos SS, quando era possível, sim. Das outras prisioneiras, não.

— Você e sua virtude, só queria saber como fez para voltar. Ainda bem que estávamos lá. E o que você queria? Ir descalça para a chamada, com vinte graus negativos? Nós queríamos trazer essa descabeçada de volta.

— Sim, para me deixar com raiva.

— As ciganas roubavam tudo de nós. Sapatos, elas tinham vários pares a mais. Bem se vê que você não esteve em Birkenau, Jeanne.

— Se você não fosse tão atrapalhada, teria cuidado dos seus sapatos. Durante todo o tempo em que estivemos no bloco 26, eu punha os meus debaixo da cabeça, à noite, à guisa de travesseiro.

— Escute, você sabe que eu perco tudo. Toda vez que nos reencontramos vai querer me repreender por terem roubado meus sapatos?

— Sorte sua, também, por termos trazido você de volta. De tanto perder tudo, você também teria se perdido.

— Todas que voltaram tiveram sorte, cada uma delas — dizia Jeanne. — A sorte de ter as outras.

— Decididamente, você insiste: virtude e moral, justiça e a cada um o que lhe é devido.

O trem começava a andar. "Não virá mais ninguém." Dobramos o casaco para pôr no bagageiro e nos instalamos. Jeanne sentou-se perto de mim.

— Como estou contente em rever você. Não mudou, sabe. Nem um pouco. O que aconteceu com você? O que fez? Casou-se de novo?

— Não.

— Por que não se casou de novo? Não é bom viver sozinha.

— Não consigo pensar em viver com outra pessoa.

— Depois de todo esse tempo?

— Depois de todo esse tempo.

— Não pensou nisso, mesmo?

— Não tive intenção, ou oportunidade. Não sei. Enfim, nunca pensei nisso. No começo, estava muito próximo, depois era tarde demais.

Ao responder à pergunta de Jeanne, eu avaliava tudo o que me aproximava dela e das outras companheiras. Só uma delas podia se permitir uma pergunta tão direta, conseguir que eu respondesse tão diretamente, sem achar que fosse uma pergunta indiscreta. Jeanne continuava.

— Não se aborrece, sozinha?

— Tenho muitos amigos, muito trabalho.

— Você é feliz? — ela me olhava. — Não é isso que eu queria dizer. Eu sei. Você está satisfeita com o que faz?

Jeanne era tão natural comigo, como se nos tivéssemos encontrado muito recentemente. Decerto é isso que elas querem dizer, minhas companheiras, quando dizem que se sentem bem quando estão umas com as outras. Entre nós, não é preciso fazer esforço, não há obrigação, nem mesmo a da polidez costumeira. Entre nós, somos nós. Eu não sabia o que Jeanne fizera nos últimos mais de vinte anos, como tinha vivido, mas isso não tinha importância. Era realmente como se nunca nos tivéssemos perdido de vista. No entanto, Jeanne não fazia parte de nosso comboio. Nós a tínhamos conhecido em Raisko – nós, as sobreviventes que tiveram a sorte de ir para Raisko, no commando do laboratório. Eu a reencontrava hoje tal como ela era então, ereta e séria com sua bata branca, atenta, indo e vindo, manipulando os instrumentos com delicadeza, séria e fechada diante de Herr Doktor, dedicada, generosa com as companheiras, e arrojada até as raias da imprudência quando se tratava de melhorar a ração.

– Jeanne, lembra-se dos tomates? – a pergunta vinha da ponta do assento. – Os tomates que roubamos na estufa? Que aventura! Aquela vez você quase foi pega!

– Tomates? Havia tomates em Raisko? É a primeira vez que ouço falar.

– Sim, na estufa. Sabe a estufa?

– Sim, mas não me lembro dos tomates.

– Claro que lembra. Jeanne tinha visto uns tomates quase maduros numas caixetas. Estavam meio escondidos em húmus.

– Tinham até ficado com um gosto estranho.

– Não, não me lembro dos tomates. Acho que eu não participei dessa expedição.

– Sim, você estava lá. Todo mundo estava. Você até tinha pegado mais do que as outras e perdeu alguns no caminho. Eu estava atrás de você e fui pegando.

– Tem certeza de que Charlotte ainda estava lá no dia dos tomates? Não foi depois da ida dela para Ravensbrück?

– Sim, tenho certeza. Elas, as oito, foram de Raisko para Ravensbrück no início de janeiro. Foi depois de *O doente imaginário*, e *O doente imaginário* foi na época do Natal. Os tomates, foi no verão.

— Tomates... E nós comemos?

Eu estava perplexa. Não, não conseguia me lembrar do gosto dos tomates.

— Imagine, claro que comemos!

— Não me lembro de jeito nenhum de ter comido tomates quando estava lá.

— No entanto tinham gosto de tomate, com certeza. Não é, Jeanne? Estranho você não lembrar. Foi no dia em que Germaine foi pega com o pepino.

— Quem ouve até pensa que era uma comilança. Pepinos, tomates...

— Germaine tinha pegado um pepino grande e colocado debaixo do vestido. Foi apanhada por aquela kapo alta da jardinagem. E no dia seguinte foi mandada de volta para Birkenau, como castigo.

— Você não lembra como nos preocupamos com Germaine?

— Sim, lembro. Decerto foi o que suplantou a lembrança dos tomates.

— Germaine passou a noite no calabouço. Ficamos apavoradas.

— Não dá para contar alguma coisa mais divertida? Seja como for, é curioso você não se lembrar dos tomates...

— Sei por que ela não lembra. Na época ela estava completamente atordoada. Tinha perdido a cabeça.

Então houve muitas épocas em que perdi a cabeça? Como então, agora, tenho a impressão de tê-la tão clara e bem organizada? O que é preciso lembrar e esquecer para manter a cabeça no lugar? Esquecer os tomates é bobagem. Não é uma lembrança pesada, a lembrança dos tomates. Por que não esquecer antes o cheiro de fumaça, a cor da fumaça, as chamas vermelhas e fuliginosas que jorravam das chaminés, que o vento contorcia e cujo odor fazia chegar até nós? Por que não esquecer antes todas as mortes da manhã e todas as mortes do anoitecer, por que não esquecer antes os cadáveres de olhos corroídos, de mãos retorcidas como patas de aves congeladas? Por que não esquecer antes a sede, a fome, o frio, o cansaço, já que disso não adianta nada me lembrar, não consigo dar ideia a ninguém? Por que não esquecer antes como o tempo demorava, demorava para passar, já que hoje todo mundo diz que 27 meses não é tanto tempo em uma vida e já que não posso fazer as pessoas compreenderem a diferença entre o tempo de lá e o tempo daqui, entre o tempo de lá, que era vazio e que pesava tanto com todas aquelas mortes, pois, por mais que os cadáveres fossem leves, quando há milhares de cadáveres esqueléticos o peso é grande e nos esmaga, entre o tempo de lá, que era vazio, e o tempo daqui, que é oco.

— Quanto a mim, não me lembro de nada. (Quem era aquela que dizia isso?) Não me lembro realmente de nada. Quando me perguntam alguma coisa de lá, sinto uma espécie de vazio abrir-se diante de mim e, em vez de ter vertigem e me afastar, me jogo nele, mergulho naquele vazio escancarado diante de mim para fugir. Só com vocês eu lembro, ou melhor, reconheço as lembranças de vocês. Em geral vocês falam bastante nisso? Isto é, quando não estamos juntas?

— Eu, nunca.

— Eu, sim. Acho que as pessoas devem saber. Elas precisam saber. Por que teremos feito tanto esforço para voltar se não adiantar nada, se ficarmos mudas, se não dissermos o que era aquilo?

— E o que adianta dizer?

Jeanne me perguntava:

— E como você está? Está bem? Está bem de saúde?

— Sim. Alguns probleminhas do aparelho digestivo, como todos os outros.

— Você parece muito bem. Estou contente de encontrá-la tão bem.

Ela me olhava com os olhos que sempre tem quem esteve lá, olhos que enxergam.

"E você?" Eu mal ousava fazer essa pergunta. Embora eu tivesse reencontrado sua fisionomia de antes sob suas rugas e sua pele murcha, havia algo doentio, algo mórbido na cor de sua pele e de suas gengivas.

— Não, não estou bem. Não durmo. Desde a volta, eu não durmo, por assim dizer. Nenhum sonífero mais me dá sono. Tentei todos. Adormeço de madrugada, algumas horas, mas nem todos os dias. E de manhã, quando levanto, sempre tenho dor de cabeça, dores de cabeça terríveis. Não vejo a hora de meus filhos estarem criados, terminarem os estudos. Eu gostaria de aguentar o tempo suficiente por eles. Consigo viver, mas isso é viver? Sou obrigada a me deitar muito cedo, muitas vezes até antes do jantar, de tão cansada, e, quando estou na cama, não consigo dormir. É também por isso que vocês não me viram durante todos esses anos. Fico esperando ter mais condições, mais vida, e vou adiando. Sei qual a causa disso. Quando voltei, eu tinha pesadelos. Eu tinha tanto medo desses pesadelos que inventava todos os tipos de pretextos para retardar a hora de dormir. No fim, perdi o sono. Você não tem pesadelos?

— Raramente. Só tenho um, sempre o mesmo. Volta mais ou menos uma vez por ano, sem que eu consiga notar se é depois de alguma conversa, de alguma reminiscência. O tema é sempre o mesmo: estou na prisão. Deixam-me sair dando minha palavra e, à noite, volto conforme tinha prometido, depois de me ver o dia todo tentada a fugir, depois de tentar perder o caminho. Nunca consigo, o caminho sempre vai dar na prisão. Sempre o mesmo tema, em cenários diferentes: ora a Santé, ora Romainville, ora um lugar que não conheço, ora o campo. O mais terrível é o campo. Você imagina isso, sair de Auschwitz e voltar para lá por conta própria? É tão horrível o momento em que transponho os arames farpados e me dou conta de que a oportunidade de sair nunca mais se repetirá, é tão opressor que quero gritar e não consigo porque me dói o peito. Finalmente grito e acordo. É quando vejo os arames farpados, as guaritas, o perfil das chaminés. Nunca vejo outra coisa. Sempre grito antes de ver mais. É inexplicável. Se pelo menos alguma vez eu tivesse tentado fugir e tivesse sido apanhada, mas não.

— Alguém tem notícias de Marceline?
— Por quê? Marceline está doente?
— Não se sabe o que ela tem. Febre. Acontece com frequência.
— Todos os anos ela tem uma espécie de febre. É seu aniversário de tifo.
— Pois eu — (quem falava era uma que estava frente a frente conosco) —, eu, nos meus pesadelos, vejo todas as que morreram. Elas suplicam, chamam. Eu as vejo e não saio do lugar. Não consigo sair do lugar. Meus pés estão presos. É atroz.
— Vocês aí, na ponta, não podem participar da conversa geral? Se Jeanne voltou, não foi para ficar com ela só para você.
— E o que dizia a conversa geral?
Alguém retomava:
— Quando estava lá, eu sonhava que estava em casa e, desde que voltei, sonho que estou lá.
— E se a gente passasse do sonho para a realidade?
O garçom do vagão-restaurante tocava seu sininho no corredor. Compramos alguns tíquetes dele.
— A que horas é o primeiro serviço?
— Onze horas.

— Tudo bem. Teremos muito tempo para almoçar. Vamos chegar à uma hora e o enterro é às três. Não podemos perder o ônibus de correspondência, na estação.

— Está ouvindo, você: não podemos perder o ônibus.

— Mas eu nunca perco nada quando estou com vocês.

Todo mundo riu.

— Alguém pensou nas flores?

— Sim, eu encomendei por telegrama. Vão ser entregues diretamente.

E se passássemos do sonho à realidade? A realidade, onde está?

O desconhecido que vinha ao meu encontro
era
depois de tantos anos
o primeiro homem que eu tinha vontade de beijar.
A cidade estava cheia
de homens que eu não via
o desconhecido que avançava
era
depois de tantos anos
o primeiro homem que eu olhava
Ele me falava
eu não o escutava
olhava seus lábios
tinha vontade de beijá-lo.
No momento em que os seres se separam
eu vira apenas sua boca
e é com tão frágil indício
que saio em sua busca
na cidade
na cidade das manhãs
na cidade azul do anoitecer
sempre outra cidade
e que me escapa.

Procuro e sei
que jamais o reencontrarei
A cidade toda está vazia e me pertence.

Françoise

Refazer a vida, que expressão... Se há uma coisa que não se pode refazer, uma coisa que não se pode começar de novo, é a vida. Apagar e fazer de novo... Apagar e reescrever por cima... Não vejo como é possível. Os que o fizeram, me pergunto como fizeram. Sobre um coração exangue, enxertar outro coração... Onde buscar sangue para fazer bater esse coração restaurado? A um coração seco, devolver calor e movimento... De onde extrair o calor? De onde extrair o movimento?

Quando Paul... – você lembra, aquela manhã de maio, na prisão, aquela manhã em que você foi chamada ao mesmo tempo que eu? Quando fui levada até ele, quando atravessei a prisão de longos corredores sonoros para me despedir dele, soube que meu coração só passaria a bater se eu o mandasse bater, que meu coração só teria movimento se eu lhe ordenasse e tivesse força para continuar a luta em que Paul e eu nos tínhamos engajado. E lutar, agora... agora que sabemos, agora que o escândalo estourou, agora que a mentira se revelou. Meu coração só bate forçado. Jamais voltará ao batimento do amor, ao batimento vivo do amor.

Quando fui chamada, naquela manhã, alguma coisa em mim parou, e nada consegue fazê-la funcionar de novo, como o relógio que para quando quem o está usando para de viver.

Quando fui chamada, naquela manhã, ao chamarem meu nome eu soube que era para me despedir de Paul. Por que me chamar às cinco da manhã? Por que estavam chamando uma mulher, numa prisão, às cinco horas da manhã, no mês de maio de 1942?

Quando fui chamada, naquela manhã, eu soube que devia escolher, escolher imediatamente, entre viver e morrer. Escolhi viver porque aquele soldado estava ali, na porta da minha cela, enquanto eu me vestia. Paul tinha lutado arriscando a vida contra aquele soldado de morte e hoje Paul perdia a vida e eu não devia ceder diante daquele soldado portador de morte. Era preciso resistir até o fim e viver até morrer de viver.

Quando fui chamada, naquela manhã, eu não estava dormindo. Na prisão, dorme-se mal, porque falta ar, falta movimento, porque a cama é de tábuas afastadas e infestadas de percevejos, porque se tem fome, porque se tem frio, mesmo no mês de maio. Tudo isso não impediria de dormir. Dorme-se mal porque se pensa. Pensa-se contra as paredes. Ainda não fui chamada para interrogatório. Será preciso aguentar, será preciso resistir. Terei força para isso. Sim, serei forte. Paul teve força para resistir sob tortura. O que está fazendo agora? Onde ele está? Nesta prisão ou em outra?

Quando fui chamada, naquela manhã, pelo menos soube a resposta a essa pergunta. Paul estava na mesma prisão que eu. Teriam me chamado para me despedir se ele estivesse em outra prisão?

Na prisão, pensamos contra as paredes. Eu pensava em Paul. Eu só pensava em Paul. Quantas paredes entre ele e mim? O que estão lhe fazendo? Está sendo torturado. Paul vai aguentar, mas seu corpo ficará coberto de ferimentos, as gengivas em carne viva, a cabeça espancada, os membros supliciados, e eu sentia dor onde se desferiam os golpes no corpo de Paul, nas articulações, seus lábios que eu aflorava tão suavemente, tão suavemente para não o acordar porque eu queria que ele descansasse e ao mesmo tempo não podia resistir ao desejo de lhe acariciar os lábios. Ele já estava dormindo porque tinha chegado tarde, cansado das longas andanças pela cidade com todos os desvios que fazia para despistar os rastreamentos antes de encontrar os companheiros de luta. Eu pensava em Paul tentando não me lembrar de seu sorriso. Seu sorriso se retorcia no esgar da tortura. Ele apertava os lábios. Nunca mais verei seu sorriso.

Eu pensava contra as paredes e queria forçar as paredes para forçar a esperança. Um clarão de esperança entre aquelas paredes... Não há nenhuma fissura em todas aquelas paredes. Será que vão julgá-lo? Se houver julgamento, Paul será condenado à morte. E o pensamento se detém porque o coração se detém. Haverá uma possibilidade, uma sombra de possibilidade de que ele não seja condenado à morte? Não há nem uma sombra de possibilidade. Ele foi pego, foi torturado e, se não morrer sob tortura, será condenado à morte. O julgamento poderia ser adiado... Se o julgamento não acontecesse de imediato... Um milagre poderia acontecer, uma bomba cair em cima da prisão, derrubar um lance inteiro de todas aquelas paredes, e Paul fugir; os resistentes explodirem a prisão e Paul ser arrancado das muralhas. Você já não está pensando, está delirando. Não haverá milagre. Paul vai morrer.

Quando fui chamada, naquela manhã, eu soube na mesma hora que Paul seria fuzilado, fuzilado sem julgamento, e que ele sabia. Ele sabia que naquela manhã seu coração voaria debaixo de balas – havia quantos dias, quantas noites ele sabia –, ele sabia que seu coração explodiria e que meu coração passaria a bater apenas o suficiente para não ceder, o suficiente para aguentar, que meu coração só teria a força necessária para isso, não mais.

Foi preciso resistir muito tempo, mais tempo do que eu imaginava na manhã em que me despedia de Paul. Fui levada de volta à minha cela. Meu pensamento já não esbarrava nas paredes, meu pensamento morrera contra as paredes. Foi preciso resistir muito tempo, mais tempo do que eu imaginava. Auschwitz foi longo. Aguentei porque precisava aguentar, e foi duro e foi longo. Mas, embora fosse tão longo e tão duro, eu não queria que terminasse. Enquanto estava em Auschwitz, eu não precisava tomar decisão nenhuma. Preferia não imaginar o momento em que retornaria porque não conseguia imaginar como eu viveria sem Paul. Tinha medo de voltar a ser livre. Ser livre para fazer o quê? Como eu viveria sem ele? Ainda não consigo imaginar como viver sem ele. Depois de tantos anos. Vivo em suspensão, e se Paul não me tivesse feito jurar, no momento em que me despedia dele, que continuaria a viver, meu coração pararia porque eu deixaria de lhe ordenar que continuasse a bater.

Refazer a vida... Quando Paul não é mais que uma sombra na minha memória. Eu morta, quem se lembrará do fogo com que ele queria incendiar o mundo para que se erguesse uma nova aurora? Perdi o gosto por essa nova aurora. Sem ele, para quê? E agora, que a mentira foi desmascarada.

Refazer a vida, que expressão... Voltei. Retomei minha profissão. É uma bela profissão: enfermeira. Meus doentes precisam de mim. Não vivo sem Paul, vivo com meus doentes. Nada me pressiona a deixá-los quando termina meu serviço. Pertenço inteira a eles. Toda essa parte de mim que sabe oferecer cuidados aos doentes lhes pertence. Volto para nossa casa para dormir. Digo:

nossa casa. Nunca consegui dizer: minha casa. Depois de tantos anos, às vezes me acontece fazer de conta que Paul está viajando, que ele vai voltar. É uma simulação tão sofrida que evito recorrer a ela. Paul está morto. Repito isso para mim mesma para fazer como se deve quando já não se tem o ser para o qual se vivia. Vivo como sonâmbula, que nada despertará.

Refazer a vida, que expressão...

Não sei
se você pode ainda fazer
alguma coisa de mim
Se tem coragem de tentar...

Quando a revolução chegar
tirarei meu cérebro
da caixa craniana
e o sacudirei sobre a cidade
e então nevará
uma neve de poeira
de suja poeira
cor do tempo presente
que ofuscará o escarlate das bandeiras

E se ela tardar demais
nem a força de fazê-lo terei mais.

Envoi[47]

Um homem que morre por outro homem
é de se procurar
não digas mais isso, Mendigo
não digas mais
eles são milhares
que avançaram por todos os outros
por ti também,
Mendigo,
para que saúdes a aurora
o amanhecer estava lívido
nas manhãs dos mont-valérien
e agora
chama-se aurora,
Mendigo,
é o amanhecer com seu sangue.

---

47 São as estrofes ou palavras finais de uma obra, homenageando e agradecendo à pessoa a quem o autor a oferece. Neste caso, Delbo se refere a Louis Jouvet, que dirigiu a primeira encenação da peça *Electra* (Paris, 1937), de Jean Giraudoux, e nela interpretou o personagem Mendigo.

Posfácio
Habitar o "depois de Auschwitz":
A trilogia do inferno de Charlotte Delbo
MÁRCIO SELIGMANN-SILVA

> *Numa manhã de janeiro de 1943, nós chegamos. Os vagões tinham sido abertos à beira de uma planície gelada. Era um lugar de antes da geografia. Onde estávamos? Ficaríamos sabendo — mais tarde, pelo menos dois meses depois; nós, as que dois meses depois ainda estavam vivas — que o lugar se chamava Auschwitz. Não lhe poderíamos dar nome.*
> — CHARLOTTE DELBO

O que significa a expressão um lugar "antes da geografia"? A que tipo de lugar não conseguimos dar um nome? Além disso, lemos também no testemunho: "Em Auschwitz, não sonhávamos, delirávamos". Esse local atópico, inominável, que barra até nossos sonhos é um lugar de onde ninguém pode sair. Entre 1947 e 1970, Charlotte Delbo, uma militante comunista que se engajou na resistência contra a ocupação nazista em seu país, a França, escreveu esta trilogia sobre sua história de luta e sobretudo de prisioneira em Auschwitz e em Ravensbrück. Ela nomeou esta trilogia de *Auschwitz e depois* (*Auschwitz et après*). Mas, a bem da verdade, ela é a primeira a nos mostrar que não existe propriamente um "depois" de Auschwitz. Lemos no final da segunda parte:

Para mim
ainda estou lá
e morro
lá
a cada dia um pouco mais
remorro
a morte de todos os que morreram
e já não sei qual é verdadeiro
aquele mundo
o outro mundo de lá
agora
já não sei
quando estou sonhando
e quando
não estou sonhando.

O real que barrava os sonhos produz mentes que já não sabem mais diferenciar entre o sonho e a realidade. E, no entanto, na mesma página de versos, ela também escreve:

E eu voltei
Caso não saibam,
vocês,
que de lá se volta.

De volta de lá
e até de mais longe

*

Estou voltando de outro mundo
para este mundo
que eu não deixara
e não sei

> qual é verdadeiro
> digam-me eu voltei
> do outro mundo?

Na volta do campo, na concretude espacial da saída do campo de extermínio, as mulheres sobreviventes narradas por Charlotte repetem em seus pesadelos essa impossibilidade de sair de lá. "Quando voltei, eu tinha pesadelos. Eu tinha tanto medo desses pesadelos que inventava todos os tipos de pretextos para retardar a hora de dormir. [...] Só tenho um, sempre o mesmo. Volta mais ou menos uma vez por ano, sem que eu consiga notar se é depois de alguma conversa, de alguma reminiscência. O tema é sempre o mesmo: estou na prisão." A prisão temporal, o presente eterno da cativeiro, estabelece uma ruptura com o mundo e o colapso do indivíduo que se fragmenta sem a estrutura simbólica para organizá-lo.

Estar em Auschwitz implica conhecer um espaço distópico radical — "aqui nada é vivo" — que faz estremecer as bases que definem o nosso estar no mundo. "Aqui, fora do tempo, sob o sol de antes da criação, os olhos empalidecem. Os olhos se apagam." Estar em um lugar que desafia a geografia, vivenciar um espaço que não pode ter nome e que mata até a noção mesma de morte implica uma ferida indelével na memória, que nunca consegue sarar. Enquanto espaço que desrealiza a realidade, esse magma traumático nunca pode ser inteiramente escrito e passa a marcar aquele que o atravessou. Não se trata, é sempre bom lembrar, do fato banal e evidente de que nada é absolutamente representável. Como outra sobrevivente de Auschwitz escreveu em seu testemunho — refiro-me a Ruth Klüger em seu *Paisagens da memória* —, "mesmo cada cachorro é único" e, portanto, irrepresentável. Esse magma do real do campo de concentração, antes, tinge a própria linguagem e impregna nossa capacidade de percepção e de simbolização. Daí a primeira parte da trilogia de Charlotte se chamar *Nenhum de nós voltará*. Mesmo os poucos que sobreviveram nunca saíram de lá. A última frase do primeiro volume afirma: "Nenhum de nós deveria ter voltado". Isso tanto porque a lógica do extermínio genocida é a de eliminar a todos (a sobrevivência se torna assim algo ilógico!), mas também porque aquele lugar desdiz tudo o que o mundo simbólico significa em sua capacidade de nos estruturar tornando-nos aptos para a vida. Auschwitz nega a linguagem, nega também o fato fundamental que só existimos em grupo, que somos animais gregários. Auschwitz impõe o império da morte do outro. É a morte do pensamento, do logos e da nossa capacidade de identificação com o outro e com o mundo. "Nada pode preencher a distância entre mim e os outros, entre mim e mim. Nada pode preencher a diferença, nada pode amenizá-la", escreve Charlotte dando voz a sua amiga e companheira de destino Mado. Trata-se do negativo que implode toda história da cultura ocidental, toda ilusão e toda utopia. Mas não se trata apenas (apenas?) da morte da razão instituída pelo Iluminismo e pelo Humanismo ocidentais, a queda de sua máscara. Não se trata da "dialética do esclarecimento", descrita por Theodor Adorno e Max Horkheimer, e do fato de que Auschwitz, como escreveu Vilém Flusser, revelar que o programa desse logos ocidental é o genocídio. Não é apenas (!) disso que se trata. Como triunfo da morte, Auschwitz constitui uma negação da vida e, portanto, lá "todo conhecimento torna-se inútil".

> Num mundo
> em que não estão vivos
> os que acreditam estar
> todo conhecimento torna-se inútil

Auschwitz é o avesso do logos e, portanto, parte constituinte dele. Mas, se todo conhecimento é inútil lá, esse cronotopo é ainda ele mesmo nulificador do logos. Também Ruth Klüger afirmou que em Auschwitz não se aprende nada. Auschwitz não foi uma escola. Esse não conhecimento, esse peso infinito, morto e insuportável, no entanto, é portado pela sobrevivente. Ela leva uma infinidade de cadáveres dentro si. Eles estão insepultos, mas são carregados pelos poucos que "saíram" daquele inferno. "Sei o que em mim não é igual ao que eu era antes, o que faz com que eu não seja igual aos outros. A montanha de cadáveres entre mim e eles." Ao sobrevivente cabe habitar o paradoxo de ter de narrar, de passar adiante essa herança macabra, em nome da sua sobrevivência. Ele tem a necessidade fundamental de narrar, tentando traduzir simbolicamente aquilo que anulou a divisão entre o real e o irreal, o pesadelo e a vigília, a invenção macabra e a realidade. Novamente o limite entre o abjeto (o sem forma) e o mundo precisa ser instituído, para que a linguagem e a vida voltem a se estruturar.

> Voltei dentre os mortos
> e acreditei
> que isso me dava o direito
> de falar aos outros
> e quando me vi diante deles
> nada tive a lhes dizer
> porque
> eu tinha aprendido
> lá
> que não se pode falar aos outros.

Mas Charlotte nos escreve. Contra essa brutal desautorização da fala, ela narra. Ela nos conta sobre a sua prisão, seus dias na fortaleza de Romainville, descreve os trabalhos forçados em Auschwitz, recorda suas amizades e a luta resistente pela sobrevivência. Nos conta sobre a sua passagem pelo campo de Ravensbrück e sobre a sua libertação. Conta como, na qualidade de prisioneira, atravessou de trem uma Berlim destruída, em ruínas, procurando em vão por olhares solidários. Nos conta também, sobretudo na terceira parte da trilogia, as histórias de suas companheiras, as que morreram e as que sobreviveram. Não se trata, nesta trilogia, de uma narrativa linear, cronológica ou marcada pela tentativa de testemunhar no sentido jurídico de uma eficácia representativa da linguagem (testemunho como *testis*).

Temos aqui, antes, uma escritora cujo universo simbólico sucumbiu, foi esmagado pelos eventos que teve de atravessar. A sua linguagem e modo de se expressar denunciam essa origem negativa a cada momento (é o testemunho-sobrevivente, *superstes*). Temos então uma escrita conquistada. O campo simbólico teve de ser refeito para que as narrativas pudessem se dar. Diferentemente da maioria dos testemunhos de campos nazistas, Charlotte cria uma linguagem que fica entre a narrativa dos fatos, a reflexão sobre o sentido dessa experiência e o pensamento e expressão poéticos. Sua forma é original e de certo modo ousada, e talvez por isso tenha esperado seu texto amadurecer quase vinte anos para publicar o primeiro volume. A sua intenção não era mais, nos anos 1960-1970, denunciar as atrocidades de Auschwitz, que a essa altura haviam sido apresentadas por autores como Primo Levi, Elie Wiesel, pelo poeta Paul Celan, entre tantos outros, para além dos tribunais de Nuremberg e do julgamento de Eichmann em Jerusalém. Seu texto surge como um testemunho-testamento, necessidade de passar adiante, de transmitir uma história (ine)narrável, e como um testemunho-nós, tentativa de refazer um percurso religando as mulheres que estavam juntas nessa passagem pelo inferno.

Um elemento foi sem dúvida fundamental tanto na sobrevivência (im-possível) de Charlotte como na sua escritura: a solidariedade existente entre o grupo de mulheres deportadas no dia 24 de janeiro de 1943. Das 230 mulheres do grupo de Charlotte, 49 sobreviveram (taxa de mortalidade de 79%), um percentual fora do comum para os parâmetros mortíferos de Auschwitz (do 1,3 milhão enviado a Auschwitz, 1,1 milhão morreu). Tratou-se do único comboio de prisioneiros políticos enviados da França para Auschwitz, sendo que apenas essas 230 mulheres tiveram esse fim, já que os 1.446 homens do comboio de 24 de janeiro foram enviados a Oranienburg-Sachsenhausen.

Esse comboio, chamado de "comboio dos 31 mil", era formado por vagões de transporte de animais. Para se aniquilar humanos inicia-se pelo processo de animalização deles, retirando-os da humanidade para transformá-los em animais não humanos, em coisas e, por fim, em cadáveres sem direito à sepultura. Os prisioneiros políticos haviam sido reunidos na fortaleza de Romainville vindos de prisões realizadas por toda a França. Eles foram marcados como "Nuit et Brouillard" ("Noite e neblina"), no contexto da operação de captura da população resistente na França. Ao entrar em Auschwitz-Birkenau em 27 de janeiro, as 230 mulheres desse comboio cantavam *La Marseillaise*. Lembremos: elas eram prisioneiras políticas e não haviam sido enviadas a Auschwitz por terem nascido como parte de uma etnia, judaica ou cigana, que havia sido condenada ao genocídio pelo racismo nazista. Como "resistentes" que estavam psicologicamente estruturadas para tentar derrotar o nazismo, elas souberam se apoiar mutuamente até o fim. Os números de matrícula que essas mulheres receberam no campo de concentração e extermínio iam de 31.625 a 31.854: daí a denominação de "comboio dos 31 mil".

Até julho de 1943 Charlotte trabalhou em um dos comandos mais submetidos ao terror, responsável por secar pântanos e por demolições. Depois foi transferida para o campo agrícola de Raisko ("commando do laboratório", que plantava *kok-saghyz* para extrair borracha dessa planta), um pouco mais afastado das câmaras de gás de Auschwitz e com um regime de trabalho ainda extremamente duro, mas que permitiu a sua sobrevida. Em 7 de janeiro de 1944, ela foi transferida para Ravensbrück ainda com oito de suas companheiras do comboio vindo de Romainville, para serem libertas, depois de 27 meses de cativeiro em campos nazistas, no dia 23 de abril de 1945, por um comando da Cruz Vermelha sueca.

É importante lembrar também alguns fatos da trajetória de Charlotte que a levaram aos campos de concentração nazistas. Seu pai era sindicalista, mestre em uma empresa que fazia pontes metálicas; sua mãe, italiana imigrada, além de antifascista, também era simpatizante do comunismo. Depois de estudar para ser estenodatilógrafa bilíngue em inglês, em 1932 Charlotte adere à Juventude Comunista. Em 1934, conhece Georges Dudach (1914-1943), militante comunista, com quem se casa em 1936. Georges viria a ser fuzilado em 23 de maio de 1945 no Mont-Valérien. A partir de 1936, ela abandona a profissão de estenodatilógrafa e passa a escrever artigos para a revista *Les Cahiers de la Jeunesse*, que tinha Dudach como redator-chefe. No mesmo ano, ela adere à Union des Jeunes Filles de France, uma agremiação de jovens mulheres comunistas fundada por Danielle Casanova (1909-1943), que também viria a ser presa e a fazer parte do comboio dos 31 mil, sendo assassinada em Auschwitz. Ao lado de Henri Lefebvre (1901-1991), estuda ainda filosofia (de 1930 a 1934) e, pouco depois, em 1937, torna-se assistente do diretor de teatro Louis Jouvet (1887-1951), função que exerce até 1940.

Em 1941, acompanhando o grupo de teatro de Jouvet, *L'Athénée*, em um *tour* pela França, Suíça e América Latina, quando estava em Buenos Aires ela fica sabendo que Jacques Woog (1912-1941), um de seus companheiros de Resistência, havia sido preso e guilhotinado dentro da campanha de Pétain de perseguição e aniquilação dos "terroristas". Em seguida decide, contra a vontade de Jouvet, retornar à França. Na ocasião, diz que "era necessário retornar. Não posso suportar ficar ao abrigo enquanto meus camaradas são guilhotinados. Não ousarei mais encarar ninguém de frente".[1] Partindo do Rio de Janeiro, Charlotte chega à França em 15 de novembro de 1941. Depois de reencontrar seu marido em Pau, eles retornam a Paris. No início de 1942, quando a polícia ataca a direção clandestina do Partido Comunista, Georges Dudach e Charlotte caem presos. Na manhã do dia 23 de maio de 1942, Charlotte é chamada para se despedir de Georges (que havia sido torturado desde sua prisão). Em seguida ele é fuzilado por uma unidade de soldados alemães. Em 24 de agosto, Charlotte é transferida para o forte de Romainville, onde faz amizade com aquelas que depois a acompanhariam em Auschwitz e, em parte, sobreviveriam.

Na segunda parte da trilogia, *Um conhecimento inútil*, no capítulo "A despedida", Charlotte narra esse encontro derradeiro com Georges. O carcereiro teve de insistir

---

1 Claude Alice Peyrottes. "DELBO Charlotte [épouse DUDACH]". Le Maitron – Dictionnaire Biographique. Disponível em: https://maitron.fr/spip.php?article21985.

três vezes, apressando Charlotte, para ela deixar o marido, que seguiria para seu encontro com a morte. Ao narrar esse fato, a autora do testemunho lança mão da lenda de Ondina (da peça *Ondine*, de Jean Giraudoux):

> No terceiro chamado, foi preciso partir, como Ondine, que o rei dos ondinos precisou chamar três vezes quando ela se despedia do Cavalheiro que ia morrer. Na terceira vez Ondine esqueceria e voltaria ao fundo das águas, e tal como Ondine eu sabia que esqueceria, pois continuar a respirar é esquecer, pois continuar a lembrar é esquecer, e há mais distância entre a vida e a morte do que entre a terra e a água à qual Ondine voltava para esquecer.

Nenhum de nós voltará, *Aucun de nous ne reviendra* (título inspirado no poema *La Maison des morts*, de Apollinaire), foi composto em 1947, mas publicado apenas em 1965, pela editora Gonthier. No mesmo ano, Charlotte publicou o livro *Le Convoi de 24 janvier*, no qual fez uma biografia em ordem alfabética das 230 mulheres do seu comboio de Auschwitz. *Um conhecimento inútil*, publicado em 1970, tem sua origem em poemas e fragmentos de 1946, em torno de sua estada em Auschwitz, do seu amor por Georges e de sua passagem por Ravensbrück.

Ainda no início dessa obra, Charlotte tem um gesto metanarrativo sintomático. Ela aponta o contraste absurdo entre a sua situação de escritora "pós-Auschwitz" e as realidades que portava dentro de si e que passava para o papel. Trata-se de uma passagem impactante, pois demonstra um esforço da autora de cavar em si esse túnel entre o "passado" (que não passa) e o seu presente. É um retrato do "trabalho do testemunho", como dispositivo (re)instituidor da realidade. Assim, aquilo que não era suportável ver torna-se uma narrativa, "uma história", passa a ser inscrito simbolicamente. Deixa de ser apenas uma imagem-decalque achatada, sem temporalidade, uma ferida na memória, e passa a habitar o mundo dos vivos. A cena que ela recorda é terrível, de uma moça desvalida gesticulando diante do bloco 25 de Auschwitz, o bloco da morte. O tempo da narrativa nessa passagem é o *presente do depois de Auschwitz*, trata-se da descrição de uma imagem de memória:

> Em pé, enrolada num cobertor, uma criança, um menino. Cabeça raspada muito pequenina, rosto em que se destacam os maxilares e o arco das sobrancelhas. Pés descalços, ele saltita sem parar, animado por um movimento frenético que lembra o dos selvagens quando dançam. Quer agitar também os braços para se aquecer. O cobertor escorrega. É uma mulher. Um esqueleto de mulher. Está nua. Veem-se as costelas e os ossos ilíacos. Ela volta a pôr o cobertor nos ombros, continua a dançar. Uma dança de autômato. Um esqueleto de mulher que dança. Seus pés são pequenos, magros e descalços na neve. Há esqueletos vivos e que dançam.
>
> E agora estou num café escrevendo esta história – pois isso se torna uma história.

Em *Medida de nossos dias*, publicado em 1971, fechando a trilogia *Auschwitz e depois*, Charlotte apresenta suas memórias sobre o retorno de Auschwitz. Nesse livro, ela desenvolve e aprofunda reflexões em torno das aporias da tentativa de inscrever Auschwitz (gesto que lembra também a obra de 1986 de Primo Levi, *Os afogados e os sobreviventes*). Um recurso que Charlotte utiliza é escrever, algumas vezes em primeira pessoa, construindo o eu-narrador a partir de 11 companheiras (e um companheiro) com quem ela conviveu no campo de extermínio.

Ao lançar mão desse recurso na direção de uma "auto--hetero-escrita" – o escrever sobre si a partir do outro –, ela permite que uma polifonia adentre seu discurso. Esse gesto de incorporar as amigas de exílio no deserto de Auschwitz repete a situação que elas experimentaram naquele inferno, quando só puderam sobreviver graças à intensa solidariedade que criaram entre si. No campo, o modo de elas tentarem manter um mínimo domínio sobre o tempo era estruturado por meio da recordação das datas de morte das companheiras que haviam sucumbido ali: Yvonne, Suzanne, Rosette, Marcelle... Cada morte e respectiva data constituíam um pequeno monumento fúnebre que permitia construir um calendário eivado de emoções, e que sustentava, mesmo que precariamente, a linha do tempo naquele local sem geografia, nome ou temporalidade. Escrever-se inscrevendo-se na vida das amigas é também um gesto de homenagem, já que algumas delas não sobreviveram.

Toda a trilogia, de resto, tem essa função de tentativa de elaboração da morte. Trata-se do gesto de enterrar cadáveres, de dar voz e cova (mesmo que de papel) àquelas que não tiveram uma vida e morte dignas. Como Ruth Klüger escreveu em seu testemunho: "Onde não existe túmulo, o trabalho de luto não se encerra". É na escrita e pela escrita que se dá a tentativa de separar o reino dos mortos e o dos vivos, que haviam sido misturados sob o peso de Auschwitz.

Medida de nossos dias se abre com esse diálogo com as companheiras de viagem. Ela se volta a sua amiga Viva, cuja morte havia sido narrada em *Um conhecimento inútil*, e escreve: "Viva, por que chamá-la agora? Viva, onde você está? Não, você não estava no avião conosco. Se estou confundindo as mortas e as vivas, com quais delas estou?". Essa "confusão" dos mortos com os vivos é parte da continuidade macabra de Auschwitz. Esse campo e todo o sistema concentracionário confundem, misturam a vida e a morte produzindo o colapso do campo simbólico. Daí a solidão profunda que Charlotte descreve ao falar de seu retorno ao mundo dos vivos.

> Onde buscar socorro? Nada viria em meu socorro. Gritar era inútil, gritar por ajuda era inútil. [...] Com dificuldade, com um grande esforço de memória – mas por que dizer esforço de memória uma vez que eu já não tinha memória? –, com um esforço que não sei como chamar, tentei me lembrar de gestos que devemos fazer para retomar a forma de alguém vivo na vida. Andar, falar, responder às perguntas, dizer aonde queremos ir, ir. Eu tinha esquecido. Será que algum dia soubera? Eu não via nem como me arranjar nem por onde começar. A empreitada estava além das minhas forças. Não havia nada a fazer a não ser renunciar. Renunciar ou deixar para depois. Primeiro, era preciso refletir. Eu flutuava na multidão que me carregava sem se dar conta, pois eu não pesava nada, minha cabeça se esvaziava. Refletir? Como refletir quando já não possuímos uma palavra, quando esquecemos todas as palavras? Eu estava ausente demais para estar desesperada.

Tudo era incompreensível para Charlotte, e mesmo essa incompreensão lhe era indiferente. Charlotte recebia livros e livros, mas era incapaz de lê-los. A leitura exige um esforço não só intelectual, mas espiritual, de generosidade, de capacidade de escuta, no qual vivenciamos o mundo desenhado a partir do olhar do autor. O desprendimento de si que a leitura exige, a capacidade de empatia e de saída de si eram impossíveis para alguém tão fragilizado que sequer tinha reencontrado o seu estar no mundo.

Como me reabituar a um eu que se havia distanciado tanto que eu não tinha certeza de que ele tivesse um dia existido? Minha vida de antes? Será que eu tivera uma vida antes? Minha vida de depois? Será que eu estava viva para ter um depois, para saber o que é depois? Eu flutuava num presente sem realidade.

A sensação da sobrevivente Charlotte é que tudo ao seu redor não fazia sentido e, mais ainda, "tudo era falso". Essa impossibilidade do "depois" aponta para o fato de que o encarceramento na prisão temporal de Auschwitz dá continuidade ao esmagamento epistemológico, simbólico e temporal com o qual o prisioneiro teve de se defrontar durante o seu cativeiro. A trilogia é toda pontuada por alusões a essa temporalidade esmagada do campo de concentração. O real, que é inscrito por Auschwitz nas retinas e corações dos que sobreviveram, passa a se sobrepor ao mundo "exterior" ao campo:

> Todas as suas palavras são levianas. Todas as suas palavras são falsas. [...] Tenho imagens por trás dos olhos. Basta eu afrouxar a atenção, e elas jorram, passam para primeiro plano, se impõem, e o que vejo já não é o que tenho sob os olhos, são as imagens que vêm de trás dos meus olhos. Preciso a todo momento enfurná-las de volta em seu depósito, caso contrário me separarão irremediavelmente do que está ao meu redor.

Trata-se de uma temporalidade estancada, de uma *télescopage*, um tempo na forma de um telescópio que se fecha aglomerando em um ponto vários agoras. No capítulo "Mado", lemos:

O tempo não passa. O tempo parou. Não estou desgastada. Pior do que estar desgastada é estar esvaziada de vida. [...] para mim, para nós, o tempo não passa. Ele não atenua nada, não exaure nada. Não estou viva. Morri em Auschwitz e ninguém vê.

Esse "nós", onipresente no testemunho de Charlotte e de suas companheiras, constitui a comunidade dos sobreviventes: dos que querem sobreviver apesar de tudo. Gilberte: "O tempo para mim não tinha duração. [...] 'Eu preciso voltar.' Estava apavorada. Voltar, e depois? Eu não enxergava o depois". A voz de Charlotte comenta em *Medida de nossos dias* algo que nos dá uma pista acerca desse esmagamento temporal. Se por um lado a mencionada desrealização do mundo implica esse achatamento cronológico, por outro a redução dessas mulheres a corpos exauridos, voltados apenas para as funções somáticas básicas de sobrevivência, também faz com que o passado seja desrealizado. Para se desumanizar, para transformar o outro em coisa *matável*, é necessário antes roubar-lhe a memória. O indivíduo fica nu, sem suas memórias, sem a linguagem, sem aquilo que nos constitui como seres essencialmente sociais:

> Cada um tinha trazido suas lembranças, toda a sua carga de lembranças, toda a sua carga de passado. Ao chegar, foi preciso desfazer-se dela. Entrava-se nu. Vocês dirão que é possível tirar tudo de um ser humano, tudo exceto sua memória. Vocês não sabem. Tira-se primeiro sua qualidade de ser humano, e é então que sua memória o abandona. Sua memória se vai aos farrapos, como farrapos de pele queimada. Que assim despojado ele sobreviva, é isso que vocês não compreendem. É isso que não sei explicar.

Esse desaprendizado, essa redução da vida à infravivência, vai exigir depois todo um trabalho de reconstrução do indivíduo e de sua capacidade dialógica de estar no mundo. Esse sobrevivente terá de reconquistar o seu passado, seu corpo, sua imaginação...

E quem sobreviveu precisa empenhar-se em reconquistar a memória, precisa reconquistar o que possuía antes: seu saber, sua experiência, suas lembranças de infância, sua habilidade manual e suas faculdades intelectuais, sua sensibilidade, sua aptidão para sonhar, para imaginar, para rir. Se vocês não avaliam o esforço que isso lhe custou, não vale a pena eu tentar fazer com que compreendam.

Esse não compreender prolonga e dificulta esse trabalho de elaboração da morte internalizada. O testemunho só pode se dar na relação dialógica com o outro. O fato de o sobrevivente parecer vir de "outro planeta" faz com que a recepção de seu testemunho seja dificultada.

Vocês não acreditam no que dizemos
porque
se fosse verdade
o que dizemos
não estaríamos aqui para dizer.

"Vocês" oposto ao "nós" é a posição inicial de todo testemunho. O seu objetivo é o encontro entre os "de dentro" (da realidade traumática) e os "de fora". Para que o testemunho aconteça, a imaginação é mobilizada para permitir estabelecer essa ponte com o outro. Por mais inimaginável que aquele real de Auschwitz seja.

Quer retornemos de uma guerra ou de outro lugar
quando é de um outro lugar
para os outros inimaginável
é difícil retornar

O "ser inimaginável" da situação passa também pela redução do simbólico no campo de extermínio e de concentração. A linguagem bastardizada, a linguagem sem imaginação do campo, corrói a capacidade de elaboração e de comunicação. No campo tudo tende ao concreto. A metáfora e a capacidade figural da linguagem estão embotadas.

Vocês desejariam saber
fazer perguntas
e não sabem quais perguntas
e não sabem como fazer as perguntas
então vocês perguntam
coisas simples
a fome
o medo
a morte
e não sabemos responder
não sabemos responder com as palavras de vocês
e as nossas palavras
vocês não entendem
então perguntam coisas mais simples
digam-nos por exemplo
como se passava um dia
é tão longo um dia
que vocês não teriam paciência
e quando respondemos
vocês não sabem como passava um dia
e acham que não sabemos responder.

Essa linguagem embotada sobrevive, ultrapassa o umbral da libertação física e contamina a vida "depois" de Auschwitz. Ela se torna parte do indivíduo e o seu esquecimento é impossível. Essa impossibilidade é tanto de ordem psicológica, pois a inscrição dessa memória se dá tanto em termos da vigília como do inconsciente, é uma inscrição somática, por assim dizer, como também, por outro lado, existe um *dever de memória* para com as outras mulheres que não puderam sobreviver: "Esquecer ou lembrar não depende do nosso querer, mesmo que tenhamos esse direito. Ser fiel às companheiras que deixamos lá é tudo o que nos resta. De qualquer maneira, esquecer é impossível".

Mas lembrar em que língua? Como administrar a vida "depois", como dosar o lembrar e o "esquecer"? Com o agravante de que a língua de Auschwitz, as experiências totalmente outras do campo elevam a barreira da incompreensão:

> Então houve muitas épocas em que perdi a cabeça? Como então, agora, tenho a impressão de tê-la tão clara e bem organizada? O que é preciso lembrar e esquecer para manter a cabeça no lugar? [...] Por que não esquecer antes o cheiro de fumaça, a cor da fumaça, as chamas vermelhas e fuliginosas que jorravam das chaminés, que o vento contorcia e cujo odor fazia chegar até nós? Por que não esquecer antes todas as mortes da manhã e todas as mortes do anoitecer, por que não esquecer antes os cadáveres de olhos corroídos, de mãos retorcidas como patas de aves congeladas? Por que não esquecer antes a sede, a fome, o frio, o cansaço, já que disso não adianta nada me lembrar, não consigo dar ideia a ninguém? Por que não esquecer antes como o tempo demorava, demorava para passar, já que hoje todo mundo

diz que 27 meses não é tanto tempo em uma vida e já que não posso fazer as pessoas compreenderem a diferença entre o tempo de lá e o tempo daqui, entre o tempo de lá, que era vazio e que pesava tanto com todas aquelas mortes, pois, por mais que os cadáveres fossem leves, quando há milhares de cadáveres esqueléticos o peso é grande e nos esmaga, entre o tempo de lá, que era vazio, e o tempo daqui, que é oco.

Oscilar desse "tempo vazio" do campo para o "tempo oco", da realidade "de fora", que custa a fazer sentido, é uma tarefa que parece inglória, mas é necessária. Essas "mortes da manhã e todas as mortes do anoitecer" constituem um *Leitmotiv* na obra e (talvez) retomam os célebres versos que constituem a estrofe sempre repetida do poema *Todesfuge* ("Fuga da morte"), de Paul Celan, composto em 1945 e publicado em 1948: "*Schwarze Milch der Frühe wir trinken sie abends/ wir trinken sie mittags und morgens wir trinken sie nachts/ wir trinken und trinken*"[2]. Essa mesma repetição aparece no capítulo "A sede" de *Nenhum de nós voltará*.

> Há a sede da manhã e a sede do anoitecer.
> A sede do dia e a sede da noite.
> [...]
> Há a sede da manhã e a sede do dia.
> [...]
> Há a sede do dia e a sede da noite.

---

[2] "Leite negro da manhã, nós o bebemos ao entardecer/ nós o bebemos ao meio-dia e de manhã nós o bebemos à noite/ nós bebemos e bebemos", em tradução minha.

Dado que a publicação do texto de Charlotte Delbo com o capítulo "A sede" se deu em 1965, não é impossível que ela tenha incorporado esse gesto poético de Celan em seu relato. Mas também não seria impossível uma coincidência derivada da mesma tentativa dos dois autores de dar palavras a essa situação do campo de extermínio, caracterizada por uma temporalidade esmagadora e repetitiva cujo compasso era marcado pela morte. O "leite negro", essa mistura de vida e morte, é disso que trata Delbo também em seu testemunho.

Essa mistura de sede, morte, leite, escuridão determina a ruptura dos significados e o triunfo de *significantes mortos*, como pedras cuja gravidade embota as reverberações conotativas ou poéticas da linguagem. Essa língua de significantes-cadáver é fruto da experiência de conviver por meses com o impossível de se ver, viver e de experienciar. A morte contaminou o campo simbólico. Paul Celan também escreveu, no poema *Nächtlich Geschürzt* ("De noite arrepanhados") os versos: "*Ein Wort – du weisst:/ eine Leiche*"[3]. E o poema continua (na tradução de João Barrento): "Vamos lavá-lo,/ vamos penteá-lo,/ vamos voltar-lhe os olhos/ para o céu". É essa sequência de atos que a narrativa testemunhal procura realizar via escrita fúnebre.

A vivência do trauma se inscreve de modo literal. Aquilo que não pode ser visto impregna nossas retinas, nos cega para o resto do mundo.

Um cadáver. O olho esquerdo devorado por um rato. O outro olho aberto com sua franja de cílios.

Tentem olhar. Tentem para ver como é. [...]

3 "Uma palavra – tu sabes:/ um cadáver".

Uma mulher puxada pelo braço por outras duas. Uma judia. Ela não quer ir para o 25. As duas a arrastam. Ela resiste. Seus joelhos raspam no chão. Sua roupa puxada pelas mangas sobe até o pescoço. A calça desfeita – uma calça de homem – se arrasta atrás dela, pelo avesso, presa aos tornozelos. Uma rã pelada. Os rins nus, as nádegas perfuradas de magreza sujas de sangue e de pus. Ela berra. Os joelhos se esfolam no pedregulho.

Tentem olhar. Tentem para ver como é.

Se a sobrevivente porta uma experiência radicalmente distinta, se ela porta cadáveres insepultos em si, ela tem a impressão de que só pode dialogar com aquelas que passaram pela mesma experiência. Daí Charlotte, no terceiro livro da trilogia, mostrar também essa comunidade de sobreviventes, esse "nós", que se visitam e se apoiam (mesmo que nem sempre tanto quanto gostariam. No enterro de Germaine, algumas das sobreviventes se reencontram e uma delas fala dessa nova temporalidade, de "fora do campo": "Os dias passam. Os anos se vão. Falta tempo. Marido, filhos, casa, trabalho."). Dentre os testemunhos de Auschwitz, a maioria escrito por homens, este de Charlotte se destaca por ser escrito por uma mulher em meio a mulheres solidárias. Como vimos, esse clima de solidariedade e de mútuo apoio foi possível sobretudo porque essas mulheres eram em sua maioria militantes comunistas e lutavam contra a ocupação nazista quando foram presas. Esse espírito combativo e os laços de união, o cuidado entre elas, as expressões de carinho, os abraços, os consolos, o contato corpóreo, os choros, todos esses elementos raramente aparecem nos testemunhos escritos por sobreviventes masculinos. No capítulo, fortíssimo, "Mado", lemos:

E, desde que voltei, tudo o que eu era antes, todas as minhas lembranças de antes, tudo se dissolveu, se desfez. Era como se lá eu o tivesse consumido. De antes, nada me restava. Minha irmã de verdade é você. Minha família de verdade são vocês, quem estava lá comigo. Hoje, minhas lembranças, meu passado, estão lá. Minhas retrospectivas nunca ultrapassam essa fronteira.

A essa ética do cuidado mútuo que determinou a sobrevivência de algumas dessas mulheres do comboio dos 31 mil também se refere o mencionado testemunho de Ruth Klüger. Klüger afirma, ainda, ter escrito seu testemunho especialmente *para as mulheres*, pois, explicou ela, os homens são aqueles que fazem as guerras. (Esse elemento, por assim dizer, *feminino* do testemunho e da ética do cuidado também é apresentado de modo extremamente forte e original no filme *Que bom te ver viva*, de 1989), de Lúcia Murat, no qual a diretora apresenta o testemunho de oito mulheres que lutaram contra a ditadura de 1964-1985. Também aí temos uma auto-hetero-escrita, uma vez que Murat é uma sobrevivente de prisões e torturas praticadas pela ditadura brasileira.)

Charlotte, é verdade, também procura apresentar os horrores vividos por amigas judias (como Ida, prisioneira aos 14 anos, que, depois de perder toda a família em Auschwitz, deixou de ver sentido na vida e tentou se suicidar) e pelos judeus de um modo geral, não deixando dúvidas quanto ao fato de que a situação delas e deles era ainda mais precária do que a das prisioneiras políticas.

O elemento político da vida de Charlotte também a sustentou "após Auschwitz". Ela se engajou nas lutas contra guerras imperialistas como a da própria França na Argélia e dos Estados Unidos no Vietnã. Essas lutas decerto puderam ressignificar a vida daquela mulher que um dia se filiara ao Partido Comunista na esperança de construir uma utopia (com a qual também se desencantou ao longo da vida...). Assim, no segundo volume da trilogia, lemos duas passagens que remetem a esse engajamento.

No capítulo "*A marselhesa* decapitada", Charlotte apresenta a cena impactante do dia da execução de quatro resistentes. Caminhando para a guilhotina, todos os prisioneiros cantavam o hino francês, inclusive os condenados, que cantam até o seu último suspiro. Essa cena de resistência, em que pese seu nacionalismo compreensível, é, no entanto, contraposta à realidade da França em 1960. Charlotte faz uma colagem aqui que abala seu próprio testemunho enquanto dispositivo que poderia correr o risco de cair em uma "patriotada". Como no teatro de Brecht, sua "montagem" produz um estranhamento eficiente, que remete o leitor ao seu próprio presente, retirando-o (e à autora) da clausura e de Auschwitz. Após a cena impactante da guilhotina, lemos uma notícia publicada no *L'Express* de 4 de agosto de 1960 sobre a execução, também pela guilhotina, de Abderahmane Laklifi, um líder argelino:

> "[...] Na semana passada, um ato de igual incoerência, imediatamente seguido por vários outros, foi decidido pelo novo poder: a execução no pátio da sinistra fortaleza de Montluc, em Lyon, do patriota argelino Abderahmane Laklifi. Sábado ao amanhecer, ele teve a cabeça cortada, acompanhado até o cadafalso pelo canto de todos os seus companheiros, por trás das grades de suas celas." (*L'Express*, 4 de agosto de 1960)

Ao final do capítulo "A viagem", que narra a ida de Auschwitz a Ravensbrück, encontramos outra "montagem". Essa passagem sobre a Guerra ao Vietnã levada a cabo pelos Estados Unidos soa como uma espécie de ironia. Ela trata de um paradoxal gesto de compaixão de um agente de agressão (particularmente violento), em uma situação que repete, ainda que de modo bastante diferente, um episódio narrado no capítulo em questão. Esse episódio traz uma cena em que um dos SS mais violentos, Taube, auxilia uma das prisioneiras a se vestir, além de mencionar SS eslovenos que foram atenciosos com o grupo de Charlotte durante a viagem para Ravensbrück:

"O tenente William L. Calley, que assassinou 109 sul-vietnamitas e deve ser submetido a julgamento, recolhera uma pequena vietnamita. Uma menina perdida, faminta, vestindo farrapos. Ver crianças nuas e famintas perambulando pelas ruas cortava o coração do tenente William L. Calley. Ele tinha adotado, alimentado, vestido e cuidado daquela menina. Um dia, ao voltar de uma operação, não a encontrou mais. Ela tinha fugido. O tenente L. Calley ficou muito pesaroso." É o que diz a irmã do tenente ao *New York Post*, em 28 de novembro de 1969.

Essa *compaixão assassina* não deixa de ser uma bela caricatura da política internacional da era de Charlotte e que não mudou muito até nossos dias. Essa capacidade irônica de Charlotte, sendo a ironia *tropo* raro em testemunhos dos campos de extermínio nazistas, mostra o grau de resiliência e a originalidade da autora. Não podemos nos esquecer de que ela já tinha uma forte relação com a escrita e o teatro antes de sua experiência nos campos de extermínio. Nesses campos, de resto, Charlotte conseguiu organizar a encenação de *O doente imaginário*, de Molière, obra da qual ela se lembrou verso por verso para poder encenar. Tratou-se de um ato de resistência único, comparável, com todas as enormes diferenças evidentes, ao ato de recordação de Primo Levi, que, também em Auschwitz, recitou de cor os versos do canto XXVI do "Inferno" dantesco ao amigo francês Jean Samuel, o que o auxiliou a sobreviver (conforme lemos em seu *É isto um homem?*).

Ao dar um passo para além de Auschwitz com essas duas passagens citadas de modo crítico e irônico, Charlotte Delbo escancara também a relação de Auschwitz com a máquina de morte da modernidade capitalista. Não podemos esquecer que, como lembrou Hanna Arendt em *As origens do totalitarismo*, os crimes nazistas só foram possíveis porque antes as tropas e os políticos alemães haviam testado nas colônias alemãs na África a construção de um Estado em bases racistas, aplicando à população o regime de campos de concentração e a prática do extermínio. O que antes foi encenado no genocídio dos Ovaherero e dos Nama, entre 1904 e 1908, abriu caminho para o genocídio dos armênios em 1915-1923 e, depois, para o genocídio dos judeus e de outras populações, como os próprios resistentes franceses, grupo do qual Charlotte fez parte. Esta trilogia, além de dar testemunho da infinita capacidade de solidariedade e de resiliência dessas mulheres do comboio dos 31 mil, nos desperta também para o fato de que o ovo da serpente ainda está aí, pronto para dar nascimento a novos campos de morte. Afinal de contas, não existe, propriamente falando, um "depois de Auschwitz". Ao menos até agora.

MÁRCIO SELIGMANN-SILVA é doutor pela Universidade Livre de Berlim, pós-doutor por Yale e professor titular de Teoria Literária na Unicamp. Foi professor visitante em universidades na Argentina, Alemanha, Inglaterra e México. É autor, entre outros, de *O local da diferença* (vencedor do prêmio Jabuti em 2006).

PREPARAÇÃO Cristina Yamazaki
REVISÃO Tomoe Moroizumi e Ricardo Jensen de Oliveira
CAPA Cristina Gu
IMAGEM DA CAPA Breno Rotatori
PROJETO GRÁFICO DE MIOLO Bloco Gráfico

Editorial
DIRETOR EDITORIAL Fabiano Curi
EDITORA-CHEFE Graziella Beting
EDITORA Livia Deorsola
EDITORA DE ARTE Laura Lotufo
EDITOR-ASSISTENTE Kaio Cassio
ASSISTENTE DE COORDENAÇÃO EDITORIAL Karina Macedo
PRODUTORA GRÁFICA Lilia Góes

Comunicação e imprensa
Clara Dias

Administrativo e comercial
Lilian Périgo
Marcela Silveira
Fábio Igaki (site)

Expedição
Nelson Figueiredo

Atendimento ao cliente
Meire David

EDITORA CARAMBAIA
Av. São Luís, 86, cj. 182
01046-000 São Paulo SP
contato@carambaia.com.br
www.carambaia.com.br

copyright desta edição © Editora Carambaia, 2021
Aucun de nous ne reviendra. Auschwitz et après I
© 1970 by Les Éditions de Minuit
Une connaissance inutile. Auschwitz et après II
© 1970 by Les Éditions de Minuit
Mesure de nos jours. Auschwitz et après III
© 1971 by Les Éditions de Minuit

AMBASSADE DE FRANCE AU BRÉSIL
*Liberté
Égalité
Fraternité*

Cet ouvrage, publié dans le cadre du Programme d'Aide à la Publication 2021 Carlos Drummond de Andrade de l'Ambassade de France au Brésil, bénéficie du soutien du Ministère de l'Europe et des Affaires Etrangères.

Este livro, publicado no âmbito do Programa de Apoio à Publicação 2021 Carlos Drummond de Andrade da Embaixada da França no Brasil, contou com o apoio do Ministério da Europa e das Relações Exteriores.

CIP-BRASIL. CATALOGAÇÃO NA PUBLICAÇÃO
SINDICATO NACIONAL DOS EDITORES DE LIVROS, RJ

D381a
Delbo, Charlotte [1913-1985]
Auschwitz e depois / Charlotte Delbo ;
tradução Monica Stahel ; posfácio Márcio Seligmann-Silva
1. ed. – São Paulo : Carambaia, 2021.
464 p. ; 21 cm

Tradução de: *Aucun de nous ne reviendra: Auschwitz et après I; Une connaissance inutile: Auschwitz et après II; Mesure de nos jours: Auschwitz et après III*
Inclui posfácio
ISBN 978-65-86398-49-6

1. Guerra Mundial, 1939-1945 – Narrativas pessoais francesas. 2. Auschwitz (Campo de concentração). I. Stahel, Monica. II. Seligmann-Silva, Márcio. III. Título.

21-74279   CDD: 940.5318   CDU: 94(100)"1939/1945"
Camila Donis Hartmann – Bibliotecária – CRB-7/6472

ilimitada

FONTE
Antwerp

PAPEL
Pólen Soft 80 g/m²

IMPRESSÃO
Ipsis